比较文学与比较文化论丛

第一辑

石云涛　主　编

中国商务出版社
CHINA COMMERCE AND TRADE PRESS

图书在版编目（CIP）数据

比较文学与比较文化论丛．第一辑／石云涛主编．－－北京：中国商务出版社，2019.6
　ISBN 978-7-5103-2912-8

Ⅰ．①比… Ⅱ．①石… Ⅲ．①比较文学—文集②比较文化—文集 Ⅳ．① I0-03 ② G0-53

中国版本图书馆 CIP 数据核字 (2019) 第 119116 号

比较文学与比较文化论丛　第一辑
BIJIAO WENXUE YU BIJIAO WENHUA LUNCONG DIYIJI
石云涛　主　编

出　　版：	中国商务出版社
地　　址：	北京市东城区安定门外大街东后巷 28 号　邮　编：100710
责任部门：	商务事业部（010-64255163　cctpswb@163.com）
责任编辑：	汪　沁
直销客服：	010-64255862
传　　真：	010-64255862
总 发 行：	中国商务出版社发行部（010-64208388　64515150）
网购零售：	中国商务出版社淘宝店（010-64286917）
网　　址：	http://www.cctpress.com
网　　店：	https://shop162373850.taobao.com/
邮　　箱：	cctp@cctpress.com
排　　版：	德州华朔广告有限公司
印　　刷：	武汉市卓源印务有限公司
开　　本：	880 毫米 ×1230 毫米　1/16
印　　张：	20.25　　　　　　　　　字　数：300 千字
版　　次：	2019 年 6 月第 1 版　　　印　次：2019 年 9 月第 2 次印刷
书　　号：	ISBN 978-7-5103-2912-8
定　　价：	68.00 元

凡所购本版图书如有印装质量问题，请与本社总编室联系（电话：010-64212247）
版权所有　盗版必究（盗版侵权举报可发邮件到本社邮箱：cctp@cctpress.com）

编 委 会

顾　问：严绍璗　阎纯德
主　任：金　莉
副主任：孙有中

主　编：石云涛
副主编：顾　钧
编　委：陈才智　顾　钧　金　莉　梁　燕　李鸿宾　李雪涛　柳若梅
　　　　孙有中　石云涛　陶家俊　魏崇新　汪剑钊　王永平　张西平
　　　　张晓慧　张　辉　张　剑　周　阅　赵宗锋

前言

从19世纪70年代比较文学作为一门独立的学科在欧洲诞生以来，无论理论创新和学术实践都有丰厚的积累。中国比较文学发轫于20世纪初，迅速崛起于世界学术之林，弥补了世界比较文学的许多缺环，推动比较文学发展进入一个新阶段。比较文学的发展遭遇过外来的误解和质疑，也经历过内部的困惑和焦虑，但至今依然表现出蓬勃的生命力，表现出其在学术领域日益重要的地位和价值，其根本原因是比较文学的开放性为文学研究、文明互鉴和文化交流开辟了宽广的道路和与时俱进的理念。

比较文学是跨民族、跨语言、跨文化与跨学科的文学研究，跨文化是其最本质的属性。比较来比较去，我们发现最根本的还是文化的比较。敏锐的中国学者指出，跨文化研究是21世纪比较文学的发展新方向。新的时代中国的声音越来越响亮，"一带一路"倡议越来越得到世界各国的响应，人类命运共同体的理念越来越深入人心，世界更深刻地认识到中国文化的精神内涵和未来价值，比较文学的跨文化转向正是对这一理念的呼应和诠释。让异质文化的接受者更好地理解和接受他者文化，达成多元文化的美美与共，是当今比较文学和比较文化的重要使命。

北京外国语大学在中国比较文学学科的发展方面有过杰出

的贡献，老一辈学者开辟的道路为我们的工作奠定了良好基础，新一代学人成就卓著。北外比较文学与比较文化研究学科是北京市重点学科，从2006年起开始招收博士研究生，10多年来培养了一批又一批年轻学人，目前大都在高校和科研部门从事学术研究，昭示了北外在这一学术领域的薪火相传。2016年，响应学校的号召，我们建立了比较文学与比较文化学者工作坊，不同语种不同学科有学术志趣的青年教师参与其中，表现出极大的热情。大家互相交流，互相切磋，砥砺前行，共同进步，学术上不断取得新成果。为了总结成绩，更好地与学界交流，我们编辑了《比较文学与比较文化论丛》，希望得到学界同道的指导和帮助。

目录

《山海经》对日本江户文学的影响 …………………………… 张西艳 1

论亚里士多德《诗学》古希腊文文本中 μῦθος 概念的意义 ……… 梁 鹏 11

欧洲、北美地区的中国中古文学研究…… [美]康达维 著 韩中华 译 30

南朝钟嵘、沈约声律之争的再认识 ……………………………… 徐晓峰 47

韩国文论中的韩愈散文研究 ……………………………………… 薛苪严 60

韩国诗话中的苏轼诗歌研究 ……………………………………… 陈若怡 75

施肩吾诗歌文化意蕴浅析 ………………………………………… 张 丽 88

李白《静夜思》小考
    ——以探讨其诗性构成为中心[日]门胁广文 著 石云涛 黄晓星 译 98

论皮兰德娄戏剧的民族性与现代性 ……………………………… 刘会凤 114

阿拜·库南拜耶夫在中国
    …………………………………… [哈萨克斯坦]迪丽娜·米来提 128

越南使臣阮思僴的北京印象
    ——《燕台十二纪》注读 ……………………………………… 吕小蓬 140

日本明治时期中国文学史之发轫
    ——兼谈盐谷温与鲁迅文学史著作的差异 …………………… 赵 苗 150

试论陈谦《无穷镜》中的环境 ··· 杨　春 163
时间艺术、力与等级
　　——克林斯·布鲁克斯关于诗歌结构的比喻 ················· 盛海燕 179
海外汉学研究的开拓之作
　　——试谈钱钟书《十七、十八世纪英国文献中的中国》 ······ 冉利华 190

基于"影响研究"的老子人道思想阐释研究概述 ···················· 赵志刚 201
老挝女性服饰筒裙的文化内涵与功能研究 ···························· 李小元 213
中医药在琉球的传播及与异域医药文化交流 ························· 黄晓星 225
10世纪前后敦煌地区的和离状况和佛教社会化
　　——以敦煌"放妻书"为例 ·· 王　洋 234
谢颂羔的基督教观 ··· 赵晓晖 245
京师同文馆的生源困境及其改善 ·· 陈海燕 264
蔡元培价值哲学的文化渊源 ··· 郭华伟 280
泰国华侨华人本头公信仰的由来 ······················ [泰]拉姆盖·班侬 295
全球化视野下的汉代外来文明清单
　　——评石云涛《汉代外来文明研究》 ······························· 蒋爱花 308

《山海经》对日本江户文学的影响

张西艳

摘　要：江户时代的日本，出现大量深受《山海经》影响的类书、绘画和文学作品等，文学所受影响尤为明显。从平贺源内和曲亭马琴的小说中可以看到诸多《山海经》的影响痕迹。《山海经》不仅成为江户狂歌的内容素材，还对大江文坡的读本小说《万国山海经》产生很大影响。江户文学受《山海经》影响主要有三种情况：一是作品的内容中可见《山海经》的影响痕迹；二是从书名到内容都模仿《山海经》；三是仅仅模仿《山海经》的书名。《山海经》在融入日本文学、文化的过程中被选择性地接受，并发生了不同程度的变异，成为日本文学文化的一部分。

《山海经》作为中华文化乃至世界文化中的第一部"百科大典"，早在奈良时代（710—794）或者更早时期就传入日本。在漫长的历史进程中，《山海经》以多元的形态渗透到日本社会的方方面面。早在平安时代（794—1192）的文学作品和类书中，已能寻觅到《山海经》的诸多踪影。至江户时代（1603—1868），诸多明、清版《山海经》传入日本，被广泛阅读。日本不仅出现了和刻本《山海经》，还出现了大量深受《山海经》影响的类书、绘画和文学作品，其中文学作品所受影响尤为明显。

一、《山海经》与平贺源内的滑稽本小说

平贺源内（1728—1780），号风来山人，是日本江户时代中期有名的本草

学家、地质学家、兰学家、医生、发明家、陶艺家、画家，堪称"全才"，后专心从事通俗小说的创作，代表作有《根南志具佐》《风流志道轩传》《根无草后编》等，其中以《风流志道轩传》最为有名。

《风流志道轩传》是平贺源内于1763年发表的5卷本滑稽本小说。滑稽本是江户时代中后期流行的一种通俗小说，以诙谐、滑稽的方式描写庶民的日常生活和游乐生活，《风流志道轩传》为当时滑稽本小说中的热销书。小说以当时有名的说书人深井志道轩为原型，通过描述主人公遍游大人国、小人国、长脚国、长臂国、穿胸国、女儿国等诸国的经历，以诙谐的笔触讽刺人心世相。《风流志道轩传》中所描述的这些奇人异国明显有着《山海经》中所描述的"远国异人"的特征。不仅如此，《风流志道轩传》卷4中还附有平贺源内所绘"长手长足"异人的插图。

关于日本的"长手长足"图，早在平安时代就见于京都御所清凉殿的"荒海障子"，其形象与郭璞注《山海经》中所描述的完全一致，即"长脚人常负长臂人入海中捕鱼"[①]。这一点从平安时代清少纳言在《枕草子》中的描述亦可确认。至江户时代，随着诸多明、清版《山海经》的传入，日本不仅出现了《和汉三才图会》（1712）、《姬国山海录》（1762）等模仿《山海经》的类书，也出现了大量深受《山海经》影响的妖怪绘画，其中不乏"长手长足"图。例如，葛饰北斋（1760—1849）的《北斋漫画》（第十二编）、歌川国芳（1797—1861）的《朝比奈诸国巡回图》和《浅草奥山生人形》、河锅晓斋（1831—1889）的《狂斋百图》等妖怪绘画中，都有"长手长足"的异人。对比日本的这些"长手长足"图，平贺源内小说中的插图不仅早于江户后期的这些妖怪绘师的作品，而且与这些妖怪绘画中的形象有很大的不同。平贺源内所描绘的虽然不是"长手长足"的异人在海中捕鱼的情形，但其"长足人"肩负"长臂人"的形象与清凉殿"荒海障子"上的形象十分相像，同样也接近于郭璞注《山海经》中所描述的长股人和长臂人的形象。

除《风流志道轩传》以外，平贺源内的另外一部代表作《根无草后编》

---

① 袁珂：《山海经校注》，成都：巴蜀书社，1996年，第272页。

中也有与《山海经》相关的内容。《根无草后编》中曾提到"燕石"这种燕山所产的类似玉的石头。关于"燕石",《山海经·北山经》中有关于燕山多"婴石"的记载,郭璞注《山海经》中提到"婴石"即"所谓燕石者"。这是中国古代典籍中有关"燕石"的最早记录。那么,平贺源内在《根无草后编》中提到"燕石"是否也是受到《山海经》的影响呢?

江户时代的日本,德川幕府虽然实行了长达221年(1633—1854)的锁国政策,但因保留了长崎与中国、荷兰保持贸易往来,所以仍有大量中国书籍随贸易商船传入日本。《山海经》也在这些书籍之中,江户时代有不少《山海经》传入日本的确切记录。平贺源内自24岁就奉藩主之命在长崎学习兰学,也因此有更多机会接触从长崎传入日本的明、清版《山海经》。另一方面,在平贺源内创作《风流志道轩传》的50年前,含有大量《山海经》内容的日本类书《和汉三才图会》已被日本人所熟知。所以,在平贺源内的作品中出现的"长臂人""长足人"等远国异人形象以及与《山海经》相关的内容,既有可能是受到在江户时代的日本颇为流行的绘图版《山海经》的直接影响,也有可能是受到含有大量《山海经》内容的《和汉三才图会》等类书的间接影响。当然,更有可能是二者共同影响的结果。

二、《山海经》与曲亭马琴的读本小说

曲亭马琴(1767—1848)本名泷泽兴邦,又被称为"泷泽马琴",江户后期著名的读本小说作家,他的小说创作深受中国古典小说的影响,除《水浒传》《三国演义》《封神演义》等明清小说外,其中也有《山海经》的影响痕迹。

《椿说弓张月》是曲亭马琴读本小说中的名作,自1807年开始出版,历时四年完成5篇39册。小说描述了平安时代的武将源为朝的英雄事迹,其中不仅有原本出自《山海经》的"精卫""人鱼""雷兽"等,还有东汉王充在《论衡·订鬼》中所引《山海经》佚文中的"神荼"和"郁垒"。尤其在第三十一回中出现了一种不知名的鱼,这种鱼"状如鲤而有鸟翼,苍文、白首、赤喙、

其音如鸾鸡"。①

关于这种不知名的鱼,《山海经·西山经》云:

> 观水出焉,西流注于流沙。是多文鳐鱼,状如鲤鱼,鱼身而鸟翼,苍文而白首赤喙,常行西海,游于东海,以夜飞。其音如鸾鸡,其味酸甘,食之已狂,见则天下大穰。②

对比《山海经》中的这段记述可知,曲亭马琴在《椿说弓张月》中所描述的无名之鱼正是《山海经》中的"文鳐鱼"。

《昔语质屋库》是曲亭马琴于1810年发表的读本小说,其卷之三中有"俵藤太入龙宫之弓袋"的故事,其中插入了一段"巴蛇退治"的故事,即主人公蒋武受白象之托将巴蛇斩杀后,发现蛇洞里全是象骨。这一场景的描述很容易让人想到《山海经·海内南经》中的一段记载:

> 巴蛇食象,三岁而出其骨……其为蛇青黄而赤黑。③

鉴于曲亭马琴在《椿说弓张月》中有出现《山海经》中的"文鳐鱼",那么,他在《昔语质屋库》中插入的"巴蛇退治"的故事有可能也是受《山海经》中"巴蛇食象"的影响。

《南总里见八犬传》是曲亭马琴的另一部长篇传奇小说,也是他的代表作之一,自1814年开始发表,至1842年才刊发完毕。小说讲述了安房领主里见的女儿伏姬与爱犬八房所生的八犬士的故事。这一人犬通婚并生子的故事很容易让人想到《山海经》中的"犬封国"。对于《山海经·海内北经》中的"犬封国",晋郭璞注为:

> 昔盘瓠杀戎王,高辛以美女妻之,不可以训,乃浮之会稽东海中,得三百里地封之,生男为狗,女为美人,是为狗封之国。④

《南总里见八犬传》借用了《水浒传》《封神演义》等中国古代文学的故

---

① 曲亭主人:《椿说弓张月:镇西八郎为朝外传》(续编卷1—3),东京:东京稗史出版社,1883年,第2页。

② 袁珂:《山海经校注》,成都:巴蜀书社,1996年,第52页。

③ 袁珂:《山海经校注》,成都:巴蜀书社,1996年,第331页。

④ 袁珂:《山海经校注》,成都:巴蜀书社,1996年,第359页。

事结构和素材,其中也有"九尾狐""人鱼""天狗"等与《山海经》相关的内容。那么,这一人犬通婚并生子的故事结构很有可能是受到郭璞注《山海经》中所述"盘瓠"神话的启发。

从以上《椿说弓张月》《昔语质屋库》《南总里见八犬传》等曲亭马琴的代表作中,足以见到《山海经》的诸多影响痕迹。但是,曲亭马琴在运用《山海经》中的这些素材时,是否直接受到《山海经》的影响,或者说他是否是主动接受了《山海经》的影响,这从他的《杀生石后日怪谈》这部长篇小说可以找到答案。

《杀生石后日怪谈》是曲亭马琴在1824至1833年间发表的长篇小说,在小说的初版序中,曲亭马琴曾经写道:

> 中国的《列仙传》《山海经》《封神演义》皆为天朝的下学集,无论虚实,早就传入,在此以三国狐妖的怪谈为题材,著成《后日杀生石》。①

从曲亭马琴的这段序言可知,他在创作《杀生石后日怪谈》时,不仅读过《山海经》等中国传入日本的书籍,而且主动将其作为小说创作的素材。那么,他在创作《椿说弓张月》《昔语质屋库》《南总里见八犬传》等小说的过程中,将《山海经》中的内容作为小说的素材之一,也是理所当然的事情。

三、《山海经》与江户狂歌

江户时代的日本,随着町人即市民阶层的壮大,"町人文化"盛行。在通俗文学繁盛的大背景下,日本还流行一种内容卑俗滑稽的和歌,即"狂歌"。诞生于武士阶层的狂歌通俗易学,内容多反映世态人情,语言幽默诙谐,不仅风靡于武士阶层,在市民阶层中也广泛盛行。江户时代中期,狂歌达到鼎盛。1785年,当时十分活跃的四方赤良(1749—1823)、山东京传(1761—1816)等十六位狂歌诗人以比赛的形式竞相创作了百首狂歌集《百鬼夜狂》。

关于《百鬼夜狂》这部狂歌集,日本学者石川了在《江户狂歌中的另一

---

① 竜沢马琴:《杀生石后日怪谈》,东京:共隆社,1887年,第1页。

个古典知识——<山海经>与<狂歌百鬼夜狂>等》一文中指出:"江户狂歌《百鬼夜狂》正如其书名所示,主要以石燕的《画图百鬼夜行》系列中的妖怪为题材。"①这里的石燕,即鸟山石燕(1712—1788),是日本江户后期有名的浮世绘画家,以擅长妖怪绘画著名,著有《画图百鬼夜行》(1776)、《今昔画图续百鬼》(1776)、《今昔百鬼拾遗》(1780)、《百器徒然袋》(1784)等妖怪绘卷,对后世的日本妖怪绘画产生了很大的影响,有"江户时代的妖怪画伯"之称。从鸟山石燕的妖怪绘画中,可以找到许多原本出自《山海经》的怪奇异兽。例如,《画图百鬼夜行》中就有《山海经》中的"穷奇"等异兽。在《画图百鬼夜行》的自跋中,鸟山石燕写道:

> 中国有《山海经》,吾朝有元信的《百鬼夜行》,余亦学习之,拙而污纸笔。②

据此可知,鸟山石燕在创作《画图百鬼夜行》时,是以《山海经》和日本室町时代后期的画家狩野元信的《百鬼夜行》为参考对象的。那么,以鸟山石燕《画图百鬼夜行》系列中的妖怪为题材的狂歌集《百鬼夜狂》中也应含有《山海经》的内容。对此,石川了在文中曾专门指出:

> 古代中国的《山海经》作为其出典之一并与其交错关联……江户狂歌尤其是最鼎盛时期的天明狂歌的这一特征,我只想通过此文再次强调。③

为了确认狂歌集《百鬼夜狂》中是否有与《山海经》相关的内容,笔者对日本国立国会图书馆所藏《百鬼夜狂》(立松东蒙编赏奇楼丛书,珍书会出版,1914年)进行了考查,100首狂歌中有大量有关鬼和妖怪的内容,其中确实有出现"天狗""犬神""蜃气楼"等与《山海经》相关的内容。

至江户时代后期,狂歌虽然走向衰落,但仍有不少坚持创作的狂歌诗人,

---

① 石川了:《江户狂歌におけるもう一つの古典知:『山海経』と『狂歌百鬼夜狂』のことなど》,《アジア遊学》(155卷),2012年7月,第176—179页。
② 鸟山石燕:《画图百鬼夜行》(前编),势州洞津:長野屋勘吉出版(国立国会图书馆藏),1805年,"石燕自跋"。
③ 石川了:《江户狂歌におけるもう一つの古典知:『山海経』と『狂歌百鬼夜狂』のことなど》,《アジア遊学》(155卷),2012年7月,第176—179页。

这些狂歌诗人的作品中也仍有一些与《山海经》相关的内容，其中最典型的代表是江户末期的细木香以（1822—1870）。他在为其狂歌集命名时，直接取名《斋谐记山海经》（1853），借用了《斋谐记》与《山海经》这两部中国典籍的书名，并将其合二为一。由此可见，《山海经》对狂歌的影响一直持续到江户末期。

四、《山海经》与《万国山海经》

日本学者石川了在《江户狂歌中的另一个古典知识》一文的最后，还提到《万国山海经》也是含有《山海经》内容的通俗小说。如石川了所言，江户时代的读本小说《万国山海经》是一部深受《山海经》影响的作品。

现藏于日本京都大学附属图书馆和爱知县西尾市岩濑文库的《万国山海经》由五卷本组成，原书为1785年出版的《和汉古今角伟谈》，1792年重新出版时由大江文坡更名为《万国山海经》，副标题为"古今奇谈万国山海经"。大江文坡（？—1790）是江户时代中期的通俗小说作家，曾做过僧侣，还俗后倡导神仙道，之后又从事怪谈、奇谈等的创作，著有《万国山海经》《运气考》《小野小町形状记》等。《万国山海经》中有大江文坡于天明3年（1783）所作自序。书中记录了聚集在大江文坡身边的12位友人竞相讲述的37个奇闻怪谈，其中大部分原本都是日本、中国、印度的故事，也有的源自荷兰、南非、朝鲜等国家。小说的最后一章出现了两位倡导神佛仙三教合一的老翁。《万国山海经》中的这些异国异人和异俗，其中有许多有着《山海经》中所出现的"远国异人"的影子。例如兔须老人所讲的"无疫病之国""长人国"，南山隐士所讲的"大人国"，紫石散人所讲的"龙伯国"等。不仅如此，《万国山海经》中散见的"巨人"与《山海经》中的"夸父"形象也极其相似。

关于《万国山海经》与《山海经》的关系，日本学者松冈芳惠在《大江文坡的对外观》一文中曾多次强调指出：

《和汉古今角伟谈》（即《万国山海经》）的卷一至卷三的典故出处多

为《本草纲目》《五杂俎》《山海经》《日本书记》等被广泛阅读的博物学书和历史书。①

文坡在《和汉古今角伟谈》(即《万国山海经》)中所引用的文献，除西川如见和新井白石的作品以外，还有《山海经》和《五杂俎》这种载有荒诞无稽之事的博物学书，可以说所有文献都是处在同一水平线上的。②

由此可知，《山海经》确实是《万国山海经》的引用文献之一。

关于《万国山海经》这一书名的由来，可以从书中的内容得到一些线索。其中最重要的一条线索是《万国山海经》卷二的商山隐士提到了《山海舆地图》。

《山海舆地图》是1584年由当时居住在中国的意大利传教士利玛窦制作的世界地图。1602年，明代科学家李之藻（1565—1630）将其译成中文后在北京刊发，命名为《坤舆万国全图》。江户时代初期，《坤舆万国全图》由中国传入锁国状态下的日本，成为日本了解世界地理的重要资料，并对日本应用科学的兴起产生了重要影响。但是，处于锁国状态下的日本，人们对世界地理的认识是怎样的呢？清野谦次在《太平洋的民族文化交流》一书中指出：

古往今来，巨人、小人的故事在世界各地流传着，在这个时代（江户时代），即便是正儿八经的地理书也会受其影响。③

松冈芳惠在《大江文坡的对外观》一文中指出：

在锁国状态下，对外国感兴趣者并非全都拥有与当今世界地图一致的认识。认为现实的世界地理与《山海经》中出现的长人、小人、一目国、鬼门、神界等有关的人并不少。④

正如两位学者所说，处于这种时代背景下的大江文坡虽然对传入日本的《坤舆万国全图》等地理知识有所知晓，但仍然深受《山海经》等博物学书的

---

① 松冈芳惠：《大江文坡の对外观》，《東洋大学院纪要》(45集)，2009年3月，第1—13页。
② 松冈芳惠：《大江文坡の对外观》，《東洋大学院纪要》(45集)，2009年3月，第1—13页。
③ 清野谦次：《太平洋に於ける民族文化の交流》，东京：创元社，1944年，第317页。
④ 松冈芳惠：《大江文坡の对外观》，《東洋大学院纪要》(45集)，2009年3月，第1—13页。

影响。或许也正是这个原因,大江文坡将《坤舆万国全图》和《山海经》两书的书名融合在一起,于1792年重新出版《和汉古今角伟谈》一书时,将其更名为《万国山海经》。

除以上文学作品之外,江户时代中后期的大名松浦静山(1760—1841)的随笔集《甲子夜话》(1821—1841)中也有"长脚人""人鱼"等异人异兽的出现。松浦静山的随笔中出现的异人异兽,如同平贺源内作品中的远国异人一样,既有可能是受到《山海经》的直接影响,也有可能是受到《和汉三才图会》等类书的间接影响。

根据以上内容可知,日本江户文学中确实有不少《山海经》的影响痕迹。据日本学者松田稔在《日本文学主要作品中的〈山海经〉》一文中的统计可知,《日本古典文学大系》(岩波书店)所收录的江户时代的文学作品中,至少有9部含有与《山海经》相关的内容,这其中就包括上述平贺源内的滑稽本小说《风流志道轩传》和曲亭马琴的读本小说《椿说弓张月》。除此以外,《芭蕉句集》《芭蕉文集》《江户汉诗集》和《近世俳文集》等经后人整理出版的江户时代的作品中也含有与《山海经》相关的内容。

结　语

综上所述,江户时代的日本文学作品中,受《山海经》影响的作品主要有三种情况。一是从作品的内容中可以看到《山海经》的影响痕迹;二是从书名到内容都模仿《山海经》,如《万国山海经》;三是仅仅模仿《山海经》的书名,例如《拟山海经》。现藏于日本东洋大学附属图书馆"哲学堂文库"的五卷本小说《拟山海经》成书于1702年,著者为江户时代前期的僧侣独庵玄光(1603—1698),书名虽然借用了《山海经》之名,书中内容却少见《山海经》的影响痕迹。无论哪种情况,都表明《山海经》对江户文学产生了一定的影响。《山海经》对日本江户文学的影响虽然没有《水浒传》对江户文学的影响那么大,但也不容忽视。

《山海经》传入日本后，不论在文学上还是文化上，日本都是接受恩惠的一方，与"影响"相比，更多的是"接受"。不仅如此，《山海经》在融入日本文学、文化的过程中被选择性地接受，诸多《山海经》元素在被接受的过程中发生了不同程度的变异，成为日本文化的一部分。

（作者单位：北京外国语大学国际中国文化研究院）

论亚里士多德《诗学》古希腊文文本中 μῦθος 概念的意义

梁 鹏

摘要：亚里士多德的《诗学》是西方第一部系统的文艺理论著作。其中的 μῦθος 概念是该书的核心概念之一，μῦθος 与悲剧、史诗、喜剧等概念有着千丝万缕的联系，要想深入理解亚氏的《诗学》，搞清 μῦθος 的意义是必须的。本文以《诗学》古希腊文文本为中心，借助若干古典语文辞书，以古典语文学方法尝试探寻 μῦθος 概念的意义。

μῦθος（故事、情节、故事情节、作品）无论从本身观之，抑或与史诗、悲剧、喜剧等艺术门类的关系观之，皆是《诗学》古希腊文文本[①]中的一个重要概念。μῦθος 及其屈折变化形式在短短一万多词的《诗学》古希腊文文本中共出现 50 次，数量甚或超过了作为史诗、悲剧、喜剧等艺术门类的上位概念的 μίμησις（模仿或艺术再现）的 34 次，这充分体现了该词的重要性。古典语文学者（Philologe）在词义的探究过程中要回答两个基本的问题，其一，特定词语的可能的或潜在的意义（Möglichkeitendes Inhalts, potentielle Bedeutungen）都有哪些？其二，在具体的上下文中，诸多意义可能性中的特殊的意义（spezifische Inhalt）是什么？[②] 本文试图通过古典语文辞书来回答

[①] 本文以公认的较为精审的，且为较多研究者所采用的 1965 年 Kassel 的《诗学》古希腊文校勘本为基础，并严格依照 Kassel 校勘本所引用的亚里士多德研究领域国际通行的 Bekker 本亚里士多德全集（1447a8—1462b18，亦即 1447 页 a 栏第 8 行—1462 页 b 栏第 18 行）标明页码、a/b 栏及行数。

[②] Gerhard Jäger, *Einführung in die Klassische Philologie*, Dritte, überarbeitete Auflage, München: Beck, 1990, S.72.

第一个问题；通过《诗学》古希腊文文脉来回答第二个问题，进而努力确定 μῦθος 的意义。

一、从古典语文辞书看 μῦθος 的意义

μῦθος 一词，**Scapulae** 解为①：verbum, dictum, oratio, sermo, colloquium. Idem quod λόγος ...¶ Item μῦθος, fabula, i. quæ passim dicuntur. ... Interdum pro fabula, i. pro sermone ficto et falso, veritatem tamen adumbrante: de quo fictionis genere vide Aristot. περὶ ποιητικῆς... Integra etiam Poëtarum scripta μῦθοι dicuntur, (ut et fabulæ apud Lat.) ... ¶ Item μῦθος, consilium, suasio ... ¶ Item seditio, factio, στάσις ...[词、单词、字、话、言语、词、单词、所说的话、言语、说话、讲话、谈话、言语、谈话、交谈、讲话、对话、谈话、交谈、会谈、对话、讨论、协商、商谈。与 λόγος 同义……¶ μῦθος 又指，fabula，亦即，四处传播的或随口而说的。……有时指 fabula 的其他意义，亦即，杜撰的、骗人的、虚假的、没有根据的、对现实或事实有遮蔽的谈话、交谈、讲话、对话、话语：论及虚构的方式，参阅亚里士多德《诗学》……μῦθοι 指作者的整部作品，（如拉丁文 fabulæ）……¶ μῦθος 又指，商议、讨论、协商、建议、推荐……¶ 又指，争吵、纷争、人群、宗派、学派、派、派别、党派。] **Hederich** 将 μῦθος 解为②：verbum, dictum. 2) oratio, sermo, narratio. 3) colloquium. 4) fabula, sive oratio falsa veritatem adumbrans, et *hinc* res quaevis commentitia, inanis. 5) consilium, suasio. 6) seditio, factio, expl. ap. Homer.[词、单词、字、话、言语、词、单词、所说的话、言语。2）说话、讲话、谈话、言语、谈话、交谈、讲话、对话、叙述、讲述、记事、记叙。3）谈话、交谈、会谈、对话、讨论、协商、商谈。4）fabula，或指对现实或事实有遮蔽

---

① Joannes Scapulae, *Lexicon Graeco-Latinum*. Oxonii: Typ. Clarendon, 1820.

② Benjamin Hederich, Gustav Pinzger, Johann August Ernesti, Franz Passow, *Novum lexicon manuale Graeco-Latinum et Latino-Graecum*, Gleditsch, 1825.

的讲话或谈话或言语，或遂指任何虚假的或虚构的或臆造的、空虚的或空洞的事物。5）商议、讨论、协商，建议、推荐。6）在荷马史诗中被解释为争吵、纷争，人群、宗派、学派。] **Schrevel** 将 μῦθος 解为[①]：verbum, oratio, sermo; fabula: quasi à μνέω. Hinc Angl, **mouth**.[词、单词、字、话、言语，说话、讲话、谈话、言语、谈话、交谈、讲话、对话；fabula：似源于 μνέω。英文作 **mouth**。] **Passow 1831** 将 μῦθος 解为[②]：jeder mündliche Vortrag, gleichviel ob anzeigend, gebietend, warnend, erinnernd, erzählend, also im weitesten Sinne Wort, Rede, sehr häufig bey Hom, ... in bes. Beziehung 1) die öffentliche Rede, Rede in der Volksversammlung, ... 2) die Wechselrede, Gespräch od. Unterhaltung zwischen mehrern ... 3) Rath , Geheiss, Befehl, Auftrag, auch Versprechen, insofern sich diese Alles in Wort und Rede kund giebt... 4) Gegenstand der Rede od. des Gesprächs, also die Sache selbst... 5) Berathung, Rathschluss, Beschluss, Anschlag, Willensmeinung, ...6) das Erzählen, auch die Erzählung selbst... Bey Homer findet in dieser Bdtg, in der μῦθος bey ihm ganz die Stelle des spätern λόγος vertritt, noch keine Scheidung von Wahrheit od. Unwahrheit des Inhalts statt: diese beginnt aber schon bey Pind. ... u. Hdt. ... sodass μῦθος die erdichtete Sage bezeichnet, λόγος im Gegens. die geschichtlich beglaubigte Erzählung, welche Bdtg bey den Att. die fast allein gebräuchliche ward: diese, sowie die Spätern, verstehn unter μῦθος jede Erzählung aus dunkler, ungeschichtlicher Vorzeit, bes, die Götter- und Heldensage, dann jede entw. entschieden erdichtete oder doch ihrem Inhalt nach fabelhaft erscheinende Erzählung, das Mährchen, endlich auch die Aesopische Thierfabel, gleichviel ob mündlich od. schriftlich vorgetragen, ob in Versen od. in Prosa... [任何口头陈述或表达，报告、命令、告诫、回忆、叙述皆可，如此在最广泛的意义上指词、单词、字，讲话、发言、话、话语，常见于荷马史诗……尤指 1）公开演讲，群众集会上的演讲……2）交谈、对话、谈话、交谈、

[①] Cornelis Schrevel, *Cornelii Schrevelii Lexicon Manuale: Græco-Latinum et Latino-Græcum,* New York: Collins & Hannay, 1832.

[②] Franz Passow, *Handwörterbuch Der Griechischen Sprache*, Leipzig: F. Vogel, 1831.

会谈、对话，或多人间的谈话、聊天、闲聊……3）主意、建议、劝告，命令、指令，命令、指令，任务、使命，及诺言、承诺，只要它们是通过词语、话语传达的……4）讲话、话语或谈话、交谈的目标、对象、内容，亦即事物、事情、话题本身……5）讨论、商谈，决定、旨意，决议、决定，布告，指示、规定…… 6）讲述、叙述、描述、陈述的行为，亦指讲述、叙述、描述本身……荷马在上述意义上对 μῦθος 的使用，无论其内容是真是假，后世皆被 λόγος 取代：品达罗斯……和希罗多德……就已采用了这样的用语，以 μῦθος 指虚构的、臆造的、编造的传说、传闻，而以 λόγος 指有历史根据的、经认证的讲述、叙述、描述，而这几乎成为了阿提卡方言唯一的常见的用法。包括后代在内的作者对 μῦθος 的理解也是如此，亦即所有源自模糊不清的、隐秘的，非历史性的远古时代、史前时代的讲述、叙述、描述，尤指神话、神话传说及古代英雄传说，它们或选择虚构的、编造的内容，或选择妙趣横生、跌宕起伏的讲述、叙述，童话，甚至伊索的关于动物的寓言故事也在其中，口头也罢、书面也罢、韵文也罢、散文也罢皆在其中……] **Passow 1852** 在① "... Heldensage"（……古代英雄传说）与 "dann jede entw. entschieden..."（它们或选择……）之间还加入了 "...bes. die Fabel, welche einer Tragödie zu Grunde liegt, Arist.;"（尤指作为悲剧基础的虚构的故事、主要的情节，参见亚里士多德）的一段解释。**Gemoll** 将 μῦθος 解为② : (Etym. unklar) 1. Wort, Rede, Erzählung, Gespräch: ...*bes.* a. Nachricht, Bericht, Bescheid, Befehl. b. Gedanke, Meinung, Anschlag, Rat. c. Sache, Begebenheit, Geschichte. 2. Gerücht, Erdichtetes ... a. Legende, Sage, Mythos, b. (Tier-)Fabel, Märchen.[（词源不明）1. 词、单词、字，讲话、发言、话、话语，讲述、叙述、描述，谈话、交谈……尤指，a. 信息、消息，报告、汇报，消息、通知，命令、指令。b. 思想、想法、念头，看法、意见、见解，决议、决定，布告，主意、建议、劝告、解决办法。c. 事物、事件、事情，情况，事件、事情，历史、故事。

---

① Franz Passow, *Handwörterbuch Der Griechischen Sprache*, Leipzig: F. Vogel, 1852.

② W. Gemoll und K. Vretska, *GEMOLL Griechisch-deutsches Schul- und Handwörterbuch*, München: Oldenbourg, 10. Auflage 2006.

2. 谣言、谣传、传闻、虚构的、臆造的、编造的事物……a. 传奇故事、神话、逸闻、稗史、传说、流言、传闻、神话、传说、传奇。b.（动物）寓言、童话。]

Liddell 将 μῦθος 解为①：... II.*tale, story, narrative,* ...4.*professed work of fiction, children's story, fable,* ... ; of Aesop's *fables, Arist. Mete.356b11*. 5.*plot* of a comedy or tragedy, Id.Po.1449b5, 1450a4, 1451a16. ...(……II. 叙述、故事、叙述、故事、轶事、经历、历程、叙述、讲述、记事……4. 虚构的作品、童话、故事、寓言、神话、传说……；指伊索寓言，亚里士多德《形而上学》365b11.5. 喜剧或悲剧的情节，亚里士多德《诗学》1449b5、1450a4、1451a16……）

上引七部辞书中，**Scapulae** 直接将 M~YΘOΣ 作为主词条。**Gemoll** 明确说 μῦθος "Etym. unklar"（词源不明）。其他辞书也没有对 μῦθος 的词源表明见解。**Schrevel** 是唯一对 μῦθος 一词的词源进行分析的辞书，虽然措辞中明显带有不确定性（quasi, as if, 似）。其 1762 和 1796 年版与 1832 年版的 μῦθος 词条中皆有 "quasi à μυέω. Hinc Angl, **mouth**."，但其 1805 年版却没有。可见编者对该词源的猜测的不确定性。因之，对 μῦθος 一词的词源不再深究。

综合上述七部辞书，我们发现 μῦθος 的意义域从一个字、一个词；到若干字词组成的话语；到许多字词构成的消息；再到你一言我一语的交谈；直至众多字词构成的滔滔不绝或长篇累牍的传奇故事。所以，我们似乎无法以 μῦθος 内涵中的量，亦即字词的量来把握 μῦθος。但是，这种字词的量变的积累引发了 μῦθος 词义的质的变化。因此，我们似乎能够从 μῦθος 词义的质变中，探寻 μῦθος 在亚里士多德《诗学》古希腊文文本中的意义。这种质的变化过程中，有一个明显的分界线或标志，即 λόγος。在 μῦθος 与 λόγος 同义之时，μῦθος 似乎还没有是真是假的问题，但在 μῦθος 与 λόγος 的意义相分离之后，μῦθος 在内含的词语的量上继续增加的同时，μῦθος 的词义也更偏向于虚构、臆造、传闻意义层次的假的一面。**Scapulae** 在第二个段落 "¶" 中开始谈及 μῦθος 的真与假，**Hederich** 从第四个意义 "4)" 开始谈到 μῦθος 的真与假，并以一个拉丁文词语 fabula 作为释词。**Schrevel** 在最后一个意义中以拉丁文词

---

① Henry George Liddell and Robert Scott, *A Greek-English Lexicon*, Oxford: Clarendon Press, 1968.

语 fabula 作为释词。可见，从古希腊文—拉丁文辞书看，古希腊文词语 μῦθος 的拉丁文释词 fabula 是一个关键词语。

Forcellini 将 fabula 解 为①： Verbale a for, faris, fatum, quasi fatibula, per syncopen factum ... FABULA proprie est id, quod in ore omnium versatur, rumor populi, sermo pervagatus, res passim divulgata, sive sit vera, sive falsa; ...II. Fabula saepissime de narratione rei fictae; ... III. Fabulae sunt narrationes rerum confictarum ad delectationem et utilitatem inventae: cujusmodi sunt Aesopi et Phaedri ... IV. Fabulae, quae in tragoediis et comoediis exhibentur ...[派生自动词的名词，源自 for（说、说话、讲话、表达），faris（动词 for 的第二人称单数现在时直陈式），fatum（动词 for 的中性主格形式动名词），变为 fatibula，而后通过词中省略形成 fabula……fabula 本义指所有与嘴相关的或用嘴表达的事物，人们的传闻、众人的传言、谣言、传闻、流言，四处传播或尽人皆知的事，可真、可假……Ⅱ、Fabula 最常用的意义指想象的、虚构的、非真实的事物的叙述或讲述或记事或记叙……Ⅲ、Fabulae 指有用或有趣的对事物的叙述或讲述或记事或记叙，如伊索及菲德罗斯的作品……Ⅳ、Fabulae 指在悲剧与喜剧中展示出的叙述或讲述或记事或记叙……]

从 **Forcellini** 对 fabula 的解释看，fabula 除了缺少了 μῦθος 意义域中最前端的单字、单词之外，与 μῦθος 的意义域近乎完全重合。并且，值得注意的是，fabula 在本义（proprie）与最常用的（saepissime）意义之间亦有一个广义的真与假的区别，这不仅与 μῦθος 具有极大的相似性，而且与上述古希腊文—拉丁文辞书对 μῦθος 意义层次的区分也具有极大的相似性。以这种相似性为基础，上述三部以 fabula 作为释词解释 μῦθος 的古希腊文—拉丁文辞书使用 fabula 的最常用的意义，亦即"narratione rei fictae"（想象的、虚构的、非真实的事物的叙述或讲述或记事或记叙）解释 μῦθος 的可能性极大。正

---

① Egidio Forcellini, *Totius Latinitatis Lexicon*. opera et studio Aegidii Forcellini lucubratum; et in hac editione post tertiam auctam et emendatam a Josepho Furlanetto alumno seminarii patavini; novo ordine digestum amplissime auctum atque emendatum cura et studio Vincentii De Vit. Prati : Typis Aldinianis, 1858—1879.

如 Scapulae 所明示的，亚氏在《诗学》中也是在这一意义上使用 μῦθος 一词的。这种意义与 Passow 1831 对阿提卡方言（Att.）中 μῦθος 与 λόγος 的区别的叙述相一致，因为亚氏属于阿提卡方言的古典作者；与 Passow 1852 关于亚里士多德对 μῦθος 一词的特殊用法 "bes. die Fabel, welche einer Tragödie zu Grunde liegt"（尤指作为悲剧基础的虚构的故事、主要的情节）也是一致的。

综上，μῦθος 一词的意义域近乎涵盖了所有由词语组成的事物。但对于亚里士多德《诗学》古希腊文文本中的 μῦθος，其意义则限于想象的、虚构的、非真实的事物的叙述或讲述或记事或记叙，尤指作为悲剧基础的虚构的故事、主要的情节。如此，μῦθος（单数阳性主格）的较为妥帖的现代汉语释词似乎有"故事"与"情节"；μῦθοι（复数阳性主格）的较为妥帖的现代汉语释词似乎有"诸多故事""诸多情节"及"（整部或完整的）作品"。以下详论之。

《现代汉语词典》将"故事"二字解为[①]：

> ①真实的或虚构的用作讲述对象的事情，有连贯性，富吸引力，能感染人：神话～｜民间～｜讲～。②文艺作品中用来体现主题的情节：～性。

《现代汉语词典》将"情节"二字解为：

> 事情的变化和经过：故事～｜～生动。②指犯罪或犯错误的具体情况：案件的～｜根据～轻重分别处理。

《辞海》将"情节"二字解为[②]：

> ①犹节操。殷仲文《罪衅解尚书表》："名义以之俱沦，情节自兹兼挠。"②事情的变化和经过。《水浒传》第四十一回："饮酒中间，说起许多情节。"③情分。《金瓶梅》第十二回："院中唱的只是一味爱钱，和你有甚情节，谁人疼你？"④叙事性文艺作品中具有内在因果联系的人物活动及其形成的事件的进展过程。由一组以上能显示人物行动，人物和人物、人物和环境之间的错综复杂关系的具体事件和矛盾冲突所构成，是

[①] 中国社会科学院语言研究所词典编辑室：《现代汉语词典》，北京：商务印书馆，2012 年。
[②] 夏征农、陈至立主编：《辞海》，上海：上海辞书出版社，2009 年。

塑造人物性格的主要手段。它以现实生活中的矛盾冲突为根据,经作家、艺术家的集中、概括并加以组织、结构而成,事件的因果关系亦更加突出。一般包括开始、发展、高潮、结局等组成部分。有的作品还有序幕和尾声。

通过上面两部辞书,我们发现,其一,现代汉语的"故事"二字既可以是真实的也可以是虚构的,这与 μῦθος 与 λόγος 的意义相分离之前的本义重合度较高;其二,而现代汉语的"故事"二字在文艺作品中,明显带有虚构的成分,这样,又与 μῦθος 与 λόγος 的意义相分离之后的意义有一定的重合度。如此,在文学作品中,"故事"与"情节"似乎是同义词或近义词,理由有二,其一、情节可以作为故事的释词;其二,"故事""情节"四字常常连用。从《现代汉语词典》对"情节"的解释与《辞海》对"情节"的第二种解释的同一性可以看出,现代汉语"情节"二字的意义显然源于古汉语。李渔在《闲情偶寄》的"词曲部·结构第一·脱窠臼""词曲部·宾白第四·时防漏孔"及"演习部·变调第二·缩长为短变旧为新"等章节中,论述我国戏曲理论,使用的"情节"二字的本义也是"事情的变化和经过"。

综合上述辞书,μῦθος 的较为妥帖的现代汉语释词有三个——"作品""故事"和"情节"。是否的确如此,还要结合《诗学》古希腊文文本进行研究。

二、从《诗学》古希腊文文脉看 μῦθος 的意义

以下对《诗学》古希腊文文本中的 μῦθος 及其全部屈折变化形式 μῦθοι(复数阳性主格)、μύθοις(复数阳性与格)、μῦθον(单数阳性宾格)、μῦθος(单数阳性主格)、μύθου(单数阳性属格)、μύθους(复数阳性宾格)、μύθῳ(单数阳性与格)、μύθων(复数阳性属格)进行分析,列表如下:

序号	具体形式	Bekker编码	语法形式	句子成分	分析	较为妥帖的解释
1	μύθους	1447a9	复数阳性宾格	逻辑主语：作者；谓语：πῶς δεῖ συνίστασθαι（应当如何去安排）①	宏观上，位于全书总论	整部作品、诸多故事、诸多情节似乎皆无法排除
2	μύθων	1449a19	复数阳性属格	逻辑主语：作者；同位语：λέξεως γελοίας（滑稽可笑的言辞）	宏观上，位于悲剧发展史的大论题之下	故事或情节或故事情节
3	μύθους	1449b5	复数阳性宾格	主语：Ἐπίχαρμος καὶ Φόρμις（作者艾皮哈勒莫斯和弗勒米斯）；谓语：ποιεῖν（创作）	宏观上，位于喜剧发展史的大论题之下	诸多故事、情节或故事情节皆不能排除；Liddell明确解释为plot（情节）
4	μύθους	1449b9	复数阳性宾格	主语：Κράτης（作者克拉泰斯）；谓语：ποιεῖν（创作）	同上	情节或故事情节
5	μῦθος	1450a4	单数阳性主格	主语：μῦθος；谓语：Ἔστιν（是）；表语：πράξεως μίμησις（行为的艺术再现）	宏观上，位于悲剧六要素的大论题之下；微观上，是μῦθος的一个规范性描述	情节或故事情节；Liddell明确解释为plot（情节）
6	μῦθον	1450a4	单数阳性宾格	逻辑主语：我，亦即亚氏；谓语：λέγω（我所称的）；宾语补足语：τὴν σύνθεσιν τῶν πραγμάτων（诸多所作所为或事件的运筹）	同上	情节或故事情节

① 括号内为古希腊文的行间翻译。正体对应古希腊文原文中字面上有的词语。斜体有三种情况，其一，原文没有，为了照顾译文的可读性而加入的词语；其二，因古希腊原意意义域广大，只用一个现代汉语词语翻译会带来理解的偏狭，而加入的可替换词；其三，为帮助读者理解古希腊文法而加入的词语，例如"诸、诸多、那些"表示后面的名词是复数，"曾"表示后面的动词是未完成时，"倘若"表示后面的动词是虚拟式，"去、来"表示后面的动词是不定式，等等。

续　表

序号	具体形式	Bekker编码	语法形式	句子成分	分析	较为妥帖的解释
7	μῦθος	1450a9	单数阳性主格	主语：ταῦτα（它们）；谓语：ἐστὶ（是、包括）；表语：μῦθος καὶ ἤθη καὶ λέξις καὶ διάνοια καὶ ὄψις καὶ μελοποιία（μῦθος和人物和道白和思想舞美与音乐）	宏观上，位于悲剧六要素的大论题之下	情节或故事情节
8	μῦθον	1450a14	单数阳性宾格	主语：πᾶν（所有戏剧或悲剧）；谓语：ἔχει（具备）；宾语：†ὄψις καὶ ἦθος καὶ μῦθον καὶ λέξιν καὶ μέλος καὶ διάνοιαν（舞美、人物、情节、道白、音乐和思想）；状语：ὡσαύτως（同样地）	宏观上，位于悲剧六要素的大论题之下；微观上，主语为所有的戏剧或悲剧	情节或故事情节
9	μῦθος	1450a22	单数阳性主格	主语：τὰ πράγματα καὶ ὁ μῦθος（诸事件或所作所为与μῦθος）；谓语：ἐστὶ（是，省略）；表语：τέλος τῆς τραγῳδίας（悲剧的终极目的）	宏观上，位于悲剧六要素的大论题之下；微观上，议论主题是悲剧	情节或故事情节
10	μῦθον	1450a32	单数阳性宾格	逻辑主语：悲剧；逻辑谓语：ἔχουσα（具备）；宾语：μῦθον καὶ σύστασιν πραγμάτων（μῦθον和诸多事件或所作所为之运筹）	宏观上，位于悲剧六要素的大论题之下；微观上，主语为所有的戏剧或悲剧	情节或故事情节
11	μύθου	1450a34	单数阳性属格	主语：τὰ μέγιστα（那些最重要的）；谓语：ἐστίν（是）；表语：τοῦ μύθου μέρη（与μῦθος相关的诸多要素）	宏观上，位于悲剧六要素的大论题之下；微观上，其后有两个要素：关目与引子	情节或故事情节

20

续 表

序号	具体形式	Bekker编码	语法形式	句子成分	分析	较为妥帖的解释
12	μῦθος	1450a38	单数阳性主格	主语:μῦθος；逻辑谓语:ἐστίν οἷον（如同是）；逻辑表语:ψυχὴ τῆς τραγῳδίας（悲剧的灵魂）	宏观上，位于悲剧六要素的大论题之下；微观上，随后有绘画的白描手法与之形成比较	情节或故事情节
13	μύθους	1450b32	复数阳性宾格	逻辑谓语:συνεστῶτας（运筹）；状语:εὖ（正确地）	宏观上，位于作为悲剧六大要素之一的μῦθος的大论题之下；微观上，前有悲剧所艺术再现的事物的完整性的论述，后有抽象的美与事物完整性的关系	整部作品、诸多故事、诸多情节似乎皆无法排除
14	μύθων	1451a5	复数阳性属格	逻辑主语:μύθων；谓语:ἔχειν（具备、有）；宾语:一定的长度	宏观上，位于作为悲剧六大要素之一的μῦθος的大论题之下；微观上，论述抽象的美与事物完整性的关系，后紧随悲剧的长度限度的论述	同上
15	μῦθος	1451a16	单数阳性主格	主语:μῦθος；谓语:ἐστίν（是）；表语:εἷς（统一的或归一的）	宏观上，位于μῦθος统一性的大论题之下	情节或故事情节; Liddell明确解释为plot（情节）
16	μῦθον	1451a22	单数阳性宾格	逻辑主语:μῦθον；谓语:εἶναι προσήκειν（自然会是）；表语:ἕνα(一个整体)	同上	情节或故事情节

21

续 表

序号	具体形式	Bekker编码	语法形式	句子成分	分析	较为妥帖的解释
17	μῦθον	1451a31	单数阳性宾格	状语：οὕτω（如此、这样）	宏观上，位于μῦθος统一性的大论题之下；微观上，后面有καὶ τὰ μέρη συνεστάναι τῶν πραγμάτων οὕτως（诸多事件或所作所为的诸多部分也应当如此安排）	情节或故事情节
18	μῦθον	1451b13	单数阳性宾格	逻辑主语：喜剧作者；逻辑谓语：συστήσαντες（安排）；状语：διὰ τῶν εἰκότων（依照诸多可能性）	宏观上，位于作品的虚构性的大论题之下；微观上，逻辑主语为喜剧作者，后有与抑扬格律诗作者的对比	情节或故事情节
19	μύθων	1451b24	复数阳性属格	逻辑主语：悲剧作者；谓语：οὐ πάντως εἶναι ζητητέον（切勿热衷于）；宾语：παραδεδομένων μύθων（诸多流传下来的μύθων）	宏观上，位于悲剧取材的大论题之下；微观上，μύθων有定语παραδεδομένων（流传下来的）	故事，但情节或故事情节也无法断然排除
20	μύθων	1451b27	复数阳性属格	逻辑主语：τὸν ποιητὴν（作者）；谓语：εἶναι δεῖ（应当去成为）；表语：τῶν μύθων ποιητὴν（诸多μύθων的作者）	宏观上，位于悲剧取材的大论题之下；微观上，后面有与历史材料的比较	故事、情节或故事情节皆不可排除

续 表

序号	具体形式	Bekker编码	语法形式	句子成分	分析	较为妥帖的解释
21	μύθων	1451b33	复数阳性属格	主语：αἱ ἐπεισοδιώδεις（那些头绪繁多的）；谓语：εἰσίν（是）；表语：χείρισται（最差的）	宏观上，论述χείρισται（最差的）μύθων的大论题之下；微观上，后面紧接着两个单数形式的μῦθον，并提到了为了戏剧比赛，μῦθον被拉长并被改变顺序的事实	情节、故事情节
22	μῦθον	1451b34	单数阳性宾格	主语：亚氏本人；谓语：λέγω（说的、称作的）；宾语：πεισοδιώδη μῦθον（头绪繁多的μῦθον）	同上	情节、故事情节
23	μῦθον	1451b38	单数阳性宾格	主语：ποιοῦντες（那些进行艺术创作的人们）；谓语：παρατείνοντες（拉长）；状语：παρὰ τὴν δύναμιν（竭智尽力地）；宾语：μῦθον	同上	情节、故事情节
24	μύθους	1452a11	复数阳性宾格	逻辑主语：τοὺς τοιούτους（那些如此这般的）；谓语：εἶναι（是）；表语：καλλίους μύθους（最好的μύθους）	宏观上，论述καλλίους（最好的）μύθων的大论题之下，并紧接最差的μύθων的论题	情节、故事情节
25	μύθων	1452a12	复数阳性属格	主语：τῶν μύθων οἱ（一些μύθων）；谓语：是（省略）；表语：ἁπλοῖ（简单的）或πεπλεγμένοι（复杂的）	宏观上，位于诸多μύθων的繁简之别及其要素（关目、引子）的大论题之下	情节、故事情节，亦不能完全排除整部作品的意义
26	μῦθοι	1452a13	复数阳性主格	主语：οἱ μῦθοι；谓语：εἰσίν（是）；表语：μιμήσεις（艺术再现）	同上	情节、故事情节，亦不能完全排除整部作品的意义

续 表

序号	具体形式	Bekker编码	语法形式	句子成分	分析	较为妥帖的解释
27	μύθου	1452a19	单数阳性属格	主语：Ταῦτα（这些关目、引子及其他故事情节的组成部分）；谓语：δεῖ（一定要）；表语：ἐξ αὐτῆς τῆς συστάσεως τοῦ μύθου（出自故事情节结构本身）	宏观上，位于诸多μύθων的繁简之别及其要素（关目、引子）的大论题之下；微观上，μύθου修饰中心词συστάσεως（结构）	情节、故事情节
28	μύθου	1452a37	单数阳性属格	主语：ἡ μάλιστα（最适合于……的引子）；谓语：ἐστίν（是）；表语：εἰρημένη（前已述及的引子）	宏观上，位于引子的大论题之下	情节、故事情节
29	μύθου	1452b9	单数阳性属格	主语：Δύο μέρη（诸多组成部分中的两个）及ταῦτ（它们）；定语：μύθου（μύθου的）；谓语：ἐστι（是）；表语：περιπέτεια καὶ ἀναγνώρισις（关目和引子）	宏观上，位于μῦθος的组成部分或要素的大论题之下，微观上，后紧随μῦθος的第三个部分πάθος（足堪动人之重大事件）	情节、故事情节
30	μύθους	1452b29	复数阳性宾格	逻辑主语：作者；谓语：συνιστάντας(构思)；宾语：μύθους	宏观上，位于运筹μύθους的大论题之下	整部作品、故事、情节皆不可排除
31	μῦθον	1453a12	单数阳性宾格	逻辑主语：μῦθον；谓语：εἶναι（是）；表语：ἁπλοῦν μᾶλλον ἢ διπλοῦν（简单而不是双重的）	表语	故事、情节、故事情节
32	μύθους	1453a18	复数阳性宾格	主语：οἱ ποιηταί（诸多作者）；谓语：ἀπηρίθμουν（讲述）；宾语：τοὺς τυχόντας μύθους（那些平常的μύθους）	宏观上，在论述悲剧的取材	故事

续 表

序号	具体形式	Bekker编码	语法形式	句子成分	分析	较为妥帖的解释
33	μύθῳ	1453a37	单数阳性与格	主语:οἱ ἔχθιστοι（诸多不共戴天的仇人）；谓语:ἂν ὦσιν（本当是）；状语:ἐν τῷ μύθῳ（在μύθῳ中）	后紧跟φίλοι γενόμενοι ἐπὶ τελευτῆς ἐξέρχονται（结果剧终却成为了朋友）	情节、故事情节，但故事的意义无法断然排除
34	μῦθον	1453b4	单数阳性宾格	逻辑主语:作者；谓语:συνεστάναι（运筹）；宾语:μῦθον；状语:οὕτω（就此、如此）	前面有短语:συστάσεως τῶν πραγμάτων（诸多事件或所作所为的运筹）	情节、故事情节
35	μῦθον	1453b7	单数阳性宾格	主语:τις（某人）；逻辑谓语:ἀκούων（听到）；宾语:μῦθον；定语:τοῦ Οἰδίπου（俄狄浦斯的）	μῦθον有定语τοῦ Οἰδίπου（俄狄浦斯的）的限制	故事，但亦不能完全排除情节或故事情节的意义
36	μύθους	1453b22	复数阳性宾格	逻辑主语:作者；逻辑谓语:λύειν（改变、支离）；宾语:μύθους	宏观上，在论述悲剧对传统素材的取舍，或继承与创新的问题	故事，但亦不能完全排除情节或故事情节的意义
37	μύθοις	1454a12	复数阳性与格	逻辑主语:作者；谓语:παρασκευάζειν（安排）；状语:ἐν τοῖς μύθοις（在诸多μύθοις）	宏观上，该段在讨论悲剧的取材	整部作品、情节或故事情节的意义皆不可断然排除
38	μύθους	1454a14	复数阳性宾格	逻辑主语:μύθους；谓语:εἶναι δεῖ（应当是）；表语:ποίους τινὰς（什么样的或具备何种性质）	宏观上，该段在讨论悲剧的取材；微观上，前有τῆς τῶν πραγμάτων συστάσεως（诸多事件的安排）	情节或故事情节，但整部作品的意义不可断然排除

25

续　表

序号	具体形式	Bekker编码	语法形式	句子成分	分析	较为妥帖的解释
39	μύθων	1454a37	复数阳性属格	主语：λύσεις（诸多戏剧矛盾冲突的解决）；谓语：δεῖ συμβαίνειν（应当产生）；定语：τῶν μύθων（诸多 μύθων 的）；状语：ἐξ αὐτοῦ τοῦ μύθου（从 μύθου 本身）	宏观上，位于人物性格的大论题之下	情节或故事情节，但整部作品的意义不可断然排除
40	μύθου	1454b1	单数阳性属格	同上	同上	情节、故事情节
41	μῦθος	1454b35	单数阳性主格	主语：μῦθος	宏观上，位于引子的类型的大论题之下	情节、故事情节
42	μύθους	1455a22	复数阳性宾格	逻辑主语：τοὺς μύθους συνιστάναι καὶ τῇ λέξει συναπεργάζεσθαι（诸多 μύθους 的建构安排和词句的切磋琢磨）；逻辑谓语：τιθέμενον（放在、置于）；状语：μάλιστα πρὸ ὀμμάτων（离眼睛最近的地方）	宏观上，位于 μῦθος 建构的总体建议的大论题之下；微观上，后面紧随 πραττομένοις（诸多事件或所作所为）	情节或故事情节，但整部作品的意义不可断然排除
43	μύθου	1455b8	单数阳性属格	主语：ἀνεῖλεν ὁ θεὸς ἐλθεῖν ἐκεῖ（神灵指示他来到这里）；谓语：是（省略）表语：ἔξω τοῦ καθόλου...ἔξω τοῦ μύθου（外在于故事情节的总体……外在于 μύθου）	宏观上，位于 μῦθος 建构的总体建议的大论题之下；前面有相似的结构 ἔξω τοῦ καθόλου（外在于故事情节的总体之外）	情节、故事情节
44	μύθῳ	1456a8	单数阳性与格	逻辑主语：Δίκαιον δὲ καὶ τραγῳδίαν ἄλλην καὶ τὴν αὐτὴν λέγειν（主张某个悲剧与其他悲剧不同以及相同的正当性）；逻辑谓语：是、在于（省略）；表语：τῷ μύθῳ（那 μύθῳ）	宏观上，位于悲剧类型的大论题之下；微观上，后面紧接着短语 ἡ αὐτή πλοκή καὶ λύσις（那相同的戏剧矛盾冲突及其解决）	情节、故事情节

续 表

序号	具体形式	Bekker编码	语法形式	句子成分	分析	较为妥帖的解释
45	μῦθον	1456a13	单数阳性宾格	主语：τις（有人）；谓语：ποιοῖ（果真意欲创作）；宾语：μῦθον；状语：τὸν τῆς Ἰλιάδος ὅλον（以《伊利亚特》的整个主题线索）	宏观上，位于悲剧类型的大论题之下；微观上，前面有μὴ ποιεῖν ἐποποιικὸν σύστημα τραγῳδίαν（不要以史诗的体制或结构去创作悲剧）的定论	情节、故事情节
46	μύθου	1456a28	单数阳性属格	主语：τὰ ἀδόμενα（那些由歌舞队演唱的部分）；谓语：ἐστίν（是）；表语：οὐδὲν μᾶλλον τοῦ μύθου, ἢ ἄλλης τραγῳδίας（既不是与故事情节相关，也不是与其他的某个悲剧相关）	宏观上，位于悲剧类型的大论题之下；微观上，紧接其后有短语ἢ ἄλλης τραγῳδίας（也不是与其他的某个悲剧相关）	情节、故事情节
47	μύθους	1459a18	复数阳性宾格	逻辑主语：μύθους；谓语：συνιστάναι（去安排）；宾语：δραματικοὺς（有戏剧性的μύθους）	宏观上，位于悲剧与史诗的共同规律的大论题之下；微观上，后面紧接καὶ περὶ μίαν πρᾶξιν ὅλην καὶ τελείαν, ἔχουσαν ἀρχὴν καὶ μέσα καὶ τέλος（并且围绕一个行为，一个完整的和完结的行为，亦即具备首部和中部和尾部的行为）	整部作品、诸多故事、诸多情节似乎皆无法排除

续 表

序号	具体形式	Bekker编码	语法形式	句子成分	分析	较为妥帖的解释
48	μῦθος	1459a33	单数阳性主格	逻辑主语：第三人称单数，泛指任何一个人；谓语：ἔμελλεν（不曾指望）；宾语：εὐσύνοπτος ἔσεσθαι ὁ μῦθος（μῦθος 会是一下子或从整体上被把握的）	定语从句的表语是 εὐσύνοπτος（一下子或从整体上被把握的）	情节、故事情节
49	μῦθος	1460a33	单数阳性主格	主语：μῦθος；谓语：ἀνήρητο（被毁了）	宏观上，位于史诗中的伪诈的大论题之下；微观上，前面有 μερῶν ἀλόγων（诸多荒谬无理的部分），随后的 μῦθος 似乎应有整体性	情节、故事情节
50	μῦθον	1462b6	单数阳性宾格	逻辑主语：史诗作者；谓语：ποιῶσιν（果真要创作）；宾语：μῦθον；定语：ἕνα（一个）	逻辑主语：史诗作者，定语 ἕνα（一个）	故事、情节、故事情节

通过上表的分析，我们足以发现 μῦθος 一词的重要性，因为该词在《诗学》文本中大量出现；及其复杂性，因为该词难有统一的解释。但是，通过上表的分析，我们依然能够发现关于 μῦθος 的意义的一些规律：其一，一般而言，如果 μῦθος 是单数形式，那么多数情况可以前述在文学作品中作为同义词或近义词使用的"故事"与"情节"，抑或"故事情节"作为释词。但也不是绝对的。其二，如果 μῦθος 是复数形式，则需要结合上下文在"整部作品"、不与情节构成同义词或近义词的意义上的"故事"（真实的或虚构的用作讲述对象的事情）及"情节"三者之间悉心拣选。但如果涉及文学作品的选材问题，则"故事"二字相对较为妥帖。

结　论

　　亚里士多德《诗学》古希腊文文本中的 μῦθος（作品或故事或情节）的意义较为复杂。但也有相对稳定的规律可循，μῦθος 单数形式的较为妥帖的现代汉语释词是情节；μῦθος 复数形式的较为妥帖的现代汉语释词则需要在作品、故事与情节间选择。

　　在分析《诗学》古希腊文文脉的同时，我们还能发现总是与 μῦθος 一同出现，并作为其定义项的主要部分的，近乎同义词的若干古希腊文词组，它们有：πράξεως μίμησις（行为的艺术再现）、τὴν σύνθεσιν τῶν πραγμάτων（诸多所作所为或事件的运筹）、τὰ πράγματα（诸事件或所作所为）、σύστασιν πραγμάτων（诸多事件或所作所为之运筹）。

　　亚氏的这种用词似乎告诉我们这样一种逻辑链条：人的行为构成事情或事件（艺术创作尤其是叙事文学，与自然科学或法学不同，似乎难有纯而又纯，没有人的行为参与的事情或事件），这些事件经年累月、口耳相传、辗转传抄之后成为了或真或假的故事，这些或真或假的故事经过作者的创作而成为故事情节，故事情节就是整部作品的骨干。如此看来，μῦθος 上述诸多现代汉语释词间的矛盾又是相互统一的。这正是古典语言的魅力所在。

（作者单位：北京外国语大学亚非学院）

欧洲、北美地区的中国中古文学研究

[美]康达维 著 韩中华 译

译者按：康达维（David R. Knechtges）在中国古代文学的研究中成就是多方面的，在西方汉学的汉魏六朝文学研究中是佼佼者。他文中的"中古"是一个借用外来观念创建的新词，国内学者较少使用，而西方学者常常采用。他所论及的中国中古文学基本上相当于汉魏六朝文学。19世纪汉学研究中心在法国，但法国汉学家中对汉魏六朝文学感兴趣的学者较少。20世纪早期，研究汉魏六朝文学的西方汉学家也不多。英国韦利翻译了中国一部分古诗，翟理斯撰写了《中国文学史》，其中涉及汉魏六朝文学的内容也不多。研究汉魏六朝文学最重要的学者是德国赞克，他翻译了大部分的《文选》。自20世纪50年代起，西方学者开始关注汉魏六朝文学的翻译和研究。德国卫德明是《易经》及嵇康研究专家，美国海陶玮以陶渊明及《文选》研究著称，这两位汉学家也是康达维的导师。美国傅汉思是乐府研究权威，马瑞志因翻译《世说新语》知名，侯思孟专攻汉末魏晋文学。法国桀溺关注汉魏文学。其特点是从以翻译介绍为主，到翻译与研究并重。在这个领域康达维是处于承前启后的汉学家，代表了一个高峰。他是西方汉学中汉魏六朝文学研究最权威的学者。从1972年到2014年，康达维在华盛顿大学的亚洲语言文学系任教42年，目前美国汉学界从事汉魏六朝文学研究的学者大都出自他的门下。

在西方汉学领域，欧洲、北美地区的中国中古文学研究起步较晚。19世纪，西方汉学的中心在法国。然而，只有少数法国汉学家对中国中古文学感兴趣。儒莲（Stanislas Julien，1797—1873）是第二位担任法兰西公学院汉学讲座主席("中国、鞑靼满洲语文和文学讲座")职位的教授。^①他出生在奥尔良市^②的一个贫穷家庭。儒莲通晓多种语言——拉丁语、希腊语、阿拉伯语、希伯来语、波斯语、梵语、汉语和满族语,以及大多数现代欧洲语言,包括英语、意大利语、西班牙语、葡萄牙语、德语,甚至俄语。儒莲拥有如此强大的外语天赋,能够使用英语、德语、俄语给外国学者写回信。他在中国文学研究方面也建树颇丰,主要研究元曲和明清小说,还翻译了一部重要的中古著作——玄奘的《大唐西域记》。^③

1874年,儒莲的职位由他的一位学生玛丽·让·雷翁·勒高克(Marie-Jean-Léon Lecoq),即德里文(Marquis d'Hervey de Saint-Denys,1823—1892)^④所接替。在保罗·戴密微(Paul Demiéville)看来,他是"欧洲首批对中国诗歌感兴趣的人之一"。^⑤德里文的《唐诗》(1862)是第一部研究唐诗的

---

①* "Study of Medieval Chinese Literature in Europe and North America",本文是康达维在2017年11月14日中山大学的讲座讲稿。

For accounts of Julien, see Henri Wallon, "Notice sur la vie et les travaux de M. Aignan-Stanislas Julien, membreoridinaire de l'Académie, séance du 5 novembre 1975," *Comptes rendus des séances de l'Académie des Inscriptions et Belles-Lettres*, 19e année, N. 4 (1875): 386—430. Shorter accounts include Robert Kennaway Douglas, "Julien, Stanislas" in *Encyclopedia Britannica*, 11th Edition (Cambridge, England: Cambridge University Press, 1911), 550—551; Paul Demiéville, "Aperçus historique des études sinologiques en France," *Acta Asiatica* 11 (1966): 79—81; David Honey, *Incense at the Altar: Pioneering Sinologists and the Development of Classical Chinese Philology*, American Oriental Series 86 (New Haven: American Oriental Society, 2001), 29—33; 许光华:《法国汉学史》(北京:学苑出版社,2009),106—112; Hartmut Walravens, "Stanislas Aignan Julien—Leben und Werk. 21 Sept. 1797—14 Feb. 1783," *Monumenta Serica* 72 (2014): 261—333.

② 译者按:奥尔良(Orléans),法国中部城市。

③ *Mémoires sur les contrées occidentalestraduits du sanscrit en chinois, en l'an 648, par Hiouen-thsang, et du chinois en français* (Paris: L'Imprimerie impériale, 1851).

④ On Marquis d'Hervey de Saint-Denys, see Henri Cordier, "Nécrologie. Le Marquis d'Hervey de Saint-Denys," *T'oung Pao* 3 (1842): 517—520; Demiéville, "Aperçu," 81—82; Oliver de Luppé, Angel Pino, Roger Ripert, and Betty Schwartz, *Léon D'Hervy de Saint Denys, 1822—1892* (Île Saint-Denis: Oniros, 1996); Angel Pino and Isabelle Rabut, "Le marquis D'Hervey-Saint-Denys et les traditions littéraires: A propos d'un text traduit par lui et retraduit par d'autres," in *De l'un au multiple: Traductions du chinois vers les langues européenes* (Paris: Éditions de la Maison des sciences de l'homme, 1999), 113—142; Honey, *Incense at the Altar*, 34—35.

⑤ "Aperçu," 81.

西方语言著作，翻译水平相当高。① 柯慕白（Paul Kroll）认为，"虽然此书在唐诗专家中鲜为人知，但直到今天仍然有用"，② 随后我将在讲座中讨论一下柯慕白这个人。德理文翻译了94首唐诗，包括李白的24首和杜甫的22首。译文之前，有一篇99页的关于中国诗学和韵律的介绍，柯慕白认为"这是迄今为止及其后几十年内对中国传统诗歌最彻底和最有见识的讨论"。③

19世纪，没有其他著名的法国汉学家发表关于中国中古文学的著作。不过，有趣的是，在此期间有一位作者却发表了自己的中国中古诗歌翻译。她就是朱迪特·戈蒂埃（Judith Gautier，1845—1917），一个并非真正意义上的学者。④ 她是法国象征主义诗人戈蒂埃（Théophile Gautier，1811—1872）的女儿，而戈蒂埃本人就对中国文学感兴趣。戈蒂埃雇佣了在太平天国运动之后逃离中国的丁敦龄（Tin-Tun-Ling，1831—1886）指导女儿学习中文。⑤ 到22岁时，她的汉语已达到了一定水平，并以朱迪特·沃特为笔名出版了《玉书》（*Le Livre de jade*，1867），其中包括中国诗歌的翻译，相当自由和诗意地呈现。美国学术团体协会（American Council of Learned Societies）会长余宝琳（Pauline Yu）撰写过一篇关于朱迪特·戈蒂埃的文章。⑥

20世纪初期，研究早期中国中古文学的西方汉学家并不多。这一时期，

---

① *Poésies de l'époque des Thang* (Paris: Amyot, 1862).

② "Translation, or Sinology: Problems of Aims and Results", unpublished paper presented at Conference on Translation and the History of Sinology, Beijing Language and Culture University, 2.

③ "Translation, or Sinology," Ibid., 3.

④ On Judith Gautier, see Mathilde Camarcho, *Judith Gautier: sa vie et son œuvre* Paris: E. Droz, 1939; Joanna Richardson, *Judith Gautier: A Biography* (London: Quartet, 1986; New York: F. Watts, 1987); Bettina Liebowitz Knapp, *Judith Gautier: Writer, Orientalist, Musicologist, Feminist: A Literary Biography* (Dallas, TX: Hamilton Books, 2004); Ferdinand Stocès, "Sur les sources du *Livre de Jade* de Judith Gautier (1845—1917) [Remarques sur l'authenticité des poèmes]," *Revue de littérature comparée* 319 (2006: 3): 335—350; Bettina L. Knapp, *Judith Gautier: Une intellectuelle française libertaire* (1845—1917) (Paris: Éditions L'Harmattan, 2007).

⑤ On Tin-Tun-Ling, see Stephan von Minden, "Une experience d'exotisme vécu: 'Le Chinois de Théophile Gautier,'" *L'Orient de Théophile Gautier: Bulletin de la Société Théophile Gautier* 12 (1990): 35—54; 刘志侠:《丁敦龄的法国岁月》,《书城》(2013: 9): 39—49.

⑥ Pauline Yu, "'Your Alabaster in This Porcelain': Judith Gautier's *Le livre de jade*," *PMLA* 122.2 (2007): 464—482.

对中国中古文学产生浓厚兴趣的最杰出的学者之一是亚瑟·韦利（Arthur Waley，1889—1966）。1889年，亚瑟·韦利出生于坦布里奇韦尔斯。他父亲原姓施洛斯，是贸易委员会富有的公务员。在1914年的反德情绪中，这一家人遂改姓其母亲娘家的姓氏韦利。亚瑟·韦利大学就读于剑桥国王学院，接受了古典文学教育。原本，他的家人希望他能够从事出口贸易业务。然而，在1913年，他接受了大英博物馆印刷室的职位。在大英博物馆工作期间，韦利对中文和日文产生了兴趣。在大英博物馆工作的18年（1913—1930）中，他编撰了中国画作目录。他很快就学会了中文，开始翻译中国诗歌。1918年，他出版了《一百七十首中国古诗选译》（*A Hundred and seventy Chinese Poems*），随后在1919年出版《中国古诗选译续集》（*More Translations From The Chinese*），1923年又出版首个以西方语言翻译"赋"的著作《寺庙及其他诗歌》（*The Temple and Other Poems*）。在《一百七十首中国古诗选译》的前言中，韦利阐述了他的翻译哲学："我的目标是直译，而不是释义……最重要的是，考虑到意象是诗歌的灵魂，我避免添加自我的意象或者压制原作的意象。"①

韦利的翻译最初受到了褒贬不一的评论。为了对韦利的翻译风格进行细致的回顾，我将向您介绍台湾"中央"研究院研究员雷之波（Zeb Raft）撰写的一篇长文。②雷之波引用了埃兹拉·庞德（Ezra Pound）贬低化的评价。③④

1930年，韦利辞去了大英博物馆的职位，从那时起，他再没有担任任何公职。他毕生致力于撰写大量有关中国和日本文学的著作。韦利是该领域一位真正的创新者。他是第一个通过诗歌研究诗人生活的学者，还发表了相关的研究专著。也许韦利撰写的有关白居易的238页专著《白居易的生平及其时代》（*The Life and Times of Po Chü-i*）是他的最佳著作。在哈佛大学教授中

---

① *A Hundred and Seventy Chinese Poems*, 33.

② Zeb Raft, "The Limits of Translation: Method in Arthur Waley's Translations of Chinese Poetry," *Asia Major* 25.2 (2012): 79—128.

③ Ibid., 94—95.

④ 译者按：康达维在讲座中用PPT对此相关内容做了介绍。

国历史的杨联陞（Yang Lien-sheng）教授称赞这本书"对理解中国历史和中国文学很有贡献……本书许多地方写得非常好，它们不仅启发了普通读者，也启发了研读中国历史的研究者"。[①]韦利在1950年出版的《李白诗歌与生平》(*The Poetry and Career of Li Po*)不仅篇幅大减，而且对诗人缺乏同情。韦利批评李白的醉酒、对道教的歪曲以及对平民缺乏同情心，甚至说他"自负、冷漠、沉迷饮酒、不负责任和不诚实"。[②]

20世纪上半叶中国中古文学研究领域的主要学者也许要数赞克（Erwin Ritter von Zach，1872—1942）了。[③]赞克出生于维也纳一个贵族军官世家。1901年到1919年间，他曾担任奥匈帝国的领事。在此期间，他多半住在中国。他不但对汉文，而且对藏文和满文都有深入的研究。1897年，赞克曾在荷兰莱顿受教于施古德（Gustav Schelgel）的门下，不过他是个自学成功的汉学家。他的第一部主要著作是纠正翟理斯（Giles）《中英辞典》(*Chinese-English Dictionary*)的错误，首次在中国出版。到了1909年，赞克以本书的一部分作为他在维也纳大学（Wien Universität）攻修的博士论文。

1919年奥匈帝国解体后，赞克搬到巴达维亚（今雅加达，印度尼西亚），开始在东印度群岛的荷兰领事馆工作。1924年他辞去工作，将全部的时间和

[①] Review, *The Life and Times of Po Chü-i* by Arthur Waley, *Harvard Journal of Asiatic Studies* 15.1—15.2 (1952): 259—260.

[②] *The Poetry and Career of Li Po*, 100—102.

[③] On Erwin Ritter von Zach, see Arthur von Rosthorn, "Erwin Ritter v. Zach," *Almanach der Akademie der Wissenschaften in Wien für das Jahr 1943* (Jg 93), 195—198; Alfred Forke, "Erwin Ritter von Zach in memoriam," *Zeitschrift der Deutschen Morgenländischen Gessellschaft* 97 (1943): 1—15; Alfred Hoffman, "Dr. Erwin Ritter von Zach (1872—1942) in memoriam: Verzeichnis seiner Veroffentlichgen," *Oriens Extremus* 10 (1963): 1—60; Martin Gimm, "Eine nachlese kritisch-polemischer Beitrage und Briefe von Erwin Ritter v. Zach (1872—1942)," *NachrichtenderGesellschaftfurNatur-undVolkerkundeOstasiens / Hamburg* 130 (1981): 15—53; Bernhard Führer, *Vergessen und verloren: die Geschichte der österreichischen Chinastudien*, Ed. Cathay, Bd. 42 (Dortmund: Projekt-Verlag, 2001), 157—187; 傅熊《忘与亡：奥地利汉学史》，王艳、儒丹墨（Daniel-Maurice Rubris）译（上海：华东师范大学出版社，2011），173—207; Monika Motsch, "Slow Poison or Magic Carpet, the Du Fu Translations by Erwin Ritter von Zach," in Viviane Alleton and Michael Lackner (eds.), *De l'un au multiple, Traductions du chonois vers les langues europénnes; Translating from Chinese into European Languages* (Paris: Éditions de la Maison des Sciences de l'Homme, 1999), 101—111.

精力用于学术研究。1942年，东印度群岛受到日军的轰炸，岛上外籍的居民开始疏散，他所搭乘的荷兰轮船受到日本的鱼雷侵袭，船上荷兰籍的船员被救起，而德国籍的乘客多半落水溺毙。

赞克几乎翻译了杜甫、韩愈和李白的所有诗歌，以及约90%的《文选》。[①]这些译作由海陶玮（James Robert Hightower）编辑，并由哈佛燕京学社（Harvard-Yenching Institute）出版。赞克自诩为一位没时间在理论上长篇大论的"科学学者"。他的翻译风格以"平实、注重语文性"[②]著称，这对赞克来说无疑是一种赞誉，因为他最初直译这些诗歌的本意是将它们作为学生学习的材料。在他1935年出版的《文选译注》（*Übersetzungen aus dem Wen Hsüan*）前言中，赞克明确地阐明了这些译作的目的：

> 这些译作仅供学生使用，并不适合一般大众。通过比对原文和译文，汉学学生在数周之内所取得的进步，可以超过平时教学人员词汇和语法指导下一年的潜心阅读。对我来说，节省学习时的人力投入是主要的、决定性的目的，因此这也影响了我译作的特点，使其更加注重字面意义，更加忠于原意，而流畅性和形式美则在其次。[③]

在我的《文选》翻译第一卷介绍中，我写下了关于赞克翻译的一段话："如果说赞克的译文有任何缺陷的话，那么也完全可以被他著作整体上的卓越表现所抵消。他显然是在巨大的困难中工作的。他的参考材料很少——我怀疑如果他当时能够看到一部不错的汉学著作集的话，他的很多'谬误'都可以得到纠正——但他的翻译在大多数时候都是正确的。赞克对中国有惊人的了

[①] See James Robert Hightower(ed.), *Han Yu's Poetische Werke* (Cambridge: Harvard University Press, 1952); James Robert Hightower (ed.), *Tu Fu's Gedichte* (Cambridge: Harvard University Press, 1952); Ilse Martin Fang (ed.), *Die Chinesische Anthologie. Übersetzungenausdem Wen-hsüan* (Cambridge: Harvard University Press, 1958); Hartmut Walravens (ed.), *Li T'ai-po: Gesammellte Gedichte Teil 1 (Bücher XI—XV)* (Wiesbaden: Harrassowitz Verlag, 2000); Hartmut Walravens and Lutz Bieg (eds.) *Li T'ai-po: Gesammellte Gedichte Teil 2 (Bücher XVI bis XXV und XXX)* (Wiesbaden: Harrassowitz Verlag, 2005).

[②] See Hoffman, "Dr. Erwin Ritter von Zach," 2.

[③] See *Sinologische Beiträge* 2, "Vorwort."

解，在同等资源条件下，很少有西方学者能够达到他那样的水准。"①

从 20 世纪 50 年代开始，越来越多的欧洲和北美学者开始了中国中古文学的翻译和研究。这些学者中最为杰出的一位是我的老师卫德明（Hellmut Wilhelm，1905—1990）。卫德明教授于 1905 年 12 月 10 日出生于青岛。他的父亲是著名的德国汉学家卫礼贤（Richard Wilhelm，1873—1930）。1899 年，卫礼贤决定前往青岛担任德国同善会传教士。他很快就学会了汉语，并开始准备为德国刊物翻译中国文学。1910 年至 1928 年间，卫礼贤翻译了《论语》《老子》《列子》《庄子》《孟子》《易经》《孔子家语》和《吕氏春秋》等著作。同时，他还出版了多部针对普通读者的中国书籍，包括《中国文明史》和《中国文学史》。②其中，《中国文学史》配有大量的插图，甚至还有许多彩色插图。卫礼贤最著名的著作是他的《易经》译著。③

1924 年，卫礼贤回到德国，被任命为法兰克福大学汉学主席。他的儿子卫德明此时则担任他的助手。卫德明一边继续学习中文，一边为从事法律职业做准备。1928 年，他通过了国家法律考试，在法兰克福法院当过一段时间的实习生。1930 年，卫礼贤突然去世，卫德明决定继承父亲从事的汉学研究工作，并进入柏林大学攻读汉学专业博士学位。1932 年，他以一篇研究 17 世纪学者顾炎武（1613—1682）的论文获得了博士学位。

出于各种原因，尤其是希特勒和纳粹党的掌权，卫德明教授决定离开德国前往中国。1948 年，他被任命为西雅图华盛顿大学汉学教授。在华盛顿大学的老师中，卫德明几乎教授中国研究的各个方面，包括文学和哲学，政治

---

① David R. Knechtges (trans.), Xiao Tong(ed.), *Wen xuan, or Selections of Refined Literature*, Vol. I, *Rhapsodies on Metropolises and Capitals* (Princeton: Princeton University Press, 1982), 68.

② *Geschichte der chinesischen Kultur* (Munich: F. Bruckmann, 1928. English trans. by Joan Joshua. *A Short History of Chinese Civilization*. New York: The Viking Press, 1929); *DiechinesischeLiteratur* (1926; rpt. Wildpark-Potsdam: Akademische Verlagsgesellschaft Athenaion, 1930).

③ 详见费乐仁 (Lauren F. Pfister)、陈京英译《攀登汉学中喜马拉雅山的巨擘——从比较理雅各 (1815—1897) 和卫礼贤 (1873—1930) 翻译及诠释儒教古典经文中所得之启迪》，《中国文哲研究通讯》15.2 (2005): 21—57; Hon, Tze-ki, "Constancy in Change: A Comparison of James Legge's and Richard Wilhelm's Interpretation of the *Yijing*", *Monumenta Serica* 53 (2005): 315—336; 赖贵三：《<易>学东西译解同——德儒卫礼贤<易经>翻译纵论》，《台北大学中文学报》16 (2014): 29—66。

和宗教，以及古代史和现代史。他于1971年退休。之后，我接替了他的职位。

卫德明教授的主要学术兴趣是《易经》。然而，他也写了一些关于中国中古文学的文章。以下是他的中国中古文学著述目录：

"Gi Kang und seine Abhandlung über die Pflege des Lebens," *China-Dienst* 4 (1935): 903—906. [Ji Kang and his "Treatise on the Cultivation of Life" 嵇康与其《养生论》]

"A Note on Sun Ch'o and His *Yü-tao-lun*," *Sino-Indian Studies* (Liebenthal Festschrift) 5.3/4 (1957): 261—271. [孙绰与其《喻道论》]

"Shih Ch'ung and His Chin-ku-yüan," *Monumenta Serica* 18 (1959): 314—337. [石崇与其金谷园]

"Tu Fu," in *Encyclopedia Britannica* (1967), 22: 538—538A. [杜甫]

"The Fisherman without Bait," *Asiatische Studien* 18/19 (1965): 90—114. [无饵垂鱼——关于张志和的词]

"A Note on Chung Hung and His *Shih-pin*," in *Wen-lin: Studies in the Chinese Humanities*, Chow Tse-tsung, ed. (Madison: University of Wisconsin Press, 1968), 111—120. [钟嵘与其《诗品》]

With David R. Knechtges, "T'ang T'ai-tsung's Poetry," *T'ang Studies* 5 (1987): 1—23. Chinese translation in *Wen shi zhe* 文史哲 (1989): 86—90. [唐太宗的诗]

我的另一位老师是哈佛大学的海陶玮（James Robert Hightower，1915—2006），他对中国中古文学进行了广泛的学术研究。海陶玮教授1915年5月7日出生于奥克拉荷马州沙尔发郡。他的母亲在他两岁时去世，之后他的父亲就回到了科罗拉多州的萨利达。高中毕业后，海陶玮教授升入科罗拉多大学博尔得分校学习化学专业。在1936年获得本科学位后，他获得了留学欧洲学习文学的奖学金。1937年秋，他回到美国，进入哈佛大学学习比较文学和中国古典文学。他分别于1940—1943年间，以及1946—1948年间，两次进入北京大学学习中文。在此期间，他曾师从郑振铎。1946年，海陶玮获得哈佛大学中文博士学位。1948年，他开始在哈佛大学教授中国文学，并于1981年退休。1964—1965年间，我在哈佛大学学习，师从海陶玮，并获得了我的文学硕士学位。之后，我又回到华盛顿大学，在卫德明教授的指导下完成了我的博士学位。

海陶玮一般被认为是美国最重要的中国文学学者。他的博士论文《韩诗外传》于1952年出版，这是所有语言中对《韩诗外传》最好的研究之一。

海陶玮教授因其对陶潜的研究而闻名。1954年，他在《哈佛亚洲研究》（Harvard Journal of Asiatic Studies）发表了一篇有关陶潜赋的长文。1970年，他又出版了对陶潜诗、赋的完整注释本。海陶玮教授还是一位《文选》研究专家。1957年，他发表了一篇关于《文选》体裁理念的长文。另外，他对萧统序进行了精湛的翻译和注解。他的另一重要著作是一篇界定骈体文主要特征的论文。迄今为止，这篇文章仍然是有关骈体文的最重要的西方语言论文。

另一位与海陶玮同时代的研究中国中古文学的著名学者是傅汉思（Hans Frankel，1916—2003）。傅汉思教授1916年12月19日出生于德国柏林，他的父亲赫尔曼·傅兰科尔（Hermann Frankel）是著名的拉丁文和希腊文学者。傅兰科尔家族由于自身的犹太血统而受到迫害，于20世纪30年代初离开德国前往美国。赫尔曼·傅兰科尔获得了斯坦福大学古典文学教授的职位。1937年，傅汉思获得斯坦福大学文学学士学位，后又在伯克利加州大学继续攻读研究生学位，并于1942年获得了古罗马语言和文学博士学位。"二战"期间，傅汉思担任美军的德语和西班牙语翻译。在此期间，他开始学习中文。1947年到1949年，傅汉思在北京大学教授西班牙语。在这里，他遇到了张充和（1914—2015），两人于1948年11月结婚。张充和是著名的书法家和昆曲演唱家。

1949年，傅汉思回到美国，在伯克利从事中国古典文学的研究。1959年到1961年间，他在斯坦福大学担任了两年的中文助理教授。1961年，他进入耶鲁大学任教，直至1987年退休。1968年，他聘请我到耶鲁大学教授中国古典文学。

傅汉思写了许多有关中国诗歌的文章和一部重要的著作《梅花与宫闱佳丽》（The Flowering Plum and the Palace Lady）。傅汉思试图将中国文学置于世界文学的背景之下进行研究，特别是将其与西欧文学进行对比，在那个时代可以说是非同寻常之举。他是美国《乐府》研究的权威。傅汉思关于中国中古文学研究的最重要的著作包括：

Biographies of Meng Hao-jan. 1951; rev. and enlarged Berkeley: University of California Press, 1961.《孟浩然传》

The Flowering Plum and the Palace Lady. Interpretations of Chinese Poetry. New Haven: Yale University Press, 1976.《梅花与宫闱佳丽》

"Yüeh-fu Poetry." In *Studies in Chinese Literary Genres*, 69—107.《乐府诗》

Frankel, Hans H. "The Relation between Narrative and Characters in *Yuefu* Ballads." *ChinoperlPapers* 13 (1984—1985): 107—127.《乐府歌谣的叙事与人物关系》

"The Development of Han and Wei Yüeh-fu as a High Literary Genre." In Stephen Owen and Shuen-fu Lin, eds. *The Vitality of the Lyric Voice*: *Shih Poetry from the Late Han to the T'ang*, 255—286. Princeton: Princeton University Press, 1986.《作为文学体裁的汉、魏乐府的发展》

"The Formulaic Language of the Chinese Ballad 'Southeast Fly the Peacocks.'" *Zhongyangyanjiuyuanlishiyuyanyanjiusuojikan* 29.2 (1969): 219—245.《中国民歌〈孔雀东南飞〉的公式化语言》

Frankel, Hans H. "The Chinese Ballad 'Southeast Fly the Peacocks.'" *HJAS* 34 (1974): 248—271.《中国民歌〈孔雀东南飞〉》

"Cai Yan and the Poems Attributed to Her," *CLEAR* 5.1—5.2 (1983): 135—137.《蔡琰和她的诗》

"Fifteen Poems by Ts'ao Chih: An Attempt at a New Approach." *JAOS* 84 (1964): 1—14.《曹植诗十五首：一种新方法的尝试》

"The Problem of Authenticity in the Works of Ts'ao Chih." In *Essays in Commemoration of the Golden Jubilee of the FungPingShanLibrary (1932—1982)*, 183—201. Hong Kong: Fung Ping Shang Library, 1982.《〈曹植〉作品的真实性问题》

"The Contemplation of the Past in T'ang Poetry," in *Perspectives on the T'ang*, Arthur F. Wright and Denis Twitchett, ed. (New Haven: Yale University Press,

1973), 345—65.《唐诗中的往事沉思》

在中国文学领域，傅汉思几乎可以说是自学成才。在他着手研究中国文学时，欧洲和北美几乎没有什么可供遵循的模式。凭借对西方文学的丰富知识，傅汉思为汉学领域引入了全新的中国文学研究路径。他是第一位从事中国纯文学研究的西方学者。汉思不是通过文学来研究传记、思想、社会等，而是主要把文学看作艺术。他早期的很多文章都关注诗歌的主题和意象，并在之后的很多学术著作中多次回归诗歌主题研究。尤其是在1976年出版的《梅花与宫闱佳丽——中国诗选译随谈》一书中，他论述了爱、被抛弃的女子、离别、对过去的思考等主题。这本书是关注中国诗歌中最重要、最普遍的一种技巧——对偶——的为数不多的西方语言著作之一。

虽然傅汉思并不是当代文学理论的坚定支持者，但他的著作中明显带有各种理论假设。傅汉思将理论应用于中国诗歌研究最好的例子是他写的一篇有关诗人曹植诗歌的开创性文章。这篇论文的题目是《曹植诗十五首：一个新的尝试》("Fifteen Poems by Ts'ao Chih: An Attempt at a New Approach")。傅汉思使用的新方法是"新批评"（New Criticism）。在中国学领域，傅汉思是第一位在中国诗歌研究中使用"新批评"方法的学者。傅汉思在这项研究中指出，将诗歌作为传记来解读，会不可避免地导致循环论证。他说，"首先，（这些学者们）依据一首诗所'表达的感情'来确定它的时间；其次，同一首诗还被用来表现诗歌创作完之后诗人的所感所想"。第一次读到这篇文章时，我才刚刚开始研究中国古典诗歌。在为数不多的有关中国文学的西方语言研究中，这篇文章，连同哈佛大学海陶玮教授的著作一起成为了我本人学习研究的榜样。我确信在我作为研究生期间，至少读过这篇文章十几遍。

另一位在早期中国中古文学领域发表了大量研究成果的美国汉学家是马瑞志（Richard B. Mather, 1913—2014）。马瑞志教授1913年11月11日出生于河北保定，父母都是当地的传教士。虽然马瑞志从小就会说汉语，但是他早年感兴趣的却是神学。13岁时，他回到了美国。1935年从普林斯顿大学毕业以后，他去了普林斯顿神学院（Princeton Theological Seminary）学习宗教学，并于1939年获得神学学士学位。很快，他就被任命为一名长老会牧师。

然而，他并没有失去童年时期对中国的迷恋，20世纪40年代末，他进入加州大学伯克利分校学习中文、梵文和佛教。1949年，他获得了博士学位。获得博士学位以后，马瑞志在明尼苏达大学担任教职，直到1984年退休之前，他的整个学术生涯都在明尼苏达大学度过。

马瑞志对中古时期中国的研究所做的贡献涉及多个领域：宗教、思想、历史、语言学、诗歌和散文。在他的整个学术生涯中，马瑞志对早期的中国佛教有持久的兴趣。他写了一篇有关"山水佛教"（landscape Buddhism）代表人物刘宋时期诗人谢灵运（385—433）的论文，这是他最重要的研究成果之一。① 谢灵运可以说是先唐时期最难以研究的诗人，而此文或许是第一篇有关该诗人的西方语言论文，至今仍然被很多学者引用。② 在这一时期，马瑞志可以说是唯一一位认识到佛教对中国中古纯文学有重要作用的西方学者。例如，他是第一个将孙绰的《游天台山赋》这篇兼有佛道寓意的文章翻译成英文的人。③ 在他1963年写的《王巾（死于505）的〈头陀寺碑〉》（"Stele for the Dhūta Temple" by Wang Jin）一文中，马瑞志研究了作者如何将佛教概念两两相对，进而创造出一种"佛教骈体文"。④

马瑞志因为翻译了《世说新语》而广为人知。在以论文的形式连续发表两章节的译文之后，⑤1976年，马瑞志出版了《世说新语》的全文译注本。⑥ 在我1978年对这本书进行评述时，我称赞它是"过去二十五年来最重要的汉学著作，后世视之，犹如今之人视理雅各(Legge)、沙畹（Chavannes）之译作

---

① "The Landscape Buddhism of the Fifth-Century Poet Hsieh Ling-yün." *JAS* 18 (1958—1959): 67—79.

② See Wilt Idema and Lloyd Haft, *A Guide to Chinese Literature* (Ann Arbor: The Center for Chinese Studies, 1997), 334.

③ "The Mystical Ascent of the T'ien-t'ai Mountains: Sun Ch'o's *Yu-T'ien-t'ai-shan Fu*," *MS* 20 (1961): 226—245.

④ "Wang Chin's 'Dhuta Temple Stele Inscription' as an Example of Buddhist Parallel Prose." *JAOS* 83.3 (1963): 338—359.

⑤ "Chinese Letters and Scholarship in the Third and Fourth Centuries: The *Wen-hsüeh P'ien* of the *Shih-shuo Hsin-yü*," *JAOS* 84.4 (1964): 384—391; and "The Fine Art of Conversation: The *Yen-yü P'ien* of the *Shih-shuo Hsin-yü*," *JAOS* 91.2 (1971): 222—275.

⑥ *Shih-shuo Hsin-yü*: *A New Account of Tales of the World* (Minneapolis: University of Minnesota Press, 1976).

矣"。① 我认为，马瑞志的《世说新语》译本可以说是中国中古文学领域阅读最为广泛、引用率最高的学术著作。2002年，马瑞志出版了该译本的修订版。②

对于大多数学者而言，能够出版一本像马瑞志《世说新语》译本这样重要的著作可算是一生的成就了。但是，马瑞志仍写出其他重要的学术著作。20世纪80年代，他的学术兴趣转移到六朝后期，开始关注文士和诗人沈约（441—513）。③ 在发表了一篇有关沈约隐居诗歌的短文之后，马瑞志随即推出了介绍沈约生平、思想（包括文学思想）、学术著作和诗歌的长篇专著。④

退休之后，马瑞志教授开始关注永明时期（483—493）的诗歌。2003年，他出版了两卷本的有关永明时期最重要诗人，包括沈约、谢朓、王融在内的作品的长篇译注和研究。⑤

侯思孟（Donald Holzman，1926— ）是一位长期在法国从事学术研究的美国人。他1926年4月14日出生于芝加哥，早期在耶鲁大学学习汉语，1953年发表了论文《嵇康的生平与思想》（"Yuan Chi and His Poetry"），获得博士学位。后来，他继续师从巴黎大学的保罗·戴密微（Paul Demiéville），并于1957年发表了一篇关于嵇康的论文，获得第二个博士学位。同年，以《嵇康的生平及其思想》（La Vie et la pensée de Xi Kang）为题出版。⑥ 侯思孟在法国社会科学高等学院（L'école des Hautes études en sciences sociales）兼任多个职位。1993年，他从教学岗位上退休。

侯思孟出版的专著和论文集涉及了中国中古文学的方方面面，包括诗歌、小说和文学思想。在各种语言的著作中，他写的关于嵇康的著作首次对嵇康的思想和作品进行了全面的解读。1956年，他发表了一篇有关竹林七贤的长

---

① Review, *Shih-shuo Hsin-yü: A New Account of Tales of the World* by Richard B. Mather, *JAS* 37.2 (1978): 345—346.

② *Shih-shuo Hsin-yü: A New Account of Tales of the World*, 2nd Edition (Ann Arbor: Center for Chinese Studies, University of Michigan, 2002).

③ "Shen Yüeh's Poems of Reclusion: From Total Withdrawal to Living in the Suburbs." *CLEAR* 5.1 & 5.2 (1983): 53—66.

④ *The Poet Shen Yüeh (441—513): The Reticent Marquis* (Princeton: Princeton University Press, 1988).

⑤ *The Age of Eternal Brilliance: Three Lyric Poets of the Yung-ming Era (483—493)* (Leiden: Brill, 2003).

⑥ See *La Vie et la pensée de Hi K'ang* (Leiden: Brill, 1957).

文。①1976 年，侯思孟出版了一部有关阮籍的重要著作。②后来，他继续对嵇康进行深入研究，并于 1980 年分两部分发表了一篇有关嵇康诗歌的长文。③

侯思孟以其批判的敏锐性和全面性著称。这种高水准在他的一篇有关汉代五言诗的论文中体现得淋漓尽致。④1974 年，他发表了一篇汉末魏晋时期文学思想的重要文章。⑤1988 年，侯思孟发表了一篇研究曹植游仙诗的文章。⑥

1995 年，侯思孟在台湾清华大学举办了一系列关于早期中国中古山水诗的讲座。后来，这些讲座讲稿结集为长篇专著《中国古代和中古早期的风景鉴赏：山水诗的诞生》(*Landscape Appreciation in Ancient and Early Medieval China: The Birth of Landscape Poetry*)⑦，不仅是目前对早期中国山水思想发展脉络最清晰的阐述，而且还是一部中古早期的思想史。这部著作连同侯思孟最重要的 16 篇论文一起被阿什盖特出版公司结集为两卷本的"集注本"系列丛书《中国文学从古代到中古的演进》(*Chinese Literature in Transition from Antiquity to the Middle Ages*，集注本系列研究丛书，Aldershot, Brookfield, Singapore, and Sydney: Ashgate, 1998)，以及《中国的神仙、节日与诗歌》(*Immortals, Festivals and Poetry in Medieval China*，集注本系列研究丛书，Aldershot, Brookfield, Singapore, and Sydney: Ashgate, 1998)。

侯思孟还有一位专攻中国中古文学研究的同事，名字叫桀溺（Jean-Pierre Diény，1927—2014）。桀溺 1927 年 8 月 14 日出生于科尔玛。1952 年到 1955

---

① "Les sept Sages de la forêt des bambous et la société de leur temps," *TP* 44.5 (1956): 317—346.

② *Poetry and Politics: The Life and Works of Juan Chi* (Cambridge: Cambridge University Press, 1976).

③ "La Poésie de Ji Kang," *Journal asiatique* 248 (1980): 107—177, 323—378; rpt. in Donald Holzman, *Immortals, Festivals, and Poetry in Medieval China*, Variorium Collected Studies Series (Aldershot: Ashgate, 1998).

④ "Les premiers vers pentasyllabiques datés dans la poésie chinoise," *Mélanges de sinologie offerts à Monsieur Paul Demiéville* (Paris: Presses Universitaires de France, 1974), 77—115.

⑤ "Literary Criticism in China in the Early Third Century A.D.," *Asiatische Studien* 28.2 (1974): 113—149.

⑥ "Ts'ao Chih and the Immortals," *Asia Major*, Third Series 1.1 (1988): 77—83.

⑦ *Landscape Appreciation in Ancient and Early Medieval China: The Birth of Landscape Poetry* (Hsinchu: National Tsing Hua University, 1996); rpt. with corrections in *Chinese Literature in Transition from Antiquity to the Middle Ages*(Aldershot: Ashgate, 1998).

年，他在斯特拉斯堡一所中学担任希腊语教师。在接触保罗·戴密微（Paul Demiéville）之后，他开始研究中国古典文学。1959—1962年，桀溺赴东京法日会馆（Maison franco-japonaise）从事汉学研究。1964年，桀溺到北京教授法语。1966年，他离开北京，前往香港，并在香港遇到了饶宗颐（Jao Tsung-i）。从1970年开始，他被任命为法国高等学院历史科学与语言科学部研究主任，并担任该职位直到1997年退休。

桀溺的学术研究主要围绕汉、魏文学。1963年，他出版的第一部著作是关于《古诗十九首》的译注和详细研究。桀溺的法语行文优美、十分准确。这里是他的《古诗十九首》第二首译文。这本书被认为是法国汉学的经典之作。

桀溺的第二本书是有关汉乐府的研究，出版于1968年。在西方语言世界，这本书仍然代表着汉乐府研究的最高水平。

1993年，桀溺根据《世说新语》中对谢安的记载发表了一篇有关谢安的研究文章。针对这些描述，他在研究中提供了一些非常有见地的解读。

2000年，桀溺出版了曹操诗歌的完整译本，并且附有详细的注释和评论。他将曹操的诗歌分为四类：（1）阐述施政方针；（2）抒发避世思想；（3）抒情感怀；（4）零散篇章。在有关曹操的各种语言研究中，该文堪称水准最高的研究之一。

他的论文分两卷于2012年出版。该论文集包括对王粲、曹植等人以及太阳、龙、凤凰、蓬草、颜色等符号的象征意义进行的研究。

在过去十年里，欧洲和北美地区的中国中古文学研究不断涌现。我甚至没有时间逐一列举重要的著作。不过，我会提及一些参考书目，提供近期的中国中古文学研究相关信息：

Early Medieval China: A Source Book. Edited by Wendy Swartz, Robert Ford Campany, Yang Lu, and Jessey J. C. Choo. New York: Columbia University Press, 2014.

《早期中国中古：文献导读》，本书包含38个条目，分为6个主题。每个条目包含一篇引言，以及相关话题的文本翻译。例如，在我的条目下，包含了我对束晳《饼赋》，石崇《金谷园序》《思归引序》和沈约《奏弹王源》的翻译。

Early Medieval Chinese Texts: A Bibliographical Guide. Edited by Cynthia L. Chennault, Keith N. Knapp, Alan J. Berkowitz, and Albert E. Dien. Berkeley: Institute of East Asian Studies, 2015.

《早期中国中古文本：典籍导读》，本参考导读是由美国《早期中国中古研究》杂志组织的一个编撰项目，主编是斯坦福大学荣誉教授丁爱博（Albert E Dien）。这本书收录了相关历史文本的书目信息、选集、作者的文学作品集、哲学作品集、故事和轶事等，甚至还包含王叔和的《脉经》《神农本草经》《孝子传》《玉灼宝典》等著作条目。如果要了解近期学术研究的相关书目信息，这本书是一个不错的参考。

The Oxford Handbook of Classical Chinese Literature (1000 BCE—900 CE). Edited by Wiebke Denecke, Wei-yi Lee, and Xiaofei Tian. Oxford: Oxford University Press, 2017.

《牛津中国古典文学手册》（公元前 1000 年—公元 900 年）时间跨度为西周到唐末。总共包括 37 个长篇条目。大多数条目涉及文章分类，如文集、诗歌、通俗文学、叙事类型、选集、接受史、诗学和作者身份等。本手册的目的是"为思考中国古典文学提供一个新的概念框架"。多名资深学者，包括宇文所安（Stephen Owen）、柯慕白、艾朗诺（Ronald Egan）、郑毓瑜（Cheng Yu-yu）、伊维德（Wilt Idema）、康达维等，都曾为本书撰稿。

La Fabrique du lisible: La mise en texte des manuscripts de la Chine anciennce et médiévale. Sous la direction de Jean-Pierre Drège avec la collaboration de Costantino Moretti. Paris: Collège de France Institut des Hautes Études Chinoises, 2014.

《经典读本的要素：古代和中古中国手稿的文本设置》，本书印刷精美，包含了古代和中古中国手稿的最新研究文章。与中国中古文学学者研究内容相重合的是类书、《书议》和《文选》的相关条目。书中包含了大量的手稿照片。

A History of Chinese Letters and Epistolary Culture. Edited by Antje Richter. Leiden: Brill, 2015.

《早期中国中古的书信与书信文化》，这本参考指南由 25 篇文章构成，对中国书信书写的各个方面进行了研究。许多作品涉及中古时期，如汉代的邮驿制度、颜真卿的书信、早期中国中古的书信和礼赠、《文选》中的书信、汉代和六朝时期的箴言、诗体信、三世纪的书信和请愿书、刘勰对书信的观点、书信手稿、中国古代书信的自传体表达、禅宗僧人的书信写作以及卢照邻的书信。

Ancient and Early Medieval Chinese Literature: A Reference Guide. Edited by David R. Knechtges and Taiping Chang. 4 vols. Leiden: Brill, 2010—2014.

《古代及早期中古时代的中国文学：参考手册》，这是一部先秦汉魏晋南北朝中国古典文学的英文资料汇编，收录了将近 800 个词条，包括重要的作家、作品、文学体裁、文学运动、文学术语等，另外还包括了详尽的中文、日文、英文和其他欧洲语言的参考书目。本手册由荷兰 Brill 出版社出版，第一册 2010 出版，第二、三、四册都是在 2014 年出版的。

A Student's Dictionary of Classical and Medieval Chinese. Leiden: Brill, 2015; revised edition 2017.

《古代汉语和中古汉语学生字典》，本字典共收录 8000 多个汉字，是最好的一本古代汉语和中古汉语中英字典。它主要针对古代和中古汉语编写。词条解释准确，英语表述水平较高。柯慕白是一位高水平的文字大师。该词典非常重要的一个特点是它重点关注了植物、动物和技术类等的术语。

（作者单位：康达维（David R. Knechtges），美国华盛顿大学亚洲语言文学系；韩中华，河南师范大学外国语学院）

南朝钟嵘、沈约声律之争的再认识

徐晓峰

摘要：文章依据声律观念的发展实际，对钟嵘《诗品序》的某些说法提出质疑，从而论证钟嵘对沈约等人倡导的声律论并没有非常清晰的理解。在此基础上，文章结合钟嵘在《诗品》中的相关论述，对钟嵘、沈约的声律之争作出新的解释，同时纠正学界在钟嵘诗说讨论中的一些错误认识。

一、问题的提出

在《诗品序》中，钟嵘曾就沈约等人倡导的声律论提出批评：

> 王元长创其首，谢朓、沈约扬其波。三贤咸贵公子孙，幼有文辨。于是士流景慕，务为精密。襞积细微，专相凌架。故使文多拘忌，伤其真美。余谓文制，本须讽读，不可蹇碍。但令清浊通流，口吻调利，斯为足矣。至如平上去入，则余病未能；蜂腰、鹤膝，闾里已具[①]。

本文暂不论述此段文字所反映的诗学观，而先就最后一句话略作讨论。该句的大意是说：四声的运用，我弄不明白；而（沈约等人所规定的——笔者按）蜂腰、鹤膝这类病犯，街巷民间早就具有了。清代所编《四库全书总目》"诗品"条提要下，曾提及钟嵘排抑沈约，列沈氏在中品之事，后有按语云：

[①] 文字依据曹旭：《诗品集注》，上海：上海古籍出版社，1994年，第340页。下凡引用，若无特殊说明，悉依此书。

约诗列之中品，未为排抑。惟序中深诋声律之学，谓"蜂腰鹤膝，仆病未能；双声叠韵，里俗已具"。是则攻击约说，显然可见，言亦不尽无因也。①

对比《诗品》原序文字，可以发现最后一句的"蜂腰鹤膝，闾里已具"，在《四库全书总目》的引述中发生了变化：街巷民间早就具有的知识变成了"双声、叠韵"。这里，本文并不是要讨论文字版本的异同②，而是想就当时声病概念及其在社会流传的实际状况，对原序"蜂腰鹤膝，闾里已具"的说法提出追问。我们认为：关于蜂腰、鹤膝的认识，出于沈约等文人的规定，在当时尚属较新的观念，钟嵘以为街巷民间早已具备，是值得商榷的。有趣的是，《四库全书总目》引述所带来的文字错误，如果从汉语观念发展的实际情况来看，却是有据的，因为早在先秦时代，双声叠韵知识便被大众熟悉和掌握。

就笔者所阅，张怀瑾先生此前已经对这句话提出过质疑，不过他认为此处的"蜂腰、鹤膝"代指"八病"：

> 按沈约"八病"之说，原著已佚。齐、梁之际，纪载未全。《南史·陆厥传》云："有平头、上尾、蜂腰、鹤膝。"《诗品序》亦仅及"蜂腰、鹤膝"。《文镜秘府论·西卷·文二十八种病》载："八病"以降，尚有文病二十，是"八病"与其他文病同科，未独立成体。追踪蹑迹，则知"八病"之说，肇自齐、梁，成于唐、宋，并非沈约一人之力。倘谓"闾里已具"，颇有悖于"八病"说之嬗变进程。③

笔者认为，此处"蜂腰鹤膝"似不当作为整个"八病"的代指，因而下文将仅就这两种声病的规定进行阐述④，以论证街巷民间实不曾先有此种知识。

---

① （清）永瑢等撰：《四库全书总目》卷一九五《集部·诗文评类》，北京：中华书局，1965年，第1780页上。

②《四库全书总目》的引述，就《诗品》现可考知的各版本及相关文献来说，并无依据，当系误引。另可参《诗品集注》本段文字的校异部分。

③ 张怀瑾：《钟嵘诗品评注》，天津：天津古籍出版社，1997年，第144页。

④ 关于八病的作者是否沈约，学界曾有争论，日本学者清水凯夫：《沈约"八病"真伪考》（收入其《六朝文学论文集》，韩基国译，重庆：重庆出版社，1989年）以为"八病"当是沈约所创，论证精详，本文采用清水先生的结论。

二、蜂腰、鹤膝释义

上引张先生的论述，考虑到了声病说的前后发展，因而严格来说，从钟嵘所处的具体时代出发，我们不应该将钟嵘以后的声病观念作为考察对象，这是以下论证遵循的一个基本原则。

（1）钟嵘时代的"蜂腰"声病

关于"蜂腰"，保存六朝至唐代诗格类材料最为齐全的《文镜秘府论》在《西卷·文二十八种病》中录有下列几种说法[①]：

第一，蜂腰诗者，五言诗一句之中，第二字不得与第五字同声。言两头粗，中央细，似蜂腰也。诗曰：……

第二，释曰：凡一句五言之中而论蜂腰，则初腰事须急避之。复是剧病。若安声体，寻常诗中，无有免者。

第三，或曰：……如第二字与第五字同上去入，皆是病，平声非病也。……

第四，刘氏云：蜂腰者，五言诗第二字不得与第五字同声。……此是一句中之上尾。沈氏云："五言之中，分为两句，上二下三。凡至句末，并须要煞。"即其义也。……

这几种见解中，杂有钟嵘以后诸人的观点，可确定为钟嵘其时已有观念的，是沈约所说的："五言之中，分为两句，上二下三。凡至句末，并须要煞。"另外，再从"即其义"可知，沈约所论的"蜂腰"就是第一则中所说的五言诗单句的第二、五字异声。在第二、三则中，将第二、五字同平声排除在声病之外，根据这一规定，日本学者清水凯夫先生曾就沈约 103 首诗歌进行统计，发现犯则不过十首十三个[②]。如此，可推定前三则所规定的原则实际是基于沈约所定规则的发展。明确这一点后，我们可以明晰，沈约之所以规定这项原则，是考虑到五言诗内在节奏应有变化起伏，符合他在《宋书·谢

[①] 引文悉依据卢盛江：《文镜秘府论汇校汇考》，北京：中华书局，2006 年，下同。
[②] 清水凯夫：《沈约声律论考——探讨平头、上尾、蜂腰、鹤膝》收入氏著《六朝文学论文集》。

灵运传论》中所说的"若前有浮声，则后须切响"。

（2）钟嵘时代的"鹤膝"声病

关于"鹤膝"，《文镜秘府论》在《西卷·文二十八种病》亦录有几种说法：

第一，鹤膝诗者，五言诗第五字不得与第十五字同声。言两头细，中央粗，似鹤膝也，以其诗中央有病。诗曰：……

第二，释曰：取其两字间似鹤膝……故沈东阳著辞曰："若得其会者，则唇吻流易；失其要者，则喉舌塞难。事同暗抚失调之琴，夜行坎壈之地。"蜂腰，鹤膝，体有两宗，各立不同。王斌五字制鹤膝，十五字制蜂腰，并随执用。

第三，或曰：此云第三句者，举其大法耳。但从首至末，皆须以次避之，若第三句不得与第五句相犯，第五句不得与第七句相犯。犯法准前也。

第四，刘氏云：鹤膝者，五言诗第五字不得与第十五字同声。……皆次第相避，不得以四句为断。……其诗、赋、铭、诔，言有定数，韵无盈缩，必不得犯，……自馀手笔，……不避此声。……沈氏云："人或谓鹤膝为蜂腰，蜂腰为鹤膝。疑未辨。"

这中间的沈东阳、沈氏，都是指沈约。由上列引文可知，诸家观点虽有先后，但关于鹤膝的说法基本一致。清水凯夫先生同样以沈约的诗作为验证，发现有犯则四十首六十三个，因而认为沈约的鹤膝标准有变通之处。他根据其他病犯排除平声的变通原则，重新审查沈约的诗作，犯则降到二十二首四十四个[1]。由此我们推论，从沈约开始，鹤膝的规定有一个发展过程，即从最开始的不避平声到后来的四声皆严格避忌。

另外，我们还要注意的是，和沈约同时代的王斌对于蜂腰、鹤膝的规定有所不同，可见当时的声病说不仅沈约一家[2]。《南史》卷四八《陆厥传》曾记

---

[1] 清水凯夫：《沈约声律论考——探讨平头、上尾、蜂腰、鹤膝》，收入《六朝文学论文集》。
[2] 关于蜂腰、鹤膝的解释，学界多有争论，不过目前大都认为《文镜秘府论》所述接近原意。详参《文镜秘府论汇校汇考·西卷·文二十八种病》"蜂腰"、"鹤膝"条"考释"部分所列诸家论断，第967—973、996—1000页。

载王斌事迹："时有王斌者，不知何许人。著《四声论》行于时。斌初为道人，博涉经籍，雅有才辩，善属文，能唱导而不修容仪。……后还俗，以诗乐自乐，人莫能名之。"①联系钟嵘《诗品序》所说的"蜂腰鹤膝，闾里已具"，王斌之论勉强可作为"闾里"（街巷）之论，但是从另一角度来看，则是钟嵘混淆了沈约和他人之说法，这也看出钟嵘对沈约的声律论并不清晰。

（3）由"蜂腰""鹤膝"的实质看钟嵘论述的缺陷

由上述释义，可以看出："蜂腰""鹤膝"的实质就是将四声原理运用于文学创作中，这在当初并不限定在五言诗中。《文镜秘府论·天卷》引隋人刘善经《四声论》曰："宋末以来，始有四声之目。沈氏乃著其谱、论，云起自周颙。"②《四声论》又转引北齐李季节《音谱决疑》云："平上去入，出行闾里。沈约取以和声之律吕相合。"③关于四声的具体提出过程，学界至今未有定论，此处亦不讨论④。从上引材料可知，四声之名目，南朝宋已经存在，时在南齐永明之前。四声"出行闾里"，反映的是街巷民间对于字调的高低已经有所辨认，不过从语言学角度看，这种对字音的辨识，不过是一种模糊感知。沈约的贡献就在于对这种字调进行归纳，并将之运用于文章，制定出一整套规范，虽然这种规范还只是消极性的病犯，还没有建立起积极的粘对规则。《南齐书》卷五二《陆厥传》："永明末，盛为文章。吴兴沈约、陈郡谢朓、琅邪王融以气类相推毂。汝南周颙善识声韵。约等文皆用宫商，以平上去入为四声，以此制韵，不可增减，世呼为'永明体'。"⑤《梁书》卷四九《庾肩吾传》："齐永明中，文士王融、谢朓、沈约文章始用四声，以为新变。"⑥史传所述正是强调四声原理在文学上的运用，唯其如此，方使此类问题越出纯粹语言学界限，

---

① （唐）李延寿撰：《南史》卷四八，北京：中华书局，1975年，第1197页。
② 《文镜秘府论汇校汇考》，第214页。
③ 《文镜秘府论汇校汇考》，第317页。
④ 关于汉语声调起源和发展的相关讨论，可参看高永安：《声调》，北京：商务印书馆，2014年。该书第四章论及"魏晋南北朝时期的声调"时，认为四声学说产生于六朝齐梁年间，是有历史必然的，见第145页。
⑤ （梁）萧子显撰：《南齐书》卷五二，北京：中华书局，1972年，第898页。
⑥ （唐）姚思廉撰：《梁书》卷四九，北京：中华书局，1973年，第690页。

而进入文学领域。

对于四声这一新名目，当时人多有不知。仅就精通音律如梁武帝者来说，亦不能通晓。《梁书》卷一三《沈约传》记载此事："帝问周舍曰：'何谓四声？'舍曰：'天子圣哲'是也，然帝竟不遵用。"[①] 钟嵘《诗品序》说"至如平上去入，则余病未能"，当是真实情况。如上所论，蜂腰、鹤膝的规定反映的是四声原理，钟嵘既不知晓四声，那么自然对蜂腰、鹤膝不能掌握，于是他说"蜂腰、鹤膝，闾里已具"，便多少有些意气用事了。之所以有这种情形出现，归根结底在于钟嵘和沈约所倡导的声律观的对立。不过，如下所考察，以往对这种对立的认识可能流于简单化。

三、由陆厥、沈约声律之论看钟嵘自然声律论的不足
——以四声和五音关系为中心

（1）陆厥和沈约关于四声问题争论的实质

沈约所撰《宋书·谢灵运传传》明确提出自己的声律原则：

> 夫五色相宣，八音协畅，由乎玄黄律吕，各适物宜。欲使宫羽相变，低昂互节，若前有浮声，则后须切响。一简之内，音韵尽殊；两句之中，轻重悉异。妙达此旨，始可言文。……自《骚》人以来，多历年代，虽文体稍精，而此秘未睹。至于高言妙句，音韵天成，皆暗与理合，匪由思至。张、蔡、曹、王，曾无先觉，潘、陆、谢、颜，去之弥远。世之知音者，有以得之，知此言之非谬。如曰不然，请待来哲。[②]

开头沈氏以乐律作比，随后方才提出自身所定原则，然后推许为独得之秘。这里已经涉及五音和四声的关系。陆厥作书，对沈约的自诩部分表示赞赏，但亦有所反驳：

> 大旨钧使"宫羽相变，低昂舛节。若前有浮声，则后须切响，一简

---

① 《梁书》卷一三，第243页。
② （梁）沈约撰：《宋书》卷六七，北京：中华书局，1974年，第1779页。

之内，音韵尽殊，两句之中，轻重悉异"。辞既美矣，理又善焉。但观历代众贤，似不都暗此处，而云"此秘未睹"，近于诬乎？……则美咏清讴，有辞章调韵者，虽有差谬，亦有会合，推此以往，可得而言。……自魏文属论，深以清浊为言，刘桢奏书，大明体势之致，岨峿妥怗之谈，操末续颠之说，兴玄黄于律吕，比五色之相宣，苟此秘未睹，兹论为何所指邪？故愚谓前英已早识宫徵，但未屈曲指的，若今论所申。……意者亦质文时异，古今好殊，将急在情物，而缓于章句。情物，文之所急，美恶犹且相半；章句，意之所缓，故合少而谬多。……论者乃可言未穷其致，不得言曾无先觉也。①

在引文的前半部分，陆厥认为前人对于声律早有认识，不过陆厥实际混淆了沈约声律论的本质。陆厥所举的曹丕、刘桢之论，实际反映的是传统的文气说，它强调的是本于自然的"气"在文章中的运用，带有自然音节的特点。而沈约所论正是提倡人为音节，和文气说有根本的不同。就引文的后半部分而言，陆厥认为沈约开头提及的宫商乐律正是源于陆机《文赋》的观点②，因而说"前英已早识宫徵"，沈约只不过是在前人基础上"屈曲指的""穷其致"而已。

陆厥和沈约争论的实质是对四声和五音关系的理解。五音是中国传统音乐术语，指的是乐律中的宫商等五种音阶；而四声是新创立的学说，它系根据字音的调值而确定的声调类别：两者的不同是实际存在的。正因为四声是新创立的学说，当时很多人不能理解，沈约在论述中仍旧借传统的五音说来作比，所以五音其实是作为一种譬喻存在的。陆厥正是混淆了两者的关系，因而对于沈约之论便不能充分理解。沈约的答书说：

宫商之声有五，文字之别累万，以累万之繁，配五声之约，高下低

---

① 《南齐书》卷五二《陆厥传》，第898—899页。
② 沈约开头正是引用陆机《文赋》："暨音声之迭代，若五色之相宣"语，而陆厥信中所说"岨峿妥怗之谈，操末续颠之说，兴玄黄于律吕，比五色之相宣"亦是化自《文赋》，陆厥之意在于指明沈约所讨论的，前贤实际已有发现，因而沈氏不应自诩为独得之秘。参见兴膳宏：《〈宋书·谢灵运传论〉综说》，收入《六朝文学论稿》，彭恩华译，岳麓书社，1986年。

昂，非思力所举。又非止若斯而已也。十字之文，颠倒相配，字不过十，巧历已不能尽，何况复过于此者乎？灵均以来，未经用之于怀抱，固无从得其仿佛矣。若斯之妙，而圣人不尚，何邪？此盖曲折声韵之巧，无当于训义，非圣哲立言之所急也。是以子云譬之"雕虫篆刻"，云"壮夫不为"。自古辞人，岂不知宫羽之殊，商徵之别。虽知五音之异，而其中参差变动，所昧实多，故鄙意所谓"此秘未睹"者也。以此而推，则知前世文士便未悟此处。①

沈约在此对汉字配五音提出了质疑：因为乐律五音的确定和汉字字音的调值并无关系，所以在将宫商乐律和字音作比附时，每字"高下低昂"，确实不能准确规定②，况且"虽知五音之异，而其中参差变动，所昧实多"。前文已论及永明声律的原则是将声调原理运用于文章（即"曲折声韵之巧"），如此字音则必须有明确规定，否则即使是五言诗，也"巧历已不能尽"，遑论其他文体了。与五音相比，四声说以汉字本身的字音为基础，所以将汉字分别配入四声，无疑是可行的。沈约在此明确了问题的关键处，因而两人的争论也就变得清晰起来。

（2）钟嵘声律论的不足

《诗品序》也对永明声律论提出质疑，钟嵘说：

昔曹、刘殆文章之圣，陆、谢为体贰之才。锐精研思，千百年中，而不闻宫商之辨，四声之论。或谓前达偶然不见，岂其然乎？尝试言之，古曰诗颂，皆被之金竹，故非调五音，无以谐会。若"置酒高殿上""明月照高楼"，为韵之首。故三祖之词，文或不工，而韵入歌唱。此重音韵之义也，与世之言宫商异矣。今既不备于管弦，亦何取于声律耶？齐有王元长者，常谓余云："宫商与二仪俱生，自古词人不知之。唯

---

① 《南齐书》卷五二《陆厥传》，第899—900页。
② 四声和五音之关系，学界多有争论，详参陈寅恪：《四声三问》，收入《金明馆丛稿初编》，北京：三联出版社，2001年（原载于1934年4月《清华学报》第玖卷第贰期）；郭绍虞：《声律说考辨》，收入《照隅室古典文学论集（下编）》，上海：上海古籍出版社，1983年（原载于1975年《文艺评论丛刊》第1辑、第2辑）；郭绍虞：《声律说续考——关于声类韵集的问题》，《古代文学理论研究》第3辑，1981年2月。

颜宪子论文乃云'律吕音调'，而其实大谬。唯见范晔、谢庄，颇识之耳。"尝欲造《知音论》，未就而卒。（随后文字即文章开头所引，此处从略。——笔者按）

"世之言宫商"，指的就是沈约等人所倡导的声律论，钟嵘认识到前此所谓的"声律论"是和他当时的时代不同的。那么以前的"声律论"是怎样的呢？我们知道，古代诗乐相配（"被之金竹"），所以为了诗歌文辞能演唱，必然要求乐器五音的协调，诗歌依附于乐器的曲调，这便是所谓的"重音韵之义"。钟嵘认识到前后声律存在不同，但是对于这种不同的实质并没有清晰的了解，所以才会生出这类疑问——"今既不备于管弦，亦何取于声律耶？"

沈约的思路实际上没有偏离传统的"声律论"，他之所以创立四声说，并将之运用于文章写作，正是力图解决诗乐相离后诗歌类文体的音乐性如何保持的问题。陆厥的反驳恰恰也肯定了沈约的论述是从传统宫商论中发展出来的，但是没有看出沈约声律说与传统五音说的区别；钟嵘的问题在于突出了前后声律的不同，但忽略了其互相承袭的一面，更为重要的是对于前后声律论的区别，钟嵘实际也没有真正理解。

和沈约同时的北魏人甄琛曾指责"沈氏《四声谱》，不依古典，妄自穿凿"①，这里所说的"古典"恐怕就是传统的声律论（五音说）。甄氏用传统理论指责新创理论，其内在思路和钟嵘是一样的。沈约为此作出答复：

> 经典史籍，唯有五声，而无四声。然则四声之用，何伤五声也。五声者，宫商角徵羽，上下相应，则乐声和矣；君臣民事物，五者相得，则国家洽矣。作五言诗者，善用四声，则讽咏而流靡；能达八体，则陆离而华洁。明各有所施，不相妨废。②

沈约认为传统"五声"和新提出的"四声"并不冲突，各有适用：以往的诗歌从属于音乐，自然不需要思索自身的音乐性，但是诗乐分离后，传统的五声说已经不再适用目前的诗歌写作，因而需要一种新的四声说来加以

---

① 《文镜秘府论汇校汇考·天卷·四声论》，第285页。
② 《文镜秘府论汇校汇考·天卷·四声论》引沈约《答甄公论》，第303页。

规范。

进一步看，钟嵘的声律思想重视的是自然音节，《诗品序》说："余谓文制，本须讽读，不可蹇碍。但令清浊通流，口吻调利，斯为足矣"，强调的就是诗文讽读中自然的抑扬顿挫。但是如何达到"不可蹇碍"，这种自然声律观实际没有指导价值，所谓的"口吻调利"，也只是停留在感知层面。感知声律对于节奏和字音高低都没有明确规定，因而诵读时带有很大随意性，以这样一个标准去衡量诗歌作品，便有些捉襟见肘了。从另一面看，如前文所述，钟嵘对于新的声律论存有隔膜，因而也不可能用它作为评价标准。关于这一点，历来学者多有误会和争论，故应进一步加以探讨。

四、钟嵘、沈约品诗标准的考察——以大、小谢为对象

钟嵘的品诗标准在序言中多有交代，如一般文学史、批评史都要提及的"直寻说"。钟嵘认为真正优秀的作品应该是"吟咏性情"，不堆积典故，他同时列举了诸如曹植"高台多悲风"、张华"清晨登陇首"、谢灵运"明月照积雪"等，推为"古今胜语"[①]。曹植、谢灵运二人皆置于上品，且对于曹植的评价实际可以作为钟嵘的诗学理想："骨气奇高，词彩华茂"，即风骨和文辞的充分统一。序言中对于沈约声律的看法，正是立足于"真美"标准，批驳声律论的"拘忌"。所谓的"真美"，体现的正是"直寻"的真性情、风骨的充实和词彩的美丽。

不过，钟嵘认为沈约的声律论多有"拘忌"，并不是他真正通晓这类规范，这点上面已经论证，值得注意。以钟嵘所推举的"古今胜语"为例："清晨登陇首"音韵谐和（未犯蜂腰），即使放在唐代，也是标准的律句；"高台多悲风"，为五个平声，于音声绝不协调[②]；"明月照积雪"，一平接四仄声，亦有声

---

① 参见《诗品集注》，第174页。

② "台"和"风"为平声，如果就沈约当时的声律标准来看，平声不为病还未明确提出，那么此句第二、五字声调相同，犯蜂腰。

病①。钟嵘在选评之前,自然不可能用沈约那套声律标准去做衡量,他最多不过是从口头中感知这些诗有些顿挫,如上分析可知,这种声律感知观是不确定的、模糊的,因而不适合作为论诗准的。

试看钟嵘对谢灵运的评价:

> 故尚巧似,而逸荡过之。颇以繁芜为累。……然名章迥句,处处间起;丽曲新声,络绎奔发。②

这里出现了"累",不过并不属于齐梁声律派的声病范畴,上品张协评语中的"病累"也当如是观之。后面"丽曲新声,络绎奔发"一句,与沈约《宋书·谢灵运传论》中所说"清辞丽曲,时发乎篇"同义,都指的是文辞,其间并不反映声律观。钟嵘虽然指出大谢文辞的繁芜之病,但仍旧给予了很高评价,故定其为上品。钟嵘以后,萧子显、萧纲分别对大谢作了如下评价:

> 今之文章,作者虽众,总而为论,略有三体。一则启心闲绎,托辞华旷,虽存巧绮,终致迂回。宜登公宴,未为准的。而疏慢阐缓,膏肓之病,典正可采,酷不入情。此体之源,出灵运而成也。③

> 比见京师文体,懦钝殊常,竞学浮疏,争为阐缓。……又时有效谢康乐、裴鸿胪文者,亦颇有惑焉。何者?谢客吐言天拔,出于自然,时有不拘,是其糟粕……是为学谢则不屈其精华,但得其冗长。④

这里所说的"疏慢阐缓""争为阐缓",可以互相参证,都指大谢诗体之流弊。上引沈约《答陆厥书》中曾有句云:"若以文章之音韵,同弦管之声曲,则美恶妍蚩,不得顿相乖反。譬由子野操曲,安得忽有阐缓失调之声",由此可知所谓"阐缓"者,为声律概念,系指音节的冗沓⑤。就大谢诗作而言,如

---

① "月"和"雪"为入声,二五同声,仍旧犯蜂腰。(明)胡应麟撰:《诗薮·外编》卷二《六朝》:"至'明月照积雪',风神颇乏,音调未谐,钟氏云云,本以破除事障,世便喧传以为警绝,吾不敢知。"胡氏所论,很可能是从唐代律句的角度来说的。上海:上海古籍出版社,1979年,第149页。
② 见《诗品集注》上品"谢灵运"条,第160页。
③ 《南齐书》卷五二《文学传论》,第908页。
④ 《梁书》卷四九《庾肩吾传》所录萧纲《与湘东王书》,第691页。
⑤ 颜延之《庭诰》有云:"九言不见者,将由声度阐诞,不协金石。"此处的"阐诞",其大意应接近"阐缓"。见(清)严可均校辑:《全上古三代秦汉三国六朝文》之《全宋文》卷三六,北京:中华书局,1958年,第2637页。

"石浅水潺湲，日落山照耀。荒林纷沃若，哀禽相叫啸"，杂句叠韵；"芰荷相映蔚，蒲稗相因依"，隔字双声①。沈约等人所创八病说，其中的韵纽四病正是倡导避忌隔字双声和杂句叠韵②。刘勰《文心雕龙·声律篇》也说过："双声隔字而每舛，叠韵杂句而必睽。"③由此看来，在齐梁声律论拥护者眼中，大谢诗体是多有声病的，因而不能作为诗歌典范，这恰和钟嵘的评价形成对立。透过一层看，也证明钟嵘论诗不是从当时流行的声律论入手的。

对待小谢，钟嵘列之中品，评为："微伤细密，颇在不伦"。序中云："次有轻薄之徒，笑曹、刘为古拙，谓鲍昭羲皇上人，谢朓今古独步。而师鲍昭，终不及'日中市朝满'；学谢朓，劣得'黄鸟度青枝'。"关于"细密"，曹旭先生注云："指谢朓新体诗多讲平仄对仗、声律紧密之特点。《诗品序》：'三贤（王融、沈约、谢朓）咸贵公子孙，幼有文辩。于是士流景慕，务为精密，檗积细微，专相陵架。'与品语'细密'意同。"笔者以为此处用声律说解释，实有不确，近人许文雨《诗品讲疏》引陈祚明《评选》释为"按章使字，法密旨工"，恰得其实④。再看"黄鸟度青枝"，钟嵘从文辞角度对其有所指责，若仅就音律而言，恰是严格的律句，声调极其协调。王世贞《艺苑卮言》卷三云："灵运语俳而气古，玄晖调俳而气今"，亦是此意⑤。就沈约而言，他曾赞谢朓诗为"二百年来无此诗也"⑥，又有悼诗曰："调与金石谐，思逐风云上。"⑦因两人同主声律论，故沈约对小谢的评价要高于大谢。上引萧纲《与湘东王书》，曾说："至如近世谢朓、沈约之诗，任昉、陆倕之笔，斯实文章之冠冕，述作之楷模。"亦是扬小谢、抑大谢。

---

① 参逯钦立：《四声考》（三）"四声论与'永明体'"，收入《汉魏六朝文学论集》，吴云整理，陕西人民出版社，1984年（原作于1948年4月16日）。
② 详参《文镜秘府论汇校汇考·西卷·文二十八种病》"大韵"、"小韵"、"旁纽"、"正纽"条。
③ （梁）刘勰撰；范文澜注：《文心雕龙注》，北京：人民文学出版社，1958年，第552页。
④ 许文雨：《钟嵘诗品讲疏》"谢朓"下疏语，成都：成都古籍书店，1983年，第99页。
⑤ 吴文治主编：《明诗话全编》第四册《王世贞诗话》，南京：江苏古籍出版社,1997年，第4230页。
⑥ 《南齐书》卷四十七《谢朓传》，第826页。
⑦ （明）张溥辑：《汉魏六朝百三名家集》之《沈隐侯集》卷二《怀旧诗九首·伤谢朓》，南京：江苏古籍出版社据清光绪五年彭懋谦信述堂刊本影印，2002年，第566页。

余 论

　　明确钟嵘的论诗标准，并且知道他对齐梁声律有所隔膜后，我们便能对一些争论作出恰当的解释。《诗品序》曾说："若'置酒高殿上''明月照高楼'，为韵之首。"据曹旭先生《诗品集注》所引可知，近人许文雨《诗品讲疏》认为"置酒高殿上"应当作"置酒高堂上"，因为"置酒高堂上"音韵谐和，而"置酒高殿上"是"浮切既差，口吻安得调利"？这里许氏实际是以"韵"为宫商、声律之意，然后由此推断钟嵘"于平仄之理，固非摒弃勿讲者。"如前所论，钟嵘对齐梁声律尚有隔膜，后起的"平仄"观念又怎么能通晓[①]，这与声律观念的发展实情是不符的。曹旭先生认为许氏"词费"，以版本为依据，认为应作"置酒高殿上"。实际上，无论作"高堂""高殿"，如果从齐梁新起的声律学说来看，都犯了蜂腰病[②]，当时声律论者，是绝不会推为韵之首的。由此可见，钟嵘对于新起的声律论并不是很了解，故其品评诗歌，是不从人工声律入手的。此外，需要指出的是，文章认为钟嵘对于沈约等人所倡导的声律说有所隔膜，并非要否认钟嵘诗论的价值，而是力求还原文学发展的一些真相，既避免用后起的声律观念来阐释前人，也不夸大古人的某些学说。只有这样，才能真正认识钟嵘诗说的价值所在。

（作者单位：北京外国语大学中国语言文学学院）

[①]《诗品序》有云："但令清浊通流，口吻调利，斯为足矣。"曹旭先生释"清浊"为"即平、仄音之协畅也"，不符合当时声律观念。钟嵘《诗品》中另有句云："轻欲辨彰清浊，掎摭病利"，"清浊"之意，同于曹丕《典论·论文》"文气有清浊"中的"清浊"，皆非声律上之概念，此应予明辨。

[②]蜂腰之病，看的是第二字和第五字，这和后来唐人关注第二字和第四字的声调异同，是不同的两个体系观念。

韩国文论中的韩愈散文研究

薛茜严

摘要：韩愈的诗歌和散文作品早在高丽朝时期就已在韩国流传，受到韩人的喜爱。韩国当时的很多文献中都提及韩愈，韩愈成为继杜甫和李白之后在古代韩国知名度最高的唐代诗人。本文分析了韩国诗家在评价韩愈文章的侧重点和独到之处，通过对比中韩诗话中对韩愈文章评价的异同，可以更加深刻地理解韩愈及其作品。笔者首先辨析了"务去陈言"与"师法古文"两种创作手法的矛盾与统一，阐明了韩国诗家金昌协关于韩愈碑志文的叙事风格与文体归属的混淆。最后，重点分析韩国诗家首创的"昌黎因文悟道"论，对比"因文悟道"在韩国哲学和文学批评领域的不同内涵，阐释了其对中国诗论中"文"与"道"关系的扩展和超越。

引 言

本文题目中的"韩国"并非政治地理意义上的韩国，其范围涵盖了朝鲜、韩国在内的朝鲜半岛及其附属岛屿。文中所论及的"诗话"包括自朝鲜高丽、李朝至今数百年间的作品，亦可称为"朝鲜诗话"，本文为方便论述而采用"韩国诗话"的说法，特此说明。

韩愈的文章创作相对于其诗歌来讲，显得更为耀眼，苏轼评其"文起八代之衰，道济天下之溺"[①]，是对其散文创作的至高评价。其与柳宗元共同倡导

---

① 孔凡礼点校：《苏轼文集》，北京：中华书局，1986年，第509页。

的唐代"古文运动",宣扬"文以明道"的创作主张,一反六朝以来的骈偶之风,对后世产生了深远的影响。韩愈的文章传入韩国是在高丽中期,许卷洙教授《韩愈诗文在韩国的接受》[①]一文认为韩愈诗文是在高丽朝倡导古文的仁宗代(1123—1146年在位)的金富轼(1075—1151)时被引入的,高丽后期刊行了《五百家注音辨昌黎文集》。进入朝鲜时代,《朱文公校昌黎先生文集》刊行,除了韩愈文章全集,《韩文正宗》《昌黎文钞》《韩文钞》《韩文选》《唐大家韩文公文钞》《昌黎先生碑志》等各种选集也纷纷以多样形态刊行,读者层的广泛度达到了前所未有,本文所论及的韩国诗话作品也集中在朝鲜朝时期。

韩国诗家对韩愈散文的评价也非常高,如金万重《西浦漫笔》载:"自古文章大家,只有四人:司马迁、韩愈之文,屈平之赋,杜甫之诗是也。"[②]韩国诗家将其与司马迁、屈原、杜甫并称,可见对其文章推崇之甚。而韩国诗话中,对韩愈散文的讨论,涉及其文风、创作手法、碑志、创作主张等方方面面。本文选取了韩国诗话中讨论频率最高的创作手法与碑志文两个问题进行集中论述,并分析了韩国诗家独创的"昌黎因文悟道"论的含义以及韩国诗家如此评价韩愈散文的原因,旨在展现韩国诗话中韩愈散文研究的特点。

一、"应试作文"的写作范本

韩愈文章传入之后,韩国文人便积极模仿韩愈的散文,很多知名文人都在自己的著述中探讨韩愈文章的写作方法。曾经于康熙五十九年(1720)和雍正十年(1732)两次赴清的朝鲜文臣李宜显,在其《陶谷杂著》中提出了写作文章的"八法":

> 以文章拟之八法:文之先秦两京,诗之汉魏钟王也;文之韩欧,诗之李杜颜柳也。八法必先以钟王立其筋骨,然后始成规模。不本于钟王,则虽或有姿媚,终不能掩其庸俗。诗文亦然。不以汉魏先秦为法,则尘

[①] 许卷洙:《韩愈诗文在韩国的接受》,《岭南中国语文学会专刊》(第9卷),1985年,第71—97页。
[②] 蔡美花、赵季编:《韩国诗话全编校注》(第3册),北京:人民文学出版社,2012年,第2266页。

陋无可言，虽下笔滔滔优于应俗。自识者观之，亦难掩其伧父面目矣。①

文中提到的"钟王"是书法家钟繇与王羲之的合称，李宜显以书法需以钟王小楷为基，比喻文章写作需先以汉魏为法。"八法"之中的"韩欧"是指韩愈与欧阳修，把二人的文章当成散文写作的典范。此段话强调了在学习写作文章之初，学习对象的选择问题，作者认为汉、魏、韩、欧的作品是一定要学习的。事实也证明，不少积极研读韩愈文章的人，都在文章写作上获得了启发与进步。如张维在《鸡谷漫笔》中提到自己学习写作文章的过程：

> 余生八九岁，先大夫教以《诗》《书》。性敏颇善记，纔十岁，悉颂二经正文不错一字。十一二，读尽少微《通鉴》，亦能暗诵……十六，从外舅仙源公昌黎文数十篇。读未几，便省古文机括，时时仿效作文词。又读《楚辞》《文选》，学为词赋以应举……为文颇得韩柳篇法，不作陈冗语。②

首先，张维指出自己经常仿效韩愈的古文，"不作陈冗语"是韩愈、柳宗元对其散文风格的影响，此观念一方面强调语言创新，一方面强调文风简洁。其次，张维还提到了学习先人散文创作对于"应举"的作用。当时很多韩国文人都把韩愈的散文当成科举应试的范文，如任埅《水村漫录》曾记载：

> 余高祖竹崖公讳说，少时读《昌黎全集》千遍，中生进两试、文科别试、重试、重重试、拔英试、擢英试、七捷巍科，文望振世。③

文中记载作者的高祖通过苦读韩愈散文"七捷巍科"的事迹，可见文人士子对其文章的重视。而在韩国文学史上，苦读韩文并传为佳话的大有人在。如赵德润在《樗湖随录》中提到韩国文人中刻苦勤学之士时，对苦读韩愈散文的金濯缨便称赞有加：

> 古今绩学之士靡不以勤而致之，我东文章巨公多读者可历数。世传金乖崖闭门读书不窥外，下堂见落叶始知天秋。成虚白昼读夜诵，手不释卷，如厕忘返。金濯缨读《韩文》千遍，尹洁读《孟子》千周，苏斋

---
① 蔡美花、赵季编：《韩国诗话全编校注》（第4册），北京：人民文学出版社，2012年，第2930页。
② 蔡美花、赵季编：《韩国诗话全编校注》（第2册），北京：人民文学出版社，2012年，第1594页。
③ 蔡美花、赵季编：《韩国诗话全编校注》（第3册），北京：人民文学出版社，2012年，第2279页。

读《论语》《杜诗》二千回，林白湖读《中庸》八百遍，崔简易读《汉书》五千周，读《项籍传》一万回，车沧州读《周易》五百遍，李东岳读《杜诗》数千周，柳于于读《庄子》《柳文》千回，东溪读《马史》数千遍。①

赵德润将韩愈的散文与《论语》《中庸》《汉书》《庄子》《史记》等文章巨著相提并论，可见对其散文的重视。另有张溪谷在论述朝鲜初期的文章四大家时，也强调了金濯缨对韩愈散文的推崇与学习：

> 张溪谷论国初四大家文曰："佔毕精而未大，西厓博而寡法，四佳、虚白馆阁之雄。"此评俱的矣。吾所见四家之外，文取濯缨，诗取挹翠。濯缨之文规模韩范，自昌黎文变化来，而《中兴策》笔力可扛百斛龙文，其时中国之人称为东国之昌黎。②

不难看出，"应试"是韩国文人士子推崇、学习韩愈文章的重要原因。韩愈散文庞大的气势与鲜明的风格深受韩人喜爱，许多人都从其古文创作中受益良多。然而在学习韩愈文章的"古朴"与"简严"的同时，也有人指出了其不可学之处：

> 韩昌黎各体自是一段别调，亦可与诸子并论，而亦不可为法。③

> 韩碑体格固极简严可法，而其句字亦时有太生割奇僻处，如《曹成王碑》通篇皆然，要非后人所当学。鹿门议之，亦不为无见，但不当专以《史》《汉》律之耳。吾东文人为碑志类，多袭用韩碑句字，如"栉垢爬痒，胚胎前光"之类，而通篇体段实不似此，如疏布裙裳缀锦绣片段，奚其称也？④

第一段引文认为韩愈散文的各种体裁（如其经常创作的碑、志、序、文、表等）都有不同的特点与态度，这种驾驭不同文体的能力并不能通过模仿韩愈而获得。第二段引文则批判了韩愈散文语言上的"生割奇僻"之处，"栉垢爬痒，胚胎前光"之类过于佶屈聱牙的语言是不应学习的。这也从一个侧面

---

① 蔡美花、赵季编：《韩国诗话全编校注》（第5册），北京：人民文学出版社，2012年，第4080页。
② 蔡美花、赵季编：《韩国诗话全编校注》（第5册），北京：人民文学出版社，2012年，第3652页。
③ 蔡美花、赵季编：《韩国诗话全编校注》（第3册），北京：人民文学出版社，2012年，第2193页。
④ 蔡美花、赵季编：《韩国诗话全编校注》（第4册），北京：人民文学出版社，2012年，第2847页。

反映出韩国文人在学习韩愈散文的过程中对其文章"应试"性和实用性的重视,至于韩愈散文的"奇异"之处,大家都敬而远之。

二、"师法古文"与"务去陈言"

"师法古文"与"务去陈言"是韩愈提出的在写文章过程中需要注意的两个问题。"师法古文"意为写文章要向古人学习,而"务去陈言"是要求创作者的语言要求新求变,不要重复古人的词句。其说法见于韩愈的《答刘严夫书》:

> 或问:"为文宜何师?"必谨对曰:"宜师古圣贤人。"曰:"古圣贤人所为书俱存,辞皆不同,宜何师?"必谨对曰:"师其意,不师其辞。"[1]

又见于《答李翊书》:

> 当其取于心而注于手也。惟陈言之务去,戛戛乎其难哉。[2]

其实,韩愈强调"师法古文",主要是针对当时骈文盛行、文风浮夸的情况。他常常把古与今鲜明地对立起来,以表现贵古文贱今文的强烈感情。"师其意"就是学习儒家思想,阐发孔孟之道,正如其在《上宰相书》中所说:"其所著皆约六经之旨而成文。"[3] 而"不师其辞"就是"陈言务去",即不要重复先贤的语言。因此,"师古贤人"与"陈言务去"实际上形成了一对矛盾。为此,亟须界定"陈言"的范围,究竟什么是"陈言"?什么是"古法"呢?

李宜显在《陶谷杂著》中引用了金昌协《杂识外篇》的观点:

> 退之为文务去陈言。陈言非专指俗下庸常语也,凡经古人所已道者皆是,如《左》《国》、班马之文,虽则瑰奇,一或袭用,皆陈言耳。今读韩集,累百篇无一语袭用古人成句。如《平淮西碑》专法《尚书》而无一《尚书》中语;《董晋行状》规模《左传》而无一《左传》中语;《张

---

[1] 岳珍、刘真伦:《韩愈文集汇校笺注》(第2册),北京:中华书局,2010年,第856页。
[2] 岳珍、刘真伦:《韩愈文集汇校笺注》(第2册),北京:中华书局,2010年,第699页。
[3] 岳珍、刘真伦:《韩愈文集汇校笺注》(第2册),北京:中华书局,2010年,第645页。

中丞传后叙》酷类《马史》而无一《马史》中语。真卓识也！①

金昌协认为"陈言"不仅仅指"庸常语"，即一些约定成俗的生活习语，还指在《左传》《国语》《史记》等经典著作中出现过的语言，不管其多么"瑰奇"。可以说"师法古文"实际是学习前人著作的风格和气质，或是学习其行文、叙述的方法，而不是重复前人说过的话。然而，经典的文学作品所表达的内容往往是人类普遍关心或普遍存在的问题，描述这些问题的语言本身便是一种经验，在文化的积淀中成为一种固定的表达方式，如果在学习古人文章的同时却不学习其语言，这是一件非常困难的事。韩国诗家金柱臣便指出"务去陈言"的困难：

> 昌黎尝自言务去陈言，而其祭薛中丞文曰圣上轸不之悲，具僚兴云亡之叹，祭裹太常文曰担石之储，常空于私室，方丈之食，每盛于宾筵，《祭十二郎文》曰及长不省，所怙乳母，志曰愈年未再周，孤失怙恃。《为裴丞相让官表》曰遂掌丝纶之重，袁州刺史谢上表曰惟当布陛下维新之泽，此等处岂务去，而犹未尽去耶。②

看来，韩愈也无法完全做到"陈言尽去"，"务去"只是一种态度和决心，而要做到"尽去"则需要不断地进行语言创新，所以韩愈进一步提出"词必己出"的主张。"词必己出"就是"需要自己造词成句，用自己的话来写文章"③，而韩愈古文创作的险怪、生僻之处也许正是追求语言的创新、"词必己出"的结果。但是，也有些韩国诗家对这种"尽去陈言"的做法提出了质疑，如洪奭周在《鹤冈散笔》中谈到：

> 古人之文，无造语乎？曰："造语与立言不同。"达意以言，言自中理。前人之所未及发，而后之人奉为典训，若此者所谓立言也。求奇于

---

① 蔡美花、赵季编：《韩国诗话全编校注》（第4册），北京：人民文学出版社，2012年，第2867页。
② 金柱臣：《散言》，《寿谷集》，韩国古典综合数据库：http://db.itkc.or.kr/index.jsp?bizName=MM&url=/itkcdb/text/bookListIframe.jsp?bizName=MM&seojiId=kc_mm_a456&gunchaId=&NodeId=&setid=209548，2016年3月20日。
③ 详见朴恩正：《朝鲜文论中韩愈古文论用语含义研究》，《民族语文学会专刊》（第57卷），2008年，第11—17页：또전인의글에서편장체제를배워오면서전인의辭，즉陈言을쓰지않으려면부득이詞는반드시자기의것으로만들어내야한다. 이것이한유가말하는词必己出이다. 편장체제를전인의것에서배워오려면전인의말을배우지말고반드시바꾸어야하니，말은반드시자기에게서나올수밖에없다.

> 字句之间，标新于前载之外，非理是主，而唯新之是治，此所谓造语也……韩愈氏虽喜造语，然下笔成章，自然可诵，亦未尝苦心极力雕巧而斗险也。唯碑志类篇，不免有聱牙，此文人习气，不可为后世法者也。夫为文章，固不可不学韩。然韩文之可学者众矣，如《曹成王碑》《孟贞曜志》者，虽废之不读可也。
>
> 古人之文，固有似造语者，然直写其意中之所存，特不袭前人耳，非有意于造语也，退之则有意于造语矣，然亦未尝务为险怪也。如"百孔千疮""单独一身""牢不可破"等语，今皆为村巷俚谈，妇孺之所能晓解，其始则未尝非造语也。①

首先，作者明确了"立言"与"造语"的区别，"立言"是语言中包含着"意"与"理"，重要的并不是语言本身，而是其背后隐含着的真理性的价值观念。而"造语"不是为了表现真理，而是为了求新、求奇，并无甚价值。其次，作者认为韩愈的散文便是刻意造语，但其中的大多数文章行文自然流畅，没有生硬的斧凿痕迹。唯其碑志作品不免佶屈聱牙，尤其指出《曹成王碑》《孟贞曜志》两篇，不值得一看。最后，作者认为虽然"造语"有时会显得语言过于生僻晦涩，而不利于诵读和理解，但是作者并不完全排斥"造语"这种行为。如果这些生硬艰涩的语言经历岁月打磨，能够自然地融入生活当中，成为妇孺皆知的俗语俚谈，也是值得鼓励的。可见，洪奭周所反对的是为了"造语"而"造语"的行为，语言是思想的载体，不能脱离意义与价值而存在，"立言"也好，"造语"也罢，一定要符合生活，这是一种非常务实的语言观。

韩愈反对蹈袭前人陈言，坚持维护散文的独创性，对当时和后世文学的发展都产生了良好的影响。在中国，得到后世众多作家赞同的回应，如北宋宋祁在《宋景文笔记》中说：

> 惟陈言之务去，此乃为文之要。五经皆不同体，孔子没后，百家奋兴，类不相沿，是前人皆得此旨。呜呼！吾亦悟之晚矣。虽然，若天假

---

① 蔡美花、赵季编：《韩国诗话全编校注》（第6册），北京：人民文学出版社，2012年，第5024页。

吾年,犹冀老而成云。①

又如明杨慎在《丹铅余录》中说:

> 陆机《文赋》云:"谢朝华于已披,启夕秀于未振。"韩昌黎云:"惟陈言之务去,戛戛乎其难哉。"李文饶曰:"文章如日月,终古常见,而光景常新。"此古人论文之要也。②

综上来看,"师法古文"与"务去陈言",韩愈更加重视后者,而这一理论在中韩两国都产生深远的影响,成为中韩两国文人共同信奉的文学创作主张。

三、韩愈碑志的文体归属

韩愈碑志文在韩国受到了众多文人、学者的推崇和青睐,他们欣赏韩愈碑志文创作中的"独创性"及其对碑志文体的革新,所以出现了许多关于韩碑文体归属的讨论。正如今人学者南钟镇所言:"清朝学者林纾评价韩愈的文章富有个性,'一篇之成,必有一篇之结构'。韩愈散文的这一特征也体现在他的碑志文上。他的碑志文打破了固有的格式,不断摸索新的方法,留下了多种多样的形式。"③碑志是一种古老的文体,作为一种应用性文体直至汉代才渐趋成熟。但一直以来,碑志文内容上多隐恶扬善,流于阿谀奉承;形式上则过于程式化、空泛、板滞、千篇一律,这种情况一直持续到中晚唐才得以扭转。这要归功于韩愈所倡导的"古文运动",韩、柳等人对文体进行了革新,

---

① 宋祁:《宋景文笔记》卷上,文渊阁《四库全书》,台湾:商务印书馆,1983—1987年影印本,集部,第1088册,7a。
② 杨慎:《丹铅余录》卷十三,文渊阁《四库全书》,台湾:商务印书馆,1983—1987年影印本,子部,第855册,12a。
③ 南钟镇:《后代文人对韩愈碑志文的评论》,《韩国中文学会专刊》(第55卷),2014年,第18—24页:청나라학자林纾는한유의문장이지닌개성을높이평가하여,한유의글은「한편이이루어지면반드시한편의구조가생겨났다.(一篇之成,必有一篇之结构。)」라고논한바가있다.56) 이런특징은비지문의기술에있어서도예외가아니었다.한유는비지문을기술하면서도오랜관습의틀을깨고새로운방법을여러모로모색하여다양한형식에담아냈다.

并创作了大量优秀的碑志作品。在韩愈的门人李汉编的《昌黎先生集》中，共收碑志两卷，76篇，故有"碑志七十六"之说。经朱熹考辨之后，公认现存世75篇，是其文集中数量最多的一种文体，主要分为三类：第一，是为达官人所写，如《曹成王（李皋）碑》《唐故相权公权德典碑》《司徒兼侍中中书令赠太尉许国公神道碑铭》；第二，是为那些才学兼备的学者、能人写的，如《施先生施（丏）墓铭》《国子助教河东薛君（薛公达）墓志铭》等；第三，是为至爱亲朋所写，如《贞曜先生墓志铭》《柳子厚墓志铭》《祭十二郎文》《乳母墓铭》《女罕塘铭》等。

关于韩愈碑志文体归属问题的讨论，主要集中在金昌协的诗话作品《农岩杂识》中。前文曾提及，韩国诗家非常崇尚汉魏的文章，尤其推崇司马迁的《史记》。在金万重推举的文章四大家里，司马迁排名首位（另外三人是屈原、杜甫、韩愈），所以韩国诗家在评述后人文章时，往往以汉魏文章作为标准去评判，韩愈的碑志便在其内。首先，有人认为韩愈的碑志不似汉魏古文，对其进行了批判：

> 鹿门《八大家文钞论》云："世之论韩文者，共首称碑志，予独以韩公碑志多奇崛险谲，不得《史》《汉》序事法，故于风神或少遒逸。至于欧阳公碑志之文，可谓独得史迁之髓。"①

《八大家文钞论》认为，虽然世人均以韩愈的碑志为其文章最上乘，但其碑志行文叙事不以《史记》《汉书》为法，风格"奇崛险谲"，所以少了《史记》《汉书》中遒逸的风神。但是，金昌协并不以为然：

> 碑志与史传文体略同，而史传犹以该赡为主，至于碑志则一主于简严，故韩碑叙事与《史》《汉》大不同，不独文章自别，亦其体当然也。②
>
> 鹿门此论似然矣。然碑志史传虽同属叙事之文，然其体实不同，况韩公文章命世，正不必模拟史迁。其为碑志，一以严约深重、简古奇奥为主，大抵原本《尚书》《左氏》，千古金石文字当以此为宗祖，何必以

---

① 蔡美花、赵季编：《韩国诗话全编校注》（第4册），北京：人民文学出版社，2012年，第2846页。
② 蔡美花、赵季编：《韩国诗话全编校注》（第4册），北京：人民文学出版社，2012年，第2837页。

> 史迁风神求之耶？然其叙事处，往往自有一种生色，但不肯一向流宕，以伤简严之体耳。若欧公，则其文调本自太史公来，故其碑志叙事多得其风神，然典刑则亦本韩公，不尽用《史》《汉》体也。①

> 韩碑如《曹成王》《平淮西》《乌氏庙》《袁氏庙》《田弘正先庙》等文，皆不使"也"字，盖法《尚书》也。②

金昌协认为，首先，碑志与史传虽然类似，但其实是两种不同的文体，碑志的特征是"简严"，即叙事简明严谨，不同于《史记》《汉书》等史传著作丰富、广博的词汇表达。其次，韩愈的碑志是师法《尚书》与《左传》的结果，韩碑继承了其严约深重、简古奇奥的特点，而且这才是碑志文应有的风格，不必用《史记》之"风神"作为标准去评判它。最后，金昌协还进一步指出韩愈在《曹成王》《平淮西》《乌氏庙》《袁氏庙》《田弘正先庙》等文中没有使用"也"字，这正是师法《尚书》的证据。

笔者认为，金昌协在这里提出了一个重要的问题，那就是碑志文体划分的标准是什么？在中国文学史上，文体的种类是十分丰富的，《昭明文选》就曾把文学作品的文体分成38种，而其划分文体的标准也是多种多样的，"有的以表现手法成为体名，如赋、论、颂等；有的以文章的载体成为体名，如碑、策等；有的以文章的功用成为体名，如哀、诔、吊、祭文等；如此种种，不一而论。"③所以，碑志的文体划分是以写作的载体为标准的。碑志最早是用来记述功名的，只有取得突出成就的人或具有纪念意义的事才值得铭刻于石碑之上，内容也多为溢美之词，是一种有特定功用的文体。而金昌协在探讨韩愈碑志的文体归属问题时，不是考虑其名称与其载体的关系，而是以其语言、叙事风格为标准。像《尚书》《左传》一样"简严"叙事的便是碑志，像《史记》《汉书》一样"丰富"记述就是史传，这种划分方法让人有点摸不着头脑。

其实，《左传》《史记》《汉书》都属于史传体著作，与碑志体并无甚关联。

---

① 蔡美花、赵季编：《韩国诗话全编校注》（第4册），北京：人民文学出版社，2012年，第2846页。
② 蔡美花、赵季编：《韩国诗话全编校注》（第4册），北京：人民文学出版社，2012年，第2847页。
③ 马建智：《<昭明文选>文体分类的成就和特点》，《名作欣赏》2010年第9期，第14页。

韩愈的碑志作品中不使用"也"字就能确定其文体归属与《尚书》有关吗？答案当然是否定的。即使有关，那也是叙事习惯的问题，与文体无关。所以笔者认为，金昌协模糊了叙事风格与文体的关系。按照《昭明文选》的文体划分标准来看，虽然不同文体有不同标准，但是这种标准也不是任意而行的，总是要体现此种文体的与众不同之处。如果只讨论韩碑的叙事风格，金昌协的观点还是很有道理的。但是，也不能将韩愈碑志的叙事风格仅局限于《尚书》《左传》。近来有学者研究指出，韩碑在写人方面，往往以"史笔"[①]行文来凸显其个性，克服了原来碑志创作中写人的僵化与程式化的问题，增加了议论与抒情的比重，并且不避碑志主人的短处，实事求是地记录描写，这些都是韩碑与《史记》《汉书》更为接近的方面。

综上所述，韩愈的碑志是对以往碑志文体的一种革新，但并不能因其对史传文学叙事方法与叙事风格的学习与借鉴，便将其文体与《尚书》《左传》等史传混同。同时，韩愈碑志的叙事特点也不仅是对某个人、某部书的学习，对于其碑志的文体归属，应该放到更为广阔的背景当中去考察。

四、昌黎"因文悟道"论

"因文悟道"是韩国诗家在评论韩愈文章创作与"道"之间关系时的独特观点，其字面义为韩愈通过文学创作来"悟道"，其最早由谁提出、见于何种著作，已不可考。但这种提法与中国传统文论中的"文以明道""文以载道"等观念不同，值得深入探讨分析。

据笔者考察，"因文悟道"的概念在韩国古典文献中，并不仅局限于文学批评之中，古代韩国的哲学家也用"因文悟道"来阐明自己的哲学主张。虽然本节意在探讨文学批评中"因文悟道"，但厘清其在不同学术领域中的概念，有利于深化对"昌黎因文悟道"论的理解，遂举例说明其在文学与哲学范畴

---

① 详见刘城：《论韩愈墓志的文体新变》，《河南师范大学学报》（哲学社会科学版）2012年第5期，第175—180页。

的不同内涵。

首先，关于"因文悟道"在哲学领域的含义，笔者截取了朝鲜朝实学派哲学家丁若镛在《〈论语〉古今注》中的论述：

> 王若曰："程子不云乎'《论语》为书，其辞近，其指远。辞有尽，指无穷。有尽者，索之训诂，无穷者，会之以神。'有味哉，言乎！知此则《论语》之所以为《论语》，与夫读之之法，盖亦不暇他求矣。"臣对曰："臣闻物莫灵于人，人莫尊于圣，圣莫盛于孔子，则孔子之片言只字，实足为生民之模范，持世之维纲。然《家语》纬而多舛，《孔丛》伪而难信，《礼记》诸篇亦杂出于门人掇拾之余，则后学之尊信体行，惟《论语》一部是已。然训戒多因于时事而今不可考，笺释或出于私臆而义随以晦，聚讼纷然，卒无以发其渊微，得其正旨。苟欲使因文悟道，由浅入深，则亦惟在实践而已。"①

在丁若镛看来，人中至圣是孔子，而书中至圣当然是《论语》，除了《论语》本身的内容记载外，其他对其解释、阐发的著作都只是"拾人牙慧"。"尊信体行"也只能以《论语》为准则，方可得儒家正旨。然而，因为时代久远，《论语》中训诫的语境、背景都已不可考，所以想要"因文悟道"，必须要从实践开始。这是比较典型的实学思想。所谓"实学"，即是以实事求是为学风，以实际证明为方法的一种经世致用的学问，产生于17世纪后半期的朝鲜。实学家们反对空理空谈，力主学以致用，所以丁若镛强调"实践"的作用。他认为，"因文"与"实践"是"悟道"由浅入深的过程，这里的"文"不是文学创作，而是指儒家经典《论语》，"道"则指由孔子开创的"儒道"。丁若镛在此强调的是要通过"实践"来达到"悟道"的目的，而不仅限于经典的解读与论述。

相比之下，文学批评领域中的"因文悟道"几乎都用来评价韩愈及其散

---

① 丁若镛：《〈论语〉古今注》（卷十），韩国古典综合数据库，http://db.itkc.or.kr/index.jsp?bizName=MO&url=/itkcdb/text/nodeViewIframe.jsp?bizName=MO&seojiId=kc_mo_h060&gunchaId=bv018&muncheId=04&finId=000&NodeId=&setid=3006829&Pos=1&TotalCount=3&searchUrl=ok，2016年3月20日。

文创作，如朝鲜文人吕圭亨在重刊《云养先生文集》后序中，指出"因文悟道"的含义：

> 唐李汉序《韩昌黎集》曰："文者，贯道之器"，世以为知言。然昌黎起八代之衰，卓然为古文大家之首。今观其全集，津津致饰于篇章字句之间者，金炼璧琢，地负海涵。后之论者谓'因文悟道'，盖以其文先而道后也。①

吕圭亨提到了唐代李汉在《韩昌黎集》序言中提到的"文"是弘"道"工具的观念。其实，李汉的这种说法来自韩愈所倡导的"文以明道"，首见于其创作于贞元八年的《谏臣论》一文中，韩愈怀着忧国忧民的心情，针砭时弊，毫不留情地指责了当时身为谏议大夫的阳城"五年不进谏"的渎职行为，并以此为契机，阐明他的"君子居其位，则思死其官；未得位，则思修其辞以明其道"②的主张。韩愈所说的"修其辞"便是指文学创作，而文学创作的目的则是"明其道"。关于韩愈眼中的"道"，在其散文创作中也多次提到，如《重答张籍书》中曰：

> 己之道乃夫子、孟子、扬雄所传之道也。③

在《原道》一文中，对"道"的内涵论述得更为清楚：

> 斯道也，何道也？曰：斯我所谓道也，非向所谓老与佛之道也。尧以是传之舜，舜以是传之禹，禹以是传之汤，汤以是传之文、武、周公，文、武、周公传之孔子，孔子传之孟轲。④

不难看出，韩愈眼中的"道"与丁若镛所指相同，均意为儒学传统，只是二人对儒学的起源与传承等问题存在一些分歧。韩愈认为"儒道"是由尧舜时期便开始的自孔、孟的一种传承，而丁若镛眼中的"道"单指孔子开创的以《论语》为核心的儒家思想。但这并不妨碍我们对"道"的理解，"道"

---

① 吕圭亨：重刊《云养先生文集》后序，韩国古典综合数据库，http://db.itkc.or.kr/index.jsp?bizName=MO&url=/itkcdb/text/nodeViewIframe.jsp?bizName=MO&seojiId=kc_mo_h064&gunchaId=as004&muncheId=&finId=000&NodeId=&setid=3006829&Pos=2&TotalCount=3&searchUrl=ok，2016年3月20日。
② 岳珍、刘真伦：《韩愈文集汇校笺注》（第2册），北京：中华书局，2010年，第467页。
③ 岳珍、刘真伦：《韩愈文集汇校笺注》（第2册），北京：中华书局，2010年，第561页。
④ 岳珍、刘真伦：《韩愈文集汇校笺注》（第1册），北京：中华书局，2010年，第1页。

就是指儒家思想的精神实质。但是，显然吕圭亨不赞同这种"文以明道""文以贯道"的说法，他似不同意将文学创作作为"道"的附庸，而是反过头来从韩愈的文学创作入手，并引用了苏轼的观念，认为韩愈的散文创作一改前朝之陈旧、衰弱之气，苦心经营篇章布局与锻词炼字，其文章的内容如"地负海涵"，十分的丰富和广博，堪称"古文大家之首"。紧接着吕圭亨便解释到，韩愈之所以被称为"因文悟道"，是因为他先把文章写到了极致，才能"悟道"，而不是先以"明道""贯道"为目的而进行文学创作。这种观念比之于韩愈"文以明道"的观念更重视文学创作本身的独立地位和价值，反对将文学沦为道学的附庸，是一种为文学创作辩护的论调。

然而，在文学批评的领域中，关于韩愈"因文悟道"中的"道"的含义，还有另一种说法，如洪万宗的《小华诗评》中曰：

> 文章理学，造其闲域，则一体也。世人不知，便做看两件物，非也。以唐言之，昌黎因文悟道。《耻斋集》云占化斋因文悟道，《石潭遗史》云退溪亦因文悟道。余观成牛溪《赠僧》诗曰："一区耕凿水云中，万事无心白头翁。睡起数声山鸟语，杖藜徐步绕花丛。"极有词人体格。权石洲《湖亭》诗曰："雨后浓云重复重，卷帘清晓看奇容。须臾日出无踪迹，始见东南三两峰。"极似悟道者之语。[①]

洪万宗是李朝时期的学者，文学批评家。在学术上，他否认程朱理学的独断地位，提倡各家思想齐头并进。在上文中，他认为"文"与"道"本是一体，世人老是将它们看成两种事物，这是错误的，并列举了同是追随韩愈脚步"因文悟道"的几位诗人，并指出诗人权韠所作的《湖亭》诗极似"悟道"之语。正是因为其不独尊"儒道"，所以洪万宗并没有把"道"的含义集中在"儒道"上，而是将其与道家之"道"、佛教之"禅道"看作一物。所以才将《赠僧》《湖亭》等作品看作如韩愈一般的"悟道者之语"。

综上所述，昌黎"因文悟道"论是韩国诗家在探讨韩愈的文学创作与"道"的关系的独到见解，其充分肯定了文学创作的地位和价值，并且在"道"的

---

① 蔡美花、赵季编：《韩国诗话全编校注》（第3册），北京：人民文学出版社，2012年，第2340页。

含义的理解上，并没有局限于在中韩两国文化传统中居于主导地位的"儒道"，更将其扩大到了佛禅、道家的境界，因为文学创作本身更为根本、更为重要，所以其所悟之"道"也变得开阔和自由，"文"与"道"都变成了作者自我的表达。"因文悟道"是一种理想的创作境界，甚至是韩国诗家眼中最高的创作境界，这种对"文"与"道"的内涵与关系的认识，值得国人深刻领悟并学习之。

参考文献

[1] 蔡美花、赵季主编：《韩国诗话全编校注》，北京：人民文学出版社，2012年。

[2] 孔凡礼点校：《苏轼文集》，北京：中华书局，1986年。

[3] 宋祁：《宋景文笔记》，文渊阁《四库全书》，台北：商务印书馆，1983—1987年影印本，集部，第1088册。

[4] 徐居正编：《东文选》，日本东京朝鲜古书刊行会影印出版，1914年。

[5] 杨慎：《丹铅余录》，文渊阁《四库全书》，台湾：商务印书馆，1983—1987年影印本，子部，第855册。

[6] 岳珍、刘真伦：《韩昌黎文集汇校笺注》，北京：中华书局，2010年。

（作者单位：北京外国语大学中国语言文学学院）

韩国诗话中的苏轼诗歌研究

陈若怡

摘要：韩国诗歌创作和诗话撰写深受中国诗家的影响。作为中国历史上杰出的文学家、文艺理论家，苏轼的诗歌作品不仅深受中国人民的喜爱，在高丽早期就传入朝鲜半岛，受到当时韩国文人的极大推崇。在此基础上，韩国诗家从苏轼诗歌释义、勘误，创作方法，师承关系等角度切入，对苏诗进行了深入、系统的研究。通过认真梳理韩国诗话，并结合中国历代学者对苏诗的相关论述，力求呈现韩国诗家对苏诗研究的独特风貌。

一、对苏轼诗歌的释义、勘误

对苏轼诗歌中所引内容进行释义与勘误，是韩国诗家苏诗研究的一大特点。他们或引据史实典故，或联系、比较其他相关诗歌作品，或考辨词义，或梳理文义，围绕苏诗中具有争议的地方进行深入研究，努力还原苏轼的创作本意，其探真求实的精神值得称赞，结论颇多可取。

（一）释义

东坡《送乔施州》诗云："恨无负郭田二顷，空有载行书五车。江上青山横绝壁，云间细路蹑飞蛇。鸡号黑暗通蛮货，蜂闹黄连采蜜花。共怪河南门下客，不应万里向长沙。"[1]

---

[1] [宋] 苏轼：《苏轼诗集》，北京：中华书局，1982年，第2190页。

在苏诗集本、类编本中有苏轼自己对"黑暗"的注解："胡人谓犀为黑暗"。①苏轼只是指出"黑暗"大抵为兕、犀一类的动物，但并没有做更多的解释。韩国诗家南羲采在《龟磵诗话》中论曰：

> 东坡诗："鸡号黑暗通蛮货，蜂闹黄连采蜜花"，盖用方言也。二角在额上，为兕犀；在鼻上，为胡蝎犀。犀之贵者，有通天花纹，犀见天上物过，并形于角，故曰"通天"。《抱朴子》云："通天犀有白理如脉者，盛米置群鸡中，鸡欲啄米，辄惊，故名为骇鸡。"②

南羲采将犀根据不同特征分为"兕犀""胡蝎犀""通天犀"等，认为苏轼所谓"黑暗"应是一种叫"通天犀"的动物。李希声引《酉阳杂俎》中的解释注此诗曰："犀角通者，其理有倒插、正插、腰鼓插。倒者，一半以下通；正者，一半以上通；腰鼓者，中段不通。故波斯谓牙为白暗，犀为黑暗。"③南羲采对于苏诗"黑暗"的释义与中国诗家的解释是完全一致的，并引《抱朴子》的观点作为自己观点的论据，可见他对苏轼诗歌的研究是非常深入的。

苏轼诗作《书李公择白石山房》有曰："若见谪仙烦寄语，匡山头白早归来。"④这句诗在中国历代诗话中并未出现明显的争议，人们大都把其理解为苏轼托"五老"（五老峰）寄言李公择，让他早日归来。按着此诗的语言逻辑推理，这样的解释似乎是很合理的，但李齐贤在《稗说》中提出了不同的见解，他说：

> 东坡《戏题李公择白石山房》诗云："偶寻流水上崔嵬，五老苍颜一笑开。若见谪仙烦寄语，匡山头白早归来。"若东坡烦五老寄语于李，失之矣。昔以问崔拙翁，翁三复下句，疑意未对。予喝之曰："高着眼"翁便会，相与大咮。⑤

---

①［宋］苏轼：《苏轼诗集》，第2190页。
②蔡美花、赵季主编：《韩国诗话全编校注》，北京：人民文学出版社，2012年，第2996页。
③蔡美花、赵季主编：《韩国诗话全编校注》，第4218页。
④［宋］苏轼：《苏轼诗集》，1214页。
⑤蔡美花、赵季主编：《韩国诗话全编校注》，第149页。

李齐贤认为若将此诗理解为苏轼烦劳"五老"（五老峰）寄言于李公择是不正确的，于是他以此诗向崔拙翁请教并提醒他要从高处、远处体会、考虑，即"高着眼"。在他看来，苏轼只是虚拟"五老"叮嘱李公。

　　与此相类似的有杜甫的《寄怀李白》诗，曰："匡山读书处，头白好归来"①，这是杜甫对李白说的，所以根据这个逻辑推演下去，苏轼这里因李公择的读书处而使用了这个典故，确是委托匡山"五老"寄语李公。但苏轼在《李氏山房藏书记》曾说道："余友李公择少时读书于庐山五老峰下白石庵之僧舍，公择既去，而山中之人思之，指其所居为李氏山房，藏书凡九千余卷"。②据此可知，苏诗中所说的白石山房即是庐山五老峰下的白石庵，所以只有当李公择回到庐山，匡山"五老"（五老峰）才能和他说话。但是，显然这时李公择当不在庐山。然而如果他既已回到庐山又何须再嘱咐他早日归来？因此，仅就内在的逻辑而言，笔者认为李齐贤的推断是十分正确的。所以笔者认为这句诗应解释为：五老峰，如果您见到李公麻烦您给他捎句话，就说"头发都白了还做什么官，早点回庐山隐居罢"！这种解释不仅符合诗歌的内在逻辑，也符合苏轼洒脱、豁达的人生态度。

　　苏轼《立春日小集呈李端叔》云："衰怀久灰槁，习气尚馋贪。白啖本河朔，红消真剑南。"③韩国诗家南羲采在《龟磵诗话》中对此诗注解道：

　　　　东坡《立春小集》诗曰："白啖本河朔，红消真剑南"。赵次公以为白啖，荔枝名也；红消，梨名也。未知据何处？而《酉阳杂俎》云：红消肉，蜀人所造，以猪肉为之云。则赵语非也。且坡一本作"熊白来河北，堵红消剑南"，则益知赵说之误矣。"④

　　南羲采对苏诗中的"红消"一词进行考辨，他认为赵次公以红消为梨名是缺乏依据的，他援引《酉阳杂俎》中对"红消"一词的解释，认为"红消"应该是一种由蜀人所做的肉制品，他又以东坡诗集的另一版本作为证据，力

---

① [唐]杜甫：《杜诗详注》，北京：中华书局，1999年，第879页。
② 蔡美花、赵季主编：《韩国诗话全编校注》，第2078页。
③ [宋]苏轼：《苏轼诗集》，第1267页。
④ 蔡美花、赵季主编：《韩国诗话全编校注》，第3307页。

证赵说之谬。郑弘溟在其《慵齐斋诗话》中论及了中国诗家对苏诗中"不分"二字的解释：

> "不分"二字，中国方言也。分与喷同，不分即怒也，犹一高未喷其怒而含蓄其怒也。老杜诗，"不分桃花红胜锦，生憎柳絮白于绵。"生憎即憎也，亦方言也。不分既方言，故以生憎对之。东坡诗，"不分东君专节物"，亦此意也。成庙朝，谚解杜诗者，误以不分之分，为分内之分，遂使东人承误而用之，竟不知不分之义。①

郑弘溟认为"不分"二字是中国的方言，其义为愤怒的意思，但中国诗家将此理解为分内之分，实属谬误。诗家引杜诗《送路六侍御入朝》为例，指出"不分"乃与"生憎"相对，所以意义应该相同，即为愤怒、恼怒的意思。而东坡《癸丑春分后雪》诗中的"不分"二字与杜诗中的意义相同。

（二）勘误

苏轼性格爽豪，才思异秉。他以文为诗，创作之时多随手拈来，一气呵成。韩国诗家成涉在《笔苑散语》中评价苏轼："世间故实小说有可以入诗者，有不可者。惟东坡不拣择，入手便用。街谈巷说一经此老手点化，瓦砾为黄金，自有妙处。"②苏轼作诗取材对象甚为广泛，有时甚至到了不加择拣的程度，所以在创作之时出现一些纰漏也是在所难免。对于这种现象中韩诗家在研究苏诗时都给予了一定的关注。如宋人王楙在《野客丛书》里就记有苏轼用典失当的一例：

> 东坡诗曰："他年一舸鸱夷去，应记侬家旧姓西。"赵次公注：按《太平寰宇记》东施家、西施家，施者其姓，所居在西，故曰西施。今云"旧姓西"，坡不契勘耳。仆谓坡公不应如是之疏卤，恐言"旧住西"，传写之误，遂以"住"字为"姓"字耳。既是姓西，何问新旧？此说甚不通。"应记侬家旧住西"，正此一字，语意益精明矣。③

---

① 蔡美花、赵季主编：《韩国诗话全编校注》，第1172页。
② 蔡美花、赵季主编：《韩国诗话全编校注》，第3672页。
③ 蔡美花、赵季主编：《韩国诗话全编校注》，第7763页。

苏诗中的错误之处已被赵次公指出，但王楙却认为是传写之误，未免有失公允。韩国诗家也有对此诗的用典产生异议的，如韩国诗家在《海东诗话》中论曰：

> 坡有诗曰："绛蜡销残玉斝飞，离歌唱彻万行啼。他年一舸鸱夷去，应记侬家旧姓西。"此岂为韵所拘者耶？ 此可谓管见。按东家施、西家施者，有施氏两人，故以东西别之，则西非姓也。①

按照《太平寰宇记》所载，"施其姓也，是时有东施家、西施家"，故东施、西施皆姓施，只是用东、西二字加以区别，并非以东、西为姓。韩国诗家指出苏轼《次韵代留别》一诗将"西"认为是姓氏，并非苏轼为了诗歌的押韵而故意为之，实则是苏轼将"东""西"二字误认为是姓氏。中韩两国诗家在此处的观点较为一致，尤其是韩国诗家，能够对苏轼诗歌中的不当之处准确地加以勘误，显示出韩国诗家严谨求实的研究态度以及对中国文化的无限热忱。

又如苏轼《白鹤峰新居欲成夜过西邻翟秀才二首》其一有诗云："系闷岂无罗带水，割愁还有剑铓山"。②韩国诗家论述说：

> 陆放翁《老学庵笔记》云：柳子厚诗云"海上尖山似剑铓，秋来处处割愁肠"，东坡用之云"割愁还有剑铓山"。或谓"可言割愁肠，不可言割愁"。亡兄仲高云："晋张望诗曰'愁来不可割'，此'割愁'二字出处也。"余谓"愁来不可割"云愁之难制也，"割愁肠"一话愁极而断肠也，二意正相反。今东坡诗实本于子厚，则不用张诗为证，岂坡公实取张意而用子厚语为翻案耶？ 不然则割愁之为未妥，诚如或者之疑也。③

韩国诗话的作者在论证自己观点时引用了中国诗家的论评，在此基础之上提出东坡此诗"割愁肠"实本于柳子厚的诗句，意为愁太盛而使人断肠，但使用"割愁"二字却表现愁来难制的意思，正与想要表达的原意相反，实为不妥。

---

① 蔡美花、赵季主编：《韩国诗话全编校注》，第991页。
② [宋]苏轼：《苏轼诗集》，第2284页。
③ 蔡美花、赵季主编：《韩国诗话全编校注》，第3210页。

以上只是较为典型的例子，在韩国诗话中还有很多此类的勘误，如韩国诗家尹根寿在《月汀漫笔》中就引述元代李冶的论述指出如"牏厕""厕牏之倒""漙沱河"等错误。虽然这些只是韩国诗家的转引，但足以说明韩国诗家对苏诗的研究是极其仔细和深入的，可以看出他们在研究苏轼诗歌时不仅仅限于苏诗文本，还大量涉猎了中国历代诗家的研究成果，这种严谨的治学态度是值得推崇的。

二、以苏轼及其诗歌为例论诗歌创作之法

无论是中国诗家还是韩国诗家，对作诗之法都是极其重视的，两国的诗话中也多有关于学诗、作诗的相关论述。这些论述都强调要找到合适的师法对象，然后再仔细涵泳其作品，循序渐进，体会其精髓，最后形成自己独特的诗歌风格。宋朝杨万里在《诚斋诗话》中指出："学诗者于李杜苏黄诗中，求此等类，诵读沈酣，深得其意味，则落笔自绝矣。"① 杨万里认为学诗者应当师法李白、杜甫、苏轼等人，然后仔细诵读其诗作，揣摩诗句中所蕴含的意味，通过勤于练习就可下笔有神矣。

（一）使事用典

韩国高丽朝时期文人们对苏轼推崇备至，据徐居正《东人诗话》记载："高丽文士专尚东坡，每及第榜出，则人曰：'三十三东坡出矣。'"② 可见当时文人多以苏轼为学诗的对象。韩国诗家除了强调学诗者应当师法苏轼外，韩国诗话的诗家还从诗歌的创作态度、诗歌使事用典以及音韵平仄等方面对苏轼诗歌进行细致而深入的探析。

郑载仑《闲居漫录》曰："记先辈之用功于诗古人云：'梅圣俞日课一诗，寒暑不易！圣俞诗名满世，赖有此耳。'东坡亦于答人书曰：'每日作一诗，甚

---

① [清] 丁福保：《历代诗话续编》，北京：中华书局，1983年，第1241页。
② 蔡美花、赵季主编：《韩国诗话全编校注》，第409页。

善.'此事虽有才者,非习难工也。以两公而犹如此,况才不及两公者乎?"①郑载仑认为像苏东坡诗名这么大,才气这么高的人还需要每天练习作诗,那么对于大多数的普通人来说就更需多加练习才能精进自己的诗艺。郑载仑的主张比一般的诗家更进了一步,他主张不仅要日日诵读吟咏,更需天天进行写作练习。又有朴永辅在《绿帆诗话》中说道:"余少时,士子学习古诗者皆读韩诗东坡,其来古矣。近年士子以韩苏为格卑,弃而不读,乃取李杜诗读之,未知李杜其可容易而学得耶? 非独学诗,凡俗尚莫不厌旧而喜新,徇名而蔑实,人心之不于常!真可笑也。"②林永辅认为时人弃学东坡而转学李、杜,是一种喜新厌旧、徇名蔑实的做法,况且他认为李、杜之诗要比苏诗更加难学,所以学子们这么做是一种不自量力的行为,长此以往必将一无所成。林永辅在这里强调学诗要找到合适的师法对象并且需始终如一地坚持学习,这与我国古代诗论中"转益多师"的观点似有冲突,但韩国诗家强调的学诗态度也是十分中肯的。

苏轼高才,所以作诗往往信手拈来,其诗作中往往有大量的事实典故。成涉《笔苑散语》曰:"世间故实小说有可以入诗者,有不可者。惟东坡不拣择,入手便用。街谈巷说一经此老手点化,瓦砾为黄金,自有妙处。"③正因如此,苏轼诗歌的使事用典便是其一大特色。但如果诗中用典过多且化用不得当,就会使诗歌如堆砌典故般索然无味、意兴全无,这也是一些宋诗颇受诟病的原因之一。所以,使事用典需自然得当,如造化生成般了无痕迹,这就需要诗家深厚的学识和创作功力。苏诗虽多使事用典,但全无斧斤之痕,反而别有一番滋味。李仁老《破闲集》曰:"如东坡'见说骑鲸游汗漫,忆曾扪虱话悲辛''永夜思家在何处,残年知尔远来情',句法如造化生成,读之者莫知用何事。"④苏轼这两句诗实则是化用了典故,但苏轼将典故自然地融入句法之中,使人读起来完全不知道他用了典故。南羲采在《龟磵诗话》中说道:

---

① 蔡美花、赵季主编:《韩国诗话全编校注》,第2833页。
② 蔡美花、赵季主编:《韩国诗话全编校注》,第4224页。
③ 蔡美花、赵季主编:《韩国诗话全编校注》,第1794页。
④ 蔡美花、赵季主编:《韩国诗话全编校注》,第68页。

"东坡《听贤师琴》曰：'大弦春温和且平，小弦廉折亮以清。'余少读此诗，以为语颇生新，后见古书……见此说，始知坡诗出处用此。"[1]苏轼在《听贤师琴》中化用了"邹忌见齐威王鼓琴"这个典故，南羲采初读此诗时还觉得造语新奇，足见东坡使事用典已经达到了出神入化的境界。但是，并非所有诗家都能达到东坡这种境界，因此许多人在诗句中因化用典故遭到了批评。"近世尚东坡，盖爱其气韵豪迈，意探言富，用事恢博，庶几劲得其体也。今之后进，读东坡集非欲仿效以得其风骨，但欲证据以为用事之具，剽窃不足道也。"[2]韩国诗家批评时人仿效苏诗不取其风骨，但取苏诗中的典故以为己用的不良风尚，他认为此种行为与剽窃并无两样。

综上所述，韩国诗话的诗家大都并不反对在诗歌创作的过程中使用典故，甚至他们在一定程度上还认为使事用典是知识渊博的体现，他们反对的仅仅是典故事理的机械堆砌。但是，也有人认为"病东坡者，以其用古事太多，比之订饭。此论亦宜矣。东坡之用古事，只患才之太多，出语天成而不自觉尔。奚可以此而尤之耶？"[3]韩国诗家认为批评东坡的人往往是因为他的诗作中过多使用典故，但东坡用古事并非刻意为之，而是由于其才华横溢、学养深厚在写诗的过程中自然而然地流露诗才所导致的，所以大量用典并不会引起苏轼的注意，也不会影响苏诗的美感。

（二）音韵平仄

在中国古代文论史上，韩愈曾提出了"以文为诗"的诗学主张，即提倡诗歌在写作的过程中引入或借用散文的字法、句法、章法以及表现手法的诗歌创作主张。所谓"文"是指不同于骈文的散行单句，不受对仗、骈偶、音律拘束的自由文体。"诗"则是指六朝至唐以来在句法、格律上有严格规定的近体诗。"以文为诗"即是突破近体诗的种种束缚，借用形式较为自由的散文字、句、章法等来进行诗歌创作。

---

[1] 蔡美花、赵季主编：《韩国诗话全编校注》，第5123页。
[2] 蔡美花、赵季主编：《韩国诗话全编校注》，第210页。
[3] 蔡美花、赵季主编：《韩国诗话全编校注》，第421页。

赵翼《瓯北诗话》："以文为诗，自昌黎始，至东坡益大放厥词，别开生面，成一代之大观。"①赵翼肯定了苏轼在"以文为诗"方面所取得的成就。"以文为诗"有两方面的含义，其一是以散文的内容作诗，其二是用散文的章法作诗。具体到苏轼的诗歌创作来讲，以散文的内容作诗就是指苏诗取材广泛，诗中多用典故事实，多有议论，这一方面笔者已在前一节有所论述，所以在此处就不再赘论。以散文的章法作诗具体到苏诗是指苏轼的诗歌创作较少受到格律、句法等方面的束缚，语句参差错落，语言明白晓畅，风格朴素自然。韩国诗话的诗家就关注到苏轼的诗歌具有多用方言、俗语的特点。如："不分，中国方言也……东坡诗，'不分东君专节物'，亦此意也。"②"商人作事无据者曰没巴鼻，又曰没雕当，东坡诗：'有甚意头求富贵，没些巴鼻使奸邪'……终日吟诵古诗中，搜方言者迨亡，百余言。"③其中，"不分"和"巴鼻"都是中国的方言。苏轼将方言、俗语引入诗作之中，使诗歌的语言更加形象生动、平易近人。苏轼"以文为诗"还有一个特点就是诗歌较少受格律所拘，这方面韩国诗家不仅加以关注，还以此来指导自己的创作实践。

或曰："文顺三百韵诗，重押二施字二祇字，有何所祖乎？"……又苏子瞻送王公著诗"忽忆钓台归洗耳"，又曰"亦念人生行乐耳"，自注曰："二耳字意不同，故得重押。予谓一韵重押，苏杜尚然，非但苏杜，魏晋诸集中多有之。独何怪于李乎？"唯律诗则声律低昂。自有定则如律令焉。唐《礼部韵》之外，不可分寸钘越也。我东乡音，上去二声绝不可辨。虽深于文学者，必须检韵，不尔则不能别也。余常病此。及观古人文字，押韵或有糅杂，如东坡《酒经》，本用庚韵，而其中饼猛等韵，上声也。正定劲病等韵，去声也。唯取音吁，虽平仄不同，皆不拘也。此犹文也。④

中国古代的诗歌创作尤其是律诗创作有着严格的声律要求，古人创作律

---

① [清]赵翼：《瓯北诗话》，北京：人民文学出版社，2013年，第89页。
② 蔡美花、赵季主编：《韩国诗话全编校注》，第692页。
③ 蔡美花、赵季主编：《韩国诗话全编校注》，第692页。
④ 蔡美花、赵季主编：《韩国诗话全编校注》，第2911页。

诗，是严格按照韵书来押韵的。沈德潜《说诗晬语》曰："诗中韵脚，如大厦之柱石，此处不牢，倾折立见。"①可见，中国古代诗歌创作对格律的要求之严。韩国受中国影响进行汉诗创作，因此在诗歌创作中也必须按照规定的声韵进行。韩国诗家所谓"重押"是律诗用韵的大忌，是指同一个韵字在一首诗的韵脚里重复出现，也就是使用同一个字重复作韵。韩国诗家认为像苏轼、杜甫等名家的诗作中尚且不能完全避免这种情况，何况是普通的诗家呢，所以他以苏轼为例说明在律诗创作中不用太拘泥于音韵。后一个诗家以苏轼《饮酒》诗为例，指出这首诗本属庚韵，却平仄通押，因此违反了押韵的规则，但读起来却更加使人酣畅淋漓，如同散文一般。同时，韩国诗家指出韩国乡音"平声"和"去声"是无法辨别的，要是非得严格区别平仄就会给诗歌创作带来很多麻烦，所以，韩国诗家十分推崇苏轼不拘声韵格律的诗歌创作方法，因此对其"以文为诗"的创作态度也褒奖有加。

三、苏诗师承关系考辨

苏轼是我国诗歌史上的大家。在他之前，从《诗经》《离骚》直至盛唐，中国古代诗歌已有千年的历史。中国历代优秀的诗人、诗作层出不穷，这些都为苏轼提供了深厚的文化土壤和丰富的创作素材，这无疑对苏轼的诗歌创作产生了巨大而深远的影响。中国历代诗论家对苏轼诗歌创作的源流、师承问题也颇为关注，并展开了一系列的研究论述。与此同时，韩国诗家也运用一些方法论述苏轼诗歌的承袭问题，展现了他们深厚的诗学素养。

苏轼作为诗学大家，其在师法前人的态度上是不拘一格的，他兼收并蓄并在传统诗歌的基础上进行了大胆的艺术创新。宋代严羽在《沧浪诗话》中说道："国初之诗，尚沿袭唐人……至东坡、山谷始自出己意以为诗，唐人之风变矣。"②苏轼在师法前人的基础之上，对前代的诗风进行了革新并形成了自

---

① [清]沈德潜：《说诗晬语笺注》，北京：人民文学出版社，2013年，第72页。
② 傅璇琮主编：《古典文学资料汇编》，北京：中华书局，1978年，第318页。

己独特的诗歌风格。

由于苏轼的人生经历可以明显地划分为两个阶段,即遭贬前和遭贬后,所以其内心活动也相应发生了很大的变化,以至其在诗歌创作风格和师法对象上也发生了改变。

杜甫作为中国诗歌史上的一座高峰,其精湛的诗歌技巧和卓越的创作才能成为后世争相效仿的对象。苏轼作为其后学,必定也曾仰慕过这位诗学大师。宋代陈师道在《后山诗话》中记载了苏轼对杜甫的评价,他说:"苏子瞻云:'子美之诗,退之之文、鲁公之书,皆集大成者也。'"[1]他评价杜甫的诗歌为历代集大成者,足见其对杜甫的推崇。王士祯在《带经堂诗话》中指出:"宋明以来诗人学杜子美者多矣。予谓退之得杜神,子瞻得杜气,鲁直得杜意,献吉得杜体,郑继之杜骨,它如李义山、陈无己、陆务观、袁海叟辈又其次也,陈简斋最下。"[2]王士祯认为苏轼继承了杜诗之气,而"气"在中国诗学体系中占有举足轻重的位置,学诗能得诗之"气",也就继承了其诗的风骨。所以,在王士祯看来,学杜诗有成者,当属韩愈、苏轼、黄庭坚等,其余之人均不入流。

韩国诗话的作者也有持此观点者,韩国诗家鱼叔叔在《稗官杂记》中论述道:"删诗得吟咏性情之正,惟盛唐诸家。譬则镜中之象,水中之月,无迹可求,意趣渊永,合于古者也。苏东坡乃谓杜诗为集大成,黄山谷又谓杜诗灵丹一粒。"[3]韩国诗家推崇盛唐之诗,认为盛唐的诗人追求诗的意趣,因此他们的诗歌显得透彻玲珑,就仿佛是镜中的影象,水中的月亮,言有尽而意无穷。他认为盛唐之诗吟咏性情,合于古者,而杜诗更是唐诗的代表,此处又指出苏轼推崇杜诗为集大成者,与中国诗家的观点一致。

除了学习杜诗,苏轼也注意从多方汲取诗学养分。叶矫然在《龙性堂诗话》中阐述道:"东坡教人作诗熟读《毛诗》与《离骚》,曲折尽在是矣,亦

---

[1] [清]何文焕:《历代诗话》,北京:中华书局,1981年,第1260页。
[2] [清]王士祯:《带经堂诗话》,北京:人民文学出版社,2007年,第485页。
[3] 蔡美花、赵季主编:《韩国诗话全编校注》,第5108页。

至言也。"① 叶矫然认为苏轼主张学诗应该熟读《毛诗》与《离骚》是至理名言。苏轼在《王定国诗集序》曰:"太史公谓'《国风》好色而不淫,《小雅》怨诽而不乱',是变风变雅,乌睹诗之正乎? 发乎情止乎礼义,贤于无所止者而已。若夫发乎情,止乎忠孝,岂可同日而语哉! 古今诗人众矣,而首推子美,岂非流落饥寒,终身不用,而一饭未尝忘君也欤?"② 苏轼提倡作诗应发乎个人的感情而止于忠孝礼义,他认为《国风》和《小雅》就是这方面的代表,可见苏轼对《国风》《小雅》《离骚》的推崇,认为它们就是学诗的典范。

韩国诗家在《松溪漫录》中说道:"若论诗体,则《风》《雅》《颂》变而为《离骚》,再变而为西汉五言,变而为歌行杂体,四变而为唐、宋律诗……贾岛孟东野体,孟郊杜荀鹤体,杜荀鹤东坡体,苏轼山谷体,黄鲁直后山体,后山本学杜,其语似之,但数篇,他或似而不全。"③ 韩国诗家在论述诗体的流变过程中,提到唐诗、宋诗大抵源于《风》《雅》《颂》和《离骚》,因此苏轼的诗歌从诗歌流变的角度说,其源头应该就是《风》《雅》《颂》。

其实,苏轼的学诗对象远远不止《诗经》《离骚》和杜甫,他转益多师,像陶渊明、刘禹锡、韩愈也是其师法的对象。如陈师道《后山诗话》云:"苏诗始学刘禹锡,故多怨刺,学不可不慎也。晚学太白,至其得意,则似之矣。"④ 这就指出苏轼在早年学习刘禹锡而后晚年转向学习李白。张戒《岁寒堂诗话》卷上也说:"苏子瞻学刘梦得,学白乐天、太白,晚而学渊明。"⑤ 张戒认为苏轼晚年学陶,实际上苏轼和陶渊明的关系是相当密切的,纵观苏轼诗集则不难发现其中有大量的和陶诗,这些诗作都是东坡唱和陶诗所作,所以苏轼必然对陶诗十分欣赏,并且对其十分了解,甚至可以说苏轼应该是常常诵读并加以学习的。和陶诗这种形式从本质上说就是对陶渊明诗歌的一种学

---

① [清] 叶矫然:《龙性堂诗话》,上海:上海古籍出版社,1983年,第128页。
② 苏轼著. 孔凡礼点校:《苏轼文件》,北京:中华书局,1986年,第318页。
③ 蔡美花、赵季主编:《韩国诗话全编校注》,第9658页。
④ [清] 何文焕:《历代诗话》,第625页。
⑤ [清] 何文焕:《历代诗话》,第2198页。

习和模仿。

综上所述，我们不难发现苏轼师法的对象主要集中于杜甫、韩愈、陶渊明等人，中国诗家在对苏轼诗歌的源流问题进行探究时，通过分析苏轼诗歌中的语句、风格等诸多因素，与前人和后人诗作进行对比，探究其诗歌前后相承的问题。韩国诗话作者继承了中国诗论的这一方法，他们在诗歌阅读中重视积累，通过对比分析，指出苏轼诗歌与前后人诗作的内在联系。

参考文献

[1] 蔡美花、赵季主编：《韩国诗话全编校注》，北京：人民文学出版社，2012年。

[2] 蔡镇楚：《诗话学》，湖南：湖南教育出版社，1990年。

[3] 蔡镇楚：《比较诗话学》，北京：北京图书馆出版社，2006年。

[4] 丁福保编：《历代诗话续编》，北京：中华书局，1983年。

[5] 丁福保编：《清诗话》，上海：上海古籍出版社，1978年。

[6] 郭绍虞编：《清诗话续编》，上海：上海古籍出版社，1983年。

[7] 何文焕辑：《历代诗话》，北京：中华书局，2004年。

[8] 金柄珉、金宽雄：《朝鲜文学的发展与中国文学》，延边：延边大学出版社，1994年。

（作者单位：北京外国语大学中国语言文学学院）

施肩吾诗歌文化意蕴浅析

张 丽

摘要：施肩吾诗歌早年深受儒家思想的影响，表现壮志难酬之愁苦；进士及第期间，诗歌中体现出入世时的喜悦之情；晚年与僧人、道士相互赠别，成为其诗歌主题的重要内容。施肩吾诗歌中咏女冠之诗备受争议，一定程度上也是受到道家思想的影响。晚年诗歌作品中，佛家"禅心""清净"思想也渗透其中。

引 言

施肩吾，字希圣，号栖真子，中晚唐时期诗人。元和十五年（820）进士及第，后于洪州西山寻仙问道，一生历经德宗、顺宗、宪宗、穆宗、敬宗、文宗、武宗、宣宗、懿宗九个朝代。他没有走向仕途，而是选择归隐山林。其生卒年《新唐书》《旧唐书》等正史中都没有准确记载。随着他由入仕到归隐，施肩吾诗的思想内容呈现出复杂的情况，也使他的诗文创作主题呈现出多样化。

施肩吾著有《西山集》10卷，现今已散佚不存。《全唐诗》（卷494）存其诗206首，其中七绝161首，五绝32首，七律5首，五律和七古各2首，五古、五排、七言三韵、五言、七言杂体各1首，另有14残联2残句，连同《全唐诗补编》中的八首诗，现存施肩吾214首诗。

他的诗歌体现出的思想倾向是从传统中继承的儒家思想向作为精神安慰的道教文化、佛教思想的渗透。学术界对于施肩吾的生平考证、身份探讨及诗歌《夷岛行》和艳诗类探究成果较多，但对于施肩吾诗中儒释道文化因素还没有专门论述。

一、施肩吾诗歌中的儒家思想

（一）"学而优则仕"的幻想和科举失意的苦闷

在施肩吾早期的诗歌创作中，儒家思想一直占据着主导地位。他几次参加科举考试，都以落第告终，因此一直处于壮志难酬、失意惆怅的状态。唐宪宗元和十五年（820），进士及第，终于实现了"学而优则仕"的儒生理想。及第前后两个阶段的不同心境在其诗歌中表现得淋漓尽致。落第时写的《下第春游》诗云："羁情含蘖复含辛，泪眼看花只似尘。天遣春风领春色，不教分付与愁人。"[①] 以"下第"为题，强调诗人在落第之后的失意惆怅。"辛、泪、愁"等词眼突出了诗人在落第之后的愁苦。及第后的《及第后夜访月仙子》一诗："自喜寻幽夜，新当及第年。还将天上桂，来访月中仙。"[②] 以"及第"为题，与"下第"形成对比。"喜"字作为诗眼，奠定了全诗的感情基调。"天上桂""月中仙"表现了诗人及第后的喜悦之情。

本以为及第后便可有所作为，一展往日雄心抱负。但诗人并未能如愿。及第仅获得入仕资格，要担任官职还要有达官贵人汲引。在《上礼部侍郎陈情》一诗中云："九重城里无亲识，八百人中独姓施。弱羽飞时攒箭险，蹇驴行处薄冰危。晴天欲照盆难反，贫女如花镜不知。却向从来受恩地，再求青律变寒枝。"[③] 诗人将自己比喻为无力飞天的小鸟、崴脚的驴子行走于薄冰之上，生动地表现了诗人的无奈与被动。"青律"一词暗指春天的管律，使大地上一片生机盎然之景，诗人以"青律"比作自己的贵人李建，用"寒枝"比喻自己，"青律变寒枝"表现了诗人自己在困境中祈求得到赞赏与提拔的心情。

[①]《全唐诗》卷四九四，北京：中华书局，1960年，第5607页。
[②]《全唐诗》卷四九四，北京：中华书局，1960年，第5590页。
[③]《全唐诗》卷四九四，北京：中华书局，1960年，第5587页。

期待早日能改变人生的低落境遇。

又如《寄西台李侍御》诗："二千余里采琼瑰，到处伤心瓦砾堆。唯有绣衣周柱史，独将珠玉挂西台。"①表现诗人此时的艰难的处境。诗人不远万里，从南方到北方，来到长安应试，本来盼望着可以获得光明的前途，但是结果却不如人意。"到处伤心瓦砾堆"一片狼藉之景，偌大的长安城，诗人找不到前行的门路。"独""唯有"两个词，不单单证实了施肩吾形单影只，手无缚鸡之力，不能改变现状的窘境，也很清晰地表现出其对李建的感激之情。《寄李补阙》："苍生应怪君起迟，蒲轮重辗嵩阳道。功成名遂来不及，三十六峰仙鹤老。"②诗中"君起迟""仙鹤老"表现了诗人得不到赏识恐迟暮的苦闷心情。

又如《嘲崔嘏》："二十九人及第，五十七眼看花。"③从"二十九人"而"五十七眼"可以看出被嘲者崔嘏身体的缺陷。诗人虽然与崔嘏同年中进士，仕途发展却截然不同。崔嘏在进士及第后顺利任官位，任邢州刺史、中书舍人考功郎中等官职。诗人以崔嘏身体不足为题，作嘲讽诗，虽无从追溯其中缘由，但以他人身体缺陷作诗也充分说明了诗人在为人处世中的不足。

（二）"达则兼济天下"的壮志

在历经安史之乱七八年动乱之后，盛唐世人的外向、开放的心理渐渐消逝，盛唐豪放的诗歌一去不复返，取而代之的是中唐的沉吟。有的诗歌重于表达对政治的不满和对人民大众的同情，有的诗歌注重于对市井生活的描写。诗人的视野以及诗歌体现的境界变得狭小。明代诗论家陆时雍说："中唐诗近收敛，境敛而实。势大将收，物华反素。盛唐铺张已极，无复可加，中唐所以一反而敛也。"④表明了中唐诗歌的内敛性。清代诗论家沈德潜云："大历后渐近收敛，选言取生，元气未完，辞意新而风格自降矣。"⑤他意识到了诗人心态的细微变化，中唐时期诗歌渐渐从高昂开放的盛唐基调转变为内敛狭窄，

---

①《全唐诗》卷四九四，北京：中华书局，1960年，第5599页。
②《全唐诗》卷四九四，北京：中华书局，1960年，第5594页。
③《全唐诗》卷八七一，北京：中华书局，1960年，第9877页。
④（明）陆时雍：《诗镜总论》，北京：中华书局，2014年，第4页。
⑤（清）沈德潜：《说诗晬语》卷上，《清诗话》，上海古籍出版社，2016年，第540页。

从宇宙的、历史的转变为个人的，从广阔的世界转变为内心的小宇宙、关注感知生活小细节，是中唐诗歌重要特色之一。而这一时期在施肩吾诗歌主题中却有不同，面对战争给广大人民群众带来的摧残，施肩吾借征夫思妇之口讲述家国之悲，表现了其忧国忧民欲兼济天下的情怀。这是很可贵的。如《代征妇怨》："寒窗羞见影相随，嫁得五陵轻薄儿。长短艳歌君自解，浅深更漏妾偏知。画裙多泪鸳鸯湿，云鬟慵梳玳瑁垂。何事不看霜雪里，坚贞惟有古松枝。"①为我们描绘了一幅征人出征之后，征妇懒于梳妆日夜流泪的画面，征妇由于战争无法与丈夫相见，借征妇之口侧面表达了诗人对战争的厌恶及对现实的不满。又如《杂古词》五首：

可怜江北女，惯唱江南曲。摇荡木兰舟，双凫不成浴。
郎为匕上香，妾为笼上灰。归时虽暖热，去罢生尘埃。
夜裁鸳鸯绮，朝织蒲桃绫。欲试一寸心，待缝三尺冰。
怜时鱼得水，怨罢商与参。不如山支子，却解结同心。
红颜感暮花，白日同流水。思君如孤灯，一夜一心死。②

通过"江北、江南""匕上香、笼上灰""一寸心、三尺冰""怜时、怨罢"与"孤灯、心死"等一系列的对比，诗人详细地呈现了思妇在家中思念丈夫的心理历程。"心死"的不仅是思妇，更是面对惨淡的社会现实无法一展宏图的诗人自己。又如《望夫词二首》："看看北雁又南飞，薄幸征夫久不归。蟢子到头无信处，几经几度上人衣。"③一个"又"字点明征夫未归已久。"何事经年断书信，愁闻远客说风波。西家还有望夫伴，一种泪痕儿最多。"从"断""愁""泪"可见思妇之切之深。《古别离二首》："古人谩歌西飞燕，十年不见狂夫面。三更风作切梦刀，万转愁成系肠线。所嗟不及牛女星，一年一度得相见。"④丈夫出征十年不见，竟比不得一期一会的牛郎织女。"老母别爱子，少妻送征郎。血流既四面，乃亦断二肠。不愁寒无衣，不怕饥无

---

① 《全唐诗》卷四九四，北京：中华书局，1960年，第5586页。
② 《全唐诗》卷四九四，北京：中华书局，1960年，第5587—5588页。
③ 《全唐诗》卷四九四，北京：中华书局，1960年，第5601页。
④ 《全唐诗》卷四九四，北京：中华书局，1960年，第5585—5586页。

粮。惟恐征战不还乡,母化为鬼妻为孀。"送征夫出征不惧寒冷、不怕饥饿,末尾连用"不还乡""母化鬼"与"妻为孀",表现了母亲与妻子凝重忧虑所在。

二、施肩吾诗歌中的道家文化因素

（一）炼内外丹

东晋时期道教理论家葛洪提出"我命在我不在天",他既反对消极无为、生死齐一的生命观,也反对"死生有命,富贵在天",因此致力于通过炼丹来追求长生之术。其著作《抱朴子》内篇"言神仙方药鬼怪变化、养生延年、禳邪却祸之事,属道家"①；外篇"言人间得失,世事臧否,属儒家"。内篇中《仙药》大致可分为三类：第一类是金石矿物类药,第二类是五芝,第三类是草本药。关于金石矿物类药。葛洪言："仙药之上者丹砂,次则黄金,次则白银,次则诸芝,次则五玉。"②体现了其金丹思想。在葛洪的神仙道教体系中,把服食金丹大药视为升天成仙之根本。

在隐居于西山后,施肩吾是外内丹兼修,并付诸于实践。在其诗歌当中也有所体现。在《候仙词》中云："西归公子何时降,南岳先生早晚来。"③西归公子即指仙人王子乔,而南岳先生即指梁南岳道士邓郁,曾辟谷三十余年。人称南岳邓先生。施肩吾用仙人王子乔及南岳先生来写"巡历世间犹未遍,乞求鸾鹤且裴回"的主题,他盼望着有一天能够见到王子乔及南岳先生,也带他步入仙人之列。《自述》诗云："箧贮灵砂日日看,欲成仙法脱身难。不知谁向交州去,为谢罗浮葛长官。"④诗中"葛长官"即提倡金丹学说的葛洪,最终于罗浮山炼丹终老。炼丹首先要选上好的丹砂,而据传"交州"所产的丹

---

① 王明：《抱朴子内篇校释》,北京：中华书局,2012年,第4页。
② 王明：《抱朴子内篇校释》,北京：中华书局,1980年,第177页。
③《全唐诗》卷四九四,北京：中华书局,1960年,第5596页。
④《全唐诗》卷四九四,北京：中华书局,1960年,第5598页。

砂极好。"难"表现了求仙之路的不易。

施肩吾兼奉内丹修为，诗歌中有："天边有仙药，为我补三关。"①据《黄帝内经》记载，三关指口、足、手；《淮南子·主术训》云："夫目妄视则淫，耳妄听则惑，口妄言则乱。夫三关者，不可不慎守也。"②"三关"又指目、耳、口；通过内在的修养达到不淫、不惑与不乱。施肩吾诗《经吴真君旧宅》："古仙炼丹处，不测何岁年。至今空宅基，时有五色烟。"③《列仙传》载：宁封子为黄帝陶正。神人过其处，为其掌火，能出五色烟，后授黄帝以《龙跷经》被封为五岳真人。"吴真君"即真君大帝吴猛。④《洗丹沙词》云："千淘万洗紫光攒，夜火荧荧照玉盘。恐是麻姑残米粒，不曾将与世人看。"⑤《史记·封禅书》记载："少君言上曰：'祠灶则致物，致物而丹沙可化为黄金，黄金成以为饮食器则益寿，益寿而海中蓬莱仙者乃可见，见之以封禅则不死，黄帝是也。臣尝游海上，见安期生，安期生食巨枣，大如瓜。安期生仙者，通蓬莱中，合则见人，不合则隐。'"⑥"丹沙"即丹砂，被作为炼制丹药的原材料之一，诗中描绘的则是炼丹之前清洗丹砂的情景。

（二）清静自由的追求

道教在一定程度上满足了人们企图永世长生的愿望，入道似乎反映出一种不与世俗同流合污的理想人格。仕途顺利之时，信道给人一种清高之感。当处于壮志难酬的境遇时，便开始向往羽化而登仙，以表达对于功名利禄的傲然之态，并从中得到一丝慰藉。施肩吾由早期落第到进士及第，再到官场失意入西山归隐，最终将求仙问道变成了一种人生追求。因此诗中多描写求仙学道的清静之境，在施肩吾后期的诗歌中多有体现。如《西山静中吟》云："重重道气结成神，玉阙金堂逐日新。若数西山得道者，连予便是十三

---

① 《全唐诗》卷四九四，北京：中华书局,1960年，第5610页。
② （汉）刘安：《淮南子》，《二十二》本，上海：上海古籍出版社,1986年，第1241页。
③ 《全唐诗》卷四九四，北京：中华书局,1960年，第5590页。
④ 王叔岷：《列仙传校笺》，北京：中华书局，2007年，第4页。
⑤ 《全唐诗》卷四九四，北京：中华书局,1960年，第5597页。
⑥ 《史记》卷二八，北京：中华书局,2011年，第1284页。

人。"① "西山"点明了修行的地点,"静"表明了修行的心态,"得道者"体现了诗人对自己现状的肯定。又如《闻山中步虚声》:"何人步虚南峰顶,鹤唳九天霜月冷。仙词偶逐东风来,误飘数声落尘境。"②通过"霜月""冷"为我们展现了一幅素雅的修行氛围。《夏日题方师院》:"火天无处买清风,闷发时来入梵宫。只向方师小廊下,回看门外是樊笼。"③入仕之路就如"樊笼"禁锢着诗人,尾句表现了诗人对尘世的毫不留恋,侧面表现了其对于现状的坦然。《同诸隐者夜登四明山》:"半夜寻幽上四明,手攀松桂触云行。相呼已到无人境,何处玉箫吹一声。"④首句点明时间、地点,尾句"已到无人境"与"玉萧吹一声"动静相衬,为我们描绘了一幅夜登四明山的清幽之境。

(三)咏女冠之诗

在施肩吾的道教题材作品中,有关女冠之诗是唐代所有道士诗人中最多者,这也与施肩吾本身的道家思想有关。道家追求长生之术,追求"素""朴""拙"的艺术境界,但是却并不反对阴阳男女之道。葛洪《抱朴子·至理篇》言:"然又宜知房中之术,所以尔者,不知阴阳之术,屡为劳损,则行气难得力也。"⑤又将房中术与炼丹术联系在一起,"若夫汞者,五行之秀气,二仪之纯精……可以坚实骨髓,羸体变而成刚;可以悦泽肌肤,衰容返而为少;至于男女之道,房室之间,姬媵数百,取御之仪,俄顷亦具。"⑥由此可见,道教非但不反对,还更多的是提倡男女之道,追求男女同修、一同得道成仙的道路。在施肩吾笔下的女冠,都具有貌如仙的共同点。

《谢自然升仙》:"分明得道谢自然,古来漫说尸解仙。如花年少一女子,身骑白鹤游青天。"⑦《太平御览》载:"贞元中,谢真人于郡中紫极宫上升,万

---

① 《全唐诗》卷四九四,北京:中华书局,1960年,第5591页。
② 《全唐诗》卷四九四,北京:中华书局,1960年,第5594页。
③ 《全唐诗》卷四九四,北京:中华书局,1960年,第5596页。
④ 《全唐诗》卷四九四,北京:中华书局,1960年,第5608页。
⑤ 王明:《抱朴子内篇校释》,北京:中华书局,2012年,第114页。
⑥ 周绍良主编:《全唐文新编》卷一八九,长春:吉林文史出版社,2000年,第2179页。
⑦ 《全唐诗》卷四九四,北京:中华书局,1960年,第5605页。

目所睹，郡郭是夕处处有虹霓云气。"①传说公元 794 年，唐代有位女道士谢自然，于青天白日下飞升，由此成为道教史上的一大仙话。这首诗中所描绘的就是谢自然升仙时的场景。

《感遇词》云："一种貌如仙，人情要自偏。罗敷有底好，最得使君怜。"②诗中"人情"即男性，"自偏"表明了游仙诗中仙女无数的奥秘。《清夜忆仙宫子》："夜静门深紫洞烟，孤行独坐忆神仙。三清宫里月如昼，十二宫楼何处眠。"③颔联"忆神仙"说不定所忆的就是当年及第后所访的"月中仙"。《赠仙子》："欲令雪貌带红芳，更取金瓶泻玉浆。凤管鹤声来未足，懒眠秋月忆萧郎。"④写出了仙女无眠忆萧郎之思。《赠施仙姑》："缥缈吾家一女仙，冰容虽小不知年。有时频夜看明月，心在嫦娥几案边。"⑤描绘了一幅小仙女望月思嫦娥的情景。《仙女词》："仙女群中名最高，曾看王母种仙桃。手题金简非凡笔，道是天边玉兔毛。"⑥则侧重于对仙女身份地位和装饰的描写。除此之外还有《赠女道士郑玉华二首》等。

三、施肩吾诗歌中的佛教文化因素

在修身养性方面道家与佛家文化具有相似之处。佛教讲究通过"悟"而"涅槃"，而道教文化中，强调通过"内修外养"以达求长生不老。在西山修行期间，施肩吾与其他僧人也有来往交流，通过题诗赠答来表现其修行的心境。

（一）题寺诗及禅语

在施肩吾晚年的诗歌作品中，对于佛教文化相关的建筑物多有题诗赠答之作，以表达其禅思。《题山僧水阁》："山房水阁连空翠，沈沈下有蛟龙睡。

---

① （宋）李昉等编撰：《太平御览》卷一六七，北京：中华书局，2016 年，第 861 页。
② 《全唐诗》卷四九四，北京：中华书局，1960 年，第 5589 页。
③ 《全唐诗》卷四九四，北京：中华书局，1960 年，第 5598 页。
④ 《全唐诗》卷四九四，北京：中华书局，1960 年，第 5609 页。
⑤ 《全唐诗》卷四九四，北京：中华书局，1960 年，第 5607 页。
⑥ 《全唐诗》卷四九四，北京：中华书局，1960 年，第 5604 页。

老僧趺坐入定时,不知花落黄金地。"① 首句"空"字点题,尾句中"不知花落"表现出老僧不为世俗所扰的心境,也侧面传达了诗人不为尘世所动的淡泊情怀。《题禅僧院》:"栖禅枝畔数花新,飞作琉璃池上尘。谷鸟自啼猿自叫,不能愁得定中人。"② 非为禅枝,实为禅心。诗人为我们描绘了一幅万物复苏的春景图,一位僧人在树下禅定,却丝毫没有受到春日美景与周围鸟鸣的影响,衬托了出世的清净与远胜尘世的美艳,"定中人"体现了"万事皆空"的禅机。《听南僧说偈词》一诗中:"师子座中香已发,西方佛偈南僧说。惠风吹尽六条尘,清净水中初见月。"③"偈词"即佛经中的颂词;"六条尘"即色尘、声尘、香尘、味尘、触尘和法尘;法尘即人类所能思维的一切。"吹尽六条尘"表明了诗人远离尘世的情怀。"清净"表达了诗人对修行环境与心境的追求。

(二)"洁身"修行

据佛经记载:诵经之人须记八戒,几日之内断食以保证体内污秽之物不侵染修行。换表为外洁,断食是内洁。佛教"断食"以求洁身修行之法,在施肩吾诗歌作品中也有所体现。《送绝粒僧》:"碧洞青萝不畏深,免将饥渴累禅心。若期野客来相访,一室无烟何处寻。"④"绝粒"即断食。"断食法"本为瑜伽派或其他苦行外道行法,后来被佛教吸收采用。佛教通过实行断食避免秽物,以表达僧人身体的洁净与修行的诚心。在兼有道士身份的诗人眼里则不表赞同。"免将饥渴累禅心"是诗人对断食修行的忧虑,尾句则表达了对于绝粒僧"客来相访"无处所寻的担忧。

修禅也需要清静之境,他的诗中也表现了这种境界。其《宿南一上人山房》诗云:"窗牖月色多,坐卧禅心静。青鬼来试人,夜深弄灯影。"⑤ 首句点明了时间、地点,"静"不仅仅指环境的幽静,也暗指修道者的心静。《安吉天宁寺闻磬》:"玉磬敲时清夜分,老龙吟断碧天云。邻房逢见广州客,曾向

---

① 《全唐诗》卷四九四,北京:中华书局,1960 年,第 5593 页。
② 《全唐诗》卷四九四,北京:中华书局,1960 年,第 5606 页。
③ 《全唐诗》卷四九四,北京:中华书局,1960 年,第 5593 页。
④ 《全唐诗》卷四九四,北京:中华书局,1960 年,第 5606 页。
⑤ 《全唐诗》卷四九四,北京:中华书局,1960 年,第 5590 页。

罗浮山里闻。"[1]首联"敲"与颔联"吟"以动衬静，尾联提到"罗浮山"亦为古代修道之地。

施肩吾一生经历了"诗人""道士""真人"等多重称号，从入世到入道的生命历程在很大程度上影响着他的诗歌创作。施肩吾及第前后诗歌主题主要表现为儒家"学而优则仕"与"达则兼济天下"的思想情怀；在选择西山归隐后，诗人的心境则产生了巨大的改变，他修炼内外丹以求长生之术，与僧人一同交流禅语，与道士一同游历于名山大川，这些在其诗歌中都一一得到体现；晚年诗人早已将尘世的烦忧抛诸脑后，潜心修行"万籁此都寂，但余钟磬音"。

参考文献

[1]（清）彭定求等编.全唐诗[M].北京：中华书局,1960.

[2]（汉）刘安.淮南子/二十二子本[M].上海古籍出版社,1986.

[3]王叔岷.列仙传校笺[M].中华书局,2007.

[4]（汉）司马迁.史记[M].北京：中华书局,2011.

[5]（清）沈德潜等.清诗话[M].上海古籍出版社,2016.

[6]（明）陆时雍.诗镜总论[M].北京：中华书局,2014.

[7]王明.抱朴子内篇校释[M].北京：中华书局,1980.

[8]孙昌武.道教与唐代文学[M].人民文学出版社,2001.

[9]李乃龙.道士与唐诗[J].江苏社会科学,2000.

（作者单位：北京外国语大学中国语言文学学院）

---

[1]《全唐诗》卷四九四，北京：中华书局，1999年，第5657页。

李白《静夜思》小考

——以探讨其诗性构成为中心

[日] 门胁广文 著　石云涛　黄晓星 译

摘要：关于李白诗的名篇《静夜思》的理解，日本学界存在"很多分歧"。本文作者针对森濑寿三氏的"回归循环"说，在指出其中存在的问题的基础上，对《静夜思》提出新的解释。分析的重点有二：一是第三、四句的"对偶句"；二是《静夜思》中通过动词使用所体现的身体动作与心理的关系。认为李白的《静夜思》是巧妙且灵动地构成的，在这样的构成中才存在诗性价值。

前　言

任何人读李白的《静夜思》，都会感到"大致理解是相同的"，但是正如武部利男所说："仔细考虑的话仍会看出很多分歧。"（文献1）[①]诚如其言，对该诗的解释确有"很多分歧"。武部认为"这在诗歌中是难以避免的"，我也赞同他的意见。因为诗不是"解读"的，而是用来"解释"的。然而，诗歌并不是"可以随意读"，也不能自己任意地读，至少应该先排除一些错误的解释。

对此，笔者在前文（文献2）中已经对以往解释中存在的问题进行了分

[①]（　）中的编号是 [参考文献列表] 中的编号。

析。① 其中指出：第一，关于"无准备"说。关于《静夜思》最广为人知的评价是"无准备"，但这种观点是通过设想李白创作时的情景得出的，而非通过分析"诗"本身的诗性价值而得出的结论；第二，第一句"床前看月光"的"看"，有"突然映入眼帘"和单纯的"看到、见到"等的解释，更有完全歪曲的理解，我的文中认为这些都不能归入解释的范围。第三，"床前看月光"，有的版本作"床前明月光"。田部井文雄氏（文献3）认为"诗的意思没有较大的改动"。但是，从修辞学的角度看，这个观点并非没有问题。最后，中岛敏雄氏（文献4）认为第一句与第二句运用了倒装的修辞手法，在我的文中对这一问题也进行了探讨。

本文将探讨前文中已介绍过的森濑寿三氏的"回归循环"说，在指出其中存在的问题的基础上，对《静夜思》提出新的解释。

森濑氏倡导"回归循环"说时，将第一句"床前看月光"的"看"理解为"定睛凝视"这一动作，将第二句"疑是地上霜"的"疑是"解释为"表达了诗的作者产生了不确定地上的白色是月光还是降下的霜的心理状态"。笔者认为这一理解大致是恰当的。然而，不知为何，森濑氏只写出了这一结论，却没有交代他是如何调查和分析的，本文首先将对这一点进行探究。

下文将以此为前提针对森濑氏"回归循环"说的问题——欠缺对于第三、四句"对偶句"的分析这一不足，笔者进行思考，通过分析《静夜思》的构成提出新的解释。分析的重点有二：其一，第三、四句的"对偶句"；其二，《静夜思》中通过动词使用所体现的身体动作与心理的关系。分析的结果是得出了李白的《静夜思》是巧妙且灵动地构成的，在这样的构成中才存在诗性价值的结论。下文将按照这一顺序进行论述。

一、森濑寿三氏的"回归循环"说

首先，简单地介绍一下森濑氏的"回归循环"说。

---

① 参照前文（文献2）第二章以及（文献15）。

选择森濑氏有代表性的两篇论文（文献5，6）的原因之一（另一个原因是校定的问题）是其分析了"无准备"地创作出来的《静夜思》的诗性价值，即《静夜思》"无准备"性的实质。针对《静夜思》的整体诗性价值，森濑氏认为：（1）这首诗确实让人读出了"循环性"；（2）在简短的诗句中隐藏了一个精巧的设计；（3）这个设计是"第四句又回归到了第一句"。这些结论在以往的研究中尚未见过，我认为应该给予很高的评价。

如前所述，形成这一观点，基于对第一句"床前看月光"中的"看"与第二句"疑是地上霜"中的"疑是"的明确的理解。关于"看"，他写道：

> 李白的诗中用了"看"这一动词，字典中的解释是"看，视也"，定睛凝视这一动作决不会引发站着或四处踱步这些动作的联想。可以说，只有"独坐"的状态才能在"看"这一字中融入黯然的气氛。

其中，"定睛凝视这一动作决不会引发站着或四处踱步这些动作的联想"是对吉川幸次郎（文献7）的观点"沉醉于静谧的夜里，思绪起伏的人在伫立着或在周围徘徊"的异议，而并不是对笔者要讨论的（将"看"解释为"突然看见"或"映入眼帘"）解释的评判，但确实并没有将"看"理解为"突然看见"和"映入眼帘"。笔者认为是恰当的。

关于"疑是"，森濑氏认为"疑是"这一词并不仅仅是一个比喻，"像是霜一样"，而是表达了诗的作者产生了不确定地上的白色是月光还是降下的霜的心理状态（文献7）。关于这一点，虽然我多少有些异议，但是大体上是恰当的。

但是，森濑氏不知为何只做出了结论，而没有交代他是如何探讨和分析的。因此，笔者将对其展开相应的考察和分析。

（一）关于"疑是"的探讨

首先讨论"疑是"。如果查阅《说文解字》等训诂辞典，会发现"疑"没有表达比喻的含义，其字面意思"怀疑"就是其本来的意思。笔者想对此进行确认。

根据《说文解字》（文献8）的解释，"疑，惑也"，段玉裁注云："惑乱也。"

《广韵》（文献9）中的解释是"疑，不定也。"由此看来，"疑"的确没有表达比喻的含义，字面意思"怀疑"应该就是其本义。荻生徂徕（文献10）曾解释"疑"为"怀疑，如其训"；小川环树氏（文献11）的"'疑是'指'怀疑是……'"也是沿袭其观点。

然而，在李白的诗中是怎样的呢？表达其字面意思"怀疑"的屈指可数，相反，占大多数的是在某种层面上表达比喻的意思。但是，诚如森濑氏所说，"不是表达单一的比喻（像……一样）"。由于喻体和本体极为相似，在欲表达容易引起错觉的类似性事物时，会使用"疑"或"疑是"。这样还同时表现出"诗性主体（作者）的'心理'"。

在《李白歌诗索引》（文献12）中，有二十例"疑~"或"~疑"，包括《静夜思》在内共有十二例"疑是"（上述统计不包括"九疑""昏疑"）。表达字面意思"怀疑"的只有七例，其他的多少都有表达"比喻"的意思。因此，这些几乎都是如森濑氏所言，"不是表达单一的比喻（像……一样）"。

但是，其中的《春日归山寄孟浩然》（0455）[①]：

鸟聚疑闻法，龙参若护禅。

——鸟儿相聚疑是为听法而来，龙王亦来参加似为护法而来。

"疑"与"若"相对，是单纯地表达"比喻"的含义。《赠嵩山焦炼师》（0329）"中有蓬海客，宛疑麻姑仙"（其中有蓬海的客人，宛如麻姑仙子），"疑"与"宛"组合，可见是起到了与"如""若"类似的表达"直喻"的作用。

然而，如前所述，在很多场合并不仅仅表达"比喻"，如《观元丹丘坐巫山屏风》（0895）的最后就有这样的诗句：

使人对此心缅邈，疑入嵩丘梦彩云。

——令人对着此画心胸高远，真疑心自己是在梦中进入嵩丘踩着云。

与此（屏风）相对，此屏风使人（作者自己）感觉缅邈，仿佛进入了嵩丘（高山），梦见自己踩在云中一般。这一句就像一首协奏曲。但是，这一句并不是将某事物（A）比作另一事物（B）的比喻，因为这首诗是咏叹来到元

[①] 李白的作品后附的编号是《李白歌诗索引》（文献12）的作品编号。

丹丘家后看到的描绘巫山的屏风。看到屏风中的巫山（A'），让李白感到这就是自己真实所见的巫山（A），也就是说，屏风中描绘的巫山（A'）就是实际的巫山（A），而不是比喻。当然，这正是因为极为类似。

"仿佛进入了嵩丘（高山），梦见自己踩在云中一般"这一句正表达了本体和喻体酷似，具有容易造成错觉的类似性。因此，正如"心缅邈"一词所言，这里同时表达了某种"惊奇"和诗性主体的"心理"。这与该诗的开头一起看，会更容易理解。

昔游三峡见巫山，见画巫山宛相似。

——当年游三峡时见过巫山，如今看见这幅屏风画上的巫山又仿佛回到了从前。

疑似天边十二，飞入君家彩屏里。

——心疑是天边的巫山十二峰，飞进您家的屏风里。

二句，如文字字面意思，李白以前见过的巫山与屏风中描绘的巫山十分相似。也就是说，屏风中描绘的是"巫山"，而不是其他事物。承接上句，第三、四句"巫山的十二峰仿佛飞到您（元丹丘）家中的屏风里"，这句明显不是将某物体比喻为另一物体，而是两者之间有容易引起错觉的相似性，此处也有诗性主体的"惊奇"。因此，"疑~""疑是~"这样的词汇，既可以将某一物体"比喻"成另一物体，也包含"诗性主体"的某种感情，比如"惊奇"。

（二）关于"看"的探讨

接下来，是"看"这一词。根据笔者的调查，"看"与"视"的意思大致相同，意味着"有意识地看"。这一动作在日语中并不能翻译成"突然看见""映入眼帘"的动作，即并不是用以表示无意识地由视觉捕捉到的词汇。而是如森濑氏所言，表达"定睛凝视"。我们首先在辞典或类似的书中确认这一词汇的含义，然后在李白自己的作品中寻找其用法，再进行确认。

《说文解字》的条目中，解释为"看，睎也"，同时有"睎，望也"。《广雅》（文献13）释诂卷中有"看，视也"的解释。但是从《广雅》的体裁上看，"看"并不一定等同于"视"，实际上，考察一下"睇，睎，□，目，略，

□,"等四十七个与视觉相关的文字,它们都有"视"的含义,并不是只有"看"这一个字有"视也"的意思。《说文解字》的见部卷中有"见,视也",《广韵》去声三十二霰韵有"见,视也",上平二十五寒韵中也有"看,视也"的解释。综合起来,"看"="睇"="望"="见"="视","看""视"和"见"都是相同的意思。

由此说来,森濑氏的观点"根据辞典'看,视也',因此'看'就一定是形容'定睛凝视'的动作"是毫无根据的。但是,笔者认为"看"不应该理解为"突然看见""映入眼帘"。这一判断的根据,将在下文展开论述。

清代的段玉裁在《说文解字注》(文献8)中注有"见,视也",如下文所述:

> 析言之有视而不见者、听而不闻者。浑言之则视与见、闻与听一也。
> 耳部曰:听,聆也;闻,知声也。此析言之。

也就是说如果将"视"与"见"两者进行区分,可以表示不同的行为,如果将其统合起来说的话,又可以表达相同的内容。

段玉裁在《说文解字注》的耳部卷中用两个例子对此进行了说明,段玉裁此处的注是这样的:

> "听,聆也"。凡目所及者云"视"。如"视朝""视事"是也。凡目不能遍而耳所及者云"听"。如"听天下""听事"是也。
> 闻,知声也。往曰听,来曰闻。《大学》曰:"心不在焉,听而不闻。"

从上述说明来看,段玉裁的理解是"听"是指"有意识地听","闻"是指"心不在焉地听,但自然地听到"。

与此前"浑言之,则视与见、闻与听一也"的记述联系起来,段玉裁的理解是"视"为"有意识地看","见"是"心不在焉地看,但自然地看到"。

虽然有"看,视也",但是没有"看,见也",因此可以判断,"看""视"同样表达了"有意识地看"这一动作。

荻生徂徕(文献10)对此进行了说明。在后文卷三中对"视、见、看、观、览"等十五个字一同进行了说明,"看"的说明如下:

> 与视字相近,比见字程度更深,但是,把手搭在前额上看。长时间

地看，所以手也跟着。长时间地守望，因此，有"守"的意思。但是，在诗语中"视、看、见"混用的情况很多，其中"见"字比较少，与之有别。

文中的确提到"在诗语中'视、看、见'混用的情况很多"，但同时文中又说其中"见字比较少，与之有别"。"看"与"视"是基本相同的行为，它们与"见"应该有所区分。

关于"视"和"见"，荻生徂徕的说明是怎样的呢？

视＝与视听相联系，与听字是一对，表示聚气凝神有所思地看。

见＝与见闻相联系，与闻字是一对，（略）表示看见，看到。

"视"表示聚气凝神有所思地看，"见"表示"看见，看到"。

可见，这些与段玉裁理解的方向相同。"视"是"与视听相联系，与听字是一对"。"见"是"与见闻相联系，与闻字是一对"。那么，看看对于"听"和"闻"的说明。

听，与闻不同，闻为耳受声也。听为耳待声也。有此注。耳受声也，即为听得见。耳待声也，即为有意识地听。

闻，耳受声也，因为听而不闻，所以从中可以推断而出。

这也与段玉裁理解的方向相同。

《说文解字》中为"见，视也"，《广韵》中也是"见，视也"，段玉裁的注是"浑言之则视与见、闻与听一也"。荻生徂徕的观点是"在诗语中视、看、见混用的情况很多"，因此，"看"与"见"的确不是完全地区分使用。但这两者本来是形容完全不同的行为的词语。

虽然有"在诗语中视、看、见混用的情况很多"这样的表述，但这三者并非以相等的比例在相互"混用"的。比如，虽然在本该用"视"或者"看"的地方，有用"见"的情况，但其相反的情况几乎没有。因为"看""视"是"见"这类外部行为"附加"了"意识"这一心理层面的词语。可以推测，在使用"见"这一词语时，如果借助"文脉"的力量，附加"意识"或许也有可能。但是，从"看"和"视"这样已经附加了"意识"这一心理层面的词汇中，将"附加"的东西剥夺，并不容易。

例如，苏东坡曾对陶渊明诗歌文字的异同有过著名的评论，陶渊明的《饮酒》其五的第六句在其他文集中几乎都是"悠然见南山"，但在《文选》中是"悠然望南山"。对此，苏东坡有如下评论：

> 因采菊而见山，境与意会，此句最有妙处。近岁俗本皆作"望南山"，则此一篇神气都索然矣。古人用意深微，而俗士率然妄以意改，此最可疾。（以下略）

大矢根文次郎氏（文献 14）对此有如下说明："见"是无意识地看到，也就是"能看到"的意思。与无意识地看相反的是，"望"是远远地遥望着看，是"在想要看清的意志支配下看"的有意识的观看方式。这与和"视听"相对的"见闻"有同样的差异。

大矢根文次郎的理解与目前为止的调查是一致的。"望"与"看"相同，是"表达在想要看清的意志支配下看的字"。苏东坡对"望"和"见"的异同颇有计较也正因为如此。因此，他接下来解释说："采菊之次偶见南山，初不用意，而景与意会，故而喜也。"

这说明，即使有将"见"作为"视"和"看"的替代词使用，当"无意识地看看"时，也通常不会使用"望"和"看"这样附加了"意识"这一心理层面的词汇。

从上文看来，"看"与"视"一样，是表达"有意识地看"的词汇，明显不能翻译成"突然看见""映入眼帘"这类无意识间在视觉上捕捉到了的动作。即不是用于表示无意识地经由视觉捕捉的词语。接下来，通过李白自身作品中的例子再进行确认。

李白有一首送友人前往三峡的诗《送友生游峡中》1077：

  1 风静杨柳垂 2 看花又别离

  3 几年同在此 4 今日各驱驰

  5 峡里闻猿叫 6 山头见月时

  7 殷勤一杯酒 8 珍重岁寒姿

第二句"看花又别离"，在此，"看花"是将饯别宴会上一边饮酒一边与友人告别的感慨寄托于"看花"这一词汇中。因此表示的并不是"突然看见""映入眼帘"这类动作。

同时，第六句中的"见"与第五句的"闻"相对，"闻"表达听觉，"见"是与此相对的表达视觉的词汇。诗句表达了"你在三峡边忽闻猿叫时，我正在山顶上看月亮"的意思。这里，"看"与"见"用法明显不同。

从上述探讨看来，支撑森濑氏的"回归循环"说的两个观点都"大致"是正确的。但是，此处使用"大致"的原因是，如上文中提到"看"时，森濑氏所批判的是"'看'无法使人联想到'站立''踱步徘徊'等动作"的观点，而笔者批判的是"即使没有意识到，也自然地看到了"的观点。

目前还有一个问题，将"疑是"理解为并非单纯的"比喻"，我对此完全同意；但对于"表达了诗的作者产生了不辨地上的白色是月光还是降下的霜的心理状态"中"诗的作者"的"心理状态"的程度的考量，有些模糊不清。如上文所述，笔者认为是"表现了因为某样事物与另一样事物之间具有可能引起'错觉'的相似性，'诗性主体'产生的某种感情＝'惊奇'"。

（三）"回归循环说"的探讨

如上文所述，笔者对于支撑森濑氏的学说的两个观点表示"大致"同意。但是，对于"回归循环"说，虽然也认为它很有趣味，但对其中某些方面的理解仍然不能完全认同。森濑氏认为这首诗隐藏了一个精巧的设计，其论述如下：

> 但是，这首诗中具有某种循环性，这是诗歌本身具有的深层含义。在简短的诗句中隐藏着一个循环。先说结论的话，其最大的要旨是第四句又回归到了第一句。结句的"低头"者的目光自然落在了地上，引发了"思故乡"者悠长的沉思。俯视的目光又再次回到了第一句的"床前看月光"。这样，这首诗将人们引入了永远不会终结的孤独与沉思的世界。只有在这样的构造中，绝句的特质——连绵不绝的抒情性才成为《静夜思》的独特之处。

森濑氏写道："结句的'低头者'的目光自然落在了地上，引发了'思故乡'者悠长的沉思"。但是对于他而言，仅仅这样似乎无法"使人感到永恒"。

他最为主张的是遵循其文理的诗歌的构造，即一旦"俯视"的目光再一次回到了第一句的"床前看月光"，就"将人们引入永远不会终结的孤独与沉思的世界"。

然而，用常识性的眼光去看，此处存在两点疑问。首先，一个简单的问题：即使"俯视"的眼光再次回归到了第一句的"床前看月光"，看到了相同的月光，真的能再次回到"分辨不出地上的白色是月光还是降下的霜的心理状态"吗？他认为改成"床前明月光"是"后世的人没有想到这个回归循环结构的'冒失之举'"。笔者也赞同对于改窜的批评，但"回归循环的结构"还是一时难以认同。其理由十分单纯，因为后一句是"低头思故乡"，而不是"低头看月光"。

第二个问题，如森濑所说，这首诗即使"令人感到'永恒'"，但"令人感到'永恒'"正是"回归循环的构造"，其中存在某种交替。看到地上的"月光"，接着抬头望"月亮"，然后低头思念故乡，然后再次看向"月光"，如此这番循环——这样永远地持续下去，使人感到"循环性"的，似乎是其他维度的问题。根据其理论，最后一句即使是"低头看月光"，看到地上的月光——举头望"月"——再次看地上的"月光"——举头望月——再看地上的"月光"，这样"循环"地持续下去，使人感受到"永远"。如果据森濑氏所言，这首诗令人感到了"永远"，那么"思故乡"的部分也应该是不可或缺的。

此外，森濑氏提到"第四句写了'低头''思故乡'"。垂头思考人生来处时，诗人的姿势与第一句"靠在床前看月光"的姿势相连接，以此终于形成将读者引入"循环的世界"。但是"思考人生来处"时的"看"与"床前看月光"的"看"，虽然在表面上是一样的，却有程度上的差别。前者将思考此前的人生"比喻"成"看"而已，此处的"看"并不是像"看"月光那样"看着"。最后一句终究是"低头思故乡"，而非"低头看故乡"。一言蔽之，森濑氏的"回归循环"说对于最后一句的"低头思故乡"的分析并不充分。

二、关于《静夜思》的构成

虽然不用特意写出，但是笔者在此想将《静夜思》列出：

床前看月光，疑是地上霜。
举头望山月，低头思故乡。

的确，这首诗有种令人一读就"懂"之感，让人觉得简单且容易理解。因此，被认为是"无准备"的诗。但是"不假思索就将在不经意间浮现在脑海中的诗句随口而出所作"（文献15）的这首诗，实际上正有下了功夫思考之处。这可以说是乐府（也有一说是绝句）这一文体除了最低限度的成立条件之外，唯一的下功夫思考之处。那就是在第三、四句，用了"对偶"的修辞手法。接下来，本文将以这一点作为线索，探讨《静夜思》的构成，阐述笔者对这首诗的诗性价值的一点浅见。

（一）第三、四句的"对偶"

第三、四两句是按以下方式构成的：

举 + 头 =V+O　　望 + 山月 =V+O
低 + 头 =V+O　　思 + 故乡 =V+O

每句含有两个"动词 + 宾语"组合的短语，平行地并列在一起。"举头"对"低头"，都用完全相同的"头"字，以此为宾语的动词是"举"和"低"，虽然方向相反，但是都是表示动作的词语，因此，句子的"平行性"相当清晰。

但是，这个过于清晰明白的"平行性"，必然不是"无准备"地创作出的。因为在短短二十个字之内两次用相同的"头"字，这在今体诗中绝不一般。同时，在相同的位置使用两个并列的相同构造的句子，在"诗"这种形式上的制约极强的表现形态中更不一般。只能说这一"平行性"可谓是"过剩的"平行性。

假如将后两句改为"举面望山月，低头思故乡"，大致也可以使表现的内容不变并且符合今体诗的规则。换言之，"举头望山月，低头思故乡"，第二个字（头）都是平声，如果改成"举面望山月，低头思故乡"，第四句的第二个字（"前""是""面""头"）的平仄就成了"平＋仄＋仄＋平"，符合今体诗的规则。乐府体的诗不一定受今体诗的平仄规则的限制。但是今体诗的规则是为了使诗歌表现更加精妙而形成的。通常并不在这个方面对词汇下功夫。尽管如此，专门打破规则造句，使人不得不思考是否有什么是除"举头望山月，低头思故乡"之外表现不了的。关于这一点，将在后文展开论述。总之，笔者认为在此必须逆向思考解读诗歌。此外，姑且一提，作者李白自己是否有这一意识——这类的问题不在探讨之列。"过剩的平行性"，其自身一般会表现出逆向的思考。但是，这个"思考"是什么，这必须看全体的构成。

（二）全体构成的探讨

在此，再一次列出《静夜思》全文：

　　床前看月光，疑是地上霜。
　　举头望山月，低头思故乡。

第一句可以释义为"在床前，看着（照射在地上的）月光"。关键点在于"看"。上文已经讨论过，"看"是指"有意识地看"。其视野是"床前"，一定程度上受到了限制，并且其视线所及的距离近，且角度很低。

第二句，（地上的月光）仿佛是降到地面的霜。关键点在"疑是"。"疑是"并不是单纯地表示"比喻"的词语，此前已经探讨过，是表达由于喻体和本体极为相似，具有容易引起错觉的类似性。在此，也含有"诗歌主体"的感情＝"惊奇"。

森濑氏认为，"其（疑是）'表示难以区分的心理状态'是转移至第三句的重要契机"。笔者认为此言一语中的。随后，森濑氏又指出，《静夜思》的关键之一存在于第二句向第三句转换之间。诗的作者在第二句时怀疑第一句中月光的白色是否是霜，不自觉地投以目光进行确认。他的视线从低头长时间地凝望着的地上沿着落下的月光静静地上升，从房间里转移到室外，升到天空上，直达山上的月亮"。笔者认为这一说明也是正确的。

第三句，视线随着"举头"而上升，直达山顶的月亮。大矢根氏认为，此处的"望"的意思是"远远地凝望",是"有意识地看"的带有意志地看的方式。

此时的视野已经与第一句不同,不再限定在狭小的范围之内。此处是"山月"而不是"明月"的原因是要表示视野不是凝聚在"月亮"这一点上。其视野范围以"月亮"为中心,遍及"山"在内的广阔范围。

至此,讨论的事物(1.床前看月光;2.疑是地上霜;3.举头望山月)全部都有"月"或"月光"。关于第二句的"霜",既然第一句用了"看月光",而后又用"疑是"这一语言表现来看,当然,并不是实际的"霜"。这表示了诗歌主体对于"月"的认识。因此,第二句表现的是"月"这一事物本身,以及诗歌主体对"月"的认知。这首诗以"看""月光"开头,又因"看""月光"而感到"惊奇",再以遥望山顶上的"月"收敛。到此为止,这首诗完全没有伤感的气氛。只有诗歌主体因"月光"与"霜"具有容易引起错觉的相似性而感到的惊奇的意识。这也正是第三句之前的诗歌主题。

然而,诗歌并未就此结束。接下来又迎来了另一个高峰。第四句是这样开头的:"低头……"读到此我们原先预想的是什么?"床前的月光"→"地上的霜=月光"→"山顶的月",到了最后,是"低头"这一表达。承接这一观点,读者预想的诗歌主体接下来认识的事物是什么?当然理应是床前的月光。因为第一句(低头)看的是床前的月光,然后举头望"山月",接着又"低头"。但是,与预想的情形相反,出现在此处的并不是月光,而是至此完全没表现的东西,即"故乡"。笔者认为,这种"意外性"正是这首诗的有趣之处,也是其诗性价值所在。

兴膳宏(文献16)曾分析李白作品中的"月",认为此处的月是"与故乡这一可以切身体会的存在以特定的编码方式相联系的月"。李白的"月"的确与"故乡"以及"特定的编码"相联系。但是,《静夜思》的构成与其他的诗歌不同,并不是起初就能预想从"月"到"故乡"的联系。因为如上文所述,第一、二句的主题是"月光"与"地上霜"可能引起错觉的"相似性",以及诗歌主体对此的惊奇的意识。"故乡"并不是一边望"月"一边"思念",而是在"低头"之时,"月"从视野中消失之后才登场的。

回到之前所说的，望着"山月"的视线在"低头"的瞬间捕捉到的不是"月光"，而竟然是"故乡"。包括"山"在内的广阔的视野，在"低头"时完全被遮住了。这一瞬间，"故乡"在心中浮现。从另一个观点看来，从第一句到第三句，诗歌主体的意识经常朝向外在的对象。第四句笔锋一转，变为朝向自己的内心。诗歌的结构是，第一、二句的诗歌主体的视线都凝聚在既低又近的位置中的"月光"上；第三句里，视线追随着"月光"，接着上升、扩大；第四句"低头"的瞬间，其视线顿时断开，此时，向外的意识瞬间消失，这一空白的意识被突然浮上脑海的"故乡"所占据。

带来这一意外的展开的是这首看似"不假思索，出口成章"而作的诗歌中唯一下了功夫思考的地方，也就是使用了"对偶"的修辞手法的第三句、第四句的"过剩的平行性"。这首总共只有二十个字的诗，在第十五个字前（床前看月光，疑是地上霜，举头望山月）都是与"月"相关的内容。承接它们的仍然是"举头""低头"这样具有"过剩的平行性"的表达。其后当然预想会是与"月"相关的内容，但是，此处出现的却是"思故乡"这一词。这与之前重复出现的与"月"相关的内容完全不同，十分出人意料。此前一直集中在"月"上的意识在此受到了冲击。与此同时，唤醒了诗的读者心中"一说到'月'就想到'故乡'"的愉快的"反转"，以及其后随之而来的对其"接纳"的反应。这首诗就是这样展开的。

笔者认为，这样机智的构成才是这首诗的诗性价值。

小　结

本文发表了对于《静夜思》的诗性价值的浅见。支持本文的是与森濑氏相同的对于"看"与"疑是"的明确的理解。本文只用了几部训诂方面的书以及李白的作品将其导引出来，并且不得不省略对于其他文学作品的共时性探讨的部分。虽然有意将李白作品中的《望庐山瀑布》二首也一起进行比较，但是也不得不省略了。日后将另撰专文探讨。

另外，本文完全没有涉及李白的事迹与《静夜思》的关系，这是笔者有意为之。就这首诗而言，调查李白在何时、何故、何处作这首诗不仅几乎没有任何意义，反倒会小看了诗的世界。拙作的主题是探究《静夜思》的诗性价值。不知其程度如何，还望求教于方家。

参考文献

[1] 武部利男：《关于李白的〈静夜思〉》，《吉川博士退休纪念中国文学论集》，筑摩书房，一九六八年三月十八日。收入武部利男《李白的梦》，筑摩书房，一九八二年十月三十日。

[2] 门胁广文：《李白〈静夜思〉小考——以探讨以往解释中的问题点为中心》，《大东文化大学汉学会志》第三十二号，大东文化大学汉学会，一九九三年三月二十日。

[3] 田部井文雄：《唐诗三百首详解》（上卷），大修馆书店，一九八八（昭和六十三）年十二月一日。

[4] 前野直彬编：《唐诗鉴赏辞典》（中岛敏夫执笔），东京堂出版，昭和四十五（一九七〇）年九月三十日。

[5] 森瀬寿三：《李白〈静夜思〉研究——诗中的解释和校定》，关西大学《文学论集》第三十八卷，第三、四合并号。

[6] 森瀬寿三：《李白的〈静夜思〉（续）——以明刊唐诗选本为中心的考察》，同上第三十九卷第三号。

[7] 森瀬寿三：《李白〈静夜思〉研究——诗中的解释和校定》，关西大学《文学论集》第三十八卷，第三、四合并号。

[8] 后汉许慎撰，清段玉裁注：《说文解字注》，台湾：汉京文化事业有限公司，一九八〇年三月三十一日。

[9] 北宋陈彭年等重修：《校正宋本广韵》，台湾：艺文印书馆，民国六十三年八月。

[10] 荻生徂徕:《译文筌蹄》,《荻生徂徕全集二》,美铃书房,一九七四年八月二十日。

[11] 小川环树:《唐诗概说》,《中国诗人选集别卷》岩波书店,昭和三十三(一九五八)年九月二十日

[12] 花房英树编:《李白歌诗索引》,《唐代研究的余音第八》,同朋舍出版,昭和六十一(一九八五)九月十日。

[13] (魏)张揖撰,(清)王念孙疏证:《广雅疏证》,台湾:广文书局有限公司,一九七一年十月。

[14] 大矢根文次郎:《陶渊明研究》,早稻田大学出版部,昭和四十二(一九六七)年十二月十五日。

[15] 服部南郭、日野龙夫校注:《唐诗选国字解》(3),东洋文库四〇七,平凡社,一九八二(昭和五十七)年三月十日。

[16] 兴膳宏:《月明中的李白》,《中国文学报》第四十四册,京都大学文学部中国文学会,一九九一(平成三)年十月。

(作者单位:日本大东文化大学文学院;译者单位:北京外国语大学中国语言文学学院)

论皮兰德娄戏剧的民族性与现代性

刘会凤

摘要：皮兰德娄是意大利戏剧史上为数不多的享有世界声誉的剧作家，是20世纪现代派文学的先行者。他对意大利戏剧舞台的成就和贡献集中体现在以现代派精神继承和革新了意大利历史悠久的民间即兴喜剧传统，创造出现代版的"假面戏剧"，作者命之为"赤裸的面具"，实现了舞台艺术民族性与现代性的完美结合。我国各地存在丰富多彩的传统方言戏剧，皮兰德娄对民族喜剧艺术的改造和革新成果值得我们学习和借鉴。

路易吉·皮兰德娄（1867—1936）是20世纪初期意大利著名小说家和剧作家。出生于西西里岛，先后在意大利罗马大学文学系和德国波恩大学深造，获得博士学位。毕业后曾在波恩大学教授意大利语，1892年回国定居罗马，1897至1922年任教于罗马女子高等师范学校。"一战"前后皮兰德娄开始创作戏剧，共有剧本44部，结集为《赤裸的面具》，1934年皮兰德娄因"果敢而灵巧地复兴了戏剧艺术和舞台艺术"而获得诺贝尔文学奖。皮兰德娄是20世纪现代派文学的先行者，他对意大利戏剧舞台的成就和贡献集中体现在以现代派精神继承和革新了意大利历史悠久的民间即兴喜剧传统，创造出现代版的"假面戏剧"，作者命之为"赤裸的面具"，实现了舞台艺术民族性与现代性的完美结合。下面我们先简要介绍一下即兴喜剧的特征。

意大利即兴喜剧也称为"假面喜剧"，兴起于16世纪文艺复兴时期，以反对中世纪宗教压迫、反对禁欲主义，提倡复兴古希腊罗马世俗人本精神为主旨，继承和发展了古希腊罗马以来喜剧中由来已久的即兴表演传统。剧团来自民间，舞台道具简单朴素，通常由一辆马车装载，在临时搭建的乡村舞台巡回演出。即兴喜剧的表演形式跟我国传统民间戏曲颇多类似之处。即兴喜剧有两个突出特征：即兴表演（幕表制）和定型角色（行当）。

即兴喜剧的得名一方面是因为它没有预先编写的剧本，演员们依据一个剧情大纲，临时上台即兴表演；另一方面"除了扮演青年男女爱人的演员以外，其他的演员都戴面具"[1]，因此又称为假面喜剧。所谓的即兴表演也称为"幕表制"[2]，演员没有固定台词，剧本是一种简练的故事情节大纲，称为幕表，演出前由剧团专业人员负责编写和解释主题，演出时幕表贴在后台两侧提示演员的出场次序和主题情节。幕表与一般剧本相差甚远，有着较强的商业保密性。一般来说，"幕表还是密本……幕表也是家传的，甚至是嫁女儿时的嫁妆"[3]。即兴喜剧幕表制跟欧洲古典戏剧最大的差异就是没有流传后世的文学性剧本。自古希腊以来戏剧作家一般称为诗人，经典剧本大都是流传后世的文学作品范本，因此从文学性来说幕表算不上文学剧本。这种戏剧依靠演员的专业素养和演员之间的默契配合，台词动作在出场后即兴发挥。剧本创作任务从诗人手中转移到了演员手中，演员终生饰演一种类型的角色，视角色为第二生命。

意大利即兴喜剧最本质最精华的部分在于演员角色定型化，亦可称为"行当"。所谓的角色定型化是指把演员分为固定的几种类型，"正像中国古典戏曲把角色分为生、旦、净、末、丑几种行当那样"[4]。不过，即兴喜剧的"行当"与中国戏曲的划分方式不同。戏班子通常由12到14个演员组成，剧中人不使用真实姓名，彼此称呼约定俗成的行当名称。一个标准的剧团必备的行当列举如下：

潘塔隆（老生）：饰演年老贪财吝啬的威尼斯商人和家长角色，惯用威尼

---

[1] 廖可兑：《西欧戏剧史》，北京：中国戏剧出版社，2002年，第88页。
[2] 黄佐临：《意大利即兴喜剧》，《戏剧艺术》1981年第3期，第35页。
[3] 黄佐临：《意大利即兴喜剧》，《戏剧艺术》1981年第3期，第35页。
[4] 吴光耀：《西方演剧史论稿》（上），北京：中国戏剧出版社，2002年，第174页。

斯方言。

博士（老生）：饰演老学究法学博士，带有波洛尼亚口音，掺杂着拉丁语炫耀才学。

甲必丹：西班牙军人，风流成性、不学无术的无赖小丑。

两对情人（小生与青衣小旦）：演绎恋爱故事。使用意大利标准语音，托斯卡纳方言。

阿拉金娜（贴旦丫头）：扮演小姐身边机智、聪慧的"红娘"角色。

丑角1到4名，饰演男仆役。最著名的小丑叫阿拉金诺或称哈里金，是个文武全才的滑稽诗人，也是喜剧演出的台柱子。阿拉金诺通常扮演风流小生的男仆帮助小生解决经济危机和恋爱难题。与之相配对的一名男仆叫作勃列其拉，是个狡猾的恶仆。此外还有一个灵活多变的小丑行当叫作普尔辛洛，根据需要充当仆人、商人或店主。

即兴喜剧的特征与欧洲古典戏剧风格差异较大，乡土气息浓厚，行当的设置最大限度地迎合了民间百姓的审美需求，深受群众欢迎。16世纪中期到17世纪中期即兴喜剧风靡意大利各地区，成为民间戏剧的传统剧种。后来传入法国落地生根，法国17世纪著名喜剧作家莫里哀（1622—1673）就直接受到即兴喜剧的影响。

皮兰德娄敏于时代精神，"一战"爆发之后欧洲资本主义社会进入灾难深重的危机时代，作家深感现实人生再也无法用传统的现实主义文艺法则来体现，于是发现了戏剧舞台来演绎人生。作家发掘了意大利民族喜剧的精神革新了即兴喜剧的内涵，创造出新型的现代主义即兴戏剧，其艺术成就主要从以下三个方面来分析。

一、即兴表演与"泛即兴"戏剧

皮兰德娄是一个学者型的作家，获得博士学位并在大学任职20多年，拥有教授职称。1908年发表的《幽默主义》主要探讨滑稽、幽默、讽刺、批判现实主义喜剧作家创作的新时代法则。皮兰德娄从戏剧理论与舞台实践两方面对传统即兴喜剧的即兴表演进行了继承和革新。

皮兰德娄戏剧构思的一大特色是运用"戏中戏"套层结构。吕同六先生评价说:"在'戏中戏'里,可以明显地看出皮兰德娄借鉴了意大利即兴喜剧的手法。"[①] 皮兰德娄认为,现实人生不可捉摸、没有任何固定的模式或规则,因而正好可以运用即兴喜剧的形式来呈现。所谓的套层结构就是在一个戏剧中嵌入另外一个戏剧场面形成戏中套戏的多层次效果,莎士比亚的名剧《哈姆雷特》就是一个"戏中戏"的典范。意大利即兴喜剧没有固定的台词,演员们根据剧情大纲各自编演一个个独立的剧情片段,形成不断连锁穿插的"戏中戏"效应。皮兰德娄在借鉴传统的基础上,将"戏中戏"的艺术构思推向新的高度。

皮兰德娄的代表作《亨利第四》被誉为现代版的《哈姆雷特》,此剧中存在多层次的"戏中戏"结构。《各行其是》《我们今晚即兴演出》和《六个寻找作者的剧中人》并称"戏中戏"三部曲,都是对即兴表演形式的现代化演绎。仅以《六个寻找作者的剧中人》为例来简要说明。按照作家的构思,此剧上演时是一出没有写好的戏,开场时剧团正在排练另外一出戏,六个寻找作者的剧中人陆续出现,请求把他们身上的剧本展示到舞台上来获得生命。剧团导演被说服后,展开互相更迭的表演方式,六个剧中人示范表演,剧团演员模仿演出,在混乱争吵的排练中展示出"六个剧中人"的完整剧情。此剧是皮兰德娄戏剧的典范之作。

碎片化情节串联技巧的运用。"戏中戏"是皮兰德娄剧情构思的宏观特色,从相对微观的角度来看,皮兰德娄的戏剧通常选取日常生活琐碎片段呈现在舞台上,善于运用碎片化情节串联技巧。传统即兴喜剧演员们普遍采用"拉错"和丑角"独角戏"的方式来衔接剧情,创造出即兴喜剧的经典搞笑插播桥段。在《西方演剧史论稿》引入的史料文献中列举了17世纪末期即兴喜剧

---

① [意]皮兰德娄著,吕同六等译:《高山巨人》,广州:花城出版社,2000年,第19页。

的两个片段①，第一段记录了即兴喜剧中常见的"拉错"场景，第二个片段记录了丑角哈里金的经典独角戏，这两个极富代表性的片段揭示出即兴表演的秘诀在于剧本台词的随机性、剧情搭配的流动性与演员表演的独立性，呈现出剧情结构的碎片化模式。"拉错"和丑角"独角戏"的普遍应用缓冲了即兴演出过程中衔接方面随时可能出现的各种偏差，是一种机智灵活的艺术技巧。欧洲古典戏剧都有文雅严谨的剧本，演员经过彩排之后方可正式演出。舞台上还专门设置有提词员，预防演员临时忘词。皮兰德娄站在20世纪西欧戏剧舞台上将即兴表演的碎片化构思风格融入戏剧表演中。意大利20世纪著名马克思主义革命家葛兰西评价说："它（皮兰德娄的剧本）更接近于哥尔多尼以前戏剧中存在的'幕表'、戏剧'台词'，而不是富有永恒魅力的'诗歌'。"②

皮兰德娄内化了即兴喜剧的碎片化表演艺术。《六个寻找作者的剧中人》类似一出打破时空界限的现代电影。舞台上两拨演员相互交错排演一出戏剧，角色之间充满了矛盾挫折，彼此互相打断、互为"导演"，自始至终舞台上充斥着各种不同的声音。剧中"父亲"在解释自己的戏份时因受到"继女"的攻击非难，对着众人发表大段的哲理分析"独角戏"的场面，以及"继女"断然拒绝导演和演员随意改变或剪切她的戏份时呈现出来的角色独立效果，跟即兴表演中不同角色在演绎相同的主题时，呈现出各自独立的阐释空间，充满了对立冲突或喜或悲的闹剧效果相类似。在《亨利第四》中演员也大致分为两拨，穿梭在过去——现在、真实——幻觉的时空情境中，每一组角色组合内部都充满了矛盾声音，两组人员交汇时产生了更为激烈的碰撞效果。主角"亨利第四"大段大段的内心独白"独角戏"是此剧最激动人心的片段。

除了"戏中戏""碎片化"戏剧组合这些明显的戏剧构思特征之外，剧本中的细节处理和语言表述也有一些即兴表演的痕迹。皮兰德娄曾表示他的戏

---

① 吴光耀：《西方演剧史论稿》（上），北京：中国戏剧出版社，2002年，第172—173页。
② [意]葛兰西著，吕同六译：《葛兰西论文学》，北京：人民文学出版社，1983年，第128页。

剧并不是呈现给观众一个彩排好的舞台表演，"而是我的幻想在这个舞台上的创作活动。"① 也就是说舞台展示的是剧作家创作思考的过程，就像即兴喜剧演员在舞台上随机自编自演那样。因此在皮兰德娄的剧本中演员的台词脚本里普遍存在大量的"……"，表示舞台上的剧中人在对白中不断思考、迟疑、否定、再思考的即兴状态。台词对白不是事先润色好的华丽诗篇，而是日常口语化的思维、反馈过程。另外作者还善于使用冷幽默的自嘲艺术，比如在《六个寻找作者的剧中人》里面导演刚上场不久就抱怨："法国不再向我们提供优秀的喜剧，您叫我有什么办法？现在我们只好上演皮兰德娄的喜剧了。这些戏谁也看不懂，存心让演员、批评家和观众生气。"②

皮兰德娄的戏剧吸收了即兴表演的艺术技巧，同时融入了20世纪的现代戏剧艺术风格，创造出一种"怪诞剧"③的风格。所谓"怪诞剧"只是一种称谓，表示其艺术风格的独出心裁，并非真的荒诞不经。这种风格的舞台效果逐渐远离古典戏剧诗学化的特征，朝着电影时代"意识流""蒙太奇"的剪辑拼贴风格靠近。皮兰德娄的时代电影艺术已经开始起步，作家也曾参与过电影制片工作，皮兰德娄的遗作《高山巨人》相当明确地探讨了民间剧团与传统戏剧艺术在影视传媒崛起之后濒临灭绝的命运。

皮兰德娄通过戏剧理论演绎出"泛即兴"的戏剧概念。所谓"泛即兴"作家有明确的解释，这与他放弃小说改用戏剧创作的动机直接相关。他认为战争使欧洲社会进入荒原状态，资本主义现代社会已经病入膏肓、民不聊生、危机四伏，人们痛苦而绝望，丧失了最起码的尊严和安全感。皮兰德娄的家庭状况更为恶化：母亲病逝，妻子疯癫加剧，儿子卷入战争负伤被俘。作家深感人生是一出十分可悲的荒诞剧，生活就是演戏，就是作假。《六个寻找作者的剧中人》就是作家真实生活的一种影射，刻画出在乱世中挣扎并毁灭的一出家庭惨剧。在此剧的序言中作家解释说此剧没有任何内容是预先设定好

---

① [意] 皮兰德娄著，吕同六等译：《高山巨人》，广州：花城出版，2000年，第61页。
② [意] 皮兰德娄著，吕同六等译：《高山巨人》，广州：花城出版，2000年，第69页。
③ [英] J.L. 斯泰恩著，郭健等译：《皮兰德娄与怪诞剧》，《现代戏剧的理论与实践2》，北京：中国戏剧出版社，1989年，第111—124页。

的,"一切都在创作之中,在运动之中,在即兴的试验之中。"①皮兰德娄详细解释了他对生活素材真实性的理解,认为从生活现实中取材的人物故事本来的面目就是杂乱无章、毫无条理的。人物之间的对话围绕着某个话题,不断被打断、被岔开、被反驳,很难达到精神层面的和谐统一,这种语言的混乱性才是现实本身。

在《幽默主义》一文的部分章节里②,作家批判了亚里士多德式的现实主义模仿说对后世的负面影响,古典批判现实主义剧作家从日常生活事件中提取出来理念化的剧情和典型人物时,是一种大浪淘沙提炼纯金的刻意改造,并且一般侧重故事情节的外在化展示,忽视人物内心深处永无休歇的意识流动,是一种表面化的现实主义。鉴于此,现代"幽默主义"作家的目标是发掘日常事件中人物内心活动的实相,幽默主义喜剧的本质精神就是心灵即兴表演。皮兰德娄将即兴表演的传统定义迁移到现代"心理现实主义"范畴中,展示心理意识流永不定型的即兴动态,开启现代派心理现实主义精神内涵。也可以说在皮兰德娄的幽默主义戏剧舞台上,即兴性是唯一真实的状态。

二、角色类型化(行当)与"人格面具"

传统即兴喜剧跟我国古典戏曲类似的是演员的表演在萃取生活精华的同时指向单一类型化的行当特色,呈现出角色"脸谱化"特征。诚如中国戏曲中的关公一出场脸谱、行头、步态和唱腔都程式化一样,即兴喜剧的行当特征也最大限度遮蔽了演员的个性特征,取消了角色风格的变化性,走到极端就变成了戏台上的古董"木偶"戏。我国很多地方戏曲延续至今依然保留着古代的行头、脸谱、举止动作等特征,像是穿越时空的古代历史画卷。即兴喜剧的行当特征到17世纪末期逐渐变得僵化趋向没落。18世纪意大利著名喜剧家哥尔多尼(1707—1793)将启蒙思想融入即兴喜剧的行当改造中,更新

---

① [意]皮兰德娄著,吕同六等译:《高山巨人》,广州:花城出版社,2000年,第61页。
② Luigi Pirandello. "On Humor", *The Tulane Review*, No.3.1966, p.58.

了角色的时代特征。虽然他的新喜剧里还保留着一部分传统的假面人物,但是这些角色的原有面貌已经变更,不再是类型化的假面人物,"而是十八世纪意大利的现实人物"①。其中某些角色的性质也发生了变异,譬如潘塔隆的变化最为突出。潘塔隆变成了可敬可爱的先进资产阶级代表人物;小丑男仆们都变成了诚实善良的公民;而甲必丹丧失了时代土壤被淘汰。

皮兰德娄在哥尔多尼的基础上进一步改造行当特征再次刷新了角色舞台风貌。除了《亨利第四》根据剧情需要使用了古代服装道具之外,其他剧本的人物角色大都是现代人,穿着符合各自职业身份的现代服装,就像从人群中随机挑选出来那样真实。在人物角色类型设置方面体现出历史传承性和现代社会真实性的统一。比如传统即兴喜剧的主角是中世纪文艺复兴时期下层劳动人民仆从角色,表现的是底层人的智慧,中上层角色人物是被批判嘲讽的对象,小生小姐的爱情故事只是剧情线索。哥尔多尼继承了即兴喜剧的平民精神并根据时代的发展更新了仆人形象。皮兰德娄戏剧角色类型设置的侧重点是新型的小人物、平民阶层,其戏剧角色一般以恋爱、婚姻关系为内在线索,老年家长、青年恋人、中年夫妻与子女,佣人杂役与旅店主是几类基础角色配置。老年博士的角色则根据剧情的需要演化为乡间别墅里的老伯爵、现代博士、心理学医生、中老年作家等不同形象。此外配置了现代剧团成员、记者、外交官等新型角色。也就是说戏剧角色设置体现了核心人物定型化与配角职业现代化的组合。

皮兰德娄对即兴喜剧行当特征的继承和革新亦可从《亨利第四》和《六个寻找作者的剧中人》中找到直接论据。《亨利第四》中"亨利第四"有一段暴风雨般的控诉呐喊:"我多么想脱下这件化妆舞会的衣服!结束这场噩梦吧!让我们把窗户统统打开,尽情地呼吸生命的空气!让我们迈开步子,走出大门,奔向广阔的世界去吧!"②剧中人亨利第四的其他独白片段也不同程度地批判了传统即兴喜剧角色定型化带来的脱离时代的陈腐气息,停滞不前

---

① 廖可兑:《西欧戏剧史》,北京:中国戏剧出版社,2002年,第230页。
② [意]皮兰德娄著,吕同六等译:《高山巨人》,广州:花城出版,2000年,第209页。

的审美桎梏，充满着配置新型角色的呼唤。在《六个寻找作者的剧中人》中登台演出的所有人员都不使用真实姓名，剧团成员以角色职业身份来称呼，"六个剧中人"则使用"父亲""继女""母亲""儿子"等名称，这种方式跟当时流行的"表现主义"戏剧风格十分类似。"六个剧中人"的角色命名将即兴喜剧角色类型化的特征发挥到极致，抽取出最具社会普遍性特征的角色类型，将舞台剧情接轨到每个普通家庭的生活状态中去，演绎出贴近观众心灵的日常生活戏剧。当然其他剧本的角色设计也同此理，最大限度地与现实社会中的普通大众形貌相似、真实可感。

　　在皮兰德娄的戏剧中关于角色类型化的继承和革新还有一个更为醒目的标志性概念：人格面具。传统即兴喜剧最吸引眼球的标志性道具是带着各种夸张表情的"面具"，尤其是滑稽夸张的小丑面具，面具是行当的第一面孔。一个演员的素质集中体现在使用浑身解数与面具表情相匹配，"要动员身体的每一部分，要求演员的姿势代替语言……"① 全身都是戏，才能富有表现力。演员必须彻底忘记自己的真实性存在，最大限度地迎合面具角色特征。喜剧舞台上的角色是假定的，与演员的真实身份并不吻合，扮演老生的演员可以是小青年，而扮演小旦的有可能是中年妇人。这一特点与我国古典戏曲直接相通，即兴喜剧也叫"假面喜剧"，从演员到观众都懂得戏剧演出的假定性规则，戏剧是一种假设，是一种娱乐消遣方式，无须严肃对待。即兴喜剧的假定性原则在普通群众中扎根之后，使戏剧艺术的严肃性、思想性受到极大限制，逐渐形成了一种代代传承的审美惰性。最著名的事件是在哥尔多尼的喜剧改革过程中曾因为贸然取消所有演员的面具而导致演出失败，可见观众定式思维的力量相当强大。

　　皮兰德娄对面具的演绎呈现出革新传统文化审美观念的现代性特征，对即兴喜剧的面具功能进行了解构和重建。即兴喜剧的面具是一张脸谱，突出对表象世界的演绎，而皮兰德娄的面具则转入现代派文学的议题中角色塑造"向内转"，以解构主义方式来剖析每一个角色掩盖在社会身份、形貌特

---

① 黄佐临：《意大利即兴喜剧》，《戏剧艺术》1981年第3期，第35页。

征等人格面具背后的心理真实本相,让一个个活色生香的貌似类型化的社会性人格面具支离破碎,变成一个个意念茫然、处境如履薄冰的"赤身裸体者"。

皮兰德娄的面具说在戏剧理论与实践中得到贯彻。早在20世纪初的小说创作中作家就开始揭示资本主义都市生活中"人的异化"主题,戏剧继承和升华了小说的主题。在他的小说中,人物形象设置带有着明显的面具脸谱特征。"皮兰德娄的短篇小说作品里充斥着这些怪异的人物画像,几乎可以排列成一条漫画式肖像画廊。"①戏剧作品中的很多人物原型来源自小说素材,是一群群戴着社会身份职业面具挣扎生存的"赤身裸体者"。皮兰德娄认为人生是一出非常可悲的滑稽剧,人本身就是"赤裸裸的面具",他的剧中人物就像是化妆舞会上戴着面具的人。他的戏剧集命名为《赤裸的面具》,其中有一出戏名为《给赤身裸体者穿上衣服》,更有甚者作家在遗嘱中交代他要赤身裸体地死去,将那个危机四伏的时代精神刻画到灵魂深处。

可以说皮兰德娄以"面具"为主题词塑造了众多的角色,其中最出名的当属《亨利第四》。此剧中男主角"亨利第四"是人格面具的典型代表,侍从兰道尔夫与他形成了互补关系。主仆二人在剧中立场鲜明地表达了对人格面具的透彻感悟。例如,兰道尔夫说:"我们徒具外壳,没有内容!……我们仿佛挂在墙上的木偶,……"②亨利第四嘲讽众人说:"今天,我是戴着假面具的忏悔的罪人;而明天,他将是阶下囚! 不管是谁,国王或者教皇,只要他不懂得戴上他的假面,那就凶多吉少!"③《给赤身裸体者穿上衣服》是揭示人格面具的另一出代表剧目。剧中女主角贫贱孤苦、年轻貌美的家庭教师艾西丽娅失业后无立锥之地,连穿上一件像样的衣服把自己打扮得体面一些再去自杀的卑微愿望也被撕得粉碎。《寻找自我》中的朵娜塔作为一名出色的女演员,只有在舞台上戴着角色的假面时才具备真实的自我价值。

皮兰德娄通过戏剧舞台揭示出在充满危机的现代社会里"真相"与"自

---

① 吴正仪:《短篇小说巨匠皮兰德娄》,《世界文学》1993年第6期,第101页。
② [意]皮兰德娄著,吕同六等译:《高山巨人》,广州:花城出版,2000年,第144页。
③ [意]皮兰德娄著,吕同六等译:《高山巨人》,广州:花城出版,2000年,第175页。

我"没有立足之地，为了生存越是弱势的群体越需要戴上面具用谎言和作假来维持生活。真实的人性是无法衡量的概念，不存在"亚里士多德"式的崇高道德英雄范本。皮兰德娄将面具概念从脸谱道具特征引入人的社会性存在状态。皮兰德娄的剧作集命名为"赤裸的面具"（Maschere Nude）："这词是指人与人之间和人与自我之间的作假相欺……是'隐藏的面具'（vieledmasks）：这是他戏剧中人类的素描……"[①] 他认为资本主义现代社会中的每一个活生生的人都戴着人格面具，人就是面具。现代喜剧的任务不再是塑造面具和行当，而是揭开人格面具，探索人物内在心灵世界的实相。

三、心理真实主义与"镜子剧"

皮兰德娄是20世纪意大利戏剧舞台的革新家。由于复杂的历史原因，自文艺复兴以来，意大利的戏剧长期落后于其他西欧国家。皮兰德娄登上戏剧舞台的时机正是意大利资本主义国家危机重重的时代，"一战"刚刚结束，意大利又进入法西斯统治时期，意大利文坛处境艰难。身处乱世的作家将时代危机艺术化地展示到戏剧舞台上来。在诺贝尔文学奖授予仪式的获奖感言中，皮兰德娄强调他对真实人生的思考和发掘，他投身于"人生"这所大学将自己感觉到的和能够相信的内容付诸文学作品，他总结说："我深信这个奖并不只为一个作者的写作技巧而赠予……而是为了我作品中人性的真诚。"[②]

皮兰德娄是一个更具人道主义精神的作家。作家传承并革新了传统即兴喜剧植根民间的精神，关注普通人的日常生活悲剧性，聚焦弱势群体的心灵苦难，每部戏剧都涉及资本主义社会中人的精神危机，形形色色的人物都在苦苦寻觅自我存在的价值和尊严，串联起来就是一部小人物的心灵苦难史。

---

① [意]皮兰德娄著，李斯等译：《六个寻找作者的剧中人》，《超越人力 六个寻找作者的剧中人》（诺贝尔文学奖文集），吉林：时代文艺出版社，2006年，第74页。

② [意]皮兰德娄著，李斯等译：《六个寻找作者的剧中人》，《超越人力 六个寻找作者的剧中人》（诺贝尔文学奖文集），吉林：时代文艺出版社，2006年，第77页。

不满足于对事件和人物的外在描述，深入剖析内在规律本质和表现人物的心理真实，这与同时代"表现主义"戏剧流派的主旨精神十分类似。同时也体现了现代派作品思想内容方面的精髓，集中表现西方现代资本主义文明的深切危机，关注现代人的异化现象，剖析人与社会、人与自然、人与人、人与自我四种关系中的脱节与矛盾冲突，以及由此产生的心灵苦难与精神危机。当代意大利揭露政治黑幕作家夏侠（1921—1989）评价道："我在他展示的现实中认识了自我。我的家乡距离皮兰德娄的城市阿格里琴托仅仅二十公里，对于他的作品我有一种异乎寻常的亲切感。许多批评家喜欢谈论皮兰德娄的哲理，其实我倒觉得他描写的是实实在在的现实，他是位现实主义作家。"[1] 皮兰德娄的真诚人性就是描摹隐藏在日常生活悲剧背后的现代人心理危机和生存困境。

皮兰德娄批判性地革新了传统即兴喜剧的审美惰性。"群众看戏一向重娱乐轻思辨的积习，也被皮兰德娄摒弃了。"[2] 他对喜剧观众提出了新的要求，观众要积极参与其中，看戏就像是照镜子，既批判别人又反观自己。皮兰德娄意味深长地把自己的戏剧称为"镜子剧"，观众在他的剧作中看到了不戴假面的生活，看清了生活的真实面目。皮兰德娄在剧本中多次出现"镜子"意象，仅举一例，《六个寻找作者的剧中人》中"儿子"说："如果一面镜子不愿凝聚住我们的真实形象，而反映出一种与我们毫不相干的怪相，那么您认为我们还能够在这面镜子前面生存下去吗？您就好比这面镜子，您的演员就好比从镜子外面观察我们。"[3] 诚如葛兰西指出皮兰德娄戏剧的价值在于文化批判："皮兰德娄是戏剧领域'冲锋陷阵的勇士'。他的喜剧犹如无数枚手榴弹，在观众的头脑中砰然爆炸，使陈旧庸俗的习气摧毁廓清，情感和观念分崩离析。"[4] 剧院不再是滑稽戏谑的娱乐场所，看戏也不再是品评演员的杂耍逗笑技能，而

---

[1] 吕同六：《多元化多声部——意大利二十世纪文学扫描》，北京：社会科学文献出版社，1993年，第135页。

[2] 吕同六：《多元化多声部——意大利二十世纪文学扫描》，北京：社会科学文献出版社，1993年，第111页。

[3] [意] 皮兰德娄著，吕同六等译：《高山巨人》，广州：花城出版社，2000年，第130页。

[4] [意] 葛兰西著，吕同六译：《葛兰西论文学》，北京：人民文学出版社，1983年，第129页。

是透过戏剧场景反观自我的真实面目，通过反思来促进人与人的尊重和理解，消除陈规旧习和自我中心主义，寻找人的尊严和价值。

皮兰德娄戏剧创作在20余年间不断试验革新艺术风格多样化，很难简单地划归某个流派，属于广义上的现代派文学。皮兰德娄是20世纪初资本主义危机时代的学者型作家，他关注的对象先是故乡西西里的贫苦农民，随后是广大市民阶层，尤其关注城市中普通雇员和无产者的悲剧命运。他的戏剧作品扎根于乡土民间"即兴喜剧"的土壤中，广泛吸收时代精神融入现代派文艺风格，致力于表现社会中下层困苦市民的精神苦难，用反讽和意识流等方式来披露更为深刻的心理真实主义。葛兰西明确指出皮兰德娄的戏剧是西西里的，意大利的，也是整个欧洲的精神粮食。从比较文学的角度来看，我国各地存在丰富多彩的传统方言戏剧，如何将传统戏剧与时代精神成功地融合在一起将民间戏剧艺术发扬光大是一门极具挑战性的课题。皮兰德娄对民族喜剧艺术的改造和革新成果值得我们学习和借鉴。

参考文献

[1] 廖可兑：《西欧戏剧史》，北京：中国戏剧出版社，2002年。

[2] 黄佐临：《意大利即兴喜剧》，《戏剧艺术》1981年第3期。

[3] 吴光耀：《西方演剧史论稿》（上），北京：中国戏剧出版社，2002年。

[4] [意]皮兰德娄著，吕同六等译：《高山巨人》，广州：花城出版，2000年。

[5] [意]葛兰西著，吕同六译：《葛兰西论文学》，北京：人民文学出版社，1983年。

[6] [英]J.L.斯泰恩著，郭健等译：《皮兰德娄与怪诞剧》，《现代戏剧的理论与实践2》，北京：中国戏剧出版社，1989年。

[7] Luigi Pirandello and Teresa Novel, *On Humor*, *The Tulane Review*, No.3, 1966.

[8] 吴正仪：《短篇小说巨匠皮兰德娄》，《世界文学》1993年第6期。

[9] [意]皮兰德娄著，李斯等译：《六个寻找作者的剧中人》，《超越人力六

个寻找作者的剧中人》(诺贝尔文学奖文集),吉林:时代文艺出版社。2006年。

[10] 吕同六:《多元化多声部——意大利二十世纪文学扫描》,北京:社会科学文献出版社,1993年。

(作者单位:云南师范大学云南华文学院)

阿拜·库南拜耶夫在中国

[哈萨克斯坦] 迪丽娜·米来提

摘要：本文对哈萨克伟大诗人阿拜·库南拜耶夫的家庭情况、成长过程、学习经历以及文学作品的创作进行了概述。尝试分析了阿拜·库南拜耶夫文学作品在俄罗斯以及西方文学的影响下体现出的丰富性、多元性与跨文化性。阿拜·库南拜耶夫的作品在哈拜老师的研究与影响下在中国广泛传播，中国人民通过阿拜·库南拜耶夫了解了哈萨克文学，而哈萨克文学通过阿拜·库南拜耶夫走向了世界。

2018年春晚节目冯巩的作品《我爱诗词》中，表演者用哈萨克语朗诵了哈萨克伟大诗人、思想家、教育家阿拜·库南拜耶夫的诗歌："世界有如海洋，时代有如劲风，前浪如兄长、后浪是兄弟，风拥后浪推前浪，亘古及今皆如此。"作为在中国留学的哈萨克斯坦留学生，听到这首诗，我感到十分激动与温暖。这证明了中哈两国珍视两国友谊，正携手共进、迈向新辉煌。早在2013年，习主席在哈萨克斯坦纳扎尔巴耶夫大学访问讲话时就用到了这首诗，他讲到："青年是民族的未来。哈萨克伟大诗人、思想家阿拜·库南拜耶夫说过：'世界有如海洋，时代有如劲风，前浪如兄长、后浪是兄弟，风拥后浪推前浪，亘古及今皆如此。'看着同学们朝气蓬勃的精神面貌，我不由想起了我的大学时代，那是一个令人难忘的青春记忆。"习近平总书记不仅表达了中国对哈萨克的深重情谊，也在访问过程中第一次表达携手建设丝绸之路经济带的愿景，勾画了宏伟蓝图。通过这五年的联手发展，中哈已成了"一带一路"的先行者和成功代表。

在展开对阿拜·库南拜耶夫的研究之前，有必要对哈萨克民族进行简短的介绍。哈萨克是一个古老的民族，文化丰富，历史悠久。哈萨克民族的诗歌文化常以英雄人物和爱情为主题，歌谣和律诗在哈萨克民族之间世代相传，发展繁荣。民间流传着这样一句话："诗和马是哈萨克的两只翅膀。"哈萨克民族对创造出优秀诗歌的诗人最大的褒奖是授予"阿肯"的称号。在重大的节日活动中，阿肯要进行传统的对唱赛。不仅如此，在哈萨克人生活中的重要时刻也都有着诗歌的陪伴，比如婚丧嫁娶、庆祝生日和婴儿洗礼等，哈萨克人都吟诵诗歌来表达喜悦或者忧伤的心情。阿拜·库南拜耶夫曾说过，诗歌贯穿着哈萨克人的一生，从出生，婴儿伴随着欢快的诗歌来到人间，老人又在人们祈祷的颂唱下离开人世。诗歌是哈萨克民族的灵魂，是不可分割的一部分。哈萨克民族的文化是在不同文化的交融与结合中，逐渐形成自身独树一帜的文明，从古至今波斯文化、四大古文明等多方文化都给哈萨克民族带来了不一样的艺术冲击，在长期的学习借鉴和剔除下，哈萨克自身的文化应运而生，带有哈萨克族独特的开放文明和丰富内涵。但在阿拜以前的哈萨克诗歌还没有摆脱传统的民歌形式。诗基本上属于口头文学的范畴。阿拜在传统形式上，通过学习和借鉴其他文明，创新出了优秀的诗歌形式，一经流传便在哈萨克文学上引发巨大的反响，人们口耳相传，一跃成为哈萨克民族的主要文学体裁。

阿拜·库南拜耶夫是哈萨克斯坦的伟大诗人和作曲家，他信奉民主主义，在教育、政治等领域都有非凡的造诣，不仅如此，他的文学风格对哈萨克文化的走向与发展起到了一定程度的决定作用，他常用的批判现实主义写法，也是哈萨克文化的首次新尝试。阿拜·库南拜耶夫从社会与生活的各个方面入手，取材所涉猎的范围广泛、角度多样。他的作品对19世纪末的哈萨克斯坦社会进行了全面的描绘，通过他的作品我们可以追溯到那段珍贵的历史，对我们进行历史研究提供了宝贵且详尽的资料。

在哈萨克斯坦阿拜·库南拜耶夫被视为哈萨克人民的精神支柱、文明与智慧的化身。他不仅在本国占据重要地位，在中国哈萨克文化的研究中同样发挥着重要的作用。1983年中国少数民族古典文学研究会议第一次召开。文联副主席库尔班阿里在会上宣读了他的学术论文《阿拜的生平及其作品的价值》。第一次明确地提出："阿拜和他的著作对我研究哈萨克文化提供了重要的指导方向，提供了大量的研究资料。也可以说，阿拜在我国哈萨克文学中占居首位……他虽然生长在外国，但在中国哈萨克人民的心目中，他仍然被看作自己的诗人。"因此可见，阿拜·库南拜耶夫无论生长在何地，他的文学遗产都属于世界上所有的哈萨克人。在中国生活的哈萨克人们广泛传颂着阿拜创作的诗歌。相比其他民族，哈萨克族人率先学习到了俄罗斯和苏联文化。早在19世纪，由阿拜翻译成哈萨克语的普希金等文学作品便进入了哈萨克人们的生活。高尔基的大部分作品译为哈文的时间要比译为汉文的时间早得多。1949年后，《阿拜箴言录》和《阿拜之路》纷纷由中国学者翻译引进中国，被出版发布，从此中国人民对哈萨克族历史和文化有了更多的了解途径。三年前，北京、武汉等地都举行了阿拜170周年诞辰纪念活动，制作了他的铜像供人们参观瞻仰。阿拜·库南拜耶夫和他的作品给人们带来了精神上的艺术享受，使中哈两国人民深受其艺术魅力的感染与影响。我们认为阿拜的作品早已突破国家和地域的界限，给全世界人民带来了文学瑰宝。为此联合国相关组织授予他世界文化伟人的称号，1995年也被定为极具珍贵意义的"阿拜年"，世界各地也都创立部门专门学习和研究阿拜文学。伊斯坦布尔、莫斯科、柏林等城市也有以阿拜命名的街道与雕像。

阿拜·库南拜耶夫1845年出生，出生地是哈萨克斯坦一个山区，家庭条件优越，世代为名门望族。他的曾祖父和祖父都担任部落的首领。他的父亲库南拜经历的时代是他们家族最繁荣的阶段，库南拜本人在晚年曾去麦加朝觐。他在那里住了半年的时间，亲自监督修建了一所可容纳一百多人的旅馆，专供到麦加朝觐的人免费住宿。当时在库南拜周围除了助手以外大部分都是文学创造者和艺术大家。在这样浓厚艺术氛围中成长的阿拜，深受哈萨克族民间诗歌、文学艺术的影响。哈萨克特有的阿依特斯诗歌文化艺术，对幼年的阿拜散发着极具吸引的魅力。每逢重大节日时阿拜都会想办法参加阿肯吟唱比赛，可惜的是他的即兴吟唱曲目并没有全部保存，仅有几首被人们记入诗集。在这样的家庭下成长的阿拜本应继承家族传统，统领部落，然而从小在部落成长的他却对里面的旧习深恶痛疾，他同情弱者、维护正义，因此也常与父亲发生口角。成年的他最终选择离开家庭，从事文学创作。他在其他的城市学习了多国语言，认真研读了阿拉伯著作，并将普希金、歌德、拜伦等著名诗人的文学作品熟记于心，经过这样的历练，他的层次逐渐提升到国家与民族的兴亡与发展，民主思想在他的头脑里逐渐生根。

37岁时，阿拜开始了文学创作之路，他生前创作了大量的作品，包括原创诗歌一百余首，翻译诗歌五十多部。阿拜所处的历史时期是西方侵略者不断加深对哈萨克民族统治的时期，原有的组织形态遭到了致命的打击。在这样的历史环境下，哈萨克人并没有实力去应对强大的对手。哈萨克民族内部矛盾也日益激烈，领导者不顾百姓的权益与安危，加大对人们的剥削，人们的生活艰难困苦。

由于民族偏见及民族狭隘心理的妨碍，在当时哈萨克民族中学习俄语会遭到歧视和反对。在那种社会背景下，把用俄语创作的小说、诗集等进行翻译和传播更是不被赞赏甚至被唾弃的做法。但阿拜为了介绍进步的俄罗斯文学，顶住了社会舆论的种种压力，排除了部落内外的各种干扰。可以认为，阿拜的译著不仅是他辛勤劳动的艺术结晶，也是他和封建势力进行斗争的胜利果实。阿拜译文的风格和他的创作非常接近，以至他的个别译诗和他创作的诗歌无法区别。在他翻译的诗文里，部分为直译，部分为意译，还存在部分诗文只是在原诗当中进行节选后进行翻译的。还有部分诗，译文的自由化程度较大，只能说是改写的。如果把阿拜的译诗和原文对照，那么会明显地看到下面一些现象：1.有的译文和原作的篇幅之间差距较大。如《波罗金诺》原诗98行，译文只有20行,《捷列克河的礼物》原诗76行，译文只有38行。2.有的译诗，前面的一两节或三四行内容和原文接近，而续余部分已经离开了原文，譬如：《黄昏》等。3.译文中有些只属于哈萨克民族的词汇，如"冬不拉"等。4.有些诗，包括克雷洛夫的个别寓言，完全摆脱了原文的格式，按哈萨克诗四行一句的习惯排列。5.在《奥涅金》的片断中增添了一组诗，并拟订了小标题《奥涅金死前的自白》，共18行。通过这组《自白》，奥涅金的形象变得正直而又高大，赢得了人们更多的同情。对上述问题《哈萨克百科大辞典》的《阿拜》条目中写着:"在某些诗的翻译中,阿拜仿佛是在和莱蒙托夫进行诗艺的竞赛,努力使自己译文质量超过原作,有时似乎达到了这一目的。比如《捷列克河的礼物》译文中的个别描绘,好象比原作还要精彩……"。这在展现哈萨克民众对阿拜译著的臣服度的同时,也说明阿拜的这些翻译特点也是为了更好地表达原作的思想内容,适应读者的欣赏习惯。但阿拜并不执着于意译,很多译作也是选择直译的。譬如莱蒙托夫的短诗《孤帆》《被囚的武士》等就是直译的,译文的形式、内容、风格都接近原作。由此可以看出阿拜翻译的原则是这样的:1.译文要准确,但要有诗意,2.形式上不受原诗的约束,3.节译和摘译的诗要译出原作的中心内容或部分重要内容。

　　从二十世纪八十年代起,阿拜就着手对克雷洛夫的作品进行不同程度的翻译。从阿拜翻译的成果来看,他翻译较多的是克雷洛夫描写人们生活形态及情趣、反映哲学意义、能够启迪他人的寓言。《乌鸦和狐狸》告诫我们不要听信谗言,不要因为他人奉承谄媚而因小失大;《橡树和芦苇》告诫世人培养柔韧不屈的品质;《蜻蜓和蚂蚁》告诉人们要勤勉上进,游手好闲终将一事无成;《青蛙和牯牛》告诉人们要有正确的自我认识,不能过分高估自己的能力;《驴子和夜莺》告诫世人不要自以为是,对他人妄下评论,对事物乱下结论,害人害己。阿拜翻译克雷洛夫的诗歌最典型也接近原作的属《杂色羊》。这首诗无情揭示了沙皇专制制度的黑暗,不仅如此,此诗直接将矛头指向沙皇,并嘲讽其专横掠夺、欺凌弱者,展示出强权主义下,剥削阶级蛮横无理,觉得欺压他人是理所应当的思想。阿拜大量翻译、仿写克雷洛夫的寓言故事是因为,克雷洛夫反对沙皇专制统治,沙皇专制统治也是阿拜深恶痛绝的,除此之外,在他所翻译的作品中,也充满了民主色彩,弘扬民主精神,对现实的残酷和无情进行了深刻的批判,这也正是阿拜所需要的,他所想做的。在克雷洛夫的作品中充分反映了现实生活的情境,还原了人民生存的艰辛和苦难,也刻画着剥削者的冷漠与残暴,表达了先进思想,因此深受草原牧民的喜爱,对于形成哈萨克人民的社会意识起着积极作用。哈萨克人民借助阿拜翻译过的文学作品了解了俄罗斯的国家文化,这也十分有效地促进了两个国家文化艺术上的交流和融合。

在阿拜内容丰富的诗歌中，我们会发现俄罗斯文学巨匠对阿拜创作的深刻影响。如阿拜与莱蒙托夫都是忧国忧民的伟大作家，他们声嘶力竭地呐喊也好，斥责也罢都是出于对自己民族的深深的热爱与焦虑。阿拜与莱蒙托夫在表达国家政治问题方面都有过大量创作，根据下面两首诗歌，我们能够对比发现他们二人的相似点与区别。

别了，满目垢污的俄罗斯，
奴隶的国土、老爷的国土，
你们，卖身于权贵的人们，
还有你们，天蓝色的军服。

或许在高加索山岭那边，
我可以避开你们的总督，
避开那无所不闻的耳朵，
避开那无所不见的眼目。

上面这首诗是莱蒙托夫所作，在诗中，作者毫不避讳地表达它对剥削阶级的讨厌与痛恨，是一首颇具胆量，具有浓厚政治色彩的诗。而阿拜所写的《我可怜的哈萨克民族》（1886）一诗，以哲学形式分析了现代哈萨克人民的恶习，部落间的纠纷。他痛心地说道：在草原上没有真诚、秩序，处处散乱，因为用钱收买政权之风盛行。

哈萨克，我人口众多的民族，可爱的人民！
迟迟未修的髭须竟污损了你的仪容。
在你脸庞的左边挂满了血，而右边，是没有擦干的污泥，
分不清好与坏，分不清丑恶与美丽。

谄笑时，你还显得和蔼可亲，
是什么让你突然消失了微笑？
你只顾自己讲，不听别人说，
就知道信口雌黄，贫嘴薄舌。

133

自己的牲畜自己不能作主，
白昼与黑夜都不得安静与宽舒。
轻浮而又贪婪，不懂得约束自己，
反复无常，轻率地改变主意。

各行其是，如碎屑般凌乱，
似这样能不丧失民族的尊严？
既然失去了自主的权利，
很难相信你们会改变自己！

亲友们为莫须有的事互相抱怨，
不就因个人的欲望难以填满？
步调不一致，更不讲真诚与团结，
马群正在失散，财富一天天枯竭。

互相猜忌，为几头牲畜恣意挑衅，
可怜的民族正在混乱中沉沦。
假如这些恶习得不到改正，
等待你们的只有苦难与不幸。

你甚至无力跨越前面的土岗，
我们如何敢对你寄予希望？
没有立场，摇摆不定的可怜虫，
整天嬉皮笑脸成什么体统！

遇见好心人真心实意来开导。
在背后，他们又被你们无情地嘲笑！

我们可以看到，阿拜和莱蒙托夫对国家都有着深深的爱，他们为国家的前途发展而忧心忡忡，他们因对家人与国民无尽的眷恋而烦心，毫不留情地描述同胞迂腐的模样，开门见山地给予强烈批判：莱蒙托夫写道："再见，你已不是纯洁干净的俄罗斯，在你的身上，有无数奴隶的血汗，也有太多贵族的阴险狡诈"；阿拜则写道："哈萨克，我人口众多的民族，可爱的人民！迟迟未修的髭须竟污损了你的仪容。你脸庞的左边挂满了血，而右边，是没有擦干的污泥，我已经不知道你是否善良，也不知道你是否依旧美丽。"莱蒙托夫情绪激动，笔锋犀利，阿拜娓娓道来，苦口婆心。他们都希望通过自己的揭露，人们能够认识到自己的缺点而加以修正。

在国家危亡，贵族统治和压迫人民的时代，阿拜挺身而出，用文字的力量为人民指明前路，可以说，阿拜是国家的英雄，他用最为质朴的话语影响着国家所有的民众，让他们重回光明。翻开阿拜的诗集，我们能够深刻地体会到他的情感，感受到他对现实的清醒，体会到他对社会的敢爱敢恨。面对国家的敌人，阿拜是一直理智又冷静的，他肯定俄罗斯的发展，主张学习他们的先进之处，也坚定地维护自己国家和民族的统一不可分割。面对摇摆不定的哈萨克人民，他更是毫不留情地批判其错误："没有立场，摇摆不定""分不清好与坏，分不清丑恶与美丽""轻浮而又贪婪，不懂得约束自己，反复无常"。在他的代表作当中，我们可以看到许多他对国人错误的指正和批评，但我们几乎不能找到他对自己国家思想的表扬。

阿拜在与俄罗斯文学不同形式的交流碰撞中，俄罗斯文学的深刻思想内涵与丰富的艺术形式极大地拓展了阿拜的视野。在俄罗斯民主主义作品潜移默化的影响下，阿拜成为一个宣扬民主，教育民众的领头人，他通过书本和文字来影响社会环境，竭尽全力去打造一个符合世界发展趋势的文化氛围，通过文字唤醒国人，所以，我们看到的阿拜是充满创造力和复杂性的一个诗人，他的作品也呈现出同样的特点。阿拜将俄罗斯文学给予他的养分内化，在写作上不断创新；创作题材广泛、意义重大；主题思想鲜明；文风激越、语言质朴、富含哲理。以上特点受俄罗斯文化的影响是比较大的。身处草原深处的阿拜通过俄罗斯文学的桥梁到达了世界文学的彼岸，使自己的诗歌元素多元化，形式多样，有极高的欣赏价值。阿拜把文学作品当作武器，潜移默化地影响着本国的人民，从而达到振兴民族的作用。他所做的一切不但挽救了当时的哈萨克民族，使得国家和自身得到了更好的发展，还在国家未来的发展中，起了不可磨灭的作用。他的作品也在国家得到了宣传和发展，从而推动了整个哈萨克民族的思想在外传播。

在中国，锡伯族学者哈拜可以说是将阿拜·库南拜耶夫引进中国的人。通过哈拜老师辛勤劳动，把哈萨克人民、伟大诗人阿拜·库南拜耶夫充满人民性、无情揭露并鞭挞当时社会的黑暗愚昧、渴望光明、期盼未来的美好作品传递到中国人民手中，为中国学术界开展"认识阿拜"或"阿拜学"的研究打下了基础。哈拜老师从阿拜作品的人民性和思想性、阿拜的文学创作以及他对中国的哈萨克思想文化传播发展历史的重要意义、关于"阿拜学"的介绍和论述等方面展开了研究。哈拜老师对阿拜的作品进行了细致的研究，并翻译了大量阿拜的文学创作在中国出版发售，除此之外，他还用多年时间完成了《阿拜之路》的翻译工作，在二十世纪末，他完成了上半部分的相关工作，并分（一）（二）两册依次出版。在二十一世纪初，他完成了下半部分的整理翻译并出版，同时对已出版的部分进行了修订。这一著作在世界文学史上具有相当高的地位，有人认为，对哈萨克人民来说，这一著作的地位等同于《红楼梦》在中国的地位。在哈萨克斯坦，《阿拜之路》的知名度也是相当高的。这一著作在全球各个地区发行，世界上有上百位优秀的作家称赞这一作品。

哈拜老师精通母语、汉语、维语、俄语，他为了翻译和研究阿拜作品，更是花费了一番苦心钻研学习哈萨克语言、民俗、历史、文学。这样，哈拜老师在翻译和研究阿拜作品方面具备了难得的良好素养和条件。哈拜老师在翻译阿拜诗文中，做到了尽量接近原文，又通俗易懂。在翻译过来的《阿拜诗文全集》里，翻译者译得忠实又流畅，句斟字酌，刻意求工。如《雪后围猎》译文，把哈萨克人喜爱雪后打猎的情景、人们的活动和心理，以及阿拜对猎鹰和狐狸搏斗的独特想象译得文从字顺，跃然纸上。再如《别再触摸冬布拉》译文，把阿拜内心的痛苦与愿望也译得缠绵蕴藉，沉郁顿挫。

哈拜老师说："《阿拜箴言集》像一面镜子，又像一盏指路明灯。它使哈萨克人民看清了自己，也看到了前进的方向。"哈拜老师从比较文学的角度对阿拜根据哈萨克文学"模仿手法"传统而创作的叙事诗做了有益探讨。前面我们已经说到，阿拜进行文学创作的前提是吸收了大量俄罗斯优秀文学精神，并从翻译他人的文学作品当中吸收了经验，因此翻译作品的内容、形式与原文都有不同程度的差异，甚至有些是改写的。哈拜老师认真分析，说："十九世纪还很少有人系统地翻译其他民族的诗歌。哈萨克读者对俄罗斯的格律诗还很陌生。因此，用哈萨克诗歌的传统形式来翻译，必然能产生更好的社会效果。"无疑，这样的分析是正确的。哈拜老师高度赞扬阿拜通过翻译对哈萨克文学做出的贡献，说："阿拜的文学作品使得哈萨克与其他国家首次建立联系。"哈拜老师指出作为整个哈萨克族书面文学的奠基者，对后世产生广泛而深刻影响的阿拜，应当在中国哈萨克文学"正史"中享有地位。哈拜老师长期以来不遗余力地翻译了阿拜的全部作品，同时，对哈萨克斯坦长期进行的"阿拜学"研究状况，尤其对"阿拜学"的奠基者穆合塔尔·阿乌埃佐夫的研究做了详细介绍和论述。哈拜老师说："'阿拜学'研究并不是一代人就能完成的，因为哈萨克斯坦学者的研究不能代替中国的研究，阿拜在中国哈萨克人民中具有广泛而深远的影响，他的个别作品亦在阿勒泰和塔城地区流传，尚无人对它们的保存做过调查研究。"哈拜老师在"阿拜学"研究领域受到哈萨克斯坦同行的赞誉和敬佩，哈萨克斯坦学者努·哈兹别霍夫中肯地说："说实在的，按哈拜的这个观点，我们领略了阿拜所写的关于诗歌的十几篇作品，我们的哈拜朋友将阿拜研究学科推向了一个更广阔的境界。"

二十世纪八十年代末，哈拜老师去阿拜的故乡拜访，并去了阿拜的出生地——谢米巴拉金斯克州阿拜县，哈萨克斯坦政府有关部门、知识界和人民群众以哈萨克族最隆重的礼仪——赠送骏马和锦袍欢迎哈拜老师，并授予他阿拜县荣誉公民称号。在阿拉木图期间，哈拜参加国际文学翻译会议，他所做的关于阿拜研究的学术报告受到参会学者们的热烈欢迎。二十世纪九十年代，哈拜老师赢得了哈萨克斯坦的阿拜文学奖，哈萨克斯坦学者与人民都对哈拜有着非常高的评价。我们认为哈拜老师是哈萨克斯坦所有公民都应当尊重的人。

除了哈拜老师，在中国还有学者做了鲁迅与阿拜的平行研究。阿布都海米提·吾尼克巴依在《鲁迅和阿拜比较研究》一文中分析了中国学者鲁迅和阿拜在出身及文学作品写作方面的相似之处，共四点："为人生"的文学观念、浓厚的民族精神、对妇女问题的关注与思考以及对宗教观念的认识。笔者认为尽管鲁迅和阿拜的写作手法和写作结构不同，但是二者作品的中心思想都是为了国家与民族大义，以笔为武器，打击外国侵略者，挽救民族的思想，我们至今深受这两位伟人文章进步思想的影响。二人虽然居住的地点不同，但是他们所处的历史背景是一样的，他们都为了民族的进步和国家的复兴起到了文学解放作用。他们的作品都面向全族人民进行文学启蒙，大力宣传科学思维和进步思想，推动了文学史的新变革，这也是他们的相同之处，因此也为我们提供了可供对比的方向。

徐志啸老师在《20世纪中国比较文学简史》一书中写到，中国比较文学从孕育到繁荣一共经历了六个发展时期，此书全方面多角度地审视了20世纪中国比较文学的发展，并介绍了中国比较文学著名学者与20世纪中国比较文学代表著作。也提到"中外文学关系成了百年比较文学研究中的一个重要课题，当中包括'外国作家或作品与中国''中国作家或作品与外国''中国文学在外国''外国文学在中国'等"。还提到"近二十年来这方面课题还扩展到了民族文学的范围，如少数民族与汉族文学的关系，以及少数民族文学之间的联系"。习主席指出，"中华民族的国学，是56个民族创造的。"因此，哈萨克文学是中国文学的组成部分。而阿拜·库南拜耶夫作为整个哈萨克文学的奠基者，值得我们继续深入讲究。

参考文献

[1]《哈萨克族简史》编写组.哈萨克族简史[M].北京：民族出版社，2008.4.

[2] 徐志啸.20世纪中国比较文学简史[M].上海：复旦大学出版社，2016.8.

[3] 郑振东.阿拜——哈萨克草原上的北极星[M].民族出版社.2003.2.

[4] [哈]阿拜著,哈拜译.阿拜诗选[Z].新疆人民出版社,1982.

[5] [哈]阿拜著,哈拜译.阿拜箴言集:哈萨克族哲理名著[Z].中国国际广播出版社,2016.3.

[6] [哈]穆合塔尔·阿乌埃佐夫著,哈拜、高顺芳译.阿拜之路[Z].民族出版社,2004.4.

[7] 阿布都海米提·吾尼克巴依.鲁迅和阿拜比较研究[J].新疆教育学院学报,2012,(1):104—108.

[8] 佟中明.哈萨克人民伟大诗人阿拜的作品在中国——评介锡伯族学者哈拜的翻译及研究成果[J].民族文学研究,1995,(4):43—47.

[9] 哈拜.从阿拜到唐加勒克——关于编写我国哈萨克文学史的一些思考[J].民族文学研究,1989,(6):35—39.

[10] 哈拜.谈阿拜的翻译诗[J].民族文学研究,1986,(6):31—35.

[11] 贺元秀.论比较文学视域中的哈萨克文学[J].中国比较文学,2013,(2):133—137.

[12] 木哈塔尔·木巴热克.鲁迅与阿拜的文学先驱意义之比较[D].吉林大学,2009.

(作者单位:北京外国语大学中国语言文学学院)

越南使臣阮思僩的北京印象

——《燕台十二纪》注读

吕小蓬

摘　要：阮思僩是越南阮朝著名的仕宦文人，曾在同治年间作为贡使出使清朝，并在北京驻留 74 天。《燕台十二纪》是阮思僩使华诗歌的代表作，集中体现了清代后期越南使臣观察北京与书写北京的特点。这 12 首七绝组诗不仅多角度地描述了阮思僩的北京印象，以时代的视角书写了清朝政治的内忧外患、西方列强入侵给北京社会生活带来的新变化，而且折射出北京知识在越南使臣的使华文学中传递、并通过使臣的外交活动得以更新的过程。

阮思僩（1823—1891）字恂叔，越南北宁东岸人。阮朝绍治 4 年（1844）擢进士第，后历任翰林院修撰、宁顺知府、给事中、翰林院侍讲学士、吏部右侍郎等职。嗣德 21 年（同治 7 年，1868）阮思僩受翼宗阮福时派遣，以鸿胪寺卿充任甲副使，与正使黎峻、乙副使黄竝一道出使清朝。

一、阮思僩使清之行

关于嗣德 21 年阮朝使臣的这次出使，中越两国正史均有记载。在《穆宗实录》中有两条重要的相关史料，一条是同治帝于同治 7 年 4 月甲午给军机大臣等的圣谕：

> 越南国王阮福时以来年己巳正贡届期，请示进关日期，具见诚悃。

前因南、太两郡军务未平，该国例贡业经三次展缓。现在由太郡至省，道路既无梗阻，自应令其依期入贡，以遂其爱戴之忱。①

另一条是同治帝于同治8年2月癸卯朔，再次给军机大臣等的圣谕：

越南国王阮福时遣使呈进方物，并补进上三届例贡。命留抵三次正贡，赏赉如例。②

在越南阮朝国史馆编修的《大南实录正编第四纪》"翼宗嗣德21年6月"中，也有记载：

先是清国南、太两郡军务未平，经展丁巳、辛酉、乙丑三次使部，至是遣使（次年已巳届期）。并将前三次贡品同递，临行赐诗勉之。③

由此可见，阮思僩等人出使的任务是修职贡，而且由于咸丰7年（1857）、11年（1861）与同治4年（1865）三届例贡未能如期履行，所以此次出使实际上是四贡合一。

阮思僩在阮朝后期赫赫有名，他"早岁登朝，历跻华要垂四十年。朝廷有大议论、典册高文多所论撰"，④著有《石农诗文集》《石农丛话》《小雪山房集古录》《河防奏议》等。越南官僚文士历来重视使华经历，有创作使华诗文、记录出使经历的传统。《燕轺诗草》3卷和《燕轺文草》1卷便是阮思僩记述嗣德21年这次使清经历与体验的诗文集，《中州琼瑶集》1卷则是他汇编的出使期间所得中国官员、文人的赠和诗文集。⑤此外，他撰有《燕轺笔录》，不仅收录了此次出使的各种文书资料，还详细记录了使团的日程与路线。阮思

---

① 北京市社会科学基金研究基地项目"越南古代汉文学中的北京形象研究"（编号：17JDWXB003）阶段性成果。《穆宗实录》卷229，《清实录》第50册，北京：中华书局，1987年，第158页下栏。

② 《穆宗实录》卷252，《清实录》第50册，北京：中华书局，1987年，第506页上栏。

③ 《大南实录正编第四纪》卷38，许文堂、谢奇懿编：《<大南实录>清越关系史料汇编》，台北：中研院东南亚区域研究计划，2000年，第322页上栏。

④ 《大南正编列传二集》卷35，《大南实录》二十，东京：庆应义塾大学言语文化研究所，1981年，第7998页上栏。

⑤ 复旦大学文史研究院、越南汉喃研究院合编的《越南汉文燕行文献集成》（上海：复旦大学出版社，2010年）所收录的汉喃研究院藏《燕轺诗文集》钞本影印本，为《燕轺诗草》2卷、《燕轺文草》1卷与《中州琼瑶集》1卷的合集。

儞还与黎峻、黄立共同撰写了《如清日记》，以日记体的形式记述使团的外交行程与事务。这几部使臣诗文集既体现了阮思儞的深厚汉文学造诣，也为研究清末越南使臣的使华活动提供了宝贵资料。

从《如清日记》记载的"行程撮要"来看，阮思儞此行长达近16个月。越南使团于嗣德21年（同治7年）8月初一日出关，先后通过水旱两路行经广西、湖南、湖北、河南、河北，于嗣德22年正月29日抵达北京；后于嗣德22年4月初十日起程回国，当年11月13日抵达南关归国。

阮思儞一行由卢沟桥入京，先行至广安门，入外京城，再由正阳门入内京城，进驻四译馆。北京是阮思儞等人出使的目的地，由于处理繁冗的外交事务，因而其在京驻留的时间也较长，达到74天。正如阮思儞在《晓回驿馆偶成》诗中所云："卢沟桥北驾征鞍，历尽沙冈到广安。是处五云瞻凤阙，乃今六月息鹏搏。惊心乡国烟花异，回首关河道路难。却喜朝鲜门馆近，相逢略识古衣冠。"① 在京期间，他除了多次与礼部接洽交付贡品的事务外，还出席了神武门外瞻仰天颜、鸿胪寺演礼、万寿圣节庆典、接洽朝鲜使臣等外交活动，并前往参店、书肆等访买药材、书籍之类物品。北京之行显然给阮思儞留下了的深刻印象，他在《燕轺诗草》和《燕轺文草》中，以大量篇幅描述了在北京期间的所见所闻与所感。

二、《燕台十二纪》注读

《燕台十二纪》是《燕轺诗草》中的系列组诗，阮思儞以12首七绝多角度地描述了他的北京印象，并在文中附有小注加以详细说明。②

其一

恒岳西来碣石东，众星环共北辰中。回头十六年前事，[注1] 谁信天

---

① 《燕轺诗文集》，《越南汉文燕行文献集成》第20册，第113页。
② 本文所注读《燕台十二纪》采用《越南汉文燕行文献集成》第20册所录越南汉喃研究院藏《燕轺诗文集》钞本影印本。

河有路通。

[注1]指丁巳、辛酉、乙丑三次例贡被展期,时隔16年后使团才得以成行。

本诗以越南外交官的身份,聚焦于中越两国的邦交关系,前两句描述北京的地理位置,后两句以欣喜的口吻感慨在多年阻隔后,本次使团终于恢复了中越两国的正常邦交。

其二

珠联璧合满烟霄,(大皇帝登光之初,日月合璧、五星连珠)戡乱功成万国朝。恭俭不忘成祖训,(天朝圣贤继作,宣尊成皇帝临御三十年,恭俭如一日。德泽在人,最为深厚。大皇帝冲年嗣位,两宫垂帘听政,事事克遵祖训,中外有太平之望焉)最难谦让女中尧。[注2](诸省奏疏,间有用女中尧舜字,严谕申禁之)

[注2]指两宫垂帘听政事。

本诗关注清朝政治局面,以歌功颂德的口吻赞颂同治帝登基以来局势转危为安,迎来"同治中兴"的大好局面。但事实上,由于丁巳、辛酉、乙丑年间例贡连续展期,越南使臣其实并不了解清廷当朝政治格局。《燕轺笔录》中就多次写到阮思僩等人向中国官员打听有关情况,如"翰林李文田到馆拜会……因问大皇帝已未亲政。伊言:两宫垂帘听之,枢庭则恭亲王也。大皇帝未亲政,以圣学尚须纳诲故耳。伊又言:圣人天禀,直我朝隆福。即今春少雨,一祷即应,可见。以列圣故事考之,其可望康乾两朝升平矣"。[1]而且直至出席完万寿庆典,阮思僩才进一步获知"两宫太后垂帘,一是慈安皇太后,乃文尊显皇帝所立皇后,一是慈禧皇太后,亲诞帝躬,同治改元,始上尊号"。[2]

---

[1]《燕轺笔录》,《越南汉文燕行文献集成》第19册,第192—193页。
[2]《燕轺笔录》,《越南汉文燕行文献集成》第19册,第215页。

其三

  百万周庐宿阵云，椎牛酾酒日相闻。八旗子弟俱熊虎，南下金陵独楚军。（满洲蒙古汉军八旗连营九门，日久寝游，惰不可用。金陵克复，楚勇湘勇之力居多）[注3]

[注3]指平灭定都于金陵的太平天国事，楚军指曾国藩、左宗棠所率湘军。

本诗以清朝军事力量为表现对象，既写到京城中八旗军营的浩大声势，也述及其军纪涣散、战斗力匮乏的现状。正是由于洪秀全等人的起义，清朝被迫推迟了越南阮朝的丁巳、辛酉、乙丑三次例贡。虽然此次己巳出使前4年，天平天国已经灭亡，但从本诗来看，太平天国所引起的社会震动依然存在。阮思僴在四译馆中就专门向翰林李文田打听剿匪事项，"伊言：江浙乱离，为纪略者亦多，然流传京中甚少也。湘乡曾国公（名国藩，湖南湘乡人，现官大学士，总督直隶）捕获伪王李秀成（洪秀全之将），供词一卷，自始至末皆了了，须已有旨命缉《平定逆匪方略》"。①

其四

  海上云帆陌上车，荆杨[注4]百货汇京华。升平犹说乾嘉际，歌舞楼台亿万家。

[注4]荆州和扬州，这里泛指长江中下游地区。

本诗描述北京城的富庶繁华，但同时不无遗憾地与乾嘉时期的盛世相对比，体现了阮思僴对清朝社会由盛转衰的敏锐感受。

其五

  关外貂珠积若云，（貂皮、珠玉、人参，皆自关东运纳京中）大钱交钞日纷纷。（京中货贳易，多用十大钱，如银一两。外省值钱三，钞票以纸为之，有印记、有花押，如银行店。出票即可持以贸迁商卖，轻赍颇便之。然一法立，一弊生：有店出票多，既获重利，即闭户而逃者；有

---

① 《燕轺笔录》，《越南汉文燕行文献集成》第19册，第193页。

作伪票者；有领票于官，久而不清，连年累欠，有至破屋者。元以前，钞法盖未盛行，乃古人已虑其终也）货居不独琉璃厂，（京中百货所聚，以琉璃厂为第一。琉璃厂在神武门前）殿地雷车处处闻。

本诗描述北京城内的经济生活。一方面称许商品种类之丰富、交易之便捷，另一方面也对清朝的钞法，特别是私营银钱店滥发银钱票的现象不无担忧。由于在京期间要采买物品，阮思僴对北京的商品贸易颇为关注，他不仅曾托富阳县员苏成瑞代买人参、海狗肾和冰片空清等药材，还向其了解到"药材须到正阳门外大栅栏胡同同仁堂采买，或可真物，又崇文门外喜鹊胡同药行价稍廉而料好"。[①]

其六

景山台榭最峥嵘，海子萦回绕禁城。绿草似茵花似锦，十分春色到清明。（燕京地寒，至三月初始有春色）

本诗描述北京初春的自然风光。阮思僴另有《御河早行》诗，与本诗所描摹景色相近："清浅御河水，微茫月半环。风霜千树老，灯火九门间。春国寒如此，天涯客未还。景山跋予望，隐隐晓云间。"[②]

其七

玉楼金殿砌云开，朝罢鱼龙百戏催。坐到觚稜[注5]红日晚，衣冠尽惹御香回。

[注5] 亦作"觚棱"，指宫阙。

本诗描述参加万寿圣节庆典的情景。在《燕轺笔录》中，阮思僴记述了万寿圣节时在宁寿宫侍宴、观剧的场面："是日歌阕自福禄寿至万寿无疆，凡十二出，终曲约六十八刻，未初刻乐阕，叩首趋出。"[③]本诗正是对万寿圣节时宫廷观剧盛大场面的描摹。此外，阮思僴《燕轺诗草》中另有《万寿圣节恭

[①]《燕轺笔录》，《越南汉文燕行文献集成》第19册，第200—201页。
[②]《燕轺诗文集》，《越南汉文燕行文献集成》第20册，第118页。
[③]《燕轺笔录》，《越南汉文燕行文献集成》第19册，第215页。

纪二首》，亦为同一题材。

其八

　　陆海春风万宝登，朱楼银杏裹红绫。天家传换新凉帽，三月街头正卖冰。（例定三月换戴凉帽，八月换戴暖帽。每届期，礼部奏请内阁奉谕施行。又冬天藏冰，至春末夏初，出宴饮置食案中，则肉不馁。市肆间多有卖者）

　　本诗描述北京初春的生活气象。由于越南属热带季风性气候，而北京则是温带大陆性气候，因而不少越南使臣在燕行诗歌中都描述了不同气候条件下人们生活方式的差异。本诗中选用"凉帽"与"冰"两个意象，正体现了阮思僩观察北京时异国视角的独特性。

其九

　　黄屋犹求作地仙，广寒宫阙白云边。青词宰相今何在，玉蛛金鳌尚俨然。（西苑在西华门外，自金章尊创始之，明惑于方士之说，专居西苑斋醮修炼，宰相严嵩、李春芳等俱以善青词得宠。广寒、琼花岛，金鳌、玉蛛诸桥，皆苑中胜景。大清列帝亦尝临幸，或召对臣工，或赐宴赋诗）

　　本诗描写皇家园林西苑（今中南海）的景观，同时引用明世宗崇奉道教的历史典故，抒发历史变迁的兴亡之感。

其十

　　圆明园抱玉河湾，罨画楼台水木间。闻说天津兵火后，翠华不复到青山。（圆明园在京城西四十里，雍正初年建，馆中人言此地虽无土木金碧之美，而修然有山水之胜。列帝岁数临幸，自辛酉年西人阑入，池沼宫殿坏者不修复，奉岁辰省视而已）

　　本诗描述圆明园风光，抒发时事变迁的沧桑感。清代不少越南燕行使臣都曾前往圆明园见驾侍宴，并留下了多首描摹圆明园胜景的燕行诗作。不过，在清政府签订《天津条约》之后，咸丰10年（1860）圆明园被英、法联军劫掠、焚毁，而阮思僩一行是圆明园被毁后首批到京的越南使团。《燕轺笔录》中没有阮思僩等人前往圆明园的行程记录，而且本诗小注中有"馆中人言"句，因而本诗前两句所描述的圆明园美景并非阮思僩的眼前景，而是他根据前代使臣的诗句和"馆中人"的介绍而进行的文学想象，而与之形成鲜明对比的是后两句的写实，凸显了诗人对"西人闯入"、时过境迁的时代感慨。

其十一

天主堂开译馆东，当年历法召西戎。近闻和好删新约，要见王师不战功。（内府务四译馆东数十步，有天主堂。或云自康熙年间，用洋人南怀仁、汤若望等参订历法，遂勅于京师建天主堂凡数处。咸丰末年，和约。近闻中国已向他删改。诸领事等方寄回西方诸国。国阅定，所约何款，事秘不得知，亦未知将来如何究竟也）

本诗描写了北京城内的天主教堂。第二次鸦片战争后，清朝相继与西方列强签订《天津条约》和《北京条约》，允许西方传教士兴建教堂和自由传教。阮思僩不仅在本诗中描述了这一新出现的城市景观，还根据自己的北京见闻，做出了对清朝外交形势的判断，"使馆之东，隔数店，有洋人屋。屋上作十字架形，不知洋人驻此多少。中国自与洋约和以后，气挫势屈。虽京师根本重地，他亦杂处，不能禁。恐诸国窥其浅深，议其轻重，故于本国使与朝鲜使，虽不显禁其往来，而每每拘阂，不得如从前之宽简。"[1]

其十二

易水风高九陌尘，荆乡去后几经秦。祇今宣武门前路，燕市谁为击筑人。（洋人在燕京者惟宣武门为多）

本诗引用荆轲为燕太子丹刺杀秦王的历史典故，在感叹历史英雄的同时，借古喻今地将西方列强比作暴秦。阮思僩来到北京后，多次打听京城中的洋务，得知"洋人现居宣武门内，他气习不比同文诸国，故总管内务府大臣以日下本国本使到馆，严禁闲杂人，不得擅自出入，盖为洋人也"[2]。又从苏成瑞

---

[1]《燕轺笔录》，《越南汉文燕行文献集成》第19册，第184—185页。
[2]《燕轺笔录》，《越南汉文燕行文献集成》第19册，第177—178页。

之子、户部官员苏文悌处了解到"日下洋人居宣武门,原设天主堂处,设庯居商,无他生事"[①]。

三、《燕台十二纪》的北京书写特点

阮思僴在北京驻留 74 天,虽然公务繁忙,但仍撰写了多首描摹北京印象的诗作,《燕台十二纪》是其中的代表作,以组诗的形式集中体现了阮思僴观察北京与书写北京的特点。

首先,体现了阮思僴观察、书写北京的多重视角。由于越南使臣到京后,内务府曾专门晓谕:"恐附近军民人等在此喧哗、擅行出入,附派委护军番役等,并咨行步军统领衙门派弁兵一体严行稽查",[②]因此阮思僴并没有广泛接触北京社会的机会。但尽管如此,《燕台十二纪》还是多方位地描写了阮思僴观察到的北京景象,如北京的自然景观、节令气候、人文景观、历史典故、宫廷宴乐、军事活动、经济生活等。当然,这些视角也曾出现在前代来京使臣的诗文中,是越南燕行使臣审视北京的传统视角,但阮思僴《燕台十二纪》的独到之处恰恰在于能够在传统视角之外,生成新的时代视角,敏锐地观察、书写了清朝政治的内忧外患、西方列强入侵给北京社会生活带来的变化。阮思僴使清正值越南遭受西方殖民者入侵、封建政权摇摇欲坠的危急时期,嗣德 15 年(1862)阮朝与法国签订第一次《西贡条约》,嗣德 20 年(1867)法国殖民者侵占了整个南圻地区。在此背景下,阮思僴的使华诗文对清朝处理西洋事务的经验格外关注,对西方殖民主义在北京的渗透程度尤其敏感。《燕台十二纪》中不仅直接描写了北京城内耸立的天主教堂,还述及了圆明园因英法联军的战火而遭焚毁的事件,更为清朝无力阻止洋人杂居京城宣武门而扼腕叹息。这一视角是越南使臣燕行诗歌中前所未有的,不仅是对北京城时代变迁的深刻观察,也体现出在近代东亚汉文化圈转型时期,中越两国面对

---

① 《燕轺笔录》,《越南汉文燕行文献集成》第 19 册,第 178 页。
② 《燕轺笔录》,《越南汉文燕行文献集成》第 19 册,第 179 页。

共同困境的背景下，越南使臣在北京书写中寄托的移情式审美体验。

其次，体现了阮思僩北京知识的获取渠道及知识结构。《燕台十二纪》除了直接描述作者所见的北京景观，还书写了北京的历史文化与社会现状。阮思僩精当地运用了荆轲刺秦、青词宰相等北京历史典故，还在小注中对中国古代钞法提出了自己的见解，对西苑、圆明园等皇家园林的历史沿革做出了介绍，显示出对北京历史文化的熟悉。不过，与此形成对比的是，虽然他也写到了清朝时局和北京社会的新动向，但无论是两宫皇太后的名号，还是剿灭太平天国的过程，或是洋人在北京城内的活动情况，都是在京期间临时打听才获知的。可见，阮思僩对北京历史文化的掌握远远超过对北京社会现状的认知。正如阮思僩《答马龙坊书》中所说，选拔使臣"奉使上国，在下国素视为重选，故必科目中人选之"，[①] 儒士出身的越南燕行使臣熟读中国经籍，而且在亲历北京的外交之旅中热衷于以诗文书写北京。从陈朝阮忠彦使元时创作的《留别北城列台》，到后黎朝冯克宽使明时创作的《公馆即事》《长安早朝回》，西山朝潘辉益使清时创作的《陪游西苑恭纪》《扈游万岁山恭纪》，阮朝潘辉注使清时创作的《奉侍看戏记事》《夕就圆明园次三绝》等，越南使臣的北京书写形成了视角的连续性和话语的连贯性，不仅构成燕行诗歌的传统题材，也成为越南儒士阶层获取及传播北京知识的一个特定渠道。但是咸丰7年、11年与同治4年的三次例贡展期，使中越朝贡关系中断了16年，越南燕行使臣因此失去了亲历中国的外交渠道，也失去了接触北京、更新北京知识的文化路径，这正是造成阮思僩的北京知识结构偏重于历史文化的主要原因。从这一角度而言，阮思僩的《燕台十二纪》不仅具有以域外使臣的视角观察、书写北京的文学价值，也显示出清代后期越南使臣通过外交活动更新北京知识的重要文化意义。

（作者单位：北京外国语大学中国语言文学学院）

[①]《燕轺诗文集》，《越南汉文燕行文献集成》第20册，第216页。

日本明治时期中国文学史之发轫

——兼谈盐谷温与鲁迅文学史著作的差异

赵 苗

摘要：本文对日本明治时期中国文学史的起源及发展过程加以综述，并对其价值与意义进行定位。在此基础上，以盐谷温的《中国文学概论讲话》与鲁迅的《中国小说史略》为例，分析明治时期中国文学史与中国本土文学史的差异：盐谷温受欧洲的影响，侧重从社会风俗角度研究中国文学，即以考察国民性与传统习俗为出发点，以社会风俗的真实性为考量作品的尺度；鲁迅则注重版本搜集与整理，以此为基础探求中国文学发展的线索，在作品鉴赏上颇有独见。由此可知，明治中国文学史对中国的影响，不在于对文学现象与作品本身的评述，而更在于将19世纪欧洲的文学观与中国古典文学进行首次对接，从而改变了传统的诗文至上的文学观，将俗文学的地位与价值提高到前所未有的高度，以新视角、新方法论开辟了中国文学研究的新天地。

一、中国文学史在日本之开端及发展

1882年，日本派赴英国的外交官末松谦澄将其演讲稿整理出版，题名为《中国古文学略史》，此为日本近代史上第一部以"文学史"题名的著述。严格意义上讲，此书与近代意义的文学史相距较远，不仅是文学观与近代西方的"文学"迥异，编写体例与研究方法也乏善可陈。然而，因冠以"文学史"之名，故对中国文学史的叙述自此书始。此书作者末松谦澄，作为19世纪80

年代日本驻英国的外交官，在伦敦生活达八年之久，时值欧洲近代文学观逐步确立、国别文学史编写风起云涌之际，然而，末松谦澄对此似无兴趣，其文学贡献更在于译介日本古典，如首次将《源氏物语》译成英文。

末松谦澄之后，日本的中国文学史书写大约沉寂了十年时间。1891年，日本同文社《中国文学》杂志开始连载儿岛献吉郎的《中国文学史》。此后三十年间，日本共计出版了约19部中国文学断代史与中国文学通史，以令人惊叹的速度迅速成为当时世界范围内中国文学史领域的霸主。

具体而言，中国白话小说曾在江户时期（1603—1867）流行，明治时期（1868—1912）则再次迎来中国文学史的兴盛。察其所因，前者由于幕府统治者将儒学确立为官学，日本自上而下推崇中国文化，因此，以《水浒传》为代表的中国白话小说的流行不足为奇。后者的情形则较为特殊。众所周知，明治时期是日本历史的转折点，随着明治维新所引发的激烈社会变革，日本社会在整体上呈现出与中国文化渐行渐远的态势，按照一般常理，在此环境与时代氛围下，中国文学研究理应呈现低迷之势。

然而，事实与常理恰恰相反。中国文学史不仅诞生于日本明治时期，而且随即迎来书写与出版的黄金期，并一跃成为中国文学研究的最大亮点。对此现象，川合康三曾发问："19世纪90年代后半期，名为'中国文学史'的书籍突然一起登场，而综观以前中国文学历史的书籍却几乎没有出现过此现象，的确相当诡异，其原因究竟何在？"[①]

实际上，围绕此问题所做的种种思考，均不可避免地会落实到国别文学史本身所附载的价值与意义上。这是由于，国别文学史在欧洲诞生之初，即被赋予追溯民族传统文化与激发民族情感之属性，此为文学史区别于其他学科的标识，也是中国文学史研究难以回避的问题。因此，对于日本的中国文学史研究，理应以此为出发点。

溯本求源，19世纪末的日本处于民族情绪空前高涨期，其在政治、经济

[①] 叶国良、陈明姿：《日本汉学研究续探：文学篇》，上海：华东师范大学出版社，2008年版，第167页。

及军事等领域与中国展开激烈角逐。在文化领域，尽管两国学者之间交流互动频繁，但是内在竞争始终存在。实际上，日本当时在中国文学史领域的捷足先登，不仅在于引入西学的客观需要，同时也是以中国文学史为契机，在思想文化上与中国进行较量。举例而言，1897年，古城贞吉的《中国文学史》出版，此为日本出版的第一部中国文学通史，在思想界与教育界有广泛影响的井上哲次郎为此书题写了序言："目前西洋人对于中国文学的研究领域尚未真正开辟，除《诗经》以外，只有李白、白居易、苏东坡等人的诗词被翻译而已，对古今三千年中国文学进行历史考察，这并非西洋人容易做到的事情。而中国人自身缺乏概括能力，对目前的学术动向亦无从辨析，中国人尚并不知晓编写中国文学史的必要性。而即使中国人知道有此必要性，他们也没有编写的资格，若果然编写中国文学史，也只能由我邦人来担任。"① 由是可见，19世纪末文学史自西洋传入日本之初，日本人所抱有的强烈的抢滩登陆之心，从这个角度而言，中国文学史是19世纪末日中文化竞争的产物。

井上哲次郎所言，颇能代表当时一部分文学史家的心态。此不仅表现为中国文学史出版数量自此迅速攀升，也表现为在此思想指导下，对作家作品的评论容易出现以偏概全、先入为主的问题。在此方面，即使盐谷温这样的大家，也难脱其窠臼。如盐谷温评价《红楼梦》，"犹如中国料理之醇厚，中国人性情亦极为复杂。以淡味刺身与盐烧为好，性情单纯的日本人，对此显然无法理解。中国人初次见面的寒暄，其辞令之精巧，委实令人惊叹。且在外交谈判及谲诈纵横的商略上，充分发挥此特色。从中国文学的虚饰之多，也可看出其国民性之复杂。餐藜藿食粗糠的人不足与之论太牢的滋味，惯于清贫的生活，难以与通温柔乡里的消息，粗犷之人也无法玩味《红楼梦》的妙文。"② 盐谷温以中国料理、中国人的日常寒暄、外交谈判及中国文学的虚饰来推断中国国民性的复杂，进而得出《红楼梦》令人无法玩味之结论，此种以并无内在关联的事例进行论证的做法，显然有悖逻辑推理的规则，其并非

---

① 古城贞吉:《中国文学史》，东京：经济杂志社，1897年版，第3页。
② [日]盐谷温:《中国文学概论》，日本：弘道馆，1948年版，第447页。

比较文学意义上一般的文本误读，实际上是以一种文化优越论的心态来审视他国文化。可见在民族主义急剧膨胀的历史时代，文学史家也难以免俗。

值得注意的是，尽管明治时期的中国文学史数量颇为可观，但质量却良莠不齐。此一方面由于文学史体例由欧洲导入不久，对于文学概念的理解尚未清晰，文学史书写体例处于探索与尝试阶段，因此对"文学"与"文学史"的理解存在各种不确定因素；另一方面，由于彼时日本有意垄断中国文学史书写，在出版时间上必须尽量提前，在一定程度上造成作者难以深思熟虑，甚至在引用、抄录中国文献时错漏频出。显然，对日本文学史家而言，尽管具有近水楼台的优势，但书写对象毕竟是异国文学，更何况中国文学时间跨度之长、作品之庞杂，在世界范围内亦属鲜见，因此，撰写中国文学史实非易事。面对浩如烟海的文献典籍，如何进行分类、取舍与评价，如何对版本进行搜集、选择与考证，如何探究不同时代的文学形式、文学流派及文学思潮之间的内在关联，如何思考中国文学发展与演变的规律，无异于难以逾越的千峰万壑。

对于明治文学史家而言，更大的困难还在于文本阅读。对于习惯于阅读文言典籍的日本人而言，明清白话小说是摆在其面前的一大难题。尽管少年时代接受汉学私塾教育，青年时代入大学学习中国古典，然而其所接受的汉文训练，往往是以日语训读的方式来研读儒家经典，对于明清白话小说中出现的大量口语及俚语，则难以理解，甚至根本无法阅读。因此，明治时期的文学史家，尽管受欧洲俗文学观影响而较早意识到中国戏曲、小说的价值，却难以在中国文学史中相应地加以详述。对此，久保天随坦承，其本人在撰写元明清文学时，由于未能细读某些原著，只好以寥寥数笔带过。

久保天随的情况并非个例。实际上，短时间内速成一部中国文学史，犹如短时间建成一座大厦，无论外墙如何高端，内饰终难精致。只是素以犀利著称的久保天随，更敢于直言自身的不足，同时也将更为犀利的言辞抛向同时代的文学史家："在此之前，虽然出现了两三部称之为中国文学史的作品，但无非是见识浅薄的学者之作,连丝毫的学术价值也没有。"①

同理,久保天随的批驳也并非空穴来风,在对于"文学"概念未充分理解之前,文学史写作不可避免地呈现杂乱无章之态。唯有对"文学"的概念进行准确的定性与定位,文学史写作才能有秩有序地进行,然而,彼时日本书写中国文学史的条件尚未成熟。与同时代的文学史家相比,久保天随前瞻性地指出,当时文学史中普遍存在一种"泛文学观",在此文学观的影响下,文学与史学、文学与哲学之间纠缠不清,致使文学史难以从史学及哲学著述中独立出来,与此同时,文学也难以作为一门独立的学问而存在。久保天随认为,有些人以"文学"为"文章""学问"之义,将文学与史学、文学与哲学混为一谈,其著述只徒有西洋文学史的外表,内在的文学观与研究方法却是滞后的。②如其所言,明治时期的中国文学史中,有关"文学与文字""文学与学校""文学与科举""文学与宗教"的内容比比皆是,大量与文学无关的文字充斥其中,使其更接近于庞杂的学术史,而非近代意义上的文学史。

中国本土情况也大致如此。20世纪初,不少题名为"中国文学史"的著述,实则近于百科全书式的学术史。究其所因,除受到传统学术"经、史、子、集"体系的制约外,日本的影响是不容忽视的因素。由于晚清借鉴西学主要通过日本,在此过程中,精华与糟粕往往同时被吸纳,难以细加厘剔。曾经在相当长时间内,中国习惯于借助日本构建的中国文学史框架,将相应的国学内容加以填充。此种以日本出版的中国文学史为参照物的做法,如同一把双刃剑,在获取便捷的同时,也在一定程度上造成对文学史本源的忽略,难以从根本上对文学的概念进行深入挖掘,致使中国文学史长期徘徊在国学史边缘,亦步亦趋。

然而,尽管明治时期的中国文学史存在缺憾,却无疑是文学史发展的必经之路,其真实地记录了19世纪末中国文学史如何在日本落地、生根及发芽的过程,传达出早期日本文学史家所面临的困惑、矛盾与思考。毋庸置疑,

---

① 久保天随:《中国文学史》,日本:人文社,1903年版,第2页。
② 久保天随:《中国文学史》,日本:人文社,1903年版,第2页。

明治文学史家为此所做的种种努力，为大正时期中国文学史正式跨入近代学术体系进行了颇为有益的尝试。因此，无论是对大正以后中国文学史的研究，还是对中国本土文学史书写过程的回溯，明治时期出版的中国文学史均富有价值。

二、明治时期中国文学史的价值

具体而言，明治中国文学史的价值，不在于对文学现象及作品本身的评述，更在于首次将 19 世纪欧洲的文学观与中国古典文学进行对接，使戏曲、小说从"见识污下"的藩篱中彻底解脱出来，作为学术研究对象纳入中国文学史书写，并在大正时期（1912—1926）成为中国文学研究的主流。此方面具有开拓之功的当属笹川种郎，其不仅撰写了第一部中国戏曲小说专著，而且将中国俗文学提高至与欧洲文学同等的地位，首次打破了诗词文赋一统天下的学术传统，成为引领明治时期中国文学研究的风向标。从此时起，素来难登大雅之堂的戏曲小说，不仅进入中国文学史，而且逐渐成为中国文学史的主角。至 1919 年盐谷温的《中国文学概论讲话》出版，作为日本近代中国文学史的抗鼎之作，此书对戏曲小说的叙述已成重中之重，全书共计 473 页，第六章戏曲达 130 页，第七章小说达 183 页，戏曲与小说合计占比 65%。可以认为，对戏曲小说地位与价值的认可，成为日本近代中国文学史书写的新星。

如果说，明治维新（1868）标志了日本中国文学研究的转变，盐谷温的《中国文学概论讲话》（1919）则无疑具有里程碑的意义。前者的价值在于，将中国文学从日本的本国文学框架中脱离，作为独立的对象、一个"他者"，被加以研究阐释；后者在于首次以近代西方史学的方法，书写中国俗文学发展与演变的历史。尽管在此之前日本已有一批中国文学史问世，然而，自盐谷温起，此种著述体例才真正被赋予近代意义，如内田所述，"当时的学界，叙述文学的发达变迁的文学史出版的虽不少，然说明中国文学的种类与特质的，这种述作还未曾得见，因此举世推称，尤其是其论到戏曲小说，多前人未到之境，筚路蓝缕，负担着开拓之功。"[1] 内田所言，表明了盐谷温之著与此前文学史之区别，即不限于叙述文学的发达变迁，而是着重突出中国文学的种类与特质。

具体而言，促成盐谷温进行俗文学研究的原因主要有三方面。首先，是来自日本国内的影响。在东京大学期间，其师从森槐南学习词曲，构建了扎实的学术基础，为日后展开中国俗文学研究提供了前提条件。此外，狩野直喜的学术启发也是个不容忽视的因素，其日后在东京大学开设中国文学讲座，实际上是直接受狩野直喜的影响。在《中国文学概论讲话》中，盐谷温详细介绍了狩野直喜赴欧洲追踪斯坦因、伯希和敦煌考古文献的情况，并引用了狩野直喜关于《水浒传与中国戏曲》一文，表示赞同狩野直喜关于水浒戏早于《水浒传》在社会上流传并形成于元末明初的结论。

其次，是来自欧洲的文学理论与研究方法的影响。1906年盐谷温受日本文部省派遣赴德国留学，其间接触到欧洲的俗文学理念，此为构建盐谷温文学观的主要来源。盐谷温在《中国文学概论讲话》中谈到，当时欧洲对中国的戏曲小说很有兴趣，已有介绍中国戏曲小说欧文译本的《汉籍解题》，且《西厢记》《琵琶记》已出版法文译本。1948年《中国文学概论讲话》再版时，盐谷温再次谈到欧洲对中国戏曲小说的翻译，并感慨："近年来，《水浒传》《三国演义》《金瓶梅》的英语、德语全译本均出版了，欧洲在中国俗文学译介上走在了日本之前。"受欧洲俗文学研究从语学开始的启示，盐谷温在北京学习过一年汉语。在此方面，其与明治时期的中国学家存在明显不同，后者尽管具有阅读中国典籍的能力，但多数人不会汉语口语。

最后，中国本土研究对盐谷温的影响客观存在。盐谷温在《中国文学概论讲话》（包括再版）中大量征引中国古代尤其是清代的研究成果，对叶德辉、王国维、鲁迅、胡适、郑振铎等中国当代学人也多有介绍。如果说盐谷温在德国留学期间，接受了俗文学观的理念与研究方法，中国留学则使他获得了

---

[1]［日］盐谷温:《中国文学概论讲话》，日本：弘道馆，1948年版，第2页。

更多有关元曲的实证成果。在中国期间，除在北京学习一年汉语以外，盐谷温主要在长沙跟随叶德辉学习元曲，此次求学令其在元曲研究上大为精进，以至于多年后回忆起这段留学往事，仍对叶德辉充满感激，称"先生倾其底蕴以授余"，并在此书中多次提及叶德辉的学术成就：

> 历来研究中国文学，都未脱离古典诗词文赋。西洋的研究方法与此不同，他们往往从语学入手，这是由于西洋的研究者偏重通俗文学的缘故。之前我为了在东京大学开设中国文学讲座，曾去中国和德国留学。在德国学习到西洋学者的文学研究方法，在中国从语学开始进入中国小说研究，后来师从叶德辉先生学习中国戏曲，颇有所得。回国后，开始研究中国的元曲，可谓筚路蓝缕，终于在中国文学研究领域开拓出元曲的一方田地。①

不仅如此，在《中国文学概论讲话》中，盐谷温还将叶德辉的赠别诗置于卷首，旁侧写有一段文字："叶德辉先生，字焕彬，号郋园，湖南长沙人。博览多识，藏书丰富。编著亘及四部六十八种、五百余卷。尤擅考证，深谙小学，兼通词曲。余留学中，从游之一年半，随先生习元明曲学，此诗乃归国之际先生惠赐。"② 可以说，在俗文学尤其是元曲研究上，盐谷温得益于叶德辉的研究成果，并研读了大量中国古代文献。

除以上三种因素以外，盐谷温之所以能开辟中国俗文学研究的一片新天地，还在于当时俗文学研究已蔚然成风，如新体诗运动、坪内逍遥的《小说神髓》、和歌改良与戏剧改良等行动，均在不同程度上推进了近代西方的文学观念与研究方法，并通过翻译西方小说更进一步确立了小说的独立价值。因此，盐谷温的《中国文学概论讲话》，正是在日本国内研究方向发生转变，近代文学价值体系逐步形成的过程中应运而生。盐谷温的《中国文学概论讲话》，有别于古城贞吉、世川种郎、大町桂月、久保天随所著中国文学史，其将中国文学分为六部分加以叙述，即音韵、文体、诗式、乐府及填词、戏曲、小

---

① [日] 盐谷温:《中国文学概论》，日本：弘道馆，1948年版，第2页。
② [日] 盐谷温:《中国文学概论》，日本：弘道馆，1948年版，卷首。

说。此六部分首尾贯通，独立出来则为各体裁文学史，如"小说"部分即为一部"中国小说史"。此书最精彩的部分也属"小说"，其对小说的叙述，直接启发了鲁迅撰写《中国小说史略》，对中国本土小说史产生了深远影响。

三、盐谷温对鲁迅的影响

盐谷温的《中国文学概论讲话》对中国本土文学史、小说史研究产生了深远影响，其中，尤以对鲁迅的影响广为人知，甚至由此引发了一场长达十年的学术公案。时任《现代评论》专栏主编的陈源，曾公开指责鲁迅的《中国小说史略》抄袭盐谷温，认为鲁迅对盐谷温的《中国文学概论讲话》进行"整大本的剽窃"、"拿人家的著述做你自己的蓝本"。事实证明，陈源的抄袭说纯属子虚乌有，其攻击难脱个人恩怨的成分。然而，盐谷温的《中国文学概论讲话》对鲁迅产生影响则是事实。鲁迅本人也说盐谷温的书是其参考书之一：

> 盐谷氏的书，确是我的参考书之一，我的《小说史略》二十八篇的第二篇，是根据它的，还有论《红楼梦》的几点和一张《贾氏系图》，也是根据它的，但不过是大意，次序和意见就很不同。其他二十六篇，我都有我独立的准备，证据是和他的所说还时常相反。例如现有的汉人小说，他以为真，我以为假；唐人小说的分类他据森槐南，我却用我法。六朝小说他据《汉魏丛书》，我据别本及自己的辑本，这工夫曾经费去两年多，稿本有十册在这里；唐人小说他据谬误最多的《唐人说荟》，我是用《太平广记》的，此外还一本一本搜起来……。其余分量，取舍，考证的不同，尤难枚举。自然，大致是不能不同的，例如他说汉后有唐，唐后有宋，我也这样说，因为都以中国史实为"蓝本"。①

具体而言，鲁迅的《中国小说史略》分为六个部分：第一讲从神话到神

---

① 鲁迅：《华盖集续编·不是信》，《鲁迅全集》第3卷，北京：人民文学出版社，1981年版，第229页。该文最初发表于1926年2月8日《语丝》周刊第六十五期，署名"鲁迅"。

仙传，讲述神话与传说；第二讲讲述六朝时期的志怪和志人，世说新语及其前后；第三讲是唐传奇；第四讲是宋志怪、传奇文、宋话本及其影响；第五讲是明代小说的两大主流，包括神魔小说与人情小说；第六讲是清代小说的四大流派及其末流。从以上目录中可以看出，此书概括了中国小说史的发展过程。鲁迅每感于中国小说自来无史，已有的小说史则由外国人所作，因此，于此著用力甚勤，耗时亦久，其写作初衷，既有学术研究之目的，也有一种民族情怀，所寄厚望非比一般。

客观而言，鲁迅对盐谷温之著的参考，并不在于具体问题层面，而在于文学理念与研究方法的借鉴。由于"中国小说自来无史"，小说史叙述体例本身即从日本传来，因此，鲁迅对中国小说史的关注与叙述便不可避免地打上舶来的印记。如果说，盐谷温的价值在于将当时的欧洲文学观与叙述体例运用于中国文学史的书写实践，那么鲁迅对中国小说的叙述则侧重纵向梳理、作品鉴赏以及版本搜集。

鲁迅的《中国小说史略》与盐谷温的《中国文学概论讲话》，二者相较，最大的区别在于叙述角度。盐谷温对于中国俗文学的叙述，是从社会风俗角度出发，以此为切入点来分析作品、连缀小说史的发展过程。而鲁迅则侧重对作品版本进行筛选，"从倒行的杂乱的作品里寻出一条进行的线索来"，以此探求中国俗文学发展的内部规律。溯本求源，从社会风俗角度评价中国俗文学的倾向，并非始于盐谷温，而是在明治时期初露端倪，经笹川种郎、藤田丰八、久保天随等人的推波助澜，至大正时期已蔚为壮阔。此非传统的评价标准，而是源自欧洲的一个舶来品。正是由于19世纪欧洲对中国俗文学价值的发现与认可，及对中国俗文学作品的翻译、介绍，引发了日本学者对此现象的关注，并最终促成了中国俗文学研究在日本的兴盛，此为欧洲文学观导入近代日本的一个例证。

实际上，欧洲最初对中国戏曲、小说产生兴趣，是以此作为了解中国国民性及传统习俗的一个路径。如19世纪的法国人普遍认为，中国文学中最具价值的部分是俗文学。法国的雷米萨在翻译《玉娇梨》时表示，此部才子佳人小说是一部"真正的风俗小说"，可以帮助人们了解中国文化，小说讲述的不仅是一个故事，也可以反映不同民族的风俗，而风俗小说往往具有社会研究价值。此外，于连在《平山冷燕》的译序中也强调，如果想要了解中国，一定要熟悉中国的文学作品，尤其是社会风俗小说。①可见对一部作品，评价角度与标准不同，其评价结果也往往不同。相较而言，近代欧洲与日本侧重俗文学表现的社会风俗，即以能否了解社会风俗作为评价中国戏曲、小说的标准之一。据此也可以解释，有些中国本土视为二、三流的作品，反在他国受到热捧，原因即在于角度与标准不同。

"横看成岭侧成峰，远近高低各不同"，综观明治时期出版的中国文学史，其对中国俗文学的评价视角与标准，主要集中于作品语言、故事情节、社会风俗及人性人情四方面。首先，语言浅显直白的作品往往更受推崇，此一方面由于阅读条件所限，因为复杂的语言令其无所适从，产生难以把握之感。另一方面，由于日本传统文化崇尚简约，以单一、奇数、素朴为美，故此类作品更易纳入其审美视野。《红楼梦》自1793年（日本宽政五年、清乾隆五十八年）运抵日本长崎港后，长期无法广泛传播，语言繁复即为原因之一。与此同理，情节明快、紧凑的作品也更受青睐。《水浒传》在近代日本广为流传，江户时期，时人争相传阅，水浒英雄几乎妇孺皆知，其传播盛况远超《红楼梦》。其中原委，一如伊藤漱平所言，"也许对熟读《三国演义》《水浒传》等有丰富的情节变化的小说读者来说，《红楼梦》这部小说令人感到不知如何读起。"②《红楼梦》在明治中国文学史中也偶遭冷遇，如相较《红楼梦》，笹川种郎更赞赏《金云翘传》:"《金云翘传》没有《红楼梦》之错杂、《金瓶梅》之淫猥，篇幅短小而情节连贯，除《水浒传》《西游记》以外，如果让我对有意欣赏中国小说的人士推荐，那么我一定会推荐《金云翘传》。"③在中国本土，《金云翘传》实难与《红楼梦》相提并论，然而，在笹川种郎看来，《金云翘传》更有可取之处，此即评价角度与标准不同所致。

综上，受19世纪欧洲文学观的影响，从社会风俗角度评价中国俗文学，

---

① 参阅钱林森：《中国古典戏剧、小说在法国》，《南通大学学报》（社科版），2008年2月。
② [日]伊藤漱平：《红楼梦》在日本的流行，日本：大安，1965年第1期。
③ [日]笹川种郎：《中国文学史》，日本：博文馆，1898年版，第261页。

逐渐成为近代日本中国文学研究的一种趋势，而此方面的代表作即为盐谷温的《中国文学概论讲话》。在此书中，盐谷温对戏曲、小说的评述，同样考虑到社会风俗及国民性之一面，如评价《水浒传》为"且供研究中国的国民性及风俗研究的一端"，认为《水浒传》的价值不仅是一部小说，更是了解中国风俗及国民性格的利器。此种评价角度，的确令人产生耳目一新之感，然而，过于关注作品所表现的社会风俗，则容易导致对作品本身思想价值的忽略，因此存在一定片面性。此种评价体系的影响力在大正以后渐次减弱，并最终为接受学等理论所代替，在文学话语与其他话语之间的复杂关系中，全面而多角度地展开叙述成为中国文学史的趋势。最后，从纯美学角度出发，以是否表达真性情来衡量戏曲、小说，将俗文学从扬善惩恶的封建道德束缚中脱离出来，也是明治中国文学史的价值所在。如明治文学史家普遍表现出对《西厢记》的赞赏，认为《西厢记》的成就在《琵琶记》之上，由于《西厢记》反映了真实的人情，因此具有感人至深的艺术魅力。

余　论

值得一提的是，明治中国文学史家作为历史上特殊的群体，其熟悉中国文化，同时在剧烈的时代变革中，无时无刻不在经历西学风暴的冲击，思想上经历着大起大落的变动。与此相应，在其所书写的中国文学史中，往往表现出不同的文学观，其中一部分文学史家坚守中国传统学术，以儒学作为贯穿中国文学史书写的线索，另一部分文学史家则逐渐接受近代西方文学观，在新旧交替、中西磨合中不断对中国文学进行思考与探索。如果说，明治时期是日本历史上风云激荡的时期，那么明治中国文学史同样处于复杂变动的时期，体现于明治中国文学史著述中，则是对"文学"的理解殊难同调。

综上所述，明治时期对中国戏曲、小说的研究，与江户时期以朱子学为中心的中国古典研究，及对小说戏曲的日文翻译与训读，在研究性质、研究对象上均发生了根本性改变。在世界范围内，鲜有外国研究者与中国文化的渊源如此之深，也少有一个时期，如此集中地书写与刊行中国文学史。明治中国文学史，不仅彰显了近代日本学者对中国古典的认识与理解，同时也是一场对日本的本国文化的探源之旅，毕竟在漫长的历史岁月里，日本文化与中国文化达到了深刻交融的程度。

  客观而言，明治中国文学史促成了中国文学史的近代化步伐，对20世纪中国本土文学史书写产生了深远影响。在20世纪初的中国，中国文学史被寄托的家国民族情怀，甚至超越了对文学史本身的关注与思考，可以说，中国文学史产生、发展及逐步走向成熟的过程，是近代中国社会历史变迁与人文心态历程的缩影。

（作者单位：北京外国语大学中国语言文学学院）

试论陈谦《无穷镜》中的环境

杨 春

摘要：美国当代华文作家陈谦的长篇小说《无穷镜》通过描写硅谷华人科学家姗映的创业历程，展现了高科技时代的特殊环境给人们带来的巨大影响。本文从三个方面分析了《无穷镜》中的环境，指出该小说通过描写硅谷这个引领当今世界高科技发展最新潮流的特殊的"地方"（place），真实再现了高科技的迅猛发展给人们的身心带来的冲击和挑战。本文探讨了高科技时代人与环境、人与他人、人与自身的关系的新变化，指出人们应当认真思考如何面对新的生存环境以及我们自身。

《无穷镜》是美国华文作家陈谦的重要作品。陈谦曾长期在硅谷生活工作，对硅谷的高科技公司的运作状况十分熟悉。长篇小说《无穷镜》通过描写硅谷的红珊科技公司CEO、华人科学家姗映的创业历程，揭示出科技发展的悖论：科技的高速发展以及层出不穷的高科技产品，一方面满足了创造者的成就感，同时也成为人们生活的陷阱——作为双刃剑的技术本身可以反噬其创造者，而对新产品的无限追求则可能使人迷失人生的目标和方向。

在《环境批评的未来：环境危机与文学想象》一书中，劳伦斯·布伊尔指出了"生态批评"这一术语的缺陷，他认为"环境批评"是更为恰当的提法：

> 我相信，"环境"这个前缀胜过"生态"，因为它更能概括研究对象的混杂性——一切"环境"实际上都融合了"自然的"与"建构的"元素；"环境"也更好地囊括了（生态）运动中形形色色的关注焦点，其种类不断增长，对大都市和/或受污染的景观，还有环境平等问题的研究尤其越

来越多——它们突破了早期生态批评对自然文学和着重提倡自然保护的环境主义文学的集中关注。[①]

在布伊尔看来,环境批评不只局限于研究自然文学或者文学与自然生态的关系,而是要研究"'人为'与'自然'维度相交织的所有地方"[②]。换言之,环境批评的研究对象既包括自然环境,也包括人为的环境。

硅谷,这个位于斯坦福大学附近的山谷地区,是美国乃至世界高新技术创新发展的中心。它造就了许多一夜暴富的科技富翁,是创业者的天堂,也是风险投资的聚集地。无数有才华的年轻人在这里拼搏,希望实现自己的创业梦想,并"通过创业改变世界"。小说《无穷镜》通过呈现硅谷这个引领着当今世界高科技发展最新潮流的特殊的"地方"(place),真实再现了高科技时代人与环境的关系的新变化,促使我们思考应当如何面对新的生存环境以及我们自身。

一、硅谷与烟花:"创业改变世界"

在《无穷镜》中,硅谷是高科技时代的象征,是有才华的年轻人向往的圣地。在这里,人们疯狂追逐成功。年轻人自己创业,期望公司上市或出售,然后一夜暴富。当大学生们在简陋的车库里设计新产品时,他们心中想的是有朝一日,他们也能像苹果、谷歌的创始人一样成功,成为传奇。

作者陈谦曾经对硅谷人狂热追求成功、追求公司上市颇有微词,觉得他们不过是以追求事业的名义追求金钱,崇尚的是以新技术为筹码、疯狂追逐物质利益的豪赌。但她后来感到,硅谷人追求成功,不是单单为了钱,同时还有希望通过实现科技创新改变人们生活的动机和意愿。小说女主人公姗映正好体现了作家的这个想法。姗映对金钱并没有什么渴望,从斯坦福大学博

[①] 劳伦斯·布伊尔:《环境批评的未来:环境危机与文学想象》,刘蓓译,北京大学出版社,2010年,第9页。

[②] 劳伦斯·布伊尔:《环境批评的未来:环境危机与文学想象》,刘蓓译,北京大学出版社,2010年,第14页。

士毕业的她崇尚的是斯坦福"通过创业改变世界"的信条。在上海交大任教的父亲也一直鼓励这个聪明勤奋的女儿活成夜空中绽放的烟花,成就一番事业。姗映遵循着母校和父亲的教导,成为红珊科技公司的 CEO,带领着中美两国二十多人的团队夜以继日地工作,在短短一年里,完成了可供第二代谷歌眼镜使用的裸眼 3D 图像处理芯片的研发和设计。上市日期一直无法确定的谷歌眼镜一直是硅谷的热门话题。只要戴上一副小小的谷歌眼镜,你就可以上网,观看新闻、查询资讯,还可将你眼前所见的一切拍照上传,与世界各地的亲友分享。谷歌眼镜被预言会和当年的 iPhone 一样,一旦问世,将对人们的生活方式、文化走向产生划时代影响。而红珊科技公司研制的芯片,可以把第一代谷歌眼镜的平面图像转化为 3D 成像。用户可以用它直接观看、拍摄并通过网络传输 3D 影像。姗映希望凭借自家芯片在技术上的领先,使公司顺利获得下一轮融资,最终走向 IPO、上市,或者被谷歌等大公司收购,从而完成她成为成功的硅谷创业者、给人们的生活带来积极影响的人生目标。但是,为了实现这个目标,姗映付出了沉重的代价。

姗映的丈夫康丰是姗映在斯坦福读博时的同学。从斯坦福毕业后,康丰加盟了硅谷的一家小创业公司。公司顺利上市,康丰获得了财务自由,并根据姗映的意愿,在硅谷的昂贵社区洛斯阿图斯山买下了一幢房子。但姗映并不愿做一个家庭主妇。发现怀孕以后,她没有听从丈夫让她辞职的建议,坚持工作,终于在一次连续加班后不幸流产。女儿的夭亡成了他们夫妻关系的转折点。康丰和姗映发现了彼此人生目标的差异,渐行渐远。

在小说中,硅谷这个高科技之城吸引了怀抱着创业梦想的最有才华和野心的一群年轻人。在这里,"成片灰扑扑的低矮水泥建筑里,聚集着一大批新创小型高科技公司。"[①]虽然硅谷的新创公司的成功率不到十分之一,可是每家小公司在这里插下牌子时,都相信一箭之遥的谷歌王国的辉煌今天就是自己的明天。每当姗映看到自己公司那块小小的牌子时,总是带着喜悦。虽然她曾加盟同学皮特的新创公司,遭遇了公司失败的打击,但她坚信,自己不会

---

① 陈谦:《无穷镜》,南京:江苏凤凰文艺出版社,2016 年,第 47 页。

永远是那失败的十分之九。

　　电机系出身的姗映对于技术有着深深的迷恋。当她刚到斯坦福留学时，就要求学长康丰带她去参观英特尔总部。面对英特尔博物馆里的晶片，她惊叹道：晶片做得这么薄、这么亮，肯定可以当镜子用了，太酷了！今天的技术太精妙了，真是不可思议。而对康丰的调侃"古人用的铜镜其实就是这个意思啊"[①]，她充耳不闻。对于技术的崇拜使她在博士毕业后义无反顾地进入了英特尔公司，在以英特尔为代表的半导体行业即将走向没落的时间点做出了错误的选择。离开英特尔以后，她成为斯坦福同学皮特的新创公司"常青图像"的首席技术官。在"常青图像"失败以后，她又创立了红珊科技公司，担任首席执行官，继续为自己的创业梦拼搏。可以说，姗映就是硅谷的技术崇拜、创业文化的具体化身。

　　硅谷的有着灰白粗糙墙面的仓储式建筑就是姗映们的梦想之地。在这些毫无特色与个性的建筑里，或者在更为简陋的车库里创业起家，就是硅谷人追求的生活。技术、产品、融资、路演、上市充满了硅谷人的头脑，他们的生活紧紧围绕着技术和资本打转。硅谷就像是一台永不停歇的机器，它吸入创业者们的梦想和才华，吐出巨量的金钱，或者吞下一切。

　　如果说一心追求成功的硅谷毫无诗意可言的话，那么姗映父亲希望女儿活成烟花的说法则带有一抹浪漫主义的色彩。姗映父亲对天资聪颖的女儿寄予厚望，在姗映去美国留学的前夜，他说了这样一段话：

　　　　大部分的人活在这世上，都像一炷燃在风中的香，一生能安然燃尽，就是很有福气了；有些人不愿做一炷香，要做那夜空里绽放的烟花。有幸能在短暂一生里燃放出烟花的人是非常幸运的。那一要有才智，二要有毅力。你会听人们说，烟花灿烂是灿烂，但多么短暂。这就跟站在平地的人体会不到险峰上的无限风光是一个意思。你有那种能一览众山小，把生命过出烟花那样璀璨的能力的，加油！[②]

[①] 陈谦：《无穷镜》，南京：江苏凤凰文艺出版社，2016年，第98页。
[②] 陈谦：《无穷镜》，南京：江苏凤凰文艺出版社，2016年，第89页。

活得像夜空中璀璨而短暂的烟花，这是姗映从父亲那儿继承的梦想。烟花和一炷香的对比不断地出现在小说中，成为两种人生道路的象征。姗映选择了前者，丈夫康丰选择了后者。为了活得轰轰烈烈，姗映不顾丈夫的反对，高龄怀孕还拼命工作，最终失去了孩子。女儿的夭亡不仅使丈夫和她日渐疏远，也成为她精神上永远的创伤。梦境中反复出现的女儿的小小身影迫使姗映一再反省自己当初的选择。可是，活成烟花的召唤让她无法回头。当康丰离开硅谷，到德州工作并购置了房子以后，姗映没有选择留在德州的豪宅里做一个悠闲的家庭主妇，而是回到了硅谷继续她的创业梦，由此导致了和丈夫的彻底决裂。但是，姗映并未能实现她的活成烟花的梦想，她的创业梦戛然止步于一张偷拍的照片。对灿烂烟花的追求使姗映失去了一切。这样的结局因为有了烟花的意象衬托，增添了几分凄美的色彩。

烟花虽然灿烂夺目，但它的短暂易逝也代表了成功的虚妄。小说中那个著名的斯坦福校友的人生悲喜剧就是一个典型的例子。那是康丰的一位叫泰德的师兄，从斯坦福毕业时正好赶上了新世纪前后那第一波互联网泡沫。泰德在一个租来的小车库里创办了一家小互联网公司。公司被硅谷投资人包装后成功出售，泰德一夜暴富。每次换最新款的车，泰德都会开回斯坦福校园跑几圈，载上同学兜风。他还带着全家周游世界，尽情挥霍。几年后，泰德和妻子胖得不成人样，"都变傻了"[①]。妻子贝蒂还患了严重的抑郁症，曾经被强制送进精神病院。他们不得不卖掉加州的千万美元豪宅，搬回弗州老家和父母一起生活。泰德三十多岁就失去了人生目标，活成了大家嘴里的笑话。泰德的故事就是一个互联网经济时代快速成功的典型样本。成功给人们带来了什么？ 一夜暴富可以给我们带来心灵的平静和满足吗？ 获得财务自由后我们又该怎样呢？ 这是作家希望我们思考的问题。

泰德的豪华庄园后来被姗映的同门师兄比尔买下。比尔的成功史当然也是一个类似的故事。当姗映看到比尔为了家庭聚会特意向市里申请许可，在庄园的湖边燃放烟花时，不禁感到震撼。正是在这场盛大的烟花聚会上，姗

[①] 陈谦：《无穷镜》，南京：江苏凤凰文艺出版社，2016年，第119页。

映接受了校友皮特的提议，离开英特尔公司，加盟皮特的新创公司，投身最具硅谷特色的创业浪潮。

可以看到，烟花就是人们内心欲望的投射。璀璨的烟花虽然美，但它的美是稍纵即逝的，并不能给予人长久的满足。可是，灿烂的烟花对姗映具有致命的吸引力，甚至康丰讲述的泰德的故事也丝毫没有影响她辞职创业的决心。她认识到，自己就是父亲期望成为的那种人，为了短暂而灿烂的绽放，可以不惜一切。而小说结尾姗映创业梦的失败则喻示着作者的警示：人们对成功的追求越急迫，就越快体会到自身的局限性。

那幢豪华庄园的主人换了一任又一任，代表了硅谷制造的一个又一个成功神话。但是，每个神话都像稍纵即逝的烟花。成功和财富虚幻如肥皂泡，来得快、破灭得更快，留下的是长久的痛苦和空虚。正如康丰的师兄道青所说，硅谷和斯坦福的氛围就像是一个放大器，一下子就把人内心深处的梦想唤醒，还加倍地增强。这种梦想，就是追求创业成功的欲望。前斯坦福大学教授尼克说得更明白："这个世上的人，多数都爱钱……何况在硅谷，感觉身边都是印钞机的'哗哗'声，就像你到了拉斯维加斯，往任何地方一站，满耳朵都是老虎机'叮叮当当'掉钢镚的声音，谁能顶住那诱惑，不想赌上一把呢？很正常。"[①] 环境对人的影响是如此巨大，几乎所有硅谷人都被创业的洪流裹挟而去，姗映只是无数人中的一个。在这样的时代大潮中，能够保持清醒、忠于内心的只是少数人而已。

二、玫瑰园与雪山：对大自然的向往与欲望的纠缠

在小说中，和硅谷形成对比的就是软件大师尼克家的玫瑰园。尼克是姗映的邻居，前斯坦福大学教授，也是姗映的博士论文答辩委员会委员。越战期间，年轻的尼克因为出色的数码才华被挑选到五角大楼参与搭建美国军用计算机中心。离开斯坦福的教职后，他在硅谷创办了非营利性质的磐石软件

---

① 陈谦：《无穷镜》，南京：江苏凤凰文艺出版社，2016年，第164页。

研究院，专攻高精尖的国防及航天航空类软件纠错编码项目。虽然那些在他身边来来去去、围着他团团转讨点子的朋友，还有他的学生们，一个个都成了硅谷大鳄，但尼克还是满足地经营着他的不会来大钱的研究院，同时精心打理着他的玫瑰园。

  姗映十分羡慕尼克的玫瑰园，她希望事业成功后也能够拥有一个这样美的花园，悠闲度日、享受生活。姗映喜欢穿过林间小道，到那个朋友圈里颇有名气的玫瑰园里和尼克一起喝咖啡、聊天。尤其在康丰离开以后，玫瑰园更成了姗映生活中少有的可以放松说说私人话题的地方。可以说，尼克家的玫瑰园是姗映从"万丈红尘"[①]的硅谷暂时逃离的避难所，是她疲惫的心灵可以获得片刻喘息的空间。玫瑰园显然是一个隐喻，姗映希望拥有的玫瑰园就是人们心中的那个世外桃源，一处远离尘嚣的诗意之地。它代表着人们内心深处对摆脱物役、自由生活的渴望。可惜很多时候它都只停留在人们的梦想中。

  虽然身为科学家，尼克对于科技发展始终保持着清醒和警惕的态度。他的著名的口头禅就是"No evidence."（不留证据）。也许是因为他对现代科技太知其所以然，所以潜意识里反而对它没信心，他更相信人际交往时面对面的交流。尼克认为，数码相机的流行、无所不在的移动互联网，还有社交网站，这些人类自掘的陷阱可能让人身陷险境、难以逃脱。作为互联网基建先驱的尼克对科技发展的未知后果感到深深的恐惧和忧虑，因此他坚守着不留证据的习惯，时刻警惕着、避免被摄入镜头。当尼克得知姗映公司的 3D 芯片产品发现严重瑕疵时，他用玫瑰梗蘸水在玫瑰园的地面上写下了一行纠错算式让姗映看。但当姗映拿出 iPhone 手机准备拍下算式时，尼克立即予以阻止："我最不信任这些可以通向网络的玩意儿！ 永远记住：No Evidence!"[②] 姗映只好赶在砖石地面上的算式干掉消失之前把它默记下来。

  为了帮助姗映，尼克邀约谷歌公司的高管戴维·沃克到姗映家观看红珊

---

 ① 陈谦：《无穷镜》，南京：江苏凤凰文艺出版社，2016年，第55页。
 ② 陈谦：《无穷镜》，南京：江苏凤凰文艺出版社，2016年，第184页。

公司的 3D 芯片的成像展示。当戴维看到姗映家有一台高倍望远镜时，提到他的朋友也喜欢待在家里用高倍望远镜看风景：

> 他难得出城一趟，整天就这样跟大自然发生关系。这世界到底是怎么啦？大家宅在家里享受网络，同时又还得用它去看真正的江河海洋，看山峰树木，看星空，看海里的鲸鱼，林间的动物，要通过这玩意儿跟自然发生关联，真的很有意思。①

人们要通过高倍望远镜和互联网才能和大自然发生联系，这就是高科技时代的荒谬现实。人和环境的关系已经变得扭曲、不自然。尼克指出，社交网络给我们带来的新的生活方式就是"无分享就无生活"。现在的人连吃个饭喝杯咖啡都要把照片或视频上传到网络。人们已经毫无隐私可言，也就谈不上对他人隐私的尊重。但讽刺的是，这正是谷歌眼镜的意义所在：随时随地上传或下载、分享信息。戴维认为，这种技术带来的人文后果，只有时间才能给出答案。尼克对现在最热门的高科技新技术感到十分忧虑，例如穿戴设备、虚拟真实。因为如果有了这些东西，人们就真的可以足不出户了。待在家里，你就可以和世界上任何一个人发生联系，聊天、跳舞、玩耍甚至做爱，因为智能穿戴设备还可以提供身体感应。

虽然尼克和戴维清醒地看到了移动互联网、人工智能等高科技发展的隐忧，但是，他们无法改变人们对新技术、新产品的无限追求，自己也身不由己地被裹挟其中，成为追逐成功浪潮的弄潮儿。戴维并不否认移动互联网经济让谷歌公司赚着大钱。尼克则为包括姗映在内的许多创业者出谋划策，助他们走上成功之路。小说让我们看到，在高科技时代，人与环境、人与自身的关系都陷入了悖论式的怪圈。

姗映在斯坦福读书时也曾瞧不起一心想要创业发财的同学。觉得斯坦福的教育太现实、太功利；学生们太物质化，热衷于追求外在的成功；人人都想进投行、做公司上市赚大钱，太庸俗。可是，身边同学的创业热情感染了她，她也逐渐改变了想法。姗映还曾和康丰一起嘲讽硅谷的没文化：一夜暴

---

① 陈谦：《无穷镜》，南京：江苏凤凰文艺出版社，2016 年，第 194 页。

富的泰德的可叹可笑,比尔的豪宅里没有像样的画和艺术品,乔布斯曾拒绝向苹果总部所在的库帕蒂诺市财政困难的博物馆捐款……他们嘲笑西部的博物馆没有什么像样的藏品,比不上东部。但是,姗映自己也未能免俗。当康丰供职的创业小公司上市后,他获得了财务自由,在德州购入了一套大别墅。这时,姗映拥有自己的玫瑰园的物质条件已经具备。但她并不愿意在这个美丽的城堡里多花时间和精力,一心记挂着自己在硅谷的创业大计。当她最终决定离开德州回硅谷时才猛然发现,自己在这里住了一年多,居然没有为这套房子增添一件家具或装饰品。看着大片空空的墙壁,不禁黯然神伤。可见,对玫瑰园的向往最终敌不过对成功的热望。对姗映们来说,事业成功比享受自由生活更有吸引力。

康丰和姗映不同,他更愿意过一炷香的平静生活。从小受到爷爷奶奶的教导,康丰秉持着"不以物喜,不以己悲"的超然的生活态度。虽然也在斯坦福读博士,但他并不迷恋技术,也不热衷名利。对他来说,加入创业公司只是实现自由生活这个理想的手段和跳板。一旦获得财务独立,他立刻辞了职,去德州重新找了一个自己感兴趣的工作。

当姗映知道一个斯坦福的年轻学长曾为创业发作过一次心脏病时,又佩服又感动;而康丰则评论说,"这种人就是叫'无明'啊。""太执着的人,早晚会陷入困境,根本用不着羡慕他们。"[①] 当姗映准备辞职和皮特联手创业时,康丰讲了泰德的故事劝阻她,并说:如果泰德知道创业成功后自己的结局,他一定会想,还不如像老尼克那样,活成平安喜乐的一炷香呢!

康丰看穿了硅谷人崇尚科技、热衷于创业的实质,不客气地指出:"在这里,所有的努力,所谓的 X+Y+Z,再把什么乱七八糟的都加起来吧,全在等式另一边换成了 M,就是钱呗。真令人倒胃口。光有钱有什么用?到处都是没文化的白痴……让我想到泰德和贝蒂,就那种,英文里怎么说的?跟庸俗市侩没差别,太荒唐可笑了。"[②]

[①] 陈谦:《无穷镜》,南京:江苏凤凰文艺出版社,2016年,第81页。
[②] 谦:《无穷镜》,南京:江苏凤凰文艺出版社,2016年,第144页。

康丰对金钱、地位不感兴趣，他要追求大自由、大自在，希望获得生命的自由感觉。这种感觉在他和雪山的亲密接触中实现了。在孩子夭亡后，康丰受学长道青的影响，开始攀登雪山。在和大自然的亲近中，康丰得到了内心的平静，慢慢从痛苦中解脱出来。雪山可以提升人的精神境界，使人超越尘世的烦扰，就像道青所说，"'群山之巅，那种足登极乐界的快感，在这乌七八糟的人世间根本从来无法想象。你一上去，再笨的人也会全悟了——什么成功，上市，赚钱，全他妈蝇营狗苟，片片浮云。'"[1]康丰在雪山顶上也体会到了极致喜乐的境界：

> 千峰万壑都在你的脚下，天高地阔，无际无涯，那种极境的喜乐，真真是妙不可言，你会觉得，这一路上来所吃的所有苦头，每一点，每一滴都是值得的。所有的付出都获得双倍的回报。有时站在那儿，我真的会想，这下就算倒地不醒了，这一生也无憾了。[2]

在雪山之巅体会到极致的幸福和满足感，这是道青和康丰从大自然那里得到的丰厚馈赠。可是，如果征服雪山成为一种执念，雪山就会成为吞噬你的坟墓。道青给自己设定了目标，要登上世界上所有海拔超过8000米的十四座高峰。在征服了其中七座以后，他死在了巴基斯坦的雪山上。

和在雪山上得到了大自在的康丰一样，一心追求成功的姗映也在内心深处怀抱着一个玫瑰园的梦。但世俗意义上的成功对姗映来说具有更大的诱惑力，所以她始终没有得到一个可以让心灵休憩的玫瑰园、获得内心的和谐与安宁。正如尼克一针见血指出的，姗映父亲所谓的"活成夜空中的灿烂烟花"，用美国人的话说，就是追求成功、追求名利双收。而尼克多年守着自己的研究院，自甘清贫，从不羡慕那些得到他的帮助在硅谷创业成功的朋友和学生们，是因为他清醒地知道自己想要什么。他曾对姗映说，科学是他的至爱，他不会用自己的至爱去换钱。虽然对大自然的向往和憧憬始终深藏在我们内心，很多时候成为我们心灵的慰藉和精神寄托，但只有像尼克这样淡泊名利

---

[1] 陈谦：《无穷镜》，南京：江苏凤凰文艺出版社，2016年，第34页。
[2] 陈谦：《无穷镜》，南京：江苏凤凰文艺出版社，2016年，第149—150页。

的人才能够真正达到与大自然和谐相处的超脱境界。

三、无穷镜：幻像的叠加

在《无穷镜》中，作家通过对各种镜头和镜像的描写巧妙而深刻地反映了今天的我们与环境、与他人、与自身的关系。

姗映家里有一台硕大的"博士能"长焦望远镜。以前康丰用它观鸟、看山谷里的野生动物。现在望远镜成了姗映的好伙伴。工作累了，姗映就用望远镜看看山谷远景，放松自己。镜头中出现的飞鹰、鹿群和各种小动物，对姗映来说，都是远在天边近在眼前的好伙伴。姗映和戴维·沃克的那位喜欢宅在家里的朋友类似，他们似乎已经失去了和大自然亲密接触的能力。本来走出家门就能看到山谷美景、嗅到花草气息、亲近飞鸟走兽，可是他们宁愿待在屋子里，躲在高倍望远镜的镜头后面，远距离地观察和欣赏自然。除了用望远镜看山谷风景，姗映还喜欢用它看邻居家热闹的派对。镜头中别人家的葡萄园、宠物、孩子们和成堆的饮料罐，都让姗映感受到自己这座碉堡以外的热气腾腾的生活，让她感到欢喜。望远镜已经成为姗映生活中必不可少的东西，是她生活的重要组成部分。就像尼克所说，在高科技时代，人们已经没有隐私可言，也不尊重别人的隐私。这台博士能高倍望远镜成了姗映侵犯他人隐私的帮凶。姗映就这样成了一个不道德的偷窥者，她窥探邻居们的生活，丝毫没有意识到自己行为的不妥。

经常被姗映窥视的一户人家是安吉拉的家。安吉拉的家在姗映家对面的山顶上，虽然中间隔着一条长满橡树的山沟，但是是离姗映家直线距离最近的邻居。姗映没有想到的是，她镜头中这位年轻时尚、带着一对儿女悠闲度日的华裔主妇安吉拉也是一个窥视者，她也用望远镜窥探着姗映的生活。正是安吉拉利用高倍望远镜拍下了来姗映家看3D芯片成像效果的谷歌公司高管戴维和尼克的照片，并上传到自己的博客，借以装点自己的网络虚拟空间。这张硅谷著名人士的敏感照片迅速在网络上流传，不仅威胁到尼克的声誉，也让姗映希望红珊科技被谷歌公司收购的梦想化为泡影。尼克对移动互联网的反感和忧虑,对各种镜头——手机镜头、数码相机镜头、电脑摄像头——的警惕和躲避以及他的名言"No evidence!"都在姗映的创业梦被一张传到网上的照片摧毁的事实中得到了最好的诠释。虽然姗映通过分析测算照片的拍摄角度在谷歌地图上迅速锁定了照片的拍摄位置,并亲自上门找到安吉拉要她删掉自己博客空间的这张照片,但照片已经在网上流传开来。知道事情已经无可挽回的尼克在电话中对姗映重复了他的名言,也就此宣告了姗映创业梦的终结。

人类自己创造的高科技成了人们生活的陷阱。在小说中,无论是高倍长焦望远镜,还是无所不在的移动互联网,它们都成了毁掉姗映梦想的利器。科技的发展改变了人们的生活,使得人们与机器和网络更加亲近、与大自然更加疏离,使邻居成了互相窥视的对象和潜在的威胁。

小说还通过描写安吉拉的微博和博客与她的真实生活的对比,形象地再现了网络空间的虚幻以及高科技时代人与他人、与环境的关系的失真与不确定。姗映特别喜欢用望远镜偷窥安吉拉的家,因为安吉拉看上去生活得优雅闲适,穿着打扮有品位,生活有情调,有一双可爱的儿女,还养着一条大狗——那正是姗映曾经渴望拥有的生活。

安吉拉还在虚拟的网络空间中为自己营造出一个硅谷女创业者的形象。姗映经常浏览她的微博和博客,看到安吉拉似乎正从事着和她类似的工作,带领一个新创公司开发一种保护儿童安全的跟踪定位产品。特别让姗映羡慕的是,安吉拉的公司似乎从没有资金的压力。安吉拉还经常在自己的网络空间发送自己养的宠物——一对名为"俊"和"雅"的鹦鹉的故事。因为文字生动有趣,吸引了很多粉丝互动。安吉拉微博的热闹和生活气息对姗映有很大的吸引力,这位似乎是自己同行的女性成了姗映在网上最关注的陌生人。

当姗映在安吉拉的博客空间看到那张戴维、尼克在自家客厅的照片时,发现偷拍照片的正是她望远镜镜头下的那个优雅女邻居,这才明白原来那位邻居就是她一直在网上默默关注的安吉拉。她找到安吉拉家要求她删照片,却意外发现了安吉拉生活的真相。原来安吉拉的微博粉丝们喜爱的那对宠物鹦鹉是不存在的,安吉拉的儿女名叫俊俊和雅雅。一系列细节的对应告诉我们,安吉拉就是为姗映公司提供融资的投资公司负责人郭妍的丈夫的情人。郭妍丈夫安排怀孕后的安吉拉住在加州,至于姗映以为是安吉拉主导开发的儿童定位跟踪 App 其实是郭妍丈夫公司的产品。安吉拉上传到自己的网络空间的所有内容都是虚构的,或者说是对她自己以及别人的生活素材进行再加工的产物。她还在偷拍的那张戴维和尼克在姗映家的照片下面加了这样一行文字:"硅谷的特权——来喝下午茶的戴维。David Walker, Google,跟踪器……你懂的。"① 有意误导观者相信照片中的女性就是她自己。

发现真相的姗映感到无比震惊。她万万没有想到自己在网上关注的这位硅谷"同行"竟然就是自己偷窥镜头下那位悠闲自得的邻居,没想到这位邻居也在随时窥视并窃取自己的生活,更没想到这位"同行"兼邻居竟然是个高明的伪装者,所谓硅谷女创业者和幸福主妇的人物设定都是虚构出来的。

> 她在孤单的夜里或清晨关注她,就像看着自己在镜子中的映像,有一种同道的安慰。可原来,安吉拉在微博上展示的可能完全是一份虚构的生活,那里面塞进去的都是从别人那里偷来的碎片,包括姗映的。这张照片就是证明。姗映从来不认为自己在窥视,因为她从不会将镜头摇向人家的私密领地,更不去看那些房子里的生活。现在,她却意识到,至少有一双眼睛是直接探进了自家的客厅里。②

我们对身边的世界、对他人的看法是多么虚妄和不可靠啊! 我们看到的不过是从各种镜子(镜头)中折射出来的影像,那已经是失真的反映,不能告诉我们任何真相。姗映从望远镜中看到的邻居安吉拉的幸福生活是她所向往的。但真实世界中的安吉拉不过是破坏别人家庭的第三者,为了掩人耳目,不得不带着孩子住在遥远的异国他乡,生活在虚假身份的掩护之下。微博和博客空间中的安吉拉也是姗映所羡慕的,但那更是谎言编织的虚幻世界。吊诡的是,有时虚假的网络空间披露的真实却可以毁人于无形——例如那张迅

---

① 陈谦:《无穷镜》,南京:江苏凤凰文艺出版社,2016 年,第 231 页。
② 陈谦:《无穷镜》,南京:江苏凤凰文艺出版社,2016 年,第 221 页。

速传播的照片。

姗映起初认为，安吉拉就是她自己未曾得到的幸福生活的真实反映。网上的安吉拉和邻居安吉拉那看上去热闹有烟火气的生活正是姗映可望不可即的，尤其是和一双儿女尽享天伦之乐的邻居安吉拉正好像姗映的"未行之路"（The Road Not Taken）的象征。而在安吉拉眼中，硅谷创业者姗映正过着她梦想中的生活。一路名校毕业的她如果不是成了第三者，还生了一对龙凤胎，绝不会选择这样放弃尊严和事业、隐姓埋名地活着。因此她才会在网络空间中把自己装扮成姗映那样的事业女性，在虚拟的现实中过着她理想中的硅谷创业者的生活。在真实的世界中，姗映和安吉拉都选择了一条少有人走的路，而今又在别人的生活中想象着自己错过了的另一条道路。

当姗映最后找到安吉拉家里，她对安吉拉说：

> 我曾经也觉得你是我的未行之路的镜像。可惜，当两面镜子相遇时，映像里套着映像又套着映像，无穷无尽，彼此就再难以分辨了，还可能会出现互相干扰。……如果你在微博上贴出的那张戴维·沃克的照片流传出去，因为涉及商业机密，可能会引起法律纠纷，后果是难以预料的。[1]

姗映和安吉拉都在对方的生活中看到自己的影子，看到自己当初未能选择的人生道路的折射。当她们最终见到对方时才发现，原来望远镜镜头下的对方并非真实的影像，那只是通过望远镜镜头以及自己心灵的折射创造出来的一个幻象而已。而如果对这种幻象太过执着，把幻想中别人的生活叠加到自己身上，不仅会离真相越来越远，还可能使自己和他人陷入困境。

姗映和安吉拉的痛苦归根结底是因为没有在做出人生的关键抉择时诚实勇敢地面对自己，没有忠实于自己内心的想法。姗映是被硅谷的创业大潮席卷而去，因而失去了对自我的准确判断——其实她后来也承认自己天分不高，也不想为了创业梦付出孩子和家庭的代价。可是，一旦跳上了创业的战车，就很难回头了。作为红珊科技的CEO，姗映肩负着对公司全体员工的责任，

---

[1] 陈谦：《无穷镜》，南京：江苏凤凰文艺出版社，2016年，第231页。

只能咬牙前行。安吉拉则是因为没有处理好感情问题而迷失了人生方向。姗映曾对尼克承认，自己很少去想自己是不是快乐这个问题，"因为害怕看到自己内心那面镜子。"[1] 内心的镜子是心灵的真实反映。姗映没有忠实于自己的心灵，因此失去了快乐和内心的平静。沉重的工作压力和孤独的生活使她离梦想中的玫瑰园越来越远。安吉拉则因为一个错误的决定，脱离了正常的生活轨道，使自己的人生理想变得遥不可及。

在作者笔下，高科技时代人与环境、人与他人、人与自身的关系都变得不再真实、不再可靠，变得更加复杂纠结。高科技产品并未拉近人与人、人与自然之间的距离，也没有为我们提供更多对世界、对他人、对自身的真实认识；相反，它使得人与自身、人与人、人与环境的关系变得更加疏离和虚幻。

《无穷镜》就像一个当代生活的寓言。在科技高速发展，各种高新科技产品层出不穷、让人眼花缭乱的时代，人与环境、人与人、人与自身的关系都变得更加复杂。如何面对日益不可控的技术？如何面对内心的欲望？这就是作者提出的问题。在2018年的年末，基因编辑婴儿已经在中国问世，美国科学家宣称十一年后人类将实现永生——人类对技术的追求以及对掌控生命、改造自然的渴望似乎永无尽头。两百年前，玛丽·雪莱就在《弗兰肯斯坦》中描写了人造人的噩梦。歌德笔下的浮士德为了探索人生真谛不惜以灵魂和魔鬼订立赌约。当浮士德听到铁锹挖土的声音，以为人们正在填海造田、改造大自然，说出了"真美啊，请你留驻"——其实他听到的不过是魔鬼指挥人们为他挖坟墓的声音。伟大的作家们已经用杰出的智慧与想象力对人类提出了警示：人类在追求成功、追求发展的同时，需要克制欲望，需要留有余地——给自己、给他人、给地球。

---

[1] 陈谦：《无穷镜》，南京：江苏凤凰文艺出版社，2016年，第171页。

参考文献

[1] 陈谦:《无穷镜》,南京:江苏凤凰文艺出版社,2016年。

[2] 胡志红:《西方生态批评史》,北京:人民出版社,2015年。

[3] 劳伦斯·布伊尔:《环境批评的未来:环境危机与文学想象》,刘蓓译,北京:北京大学出版社,2010年。

(作者单位:北京外国语大学中国语言文学学院)

时间艺术、力与等级

——克林斯·布鲁克斯关于诗歌结构的比喻

盛海燕

摘要：克林斯·布鲁克斯 Cleanth Brooks,（1906—1994）是美国新批评的核心人物。他的著述丰厚，诗歌理论和方法影响深远。他探讨现代诗歌的本质，并擅长使用各种比喻形象地描述诗歌的结构形式。本文探讨他如何运用诗歌与时间艺术、力、等级之间的比喻，给诗歌的结构形式做出多维度定义。

引 言

在早期的著作中，布鲁克斯提出："诗歌的冲动和方法深深植根于人类经验，诗歌本身致力于，而不是使本身区别于，体现人类思考及感受的习惯，这些习惯是全世界普遍存在的。"[1] 该观点应该是从桑塔亚那（George Santayana）关于艺术源于人生经验的主张以及瑞恰慈（I.A.Richards）的交流理论中得到了启发。桑塔亚那提出"美"要作为人生经验的一个对象来研究[2]。人生经验使得人类能够保留感情的激动，避免变成纯粹理性的生灵；在纯粹理念的世界里，一切价值和美妙事物都将完全消失。

布鲁克斯进一步指出，诗人探索、巩固和"形成"总体经验（total

---

[1] Cleanth Brooksand Robert Penn Warren, *Understanding Poetry: An Anthology for College Students*(1th edition) (New York: Henry Holt, 1938), p. 9.

[2] George Santayana, *The Sense of Beauty* (New York: Charles Scribner's Sons, 1896), p. 11—12.

experience），在赋予一定的"形式"后，那就是诗①。诗人的创作是一个"细心探究的过程"：诗人不是完全复制出他的一个具体体验，相反，他是从自己许多次的经历中和阅读体验中，还可能从其他许许多多、各种各样的人生阅历中抽取素材，并在一个与仔细探究相似的过程中塑造出了构成这首诗的总体经验②。这种"总体经验"是全世界普遍存在的，体现人类思考以及感受的习惯。他强调不是照搬诗人个人的某个具体经验，而是通过整合后使之具有广泛的普遍性，这与艾略特（T.S.Eliot）强调的非个性理论一脉相通。对此，布鲁克斯在《为"阐释"与"文学史"的辩护》（"In Defence of 'Interpretation' and 'Literary History'"）一文中有细致优美的描述：

> 文学的目的是对人类经验的"完整的"表述（"complete" presentation）。与其说它是一个陈述，不如说它是一个戏剧化过程。进一步说，它从来不能简单地被认为是经验映照出来的镜像——活生生的经验的一个派生物。它是一种自得其理的经验（is an experience of its own right），它给予关于我们自身现实的知识，这种知识不可能真正从它体现出来的经验中脱离出来。例如济慈的《秋日颂》告诉我们很多。它不仅讲述了秋季的景象和声响。对于深思熟虑的读者而言，它还谈及了成长和步入老年、关于成熟的意义、关于平静接受某人老去和死亡终点的可能性。它没有通过"陈述"传递其智慧。而是创作出关于秋天的经验——通过选择、集中、聚焦，而不是通过约减和抽象，的确如此。对于它虚构出来的一切事物，都是一种完整成形的经验（a full-bodied experience）。这首颂诗确实极为具体，萦绕其中的道德和哲学含义来自秋天景色描绘细节上的丰富性，这种丰富性不是关于零碎的目录簿，而是作为一种经验，通过一位在秋日漫步的人类观察者，有幸保存下来。③

---

① Cleanth Brooks, *The Well Wrought Urn: Studies in the Structure of Poetry* (New York: Reynal and Hitchcock, 1947), p. 69.

② Cleanth Brooks, *The Well Wrought Urn: Studies in the Structure of Poetry*, p. 69.

③ Cleanth Brooks, "In Defence of 'Interpretation' and 'Literary History'", *Mosaic*, Vol. 8., No. 2(Winter, 1975), pp. 4-5.

上述引文指明，总体经验的塑造过程并非一个数学简约过程也非逻辑抽象过程，而是一个戏剧化过程；细节上的丰富性成就了一种"完整成形"的人类经验；传达如此人类经验是文学/诗歌的目的所在。那么诗歌中蕴含的"总体经验"又怎样为读者接收呢？瑞恰慈的交流理论认为"恰到好处"的作品自身就具有更强大的交流力量；它和艺术家有关经验的相符程度可以衡量它将在旁人心中唤起类似经验的程度。瑞恰慈还强调诗人和读者之间的自然相通：所有十分成功的交流都包含一种相通——诗人的冲动与其读者可能产生的冲动之间有一种无法取代的、"紧密而自然的相通"（close natural correspondence）①。然而，在借鉴瑞恰慈的交流理论的同时，布鲁克斯仔细剥离了那层心理学迷信的色彩；他强调诗歌传达了信息以及相关的态度、感情，诗歌中的优秀之作恰当地体现出人类普遍的思考和感受习惯。诗的本质便是整体经验——人类共通的思考和感受，以及一定"形式"的整合。

在布鲁克斯看来，"文学批评是对其客体（object）的描述和评价"，并且"批评始于关注整一性问题（the problem of unity）——文学作品是否形成了这一整体，以及构建这一整体时各部分彼此之间的关系"。②这是对瑞恰慈观点的明确反驳。早在1924年，瑞恰慈在《文学批评原理》中反对把诗歌作为客体进行分析，他写道："平衡的自持状态"并不存在于产生刺激的客体的结构之中，而是存在于反应之中；把客体结构和"平衡的自持状态"联系起来是危险的，因为这将导致人们以为发现了美的公式③。我们通过对比看到，布鲁克斯坚持认为诗歌批评应把诗歌作为客体并且要考察诗歌的整体结构。他主张"形式即意义"④，因此诗歌的结构形式本身就体现"意义"。这样一来，诗歌的结构并非"美的公式"；他特别指出："所讲的结构是指各种意义、评价

---

① I.A.Richards, *Principles of Literary Criticism* (London: Routledge, 2001), p. 24.
② Cleanth Brooks, "The Formalist Critics", *The Kenyon Review*, Vol. 13, No. 1 (Winter, 1951), p. 72.
③ I. A. Richards, *Principles of Literary Criticism*, p. 232.
④ Cleanth Brooks, "The Formalist Critics", p. 72.

和阐释的结构(a structure of meanings, evaluations, and interpretations)。"[1]为此，他使用了三个比喻——时间艺术、力和等级描述诗歌的结构形式。

一、时间艺术

布鲁克斯把一首诗的结构比作一种时间艺术（the temporal arts）——芭蕾或作曲，"通过时间顺序而展开的一种和解、平衡与协调的格局"[2]。建筑、雕塑和绘画因为占据一定空间、相对静止，属于空间艺术。芭蕾或作曲是通过时间展开、具有流动性，属于时间艺术。对照阅读莱辛的《拉奥孔》，会加深我们对布鲁克斯这一观点的理解。在这本书中，莱辛将绘画和诗这两种艺术形式作了生动的比较。绘画借助的媒介是线条和颜色——在空间中并列的符号（或称自然符号），因此只能满足于在空间中并列的动作或静物，它们可以用姿态去暗示下一种动作。诗却可以通过语言——在时间中先后承续的符号（或称人为符号）——描绘在时间中先后承续的事物，比如荷马在《伊利亚特》第四卷对潘达洛斯从提弓到射箭各个细节动作的逼真描述[3]。这套动作的各部分按照时间的次序，一个接一个地发生，所以诗人可以通过时间符号描绘持续的动作；人物形象则通过动作的描述展现出来。

在更多地方，布鲁克斯把诗歌与另一种时间艺术——戏剧相比喻。布鲁克斯认为在诗里，"其语调的推演遵循一个心理结构；每一首诗就是一出戏"[4]。他相信一首成功的诗，是一套组织合理、精心控制的关系[5]。他的诗评著作《精致的瓮》进一步论述道：诗歌是一种戏剧化，是一种"必须经历的受制约的经验(a controlled experience which has to be experienced)"；是一种态度或"多

---

[1] Cleanth Brooks, *The Well Wrought Urn: Studies in the Structure of Poetry*, p. 178—179. 译文出自 [美] 布鲁克斯:《精致的瓮——诗歌结构研究》，郭乙瑶、王楠等译，上海：上海人民出版社，2008 年，第 183—184 页。关键文字有改动。

[2] Cleanth Brooks, *The Well Wrought Urn: Studies in the Structure of Poetry*, p. 186.

[3] [德] 莱辛:《拉奥孔》，朱光潜译，北京：人民文学出版社，1984 年，第 81—82 页。

[4] Cleanth Brooks and Robert Penn Warren, *Understanding Poetry*(1st edition), p. 345.

[5] Cleanth Brooks and Robert Penn Warren, *Understanding Poetry*(1st edition), p. 493.

种态度的复合体"（an attitude or complex of attitudes）[1]。

布鲁克斯借用戏剧中的"得体性"（decorum）等术语[2]，说明就一首诗而言，不是通过科学、历史或者哲学的真理来考察，而是对其戏剧性特点加以考察。把诗歌比喻成戏剧，并视为一个戏剧化过程，这个做法并非布鲁克斯独创。布鲁克斯在《精致的瓮》中的《释义异说》一文里给出这样一条脚注[3]，说明文评家肯尼斯·伯克（Kenneth Burke）和R. P. 布莱克默（R.P. Blackmur）两人也同样强调诗歌的能动特征（the dynamic character of poetry）。伯克认为应该把诗歌当作一种"行为模式"（mode of action）来读；布莱克默建议我们把诗歌作为一种姿势（gesture）来考虑，即"内在的、形象化的意义在外部的、戏剧化的表达"。

为了描述戏剧化冲突如何在诗的时间序列里最终得以"和解、平衡与协调"，布鲁克斯进一步开发了反讽和悖论这两个术语。反讽（irony）作为西方文艺理论中一个至关重要的范畴，最初正是诞生于戏剧。英文单词 irony 的词根是古希腊文"eiron"。在古希腊喜剧中，"Eiron"假装昏聩无知，在自以为聪明的对手面前说傻话，最后证明 Alazon 前后矛盾，才是愚蠢、说大话的人。柏拉图（Plato，约公元前427—公元前347）的《理想国》记录了苏格拉底式反讽：首先承认自己无知，通过提问证明对手也是无知的，在这个共同基础上辩论双方一道探求知识。后来亚里士多德（Aristotle，公元前384—公元前322）则把这一术语发展成修辞学用语。布鲁克斯解释说，有必要使用同样复杂的术语——"反讽"。一是因为处于某语境的各种成分从该语境中受到某类限制，反讽是我们指出此类限制时最常用的术语；二是当我们承认诗中遍布各种不协调因素（incongruities）时，反讽也是我们最常用来表明这一点的术语。

---

[1] Cleanth Brooks, *The Well Wrought Urn: Studies in the Structure of Poetry*, pp. 174—175.

[2] Cleanth Brooks, *A Shaping Joy: Studies in the Writer's Craft* (New York: Harcourt Brace Jovanovich, 1971), p. 225. 迈兹纳批评叶芝的诗作里，既无"思想的得体性，也无词汇的得体性"，布鲁克斯对迈兹纳的观点进行批驳，同时采用"得体性"一词反而用之，用来检验诗歌优劣。

[3] Cleanth Brooks, *The Well Wrought Urn: Studies in the Structure of Poetry*, p. 186.

同样，他认为"悖论"也是必要的术语，"戏剧化过程要求把记忆中各种对立的方面结合成一个实体（entity）——放入陈述语层面——就是一个悖论，断言对立面的整一（the union of opposites）"。在布鲁克斯看来，诗人使用反讽或者悖论，并不说他疑虑重重、充满不确定，或者矫揉造作、故弄玄虚；相反，诗人在"更高更严肃的层面"整合了各种矛盾冲突的经验成分，在诗中形成一个整一格局，即一首诗的本质结构。布鲁克斯把诗歌看作一出微型戏剧，借用反讽、悖论的复杂内涵，力求传达诗歌"精微深奥"的结构和意义。

二、"力"的比喻

同时，布鲁克斯引入了力的比喻，以说明诗歌的稳定结构以及区分优劣的标准。《反讽——作为一个结构原则》多处使用"压力"，比如"语篇中的任何'陈述语'都得承担语境的压力，它的意义都得受到语境的修正"；好诗经得起反讽的破坏，即"内部的压力得到平衡并且互相支持"，取得类似于穹顶结构的稳定性。他也提及"张力"，比如一首真诗的主题与相反的主题形成张力。布鲁克斯认为在一个稳定向上的结构中，向下的力反而是必不可少的。他使用了两个比喻加以形象地说明：在一个穹顶结构中，那些把石块拉向地面的力量，或者纸风筝尾巴形成了把原本上升的风筝向下拖的力。这种向下的力提供了支持，和向上的力一起使结构获得稳定性。

当然，借用力的比喻，布鲁克斯指的是一首诗里的各种内涵、态度、语调和意义，存在于诗各种成分中，包括隐喻、意象、象征、词语、陈述语、主题等。使用反讽这个术语，不仅是强调诗是一个"意义的结构"，还强调该结构中要有不同甚至相反的"力"：不能只强调向上的、正面的力，同时向下的力也不应被削弱，需要保存它应有的强度，这样结构才能获得稳定性。"一个纸鹞有了合适的载重，鹞线上的张力保持很好，它就会迎着风力的冲击而稳定上升。"①

在布鲁克斯对诗歌结构的讨论中,"张力"这一术语占据重要的位置。本文将其讨论区分为诗学结构和语义结构这两个层面。布鲁克斯所提出的诗学结构层面的"张力"概念,首先源于桑塔亚那对于悲剧审美的探讨,其次是瑞恰慈关于"综感"的观点——即"包容"或"排斥"原则下各种冲动达到和谐。布鲁克斯曾醒目地指明:瑞恰慈的诗评主张是一种"张力的诗学"(A Poetics of Tension)②。在诗学结构层面,布鲁克斯逐渐调整了"张力"原有的美学和心理学内涵,使之成为分析诗歌本体结构的术语。同时,他从桑塔亚那关于美的定义和价值理论中得到启发,坚持认为诗歌提供人生经验、具有交流和认知功能。这样,他对于复杂的诗学结构的探究,就包含了对人生经验的复杂性的考虑。

正如上文提及的,瑞恰慈的诗学观点拒绝把诗歌作为客体进行分析。他认为平衡的自持状态(balanced poise)应该基于各种复杂、剧烈的心理冲动的平衡,而不是存在于产生刺激的对象的结构中。布鲁克斯反驳道:"诗摆在我们的面前,且可拿来分析,但那心理的活动,藏在表面之下,是不能见的。"③布鲁克斯的老师约翰·克劳·兰色姆(John Crowe Ransom)也认为:如果瑞恰慈是对的,那么不仅致力于"分析诗的本身"的文学批评是白费了,而且诗人努力把诗写成一种特殊的"形态"也是白费的④。布鲁克斯由此走向了尼采(Friedrich Wilhelm Nietzsche)的艺术作品结构论,因为尼采提供了"一个清楚的结构上的依据":不和谐存于作品的结构,而那些刹那的不和谐,最后还销熔而成为大和谐,最后以作品的整体结构为归宿⑤。布鲁克斯还研究并

---

① Hazard Adams and Leroy Searle, *Critical Theory Since Plato* (San Diego: Harcourt Brace Jovanovich, 1977), p. 1050.

② Cleanth Brooks and William K. Wimsatt, *Literary Criticism: A Short History* (New York: Knopf, 1957), p. 610, Title.

③ Cleanth Brooks and William K. Wimsatt, *Literary Criticism: A Short History*, p. 620.

④ [美]维姆萨特与布鲁克斯:《西洋文学批评史》,颜元叔译,台北:台湾志文出版社,1973年,第572页。

⑤ Cleanth Brooks and William K. Wimsatt, *Literary Criticism: A Short History*, p. 621. 译文出自[美]维姆萨特与布鲁克斯:《西洋文学批评史》,颜元叔译,台北:台湾志文出版社,1973年,第572页。

赞同柯勒律治所谓"综合想象力"（synthesizing imagination）的诗歌是优秀诗歌的观点。这样，"张力"成为布鲁克斯描述诗歌结构的最常用的术语。

他有时把张力与反讽混用，但两者的表意是一致且清晰的。布鲁克斯精心设计了"反讽/张力"量表，使诗歌的优劣评判走向标准化。他认为：依赖排斥原则的诗歌，去除了太多人类的经验，所以很薄而且过于简单，他们往往会走向感伤与整体乏味，因此应该置于诗歌量表的底端。另外，量表的顶部是那些成功地使用了高度包容的诗歌。然而，布鲁克斯认识到过于倚重包容原则的诗歌也有其自身的缺点：一个雄心勃勃的诗人试图包括太多而没能达到诗歌的整一性（unity），会导致语无伦次和语义混乱①。在这个意义上，最强有力的诗歌不仅把不同甚至对立的因素包容进来，而且有能力融入"总体结构"中，这样的诗是复杂而坚固的②。例如，在诗剧《麦克白》中，贯穿全剧的两大象征——衣服包裹的屠刀和赤裸娇嫩的婴儿——给莎士比亚提供了"最微妙和最具反讽效力的工具"③。它们揭示了人性在理性——非理性、伪装——袒露、强大残忍——娇嫩无辜、死——生等一系列对立事物之间的挣扎，共同建构而成这部上乘的悲剧。在布鲁克斯的"反讽/张力"量表中，现代诗人如艾略特、叶芝的诗歌被推举为最上乘的作品。

三、等级的比喻

布鲁克斯在一条脚注中特别说明雷纳·韦勒克在《文艺作品存在的形式》（*The Mode of Existence of a Literary Work of Art*）中把一首诗视为"规范的分层系统"（a stratified system of norms）④。布鲁克斯认为此见解与自己对诗歌结构的观点不谋而合，他使用词语"等级"（hierarchy）或者"层次"（level）来

---

① Cleanth Brooks, "I. A. Richards and Practical Criticism", *The Sewanee Review*, Vol. 89, No. 4(Fall, 1981), p. 590.

② Cleanth Brooks, "I. A. Richards and Practical Criticism", p. 590.

③ Cleanth Brooks, *The Well Wrought Urn: Studies in the Structure of Poetry*, p. 46.

④ Cleanth Brooks, *The Well Wrought Urn: Studies in the Structure of Poetry*, p. 186.

说明一首诗结构中的分层。有趣的是，比起之前关于时间与力的讨论更进一步的是：他强调在这个等级结构中有一个"整体的、起主导作用的态度"。诗的连贯性或者整一性是通过等级化的过程实现的。他指出："一首诗特有的整一性（甚至于那些碰巧有逻辑统一性和诗意统一性的诗）在于将各种态度纳入一个等级（hierarchy），使之附属于一个整体的、起主导作用的态度（a total and governing attitude）。"①

《精致的瓮》一书所分析的十首诗在结构——即"姿态或是态度的结构"上，与《奥德赛》和《荒原》的基本结构是一致的，大致是一个"有序的结构"（structure of the order）②。他解释说，诗人给予我们一个保持整一经验的洞察力。在真正的诗人那里，主题通过间接的方式得以展示，其形式是悖论式的。例如，布鲁克斯在其《荒原》诗评中指出，《荒原》的总体主题是一个悖论：没有意义的生命等同死亡；然而奉献，甚至牺牲，或许赋予生命，唤醒生命；这首诗在很大程度上印证了这一悖论及其各种变体③。

在分析济慈的《希腊古瓮颂》结尾处的陈述语"美即是真，真即是美"时，布鲁克斯提出：这个被艾略特称为"一首优美诗歌中的严重瑕疵"（a serious blemish on a beautiful poem）的句子在意义上有很大的复义性。有人因此把济慈划入纯艺术阵营（pure-art camp），也有人因为强调后半句将其归为30年代马克思主义批评家们关于宣传艺术（a propaganda art）的观点。布鲁克斯将这句话还原到诗歌本身，通过语境分析推出结论：这句陈述语与莎士比亚的"成熟即一切"有着同样的地位、同样的"合理性"（justification）；它也是一个言说，一个"符合全诗风格"（in character）的言说，受到一个戏剧性语境（a dramatic context）的支持④，是这个有序结构的一部分。

---

① Cleanth Brooks, *The Well Wrought Urn: Studies in the Structure of Poetry*, p. 189. 译文出自［美］布鲁克斯：《精致的瓮——诗歌结构研究》，郭乙瑶、王楠等译，上海：上海人民出版社，2008年，第234—235页。关键文字有改动。

② Cleanth Brooks, *The Well Wrought Urn: Studies in the Structure of Poetry*, p. 191.

③ Cleanth Brooks, *Modern Poetry and The Tradition* (Chapel Hill: University of North Carolina Press,1939), p. 137.

④ Cleanth Brooks, *The Well Wrought Urn: Studies in the Structure of Poetry*, p. 151.

结　论

　　布鲁克斯诗歌批评的基础是把诗歌视为具有一定结构形式的客体，他承认新批评在这一意义上的确是一种形式主义批评[①]。然而他对诗歌的意义结构的强调，使他避免踏入审美主义和心理批评的误区，也使诗歌批评回归到诗歌本身。布鲁克斯运用了三个比喻——时间艺术、力和等级，描述诗歌的结构形式。首先，诗歌是如同芭蕾或作曲的一种时间艺术——按照时间序列展开、具有流动性，或者像一出微型戏剧，借用反讽、悖论的复杂内涵，力求呈现诗歌复杂的结构和意义。其次，引入了力的比喻，尤其是"张力"，说明诗歌由此具有稳定结构，而上乘诗歌能够融合总体经验中不同甚至强烈对立的因素。最后，一首诗里有一个整体的、起主导作用的态度，使它形成一个区分等级的、有序的结构。上述描述实现了诗歌结构形式的多维度定义。

　　布鲁克斯在诗歌与时间艺术、力、等级之间进行的比喻，说明他关注流动的、动态平衡的诗歌建构，而非静止的、固态的垒加。此外，他在讨论现代诗歌的本质时强调人生的总体经验，因此并不像特雷·伊格尔顿批评的那样：新批评派把诗物化成"像瓷或圣像一样结实的、物质的自足客体""一种空间性的形象而非一个时间性的过程"[②]。在布鲁克斯的术语系统中，其核心术语"戏剧性""反讽""张力"和"悖论"在表面上强调诗歌要素之间的"对立""异质"，实则是在"整一性"的框架下关注诗歌（尤其是上乘诗歌）结构的"复杂性"，它已然超越了简单的二元论思想。因此，把布鲁克斯的诗歌理论简单地定义为形式主义文论难免有所偏颇。只有全面审视他的丰厚著述，才能让我们更好地把握其诗歌批评理论的价值。

---

① Cleanth Brooks, "The Formalist Critics", p. 72.
② [英] 特雷·伊格尔顿：《二十世纪西方文学理论》，伍晓明译，北京：北京大学出版社，2007年，第46—47页。

参考文献

[1] [德]莱辛:《拉奥孔》,朱光潜译,北京:人民文学出版社,1984年。

[2] [英]特雷·伊格尔顿:《二十世纪西方文学理论》,伍晓明译,北京:北京大学出版社,2007年。

[3] [美]维姆萨特与布鲁克斯:《西洋文学批评史》,颜元叔译,台北:台湾志文出版社,1973年。

[4] Adams, Hazard and Leroy Searle. *Critical Theory Since Plat.* San Diego: Harcourt Brace Jovanovich, 1977.

[5] Brooks, Cleanth and William K. Wimsatt. *Literary Criticism: A Short History*. New York: Knopf, 1957.

[6] Brooks, Cleanth and Robert Penn Warren. *Understanding Poetry: An Anthology for College Students* (the 1th edition). New York: Henry Holt, 1938.

[7] Brooks, Cleanth. *A Shaping Joy: Studies in the Writer's Craft*. New York: Harcourt Brace Jovanovich, 1971.

[8] Brooks, Cleanth. "I. A. Richards and Practical Criticism". *The Sewanee Review* 89, 4: 590 (1981).

[9] Brooks, Cleanth. "In Defense of 'Interpretation' and 'Literary History'". *Mossaic*, 8. 2: 6 (1975).

[10] Brooks, Cleanth. *Modern Poetry and The Tradition.* Chapel Hill: University of North Carolina Press, 1939.

[11] Brooks, Cleanth. "The Formalist Critics". *The Kenyon Review*, Vol. 13, No. 1 (Winter, 1951).

[12] Brooks, Cleanth. *The Well Wrought Urn: Studies in the Structure of Poetry*. New York: Reynal and Hitchcock, 1947.

[13] Richards, I.A. *Principles of Literary Criticism*. London: Routledge, 2001.

[14] Santayana, George. *The Sense of Beauty*. New York: Charles Scribner's Sons, 1896.

(作者单位:北京化工大学英语系)

海外汉学研究的开拓之作

——试谈钱钟书《十七、十八世纪英国文献中的中国》

冉利华

摘要： 钱钟书《十七、十八世纪英国文献中的中国》是海外汉学研究尤其是英国汉学研究的先锋之作，为后来的相关研究昭示了方向。该论文研究全面而详尽，所考察的范围远远超越了文学领域，而延展至十七、十八世纪英国与中国有关的各方面文献。可以看出，作者治学严谨，充满了问题意识和学术自信，研究态度客观冷静，超越东西对立意识和种族偏见，故而多有敏锐的发现与独到的见解。

一

1935年，钱钟书先生考取英国庚子赔款公费留学资格，7月便与夫人杨绛一同登上了开往英国的轮船。两年后，他从牛津大学埃克塞特学院英文系顺利获得了文学学士学位。杨绛先生在《我们仨》里回忆说，"钟书通过了牛津的论文考试，如获重赦。他觉得为一个学位赔掉许多时间，很不值当。他白费功夫读些不必要的功课，想读的许多书都只好放弃。因此他常引用一位曾获牛津文学学士学位的英国学者对文学学士的评价：'文学学士，就是对文学无识无知。'"钱钟书先生为了获得牛津大学这个学位而"赔掉许多时间"所写作的那篇论文就是《十七、十八世纪英国文献中的中国》，而他为此赔掉的许多时间和功夫，并未白费，也绝非"很不值当"，而是凝成了一部海外汉学尤其是英国汉学研究的先锋之作，为后来学者的相关研究奠定了基础、指引了方向。

二十世纪前期,在两次世界大战的隆隆炮火和深重阴影里激动和苦恼着的欧洲人中间再次出现了"亚洲热","欧洲史上东亚第二次在精神上与西方的接触"[1]成了一个"显而易见"、不容忽视的事实。在这样的时代背景下,以德法两国为主的欧洲学者开始关注东西方比较文学和比较文化研究,并陆续出现了一些影响广泛的著作,如皮埃·马丹的《17、18世纪法国文学中的东方》(L'Orientdans la LittératureFrançaise au XVIIe et au XVIIIe Siècle)(1906)、玛莎·P. 科南特(Martha P. Conant)的《十八世纪英国的东方故事》(The Oriental Tale in England in the Eighteenth Century)(1908)、弗兰茨·默克尔(Franz Merkel)的《莱布尼茨与在华的传教事业》(Leibnitz und die China-Mission)(1910)、阿道夫·利奇温(Adolf Reichwein)的《中国与欧洲》(China und Europa)(1923)等。钱先生正是受到了费迪南·布吕内蒂埃(Ferdinand Brunetière)所编的《批评研究》(Studies Critiques)第8集上的皮埃·马丹的论文《17、18世纪法国文学中的东方》以及随后读到的古斯塔夫·朗颂(Gustave Lanson)的《外国影响在法国文学发展中的作用》La fonction des influences étrangères dans le developpement de la littérature française 一文的启发,又发现利奇温的《中国与欧洲》一书中只字未提英国文献,才决定填补空白,将自己的学位论文选题确定为"十七、十八世纪英国文献中的中国"的。

二

事实上,从二十世纪初开始,已陆续有一些对中西文化的异同有一定了解、受过新式高等教育尤其是有(过)海外留学经历的中国学者不约而同地注意到了中国文化在西方的传播以及西方人眼中的中国形象问题。1928年,陈受颐先生于美国芝加哥大学获得哲学博士学位,其博士学位论文 The Influence of China on English Culture during the Eighteenth Century 研究的是中

---

[1] 利奇温:《十八世纪中国与欧洲文化的接触》,朱杰勤译,北京:商务印书馆,1962年,第4页。

国对十八世纪英国文化的影响；1931 年，范存忠先生于美国哈佛大学获得哲学博士学位，其博士学位论文 Chinese Culture in England: Studies from Sir William Temple to Oliver Goldsmith 研究的是启蒙时期的英国（17 世纪末至 18 世纪中叶）对中国文化的接受情况；同样是在 1931 年，留美归来的方重先生在国立武汉大学《文哲季刊》上发表《十八世纪的英国文学与中国》一文，介绍十八世纪英国文学中采用中国材料的情况以及当时英国人对中国的态度；1933 年，陈铨先生于德国柏林大学获得文学博士学位，其博士学位论文《德国文学中的中国纯文学》探讨的是中国文学在德国的翻译和传播情况……同样是研究中国文化在英国的传播和影响，钱先生的论文比陈受颐、范存忠和方重三位先生的论文成文都要略晚些年，但其研究的范围却要广阔得多，因为前三位基本上都将研究范围限定于十八世纪的英国，而钱先生却将其研究的范围划定为十七、十八两个世纪的英国，正如张隆溪先生所言，"在半个多世纪以前，钱先生是详尽而全面研究这个题目的第一人"，而且"在这范围之内，他的研究直到今天仍然是最全面、最详尽的"。[1]

钱先生的研究范围不仅就时间跨度而言最大，跨越上下两百年，而且就考察对象而言也最广泛，以文学作品为主而并不限于文学。仅就那两个世纪的文学界而言，他所谈到的就有小说家霍勒斯·沃波尔（Horace Walpole）、本·琼森（Ben Jonson）、乔纳森·斯威夫特（Jonathan Swift）、丹尼尔·笛福（Daniel Defoe）、奥利弗·哥尔德斯密斯（Oliver Goldsmith）、佩内洛普·奥宾夫人（Mrs. Penelope Aubin）、查尔斯·约翰斯顿（Charles Johnston）、普丽西拉·韦克菲尔德夫人（Mrs. Priscilla Wakefield）等，散文家弗兰西斯·培根（Francis Bacon）、威廉·坦普尔、艾迪生（Addison）、斯梯尔（Steele）、约翰·谢贝尔（John Shebbeare）、约翰·尼科尔斯（John Nichols）等，诗人塞缪尔·丹尼尔（Samuel Daniel）、弥尔顿（John Milton）、亚伯拉罕·考利（Abraham Cowley）、塞缪尔·勃特勒（Samuel Butler）、约翰·德莱顿（John

---

[1] 张隆溪：《17、18 世纪英国文学中的中国》中译本序，《国际汉学》第十一辑，郑州：大象出版社，2004 年，第 100/101 页。

Dryden)、威廉·金（William King）、托马斯·珀西（Thomas Percy）、威廉·梅森（William Mason）、塞缪尔·约翰逊（Samuel Johnson）、柯勒律治（Samuel Taylor Coleridge）、托马斯·沃顿（Thomas Warton）、罗伯特·劳埃德（Robert Lloyd）、詹姆斯·考颂（James Cawthorn）、理查德·欧文·坎布里奇（Richard Owen Cambridge）、约翰·司各特（John Scott）、约翰·沃尔科特（John Welcott）等，剧作家埃尔卡纳·塞特尔（Elkannah Settle）、罗伯特·霍华德爵士（Sir Robert Howard）、亨利·布鲁克（Henry Brook）、大卫·加里克（David Garrick）、亚瑟·墨菲（Arthur Murphy）、威廉·哈切特（William Hatchett）等以及文学批评家德昆西（De Quincey）、杰勒德·兰拜恩（Gerard Langbaine）、理查德·赫德（Richard Hurd）、约翰·布朗（John Brown）、詹姆斯·格雷恩吉尔（James Grainger）等及其有关中国的作品或言论。此外，还有亚瑟·墨菲(Arthur Murphy)、彼德·品达(Peter Pindar)、威廉·琼斯(Sir William Jones)、珀西－威尔金森(Percy-Wilkinson)、曼斯·德·阿伦宗(Mons D'Alenzon)、道茨利（R. Dodsley）、苏珊娜·瓦特（Susannah Watt）、T. J. 马希亚斯（T. J. Mathias）等翻译的中国作品或号称译自中国的文学作品，有托马斯·布朗爵士（Sir Thomas Browne）、约翰·韦布（John Webb）、罗伯特·胡克（Robert Hook）、蒙博杜勋爵（Lord Monboddo）、休·布莱尔（Hugh Blair）、尼尔·韦布（Daniel Webb）、查尔斯·莫顿等有关中国语言文字的论述，有伯纳德·曼德维尔（Bernard Mandeville）、亚当·斯密（Adam Smith）、马修·廷德尔(Matthew Tindal)、大卫·休谟（David Hume）、威廉·戈德温(William Godwin)、贝克莱（Berkeley）和马修·黑尔爵士（Sir Matthew Hale）等有关中国政治、经济、法律和哲学思想的论述，有瓦尔特·罗利爵士（Sir Walter Raleigh）、吉本（Gibbon）、托马斯·萨尔曼（Thomas Salmon）、约翰·杰克逊（John Jackson）、特伯维勒·尼达姆（Turberville Needham）等有关中国历史的论述，有彼得·黑林（Peter Heylin）、安德鲁·迈克尔·拉姆齐（Cheralier Andrew Michael Ramsay）、威廉·沃伯顿（William Warburton）、塞缪尔·夏克福特（Samuel Shuckford）、托马斯·黑尔（Thomas Hare）等有关中国宗教的论述，有威廉·钱伯斯爵士（Sir William Chambers）和亚历山大

193

·杰拉德（Alexander Gerard）等有关中国建筑的论述，有约翰·伊夫林等有关中国雕刻的论述，有威廉·坦普尔、艾迪生（Addison）、蒲伯（Pope）、约瑟夫·斯彭斯（Joseph Spence）、威廉·钱伯斯、托马斯·格雷（Thomas Gray）、威廉·梅森（William Mason）、霍勒斯·沃波尔、霍格斯（Hogarth）、威廉·申斯通（William Shenstone）、凯姆斯勋爵（Lord Kames）等有关中国园艺的论述，有罗伯特·伯顿（Robert Burton）、威廉·坦普尔等有关中国医学的论述，有罗伯特·伯顿、乔治·科斯达德（George Costard）等有关中国自然科学的论述，有托马斯·海德（Thomas Hyde）、托马斯·斯纳林（Thomas Snelling）等有关中国游戏的论述，有安东尼·伍德、博斯韦尔等有关中国的传记作品，有彼德·曼迪、乔治·安森（George Anson）、约翰·贝尔（John Bell）、约翰·米尔斯（John Meares）、埃涅阿斯·安德森（Aeneas Anderson）、乔治·斯当东爵士（Sir George Staunton）等有关中国的旅行记，有约翰·伊夫林（John Evelyn）、塞缪尔·佩皮斯（Samuel Pepys）、霍勒斯·沃波尔、J.爱姆斯（J. Ames）、查尔斯·戈德温（Charles Godwyn）等有关中国的日记和书信，有理查德·高夫（Richard Gough）、詹姆斯·马里埃特（James Marriot）有关中国绘画的评论，有 A. B. 有关中国乐曲的记载，还有《世界》《镜报》《闲人》《冒险家》《旁观者》《漫谈者》《鉴赏家》《每月评论》《绅士杂志》《批评杂志》等多种期刊杂志上有关中国的五花八门的文章。显而易见，钱先生所考察的范围远远超越了文学领域，而延展至十七、十八世纪英国与中国有关的各方面文献，几乎可以说是无所不及。正因如此，笔者认为，钱先生论文英文标题中的 literature 应当作"文献"而不是"文学"来理解，也就是说，其论文标题 China in the English Literature of the Seventeenth and Eighteenth Centuries 翻译为"十七、十八世纪英国文献中的中国"更为准确。

三

尽管对那两个世纪中有关中国的英国文献进行地毯式的穷搜博采并考辨出许多个史上"第一"便已有莫大的开创之功，但钱先生显然并不满足于搜集、整理与介绍，而是对通过海量阅读而进入自己文中的每一条信息都认真地审视，并充分调动自己各方面的知识储备以进行严密细致的甄别与辨析，最后充满自信地做出自己的判断。下文笔者将略举几例以证明。

关于英国文学史上第一部富有想象力的表现中国主题的作品——埃尔卡纳·塞特尔的悲剧《鞑靼征服中国记》（The Conguest of China by the Tartars）中包含了多少"历史与真实"，英国17世纪戏剧评论家杰勒德·兰拜恩认为"该剧以史实为基础"，其情节来自黑林的《宇宙志》（Cosmogra phie）第三卷以及帕拉福克斯的《鞑靼征服中国史》（The History of the Conguest of China by the Tartars）和门多萨、古斯曼等的著作。钱先生首先根据门多萨和古斯曼的著作出版时间早于鞑靼征服事件而"不假思索地"将它们"撇到一边"，接着又根据黑林书中"只有一句话提到这一事件"而排除了它对该剧情节的影响，最后又通过该剧中人物姓名、剧情等与卫匡国的《鞑靼战记》和帕拉福克斯的《鞑靼征服中国史》中几个段落内容的比较而证明塞特尔的戏根据的是卫匡国而不是帕拉福克斯的书，并断言，"不管怎么说，兰拜恩所提到的那些书都不可能是塞特尔的素材来源。"

对于道茨利1750—1751年出版的那部在英国和欧洲大陆都大为流行的《人生之道》（The Economy of Human Life），尽管其作者声称是根据印度原稿的中文译本而转译的，其最近期的编辑道格拉斯·M.格恩（Douglas M. Gane）也确信它真是一部翻译作品，并称其为"一批打磨得最为光彩夺目的心灵的珍宝"，钱先生却敏锐地发现了作者"所露的一两处马脚"——"其一，译者假装他的信是从北京写的，可当时除了广东以外，英国人是不许去中国别的地方的。""其二，尽管道茨利声称在作品中有'东方独有的表达法'，但是无论是实质上还是字面上都没有一句可称得上是印度式或中国式的格言。在关于宗教的那一部分里，对于人格化的上帝的崇拜无疑是基督教式的感情，从中可看出近东巴勒斯坦的特点，而没有远东中国或印度的特点"，从而判定它"显而易见"是"伪翻译作品"。①

---

① 本文中所有钱钟书《十七、十八世纪英国文献中的中国》中的引文皆为笔者本人所翻译，下文不再一一加注。

对于 A. W. 希科特（A. W. Secord）在其《笛福的叙事方法研究》(*Studies in the Narrative Method of Defoe*)一书中长篇大论的"笛福对于李明的暗示所作的下意识的发挥"一说，钱先生也没有照单全收，而是明确表示，笛福的小说固然确实采用了李明《中国现状新志》中的材料，但"希科特的说法会令人对笛福采用李明材料的实质产生误解"，也就是说希科特的说法并不符合笛福采用李明材料的实质！凭什么这么讲？原来钱先生通过对笛福小说和李明著作的细致比较发现，首先，对于借自李明的有关中国的一些"事实"，笛福并不曾发挥或者大肆渲染过；其次，在对于中国的观点和想法这一方面，与李明相比，笛福确有"发挥"，可这些发挥根本就不是接受了李明的"暗示"而作的"附和"性发挥，而显然是"带着具有浓厚修正性的怀疑态度"而申述的"自己的意见"，因为李明在《中国现状新志》中对中国一贯是"称赞的语调"，但笛福的作品中却充满了"对中国的'无情批判'"！

对于伊夫林（John Evelyn）写给范德·道斯（Vander Douse）的那封涉及欧洲新出版的关于中国的书籍的信，范存忠先生和钱钟书先生在论文中都谈到了。范先生只是摘引了这封信的一部分以证明"到了十七世纪后半期，就是没有到过中国的人同样可以谈论中国了"，[①]而钱先生则既介绍了这封信的部分相关内容，又介绍了威廉·布雷（William Bray）为此而添加的一个补充相关翻译与出版信息的脚注，并进而对布雷脚注中的信息进行了补充与澄清，对伊夫林列举中的错误进行了纠正，其学术态度之严谨于此可见一斑。

而如果将钱先生与方重先生、范存忠先生对于珀西－威尔金森版《好逑传》译者问题的处理进行一下比较，也许更能见出钱先生强烈的问题意识与怀疑精神和高度的分析能力与学术自信了。珀西－威尔金森版《好逑传》的原始译者究竟是谁？其翻译的情形究竟如何？这可以说是英国文学史上两个难解之谜。珀西（Percy）本人在出版前言里说："以下的译文发现自一位绅士的文件中的手稿（在该书第2版的'致读者'中，珀西披露该绅士名叫詹姆斯·威尔金森）。这位绅士是东印度公司的一个大股东，偶尔会在广东住一段

[①] 范存忠：《中国文化在启蒙时期的英国》，上海：上海外语教育出版社，1991年，第9页。

时间。他的亲属们认为,他曾经一度相当关注汉语,这部译作(或至少是它的一部分)是他在学习汉语时作为一种练习而翻译出来的。文中字行间到处写满了词句,说明这是一个学习者的习作。手稿多处看上去是先用石墨铅笔书写,然后用钢笔在上面涂改得更为正确的,这看起来应该是在一个汉语专家或者私人教师的指导下翻译出来的。故事写在4个薄薄的对开本或曰4卷中国纸上……前3卷是英文的,第4卷则是葡萄牙文的,笔迹与前面的不一样。本书编者现在已经把这一部分译成了我们自己的语言"。关于这个问题,在1931年发表于国立武汉大学《文哲季刊》第2卷上的《十八世纪的英国文学与中国》一文中,方重先生说,"关于这本小说的来源,浦塞(即Percy)道:有一个东印度公司的股东维尔金生(James Wilkinson)一向在广州贸易,想学中文,无意中拿起这本小说来翻译,没有译完,剩下四分之一,让另一人译成了葡萄牙文,这一部分是浦塞自己又从葡文译出的。"① 显然,这是直接摘要引用珀西的说法。在1939年商务印书馆出版的《英国诗文研究集》中方重先生这样介绍道,"珀西是从东印度公司在广州经商的一位商人威尔金森那里得到这本原著的。威氏为了学习中文,把该书的四分之三试译成英文,又请另外的人把剩下的四分之一译成葡萄牙文。珀西便亲自将葡萄牙文部分转译成英文",② 无疑,这是对珀西说法的忠实转述。范存忠先生在1931年的博士论文中并未涉及珀西-威尔金森版《好逑传》,但在1991年出版的《中国文化在启蒙时期的英国》中却谈到了这个问题。对珀西的说法,范先生持保留态度,半信半疑,因为"珀西对这些问题总是吞吞吐吐,含糊其辞,使人生疑",因此范先生认为,"《好逑传》到底是谁翻译的问题,如果没有新发现的材料,那是无法解决的……我们不知道译者是谁(英国人威尔金逊或一位葡萄牙人),但可以推知译者的汉语水平。"并根据珀西译本中的一些反映"译者在句读问题上仍有一定困难"的"误译"——有时两段合为一段,有时一句分为两句,有时问答语变为陈述语,有时陈述语变为问答语,以及多处"删

---

① 转引自方重《十八世纪的英国文学与中国》,包遵彭、吴相湘、李定一编纂,《中国近代史文论丛》(中西文化交流)第一辑第二册(第二版),台北:正中书局,1959年,第105页。

② 转引自方重《十八世纪的英国文学与中国》,《中国比较文学研究》1984年第1期。

削"——即碰到不易翻译的句语，干脆不译等现象，指出"译者的汉语程度极其有限——如果说得严格一些，那么，连基础知识还有问题"。[①] 而钱钟书先生则在尊重珀西说法的基础上比范先生走得更远，根据威尔金森当年在华之时根本就不可能有中国人直接教英国人学汉语这一外在的历史事实和译本中许多"老外特有的偏误"这些内在的文本证据而大胆地推断出，珀西在前言中提到的指导威尔金森进行翻译的"汉语专家或者私人教师"很可能不是以汉语为母语的中国人，而是将第四卷翻译成葡萄牙文的一位"葡萄牙朋友"，也就是说，从译文来看，威尔金森的汉语水平确实极其有限，而之所以如此，是因为指导他进行翻译的"汉语专家"并不是精通汉语的中国人，而很可能是会汉语而并不精通的葡萄牙人。

四

钱先生论文令人印象深刻的另一大特点是其研究态度非常客观冷静，既不因某些英国人对中国的高度赞美而沾沾自喜，也不因他们对中国的无端恶评和肆意歪曲而恼怒不已，更不盲从权威或轻易接受所谓定论，而总是通过对相关问题的具体、细致、全面而要言不烦的分析，力求发现被现象所掩盖的本质，因此往往能洞幽烛微，对很多问题有独到而深刻的认识。

例如，谈起语言学业余爱好者、知名建筑师约翰·韦布"那部令人惊奇的八开本的《历史论文——试探究中华帝国的语言为原初语言之可能性》(*An Historical Essay Endexvoring a Probability that the Language of the Empire of China is the Primitive Language*)"，惊叹于他全然不懂汉语却写出了"迄今为止英文中最好也是最富才智的"有关中国宗教、哲学、科学、艺术、伦理道德与风俗习惯、语言以及书法等的提要之余，钱先生仍能指出，"要说它有什么不妥的话，那就是它太过溢美"，"叙述带着充分的夸张与偏爱"。显然，作为一个游子对祖国文化的热爱并未丝毫遮蔽他作为一个学者回望中国时客观

---

① 范存忠：《中国文化在启蒙时期的英国》，上海：上海外语教育出版社，1991年，第149页。

审视的目光，因此对于韦布一类热爱中国的西方人眼中"东方乌托邦"式的中国形象的理想化色彩他才会如此明确地察觉。

谈起中国的无情批判者笛福，钱先生虽然语带调侃，却还是毫不吝啬地对他关于以往人们何以对中国称颂有加的分析给予"精妙"这一评价，并在笛福分析的两大原因——17世纪的作家们之所以对中国过分崇拜，部分是因为他们惊喜地发现中国比他们想象的要文明些，部分是因为他们倾向于想当然地估计中国人——之外进行了补充，即还有"距离给中国添加的魅力"，以使得"诊断"更为"完整"。显然，对于英国人在其中国形象建构过程中的优越感、猎奇心与居高临下性，他已经有了足够清醒的认识。

对于"对中国的热爱似乎已经达到了登峰造极的地步"的17世纪英国，他能看到当时很多人其实要么是满足于"为了例证的目的而略略提及中国"，要么是"出于地理学或者人类学的兴趣而收集事实"；他们佩服的是"中国人的勤勉与心灵手巧，但除此以外，中国人很少还有什么能获他们一句赞词"；"即便是曾把中国比作奥古斯都大帝治下的罗马而且想过把中国竞争激烈的考试制度引进英国的伯顿，总的来说对于中国也是漠不关心的"。而对于人们常说的"有一股中国热"的18世纪的英国，他能冷静地发现当时人们在生活中崇尚中国事物的风气之下其文献中却并未弥漫同样的狂热。他指出，"当英国人生活中对中国的爱好增强时，英国文献中的亲华主义却减弱了"，"18世纪的英国文献总体上对中国文化，尤其是对盛行的中国风（如果可以这么说的话）充满了恶评"。以上这些认识，尽管钱先生在文中只是点到为止，但我们只要稍加回味，便已不难听到它们在萨义德所谓的东方学的"修辞策略"和史景迁所谓的"西方一般民众对中国的认识，仍然带有殖民心态与说不清道不明的迷思"中的悠远回响。

然而，对于18世纪英国的另一层认识则更足以见出钱先生的识见不凡。钱先生认为，"如果说18世纪的英国人不像他们的17世纪前辈那么欣赏中国人，也不像他们同时代的法国人那么了解中国人的话，他们却比前两者都更懂得中国人。赫德曾认真地研究过中国戏剧，从而第一次把中国文学纳入了比较文学的范畴。约翰·布朗抓住了中国文学和音乐的本质特征，并试图从种族心理学方面来对它们进行解释。在汉语的研究方面，进步尤为明显……"这固然是冷静研究后实事求是地表述，但如果他不曾超越自我与他者、东方与西方的对立和不平等意识，是不可能对那些对中国缺乏"理解的同情"的18世纪英国人做出如此客观公允的评价的。不带种族偏见地追求知识和美，[①]这大概不仅是他所喜闻乐见的东西跨文化交往模式，也是他的认识如此独到而深刻的原因所在吧！

参考文献

[1] 利奇温著、朱杰勤译，《十八世纪中国与欧洲文化的接触》，北京：商务印书馆，1962年。

[2] 范存忠，《中国文化在启蒙时期的英国》，上海：上海外语教育出版社，1991年。

[3] 范存忠，《中国文化在英国》（英文版），南京：译林出版社，2015年。

[4] 包遵彭、吴相湘、李定一编纂，《中国近代史论丛》（中西文化交流）第一辑第二册（第二版），台湾：正中书局，1959年。

[5] 史景迁著、阮叔梅译，《大汗之国：西方眼中的中国》，桂林：广西师范大学，2013年。

[6] 萨义德著、王宇根译，《东方学》，北京：生活·读书·新知 三联书店，2007年。

[7] China in the English Literature of the Seventeenth and εighteenth Centuries, 钱钟书英文文集，北京：外语教学与研究出版社，2005年。

（作者单位：北京外国语大学中国语言文学学院）

---

① 钱钟书先生在论文结尾处用"不带种族偏见地追求着知识和美"一语评价20世纪初一些论及中国的英国作家。

基于"影响研究"的老子人道思想阐释研究概述

赵志刚

摘要：老子思想中蕴含的关于人的存在价值、人的行为准则、人与自然和社会的关系等层面的人道智慧成为西方人本主义发展的一个重要思想源泉。论文从老学西渐之初入手，沿着西方对老子人道思想接受的历史进程，深入挖掘西方人本主义哲学家和心理学家的道学体悟，尝试在他们的学术体系中寻找老子思想的痕迹。追溯老子思想和西方哲学、心理学的对话的历程，可以使我们在西方文明的烛照下更为深入地了解老子思想中长期被遮蔽的层面，有利于促进老子思想的当代话语转换，使其更好地为人类社会和世界文明的发展服务。

16、17世纪时，与西方传教士的"西学东渐"相伴而生的潮流之一就是"老学西渐"。随着《老子》在西方的译介和传播，关于老子思想的研究开始大量涌现。老子思想中蕴含的人道智慧被西方学者进行了深入挖掘，并在西方社会多个层面产生了深远影响。西方学术界从宗教、日常生活和人生智慧层面对老子思想的阐发为近现代西方人本主义和老子人道思想之间的对话奠定了基础。

一、老学西渐初始：从宗教比附到日常智慧

西方传教士对"老学西渐"功不可没，但他们最初只是将《道德经》与基督教比附。如法国传教士雷慕沙（Jean Pierre Abel Rémusat）将"道"翻

译为"逻各斯"(logos),马若瑟(Joseph Henri Marie de Prémare)将《道德经》中的"夷、希、微"解释为"耶和华"(Yahveh)。《道德经》进入英语世界后,相关研究承袭了传教士的传统。19世纪中期至20世纪20年代,西方对老子思想的研究停留在宗教层面上。如:艾约瑟(Joseph Edkins)[①]、湛约翰(John Chalmers)[②]、詹姆斯·克拉克(James Freeman Clarke)[③]、塞缪尔·约翰逊(Samuel Johnson)[④]、巴尔福(F.H. Balfour)[⑤]和英国东方学家翟林奈(Lionel Giles)[⑥]。法国著名汉学家康德谟(Maxime Kaltenmark)受这一时期老学研究的影响将"道"解释为:"超出人类理解范围的超现实体验(experience of trans-reality)和宇宙的起源"。[⑦]

从20世纪20年代开始,西方一些学者开始梳理老子对西方人文思潮产生的影响。有学者认为老子的道家思想为西方人文思潮的兴起和发展带来了启发意义,如洛夫乔伊(A.O.Lovejoy)[⑧]、苏利文(M. Sullivan)[⑨]论述了西方浪漫主义运动和道家思想之间存在的紧密的关联(affinity);茱莉亚·哈迪(Julia Hardy, 1998)[⑩]认为亚瑟·韦利的译本 The Way and Its Power(1934)标志着

---

① 【基金项目】:本文系2015年教育部青年基金项目"基于'文化语境'的老子思想研究"(项目编号:15YJC751064)阶段性研究成果。

　Joseph Edkins, "Tauism", *Pamphlets of Chinese Missionaries*, presented at conference held at The School of Oriental and African Studies,London, 1855.

② John Chalmers. *The Speculations on Metaphysics, Polity, and Morality of "The Old Philosopher" Lau-Tsze,* (London: Trübner & Co,1868).

③ James Freeman Clarke. *Ten Great Religions* (Boston: James R.Osgood, 1871).

④ Samuel Johnson,*Oriental Religions and Their Relation to Universal Religion: China*, (Boston: Houghton Mifflin,1877).

⑤ Frederic Henry Balfour, *Taoist Texts: Ethical, Political, and Speculative* (London and Shanghai: Trübner, 1881).

⑥ L. Giles (trans.), *The Sayings of Lao Tzu* (London: John Murray, 1906).

⑦ Maxime Kaltenmark,*Lao Tzu and Taoism* (Stanford, CA: Stanford University Press, 1969),p. 38.

⑧ Arthur Oncken Lovejoy,*Essays in the History of Idea* (Baltimore, MD: Johns Hopkins University Press, 1948).

⑨ Michael Sullivan, *The Meeting of Eastern and Western Art* (Berkeley, CA: University of California Press, 1989), pp. 108—113.

⑩ Julia M. Hardy, "Influential Western Interpretations of the Tao-te-ching", in L. Kohn and M.LaFargue (eds.), *Lao-tzu and Tao-te-ching*(Albany, NY: State University of New York Press, 1998), p. 166.

西方开始广泛地将《老子》当作一种日常生活的智慧和生活方式来看待了。陈荣捷（Chan Wing-Tsit）[①]也认为《老子》的主要目的就是培养人们的美德和生活的方式。Derek Lin 更是将道家哲学与西方文化结合起来，出版了一系列的书，将道家智慧应用到了日常生活，如 *The Tao of Daily Life*（2007），*The Tao of Success*（2010），*The Tao of Joy Every Day: 365 Days of Tao Living*（2011）。C.珍妮（Catherine Jenni，1999）[②]则根据《道德经》得出结论，认为中国人可能是最早的存在主义者。而另一方面，一些学者如阿兰·瓦兹（Alan Watts）[③]则认为"二战"后东方的禅宗和道家思想渗透到西方人的意识之中，对本土的精神传统构成威胁。

二、西方对老子思想中人生智慧的观照

在宗教哲学研究的基础上，一些西方学者开始关注老子思想中蕴含的关于人生的智慧，研究成果主要集中在：人性与个人价值、人的行为准则、人与自然的关系、人与社会四个层面。

（一）关于老子思想中的人性与个人价值研究

西方学者关于老子人道思想的研究大多是"西方中心论"的，即用西方的术语来解读老子，如"自我意识"（史华慈，Schwartz）[④]、"主观性"（葛瑞汉 Graham）[⑤]等。塞缪尔·约翰逊把老子称作"中国的新教徒"（Chinese nonconformist），认为老子"精神简约"（spiritual simplicity）的伦理主张既不是禁

[①] Wing-tsit Chan, *A Sourcebook in Chinese Philosophy* (Princeton: Princeton University Press, 1963), p.11.

[②] Jenni Catherine, "Psychologists in China: National Transformation and Humanistic Psychology", *Journal of Humanistic Psychology*, Vol. 39, No. 2 (Spring, 1999), pp. 35—36.

[③] Alan Watts, *Psychotherapy East and West* (Harmondsworth: Penguin, 1973).

[④] Benjamin Schwartz, *The World of Thought in Ancient China* (Cambridge: Bellknap Press, 1985), pp.197—198.

[⑤] A.C. Graham, *Disputers of the Tao: Philosophical Argumentation in Ancient China* (LaSalle: Open Court, 1989), p. 95.

欲的（ascetic），也不鄙视肉体。他认为老子主张"人的价值"在于对人类的爱和服务，生活的自然简单，不干扰他人的自由。（1877:862—872）诺斯罗普（Northrop）[1]比较了东西方关于人性理解的异同，指出道家追求的是对人类的普遍的同情心，是对一己私欲的超越；简·吉妮（Jane Geaney）[2]则从认识论的视角指出"老子主张的是自我节制（moderation）"。他认为老子主张限制感官的过度享受（prohibiting sensory excess）以达到在自我节制中无限发展满足感的目的。

（二）关于老子思想中人与自然关系的研究

西方学者对《道德经》中老子关于人和自然之间关系的论述进行了深入挖掘。阿奇·巴姆（Archie J. Bahm）[3]将《道德经》中的老子思想视为一种生态智慧；柯培德（J.B. Callicott）和安乐哲（R.T. Ames）在 1989 年编著的《亚洲思想传统中的"自然"：环境哲学论文集》[4]一书讨论了老子思想中的"自然观"以及"人和自然"间的关系。

20 世纪 70 年代的女性主义运动促使一些学者挖掘出老子思想中与女性主义主张相一致的元素，并对其进行了一种富有建设性的后现代主义的阐释：如苏珊·格里芬（Susan Griffin）[5]、李约瑟（Needham）[6]等学者认为女性主义分子看到了人类对大自然的征服与对男性、对女性的征服的相似之处，强调人类对自然界即刻的、感官上的欣赏是与道家哲学不谋而合的。但也有学者对

---

[1] Filmer Stuart Cuckow Northrop, *The Meeting of East and West: An Inquiry Concernin World Understanding* (New York: Macmillan, 1946).

[2] Jane Geaney, *On the Epistemology of the Senses in Early Chinese Thought* (Honolulu: University of Hawaii Press, 2002), p.153.

[3] Archie J. Bahm, *Tao Teh King: Interpreted as Nature and Intelligence* (New York: FrederickUngar, 1958).

[4] J.B.Callicott and R.T.Ames(eds.), *Nature in Asian Traditions of Thought: Essays in Environmental Philosophy* (Albany, NY: State University of New York Press, 1989).

[5] Susan Griffin, *Women and Nature* (New York: Harper & Row, 1978).

[6] Joseph Needham, *Three Masks of Tao: A Chinese Corrective for Maleness, Monarchy, and Militarism in Theology* (London: The Teilhard Centre for the Future of Man, 1979).

此持有异议：Alison H. Black[1]、顾立雅(Herrlee Glessner Creel)[2]等学者认为《老子》文本中所使用的女性修辞只是一种语言策略，目的是为老子的政治主张服务的。克莱因贾斯(E. Kleinjaus)[3]和安乐哲[4]也认为老子并非主张用女性为中心的一套价值观来代替普遍的男性价值观，而是追求一种个人或政治上的理想，以一种平衡、和谐的方式来协调对立面的紧张关系。

丹尼尔·里德(DanielReid)[5]则将老子思想上升到生态理念的高度，认为老子学说主张的不仅仅是如何处理男女之间的和谐关系、促进身体健康，更为重要的是将其当作一种精神觉醒的工具，人应与自然之道保持和谐一致。穆雷·布克钦（ Murray Bookchin ）[6]的著作认为道家哲学主张的是"生物中心一元论"（ biocentric monism ），正如现代深层生态学一样，将人类降到"万物中的一种生命形式"。彼得·马歇尔（ Peter Marshall ）[7]认为老子思想为真正的生态社会提供了哲学基础，是一种解决人与自然之间矛盾的方式。

还有一些学者（如 Robinet)认为老子的"自然论"是对个人价值的否定，其真正关注的是"人类生存的整体"，"而不是社会。"[8]如同女性主义者在深层生态学（ Deep Ecology ）中的评论那样，道家一方面主张对大自然抽象的甚至是深奥难懂的爱，一方面将那种通过人际关系培养的爱的重要性大大降低。它追求的是更为伟大的宇宙的整体，而否定个体的价值（ obliterating the value

---

[1] Alison H. Black, "Gender and Cosmology in Chinese Correlative Thinking", in C.Bynum, S. Harrelland P. Richman (eds.) , *Gender and Religion: On the Complexity of Symbols* (Boston: Beacon, 1986).

[2] H.G. Creel, *What Is Taoism? and Other Studies in Chinese Cultural History* (Chicago: University of Chicago Press, 1970).

[3] E. Kleinjaus, "The Tao of Women and Men: Chinese Philosophy and the Women's Movement", *Journal of Chinese Philosophy*, Vol. 17, No. 1(1990), pp. 99—127.

[4] R.T.Ames, "Taoism and the Androgynous Ideal", *Historical Reflections*, Vol. 8, No.3(1981), p.33.

[5] DanielReid, *TheTao of Health, Sex, and Longevity: A Modern Practical Approach to the AncientWay* (London: Simon & Schuster, 1989).

[6] M.Bookchin, *Remaking Society* (Montreal: Black Rose, 1989),p. 12.

[7] Peter Marshall, *Nature's Web: An Exploration of Ecological Thinking* (London: Simon & Schuster, 1992),p. 23.

[8] I.Robinet, "Later Commentaries: Textual Polysemy and Syncretistic Interpretations", in L. Kohn, and M. LaFargue(eds.)*Lao-tzu and Tao-te-ching* (Albany, NY: State University of New YorkPress, 1998), p. 20.

of the individual）。[1] 生态女性主义被老子思想中"关系性自我意识"（relational sense of the self）所吸引，如澳大利亚生态哲学家西尔万（R.Sylvan）和贝内特（D.Bennett）[2] 合著的《道家和深层生态学》将老子的生态智慧与现代生态学理论有机地结合在一起。皮文睿（R.P.Peerenboom）[3] 则尝试通过对自然主义的颠覆来重建道家的环境伦理。

（三）关于老子思想中的人与社会关系的研究

早在 1868 年，湛约翰（J. Chalmers）[4] 就探讨了老子哲学中的政治思想，之后很长时间老子思想中的政治层面鲜有论述。直到 20 世纪 80 年代，一些学者开始将老子思想与无政府主义联系起来，如郝大维（D.L. Hall）[5]、史华慈（Benjamin Schwartz）[6] 等。自老子传播至西方，无政府主义者就声称老子是他们中的一员。有学者如葛瑞汉（Graham）指出，《道德经》是最伟大的无政府主义经典之一。[7] 布朗文·芬尼根（Bronwyn Finnigan）[8] 以行为的"意向性"为理论依据，将佛教唯识宗的"无为"与老子和儒家的无为进行了比较。埃里克·古德菲尔德（Eric Goodfield）[9] 将老子思想中的"无为"与西方启蒙时期的政治理念进行了对比，认为老子的"无为"是一种人道精神（Humanism），而启蒙思想中的"无为"则是"反人性的"（Anti-Humanism）。

---

[1] V. Plumwood, *Feminism and the Mastery of Nature* (London: Routledge, 1993), p. 177.

[2] R. Sylvan and D. Bennett, "Taoism and Deep Ecology", *The Ecologist*, Vol. 18, Nos. 4/5 (1988),pp. 4—5.

[3] R.P.Peerenboom, "Beyond Naturalism: A Reconstruction of Daoist Environmental Ethics", *Environmental Ethics*, Vol. 13, No. 1(1991).

[4] J.Chalmers, *The Speculations on Metaphysics, Polity, and Morality of "The Old Philosopher" Lau-Tsze (*London: Trübner & Co.1868)

[5] D.L. Hall, *Eros and Irony: A Prelude to Philosophical Anarchism* (Albany, NY: State University of New York Press,1982).

[6] Benjamin Schwartz, *The World of Thought in Ancient China* (Cambridge: Bellknap Press, 1985),pp. 197—198.

[7] A.C.Graham, *Disputers of the Tao: Philosophical Argumentation in Ancient China* (LaSalle: Open Court,1989)，p. 299.

[8] Finnigan Bronwyn, "How Can a Buddha Come to Act? The Possibility of a Buddhist Account of Ethical Agency", *Philosophy East and West*, Vol. 61, No. 1(Jan.,2011), pp. 134—160.

[9] Eric Goodfield, "Wu Wei East and West: Humanism and Anti-Humanism in Daoist and Enlightenment Political Thought", *Theoria*, Vol. 58, No. 126 (Mar., 2011), pp. 56—72.

马克·伯克森（Mark Berkson）[1]认为道家的圣人是身在尘世，但不属于尘世（in the world, but not of it），他智慧从容地生活于世，而不是逃避现实。同样地，内维尔（R.C. Neville）[2]和汉森（C.Hansen）[3]认为，与标准的观点相反，道家并非主张向原始的、前文明的状态转变，而是在文明的生活之内发现原始性（primitiveness），这未必就是主张逃离社会，而是对习俗采取更为怀疑的态度、对根深蒂固的剥削价值观进行的颠覆。内维尔（2008）对老子思想进行的社会伦理学维度的解读非常具有代表性。在其著作《仪式与差异：比较语境中的中国哲学》（2008）[4]一书中的第四章，专门介绍了道家伦理及其与儒家伦理的差异，强调尽管人们往往认为形而上学（metaphysics）是儒家的一个"分论点"（subtheme），但是道家（philosophical Daoism）关于自然和其主要特征的看法是伦理学直接的重要来源。

三、老子人道思想与西方人本主义的对话

老子思想和西方人本主义哲学家和心理学家之间的学理渊源成为西方学术界关注的一个焦点：帕克斯（Parkes, 1987）[5]编著的《海德格尔和亚洲思想》一书，其中收录了斯坦博（Stambaugh）的"海德格尔、道家和形而上学"（*Heidegger, Taoism, and the Question of Metaphysics*）和柏格乐（Pöggeler）的"东西方之间的对话：海德格尔和老子"（*West-East Dialogue: Heidegger and Lao-tzu*）两篇文章，主要探讨了海德格尔晚年思想受老子思想影响的情况。

---

[1] M. Berkson, "Language: The Guest of Reality – Zhuangzi and Derrida on Language, Reality, and Skillfulness", in Kjellberg and Ivanhoe(eds.), *Essays on Skepticism, Relativism, and Ethics in the Zhuangzi* (Albany: State University of New York Press,1996),p.119.

[2] R.C.Neville, "The Chinese Case in a Philosophy of World Religions", in Allinson (ed.), *Understanding the Chinese Mind: The Philosophical Roots* (Hong Kong: Oxford University Press, 1989),p.63,p.70.

[3] C. Hansen, *A Daoist Theory of Chinese Thought* (New York: Oxford University Press,1992),pp. 211—214.

[4] R.C.Neville, *Ritual and Deference: Extending Chinese Philosophy in a Comparative Context* (Albany: State University of New York Press, 2008).

[5] G. Parkes(ed.) , *Heidegger and Asian Thought* (Honolulu: University of Hawaii Press, 1987).

陈永哲（Wing-Cheuk Chan）[1]将海德格尔的四重奏理念追溯至《老子》第25章中的"四大"概念，指出海德格尔的"天、地、神、人（mortals）"四重奏体现出与老子"域中四大"观念之间的关联。王蓉蓉（R.R. Wang）[2]探讨了如何将中国哲学带入全球话语中，其中刊载了张祥龙的论文：《海德格尔的语言观和老庄的道论语言观》。西方学者对老子和其他人本主义哲学家和心理学家之间的关系研究还包括：马琳（Lin M.）[3]在比较了列维纳斯和老子的思想之后，得出结论说：如果没有向我们习惯上称之为非西方哲学寻求帮助的话，西方哲学很难前行。金英昆（Young Kun Kim）[4]讨论了黑格尔对老子思想的评价和老子思想对黑格尔的影响。琼斯（R.H.Jones，1979）[5]则深入分析了分析心理学家荣格与道家思想之间的关联。伊爱连（Irene Eber，1994）[6]追溯了道家思想对马丁·布伯的影响。黎岳庭（Yueh-Ting Lee，2003）[7]探讨了老子对人本主义心理学家马斯洛的影响。

西方人本主义哲学强调人的价值和主体性意义，但是过于强调人的主观能动性，因而造成人与自然的分离。而老子思想则是在传统"天人合一"的思想基础上，建立了一套"人法地、地法天、天法道、道法自然"的道论体系，为西方近现代人本主义哲学思想的发展提供了一个"他者"的视角。总而言之，随着时代的变迁，在叔本华（Arthur Schopenhauer，1788—1860）、黑格尔（Georg Wilhelm Friedrich Hegel，1770—1831）、尼采（Friedrich Wilhelm Nietzsche，1844—1900）、和海德格尔（Martin Heidegger，1889—

---

[1] Wing-Cheuk Chan, "Phenomenology of Technology: East and West", *Journal of Chinese Philosophy*, Vol. 30, No. 1(2003), pp.1—18.

[2] R.Robin Wang, *Chinese Philosophy in an Era of Globalization* (Albany, NY:State University of New York Press,2004),pp.195—214.

[3] Lin M. "Levinas and the *Daodejing* on the Feminine: Intercultural Reflections",*Journal of Chinese Philosophy*, Vol. 39, No. 1 (2012), p.152.

[4] Young Kun Kim, "Hegel's Criticism of Chinese Philosophy", *Philosophy East and West*, Vol. 28, No. 2(Apr., 1978).

[5] R.H. Jones, "Jung and Eastern Religious Traditions", *Religion*, Vol. 9, No. 2(1979).

[6] I.Eber, "Martin Buber and Taoism", *Monumenta Serica*, Vol. 42 (1994).

[7] Yueh-Ting Lee, "Daoistic Humanism in Ancient China: Broadening Personality and Counseling Theories in the 21st Century", *Journal of Humanistic Psychology,*Vol. 43, No. 1(2003),pp. 64-85.

1976）之后，西方对东方的兴趣渐浓，很多西方的思想家从老子思想的光辉中意识到东方对伦理、政治的强调在哲学理论和实用性上都意义重大。[1]

国内学者关于老子人道思想对西方人本主义的影响研究成果丰硕。北辰（1997）[2]介绍了老子思想的欧洲的研究情况，简要评述了法国、德国、英国、荷兰等欧洲主要国家对老子的接受情况。徐复观（2001）分析了西方转向东方的原因，他认为：希腊哲学发展到斯多葛学派（stoicism）时，将以"知识为主"的哲学传统转变为以"人生、道德为主"的哲学，人生价值成为关注的焦点。而"欧洲文艺复兴运动通过古希腊文化重新发现了人和自然，然而却不幸地走上了人与自然分离的道路。正是这种分离导致了当代科学文明的危机。正是在这一危机中，骄傲的西方人才开始回过头来注视几个世纪来被遗忘的、主张人与自然和谐的东方文化"[3]。朱谦之（2005）的《中国哲学对欧洲的影响》认为欧洲的18世纪是"反宗教"的理性时代，"理性的有些观念是从中国来的"。[4]卢梭（Jean-Jacques Rousseau，1712—1778）"复归自然"的思想来自老子的影响（狄德罗通过日本书籍了解了老子思想，将其翻译为Rossi，而卢梭是狄德罗的好友，两人交往密切）。

老子对德国哲学家的影响是国内学者研究的重镇。班秀萍（1991）[5]讨论了海德格尔对"物之为物"和"天、地、神、人"的思考与老子人道思想的关系。张祥龙是研究海德格尔哲学的专家，他对海德格尔和老子思想之间的对话进行了长期的研究。张祥龙1997年出版的《海德格尔思想与中国天道》以及1998年出版的《海德格尔传》介绍了海德格尔的生平，及他的主要著作与哲学思想的形成过程，对他的一生及其思想作了客观的阐释，特别对他接受

---

[1] Kile Jones, "The Philosophy of the *Daodejing*", *The International Journal of the Asian Philosophical Association*, Vol. 1, No.1,(Jan., 2008),p. 35.

[2] 北辰：《〈老子〉在欧洲》，《宗教学研究》1997年第4期，第102—106页．

[3] 徐复观：《中国人性论史·先秦篇》，上海：上海三联书店，2001年，第1页．

[4] 朱谦之：《中国哲学对欧洲的影响》，上海：上海人民出版社，2005年，第194页．

[5] 班秀萍：《人与世界一体——海德格尔与老子哲学比较之一》，《内蒙古大学学报（哲学社会科学版）》1991年第3期，第45—46页．

中国老子思想的文字很有历史意义。张祥龙（2005）[1]撰文介绍了《海德格尔全集》第75卷中海德格尔引用《老子》第十一章来阐释荷尔德林的诗作的资料，是老子对海德格尔影响的又一力作。谭渊（2011）[2]在论文中考察了《老子》在德国汉学界的四个代表性译本（1870年施特劳斯译本、卫礼贤的《老子》德译本、德博《道德经——道路与美德的神圣之书》、施瓦茨1970年推出的代表东德汉学成就的译本《道德经》），认为老子在德国长期被神圣化，直至20世纪老子作为伟大哲学家和东方智慧典范的地位才在德国得到了普遍承认。

近现代中国的老学研究深受西方思潮的影响。如古史辨派[3]、张岱年（1982:20）[4]、劳思光（1993:252）[5]、徐复观（1988:329）[6]、高亨（1988:1—2）[7]等。他们将西方哲学当作唯一的哲学标准，认为中国哲学只有在西方哲学的框架中才有意义。

同时，深受西方文化和治学理路影响的一些中国学者开始对中外的老学研究持怀疑和批判态度，如叶舒宪（2005）[8]的老学研究很显然受到西方语言学和人类文化学的影响，在其《道家伦理与后现代精神》一文中，叶舒宪批评了马克思·韦伯将思想史和社会史命题进行倒置的做法，指出：道家智慧与资本主义和现代化本来是格格不入、背道而驰的。李美燕的论文《李约瑟与史华慈眼中的老子"自然"观》（2006）[9]从两人的学术立场、意识形态和研究方法进行了比较，指出李约瑟以先入为主的西方文化的本位立场对道家思

---

[1] 张祥龙：《海德格尔论老子与荷尔德林的思想独特性——对一份新发表文献的分析》，《中国社会科学》2005年第2期，第69—83页。
[2] 谭渊：《〈老子〉译介与老子形象在德国的变迁》，《德国研究》2011年第2期，第62—68页．
[3] 罗根泽编：《古史辨（第四册、第六册）》，上海：上海古籍出版社，1982年。
[4] 张岱年：《中国哲学史史料学》，上海：三联书店，1982年。
[5] 劳思光：《中国文化路向问题的新检讨》，台北：东大图书股份有限公司，1993年。
[6] 徐复观：《儒家政治思想与民主自由人权》，台北：台湾学生书局，1988年。
[7] 高亨：《老子正诂》，北京：中国书店，1988年。
[8] 叶舒宪：《老子与神话》，西安：陕西人民出版社，2005年，第39—40页。
[9] 李美燕：《李约瑟与史华慈眼中的老子"自然"观》，载许纪霖宋宏编：《史华慈论中国》．北京：新星出版社，2006年，第390—399页。

想进行了诠释，而史华慈虽然想避免李约瑟的错误，也积极寻找老子自然观和西方哲学的汇通之处，认为中国思想中不存在化约主义的倾向。但他们缺乏对中国思想进路的整体把握。

老子人道思想与西方人本主义心理学之间的关系也是国内学者关注的重点。高岚，李群（1999）[①]介绍了第一届分析心理学与中国文化国际研讨会的成果，特别是中西方学者对分析心理学家荣格和老子思想之间关系的研究，提到了国际分析心理学会（IAAP）主席Luigi Zoja、美国德州大学David Rosen、美国加州东西方整合学院院长Leland van den Daele、中国学者申荷永等中外专家对老子思想在西方心理学领域产生的影响进行了深入的对话和交流，中外在本领域的研究开始进入一个东西方主动"整合"的新阶段。"Geoff Blowers总结了分析心理学在中国的传入及发展，有关的翻译与研究，比较了分析心理学与经典精神分析的发展，并且对分析心理学在中国的未来发展做出了展望。"（高岚、李群，1999：36）张汝伦（2015）[②]从跨文化对话的角度讨论了马丁·布伯和海德格尔与老子思想之间的关系。

另外，一部分学者在东西方双向对话的基础上，将当代老学研究推向了一个新高度，即当代新道家的理论构想为老学在全球化语境下的研究提供了新的视角，是对老子思想现代话语转换的大胆尝试。如董光璧（1991）[③]、赖锡三（2004）[④]等。

余 论

根据以上论述，我们认为本领域还有可进一步挖掘的空间，主要有如下

[①] 高岚、李群：《分析心理学与中国文化——记第一届分析心理学与中国文化国际研讨会》，《学术研究》1999年第2期。

[②] 张汝伦：《德国哲学家与中国哲学》，《复旦学报（社会科学版）》2015年第2期，第48—54页。

[③] 董光璧：《当代新道家》，北京：华夏出版社，1991年。

[④] 赖锡三：《神话、〈老子〉、〈庄子〉之"同""异"研究——朝向"当代新道家"的可能性》，《台大文史哲学报》2004年第61期，第139—178页。

几点：

第一，西方学者大多关注的是老子思想在西方的译介和影响，而忽视了文本在异质文明间传播过程中，由不同的文化场域所引起的"变形"或"变异"。也就是说，当研究者所依据的《老子》译本将"道"阐释为"reason"、"principle"、"rules"、"entity"、"Providence"、"Gate"（如谢林）等概念时，他们所理解的老子思想事实上已经发生了变化。而这一点是与阐释者当时的"文化语境"相关。因此，本领域的研究亟须"文化语境"和"文本变异学"等相关理论的介入，以开拓跨文化文本阐释和影响研究的新视域。

第二，国内外很多学者的论文往往围绕某一位西方人本主义哲学家或心理学家进行研究，缺乏对人本主义思潮的整体观照。因此，我们有必要以西方人本主义思想为主线，钩沉老子思想与人本主义思想对话的历程，从而进一步发现老子思想为世界文明发展做出的贡献。

第三，当前研究缺乏回返影响研究。中外学者大多关注老子人道思想在西方的行旅，而忽视了老学西渐（和老学西鉴）对中国相关领域产生的回返影响。因此，我们认为，国内老学研究者应坚持"放眼全球，立足中国"的研究原则，既要关注老子人道思想对西方人本主义的影响研究，也要关注"回返影响"。我们认为在文化全球化的今天，对老子人道思想的影响和回返影响研究有利于进一步促进中外老学研究的发展，同时也有利于当代新道家的话语和理论建构，从而让古老的道家智慧为中国和世界的可持续发展带来新的启迪。

（作者单位：燕山大学外国语学院）

老挝女性服饰筒裙的文化内涵与功能研究

李小元

摘要：本文从筒裙制作、筒裙纹饰造型、筒裙的功能等方面分析了老挝女性服饰筒裙所蕴含的文化内涵。与筒裙制作相关的谚语反映出长辈对晚辈的谆谆教诲，体现出古代老挝人的信仰。筒裙纹饰最具代表性的是那伽纹、象狮纹和蛙人纹，以老挝筒裙纹饰造型中隐含着深层次文化内涵。由于筒裙具有深厚的文化内涵，不仅是一种女性传统服饰，也长期运用在老挝社会的许多方面。

林耀华说："精神文化同物质文化一样，是民族文化的一个重要方面。作为观念形态的精神文化是客观世界的反映。一个民族的精神文化的形式和内容取决于一个民族的社会、经济和生活方式，同时，民族的精神文化又反过来对民族的社会、经济的发展施以影响和作用。"[①] 老挝女性服饰筒裙在材料、制作工艺、染色程序、图案设计、使用禁忌等方面都具有自身的特色，体现了该地区的生活习惯和文化传统。同时，筒裙也是重要的生活用品和珍贵的文化遗产，不仅在日常生活中作为遮羞、御寒和装饰物品，也在传统节日和宗教仪式中发挥着重要作用。

---

① * 林耀华：《民族学通论》，北京：中央民族大学出版社，1997年，第433页。

一、筒裙制作中体现的文化内涵

一般来说，老挝女孩年满 10 岁就开始坐织凳学习织布，在这期间，会有妈妈、奶奶、外婆等人悉心调教。这种教育没有教科书，仅限于口头传授。她们就这样不断积累经验，并代代相传，从而使筒裙纺织成为家庭乃至民族的珍贵遗产。在古代，每个村庄甚至每个家庭都有自己独特的花纹和色彩，人们像守护家庭财产一样严防技术外泄。然而，随着历史发展以及自然条件的影响，迁徙活动愈来愈频繁，当人们从家乡迁徙到别的地方，或者外乡人迁徙到自己的村庄时，筒裙纺织技术都不可避免地相互影响，不断融合。尽管如此，关于筒裙的制作，老挝民间留下了很多传说、诗歌和格言，体现了老挝筒裙制作中的文化内涵。

（一）"织布、织龙"

根据龙的不同特征，龙在老挝语中有很多种说法，其中最常见的是那伽和厄，而那伽和厄的图案在所有筒裙图案中也是首屈一指的。这种动物虽然产生于人们的想象，并不存在于现实生活中，但是如前文所言，因为佬傣语族人们把龙视为民族的祖先，对其充满了敬畏，所以心灵手巧的女性们容易从中得到灵感，并把这种纹样运用在筒裙上，而且数量相当可观。久而久之，当人们提起织布时，通常会顺口说"织布织龙"。

（二）落织机成狗熊

这是佬傣语族人耳熟能详的一句谚语。每当善良的母亲告诫自己年幼的孩子不要淘气，不要打扰姑娘们织布时，常常会说这句话。一般来说，小孩看到姑娘们张开织机，觉得很有趣，总想爬上去玩耍。这样就容易从织机上掉下来摔伤，有时候还会扯断棉线。因此，母亲喜欢跟孩子说：谁要是从织机上摔下来，就会变成毛茸茸的狗熊，就要远离爸爸妈妈，住到遥远的森林里去。另外，这句谚语也常用来教诲年轻的织布姑娘，让她们认真织布，不要偷懒。因为有时候姑娘们织布织得厌倦了，或者累了困了，喜欢歪倒在织凳上睡觉，如果不小心睡着了，很容易摔下来。

（三）梭子撞着头，姑娘嫁不出

这句谚语的用意在于不让旁人打扰姑娘们织布。不过，现代的年轻人已很少有听过的了。通常织布姑娘都很谦虚隐忍，即使有人打扰自己织布，心里不满，也不会轻易表现出来。有了这句谚语，旁人就不敢轻易靠近织机了。因为按照老辈的说法，姑娘被织梭碰着了头，就嫁不出去；小伙子被织梭碰着了头，就娶不到妻子。有些小伙子对织布姑娘心生爱意，也不敢随意打扰，虽然有些人可能不信，但谁也不知道织梭什么时候会不小心碰到自己头上。

（四）背对织机，浪费了棉线

这句谚语是为了促进织布姑娘辛勤劳动。意思是说，要面对着织机，也就是说，要勤劳织布，不要背对着织机光想着跟别人聊天，那样的话，无论如何都织不完一匹布。

（五）过夜接线，鬼怪掀机

每次接经线的时候，姑娘们总是特别认真，希望在天黑前完成。因为据说如果晚上没把经线接好，就会有鬼怪来捣乱，这些鬼怪们会故意扯乱经线，这样第二天姑娘们就没法继续织布了。不过如果因为种种原因确实没法当晚接好经线的话，也有个方法可以解决，那就是在织机上叠放一把刀和一个筲寻，这样鬼怪就会害怕，从而不敢来捣乱了。

这是与筒裙制作密切相关的一些谚语，反映了长辈对晚辈的谆谆教诲，也体现出古代老挝人的信仰。人们将筒裙制作与民俗和信仰融合在一起，成为传统文化的重要组成部分。

二、筒裙纹饰造型中体现的文化内涵

老挝筒裙上的纹饰造型，除了自然界给予女性们的灵感以外，还有很多以想象中的灵兽为题材。这些灵兽多源自传说或经典,不仅是精美的造型艺术,也是民众的心理需求和精神寄托的真实反映,是老挝历史文化发展的忠实记录者。以下以几种最具代表性的花纹为例。

(一)水中具有神力的灵兽:那伽

老挝学者坎培认为,那伽图案是根据鬼神信仰系统创造出来的图案,由于天神和人类需要沟通,天神骑神马降到人间,人类沿着巨藤爬上天庭,随后天神则坐着那伽返回。同时,据坎培的统计,老挝纺织物上的那伽图案达96种,分为双头那伽图案、整条那伽图案和那伽图案群三大类。[①] 具体而言,大致可以分为以下几种造型:

1. V形,即那伽头相向而视,或者朝向两个不同的方向,尾部连接在一起,构成一个半封闭形状。两侧的那伽头可以是一个,也可以是两个或多个。

2. S形,即双头异向,身尾重叠,即两头那伽的头分别朝向两个不同的方向,共用一个身子和尾巴。这是老挝女性筒裙中最常用的图案之一。

3. 菱形,这种形式又分为两种情况,一种是两条那伽的身体部分交叉为菱形,头部和尾部分开;一种是菱形内侧有多个那伽的头,统一朝向菱形中心位置。这种多头那伽团簇的图案,常见于覆盖家中贵重财产的器具的织物上,比如:金、银及祖传宝物等。这种创意可能来自寺庙中群龙守护大殿的景象。根据古代老挝人的信仰,那伽是财富的守护神,有金银财宝的地方,必有那伽看护。[②] 此外,该图案织物也用来覆盖装殓骸骨的坛子口。

4. Z字形多头状,即在一个Z字形的线条上,出现多个那伽头。据不完全统计,多头又包括3头、5头、7头、9头那伽。

在老挝的佛塔上,通往塔尖的阶梯两侧的栏杆就是巨型那伽形状,那伽头朝下,守卫着寺庙大殿。老挝人认为那伽是自己的祖先神,所以喜欢把那伽图案刺于手臂上。他们还认为那伽是一切财富之神,是雨水之神、保护之神,能给人们带来幸福安康。所以,新生儿必须用有那伽看守的井水沐浴,

---

① [老挝]坎普·蓬勒萨:布艺上的那伽纹——老挝特色之一,老挝国立大学,2010年,第41页。
② [老挝]坎普·蓬勒萨:布艺上的那伽纹——老挝特色之一,老挝国立大学,2010年,第58页。

才能得到那伽的保护，一生平安健康；刚入佛门的弟子须先进行"那伽剃度仪式"，以表示自己向佛的虔诚；人死后，须在棺材面上刻上那伽图案；建房用地须进行严格的挑选，以防止堵住那伽洞穴。①

老挝人把那伽奉为民族的祖先，民间流传着一个叫作《九龙》②的神话，说的是古时候有一个居住在湄公河畔的部落，部落中的一个妇人有九个儿子。在生第九个儿子之前，她去湄公河捕鱼，被一根布满粗糙鳞片的原木触碰了大腿，不久以后就怀孕生下了第九个儿子，起名"九龙"。九龙生下来就会走路，一天随母亲去河边捕鱼时被一条蛟龙舔其后背，此后聪明过人，力大无比。于是，人们拥戴他为这个部落的首领。从此，这个部落世代繁衍生息，成为哀牢族，他们将九龙奉为民族的祖先。

老挝关于赛龙舟的来历也与那伽有关。相传，万象城的建城者帕耶布里珍在农珍湖安放鱼笱捕鱼。一天早晨，当他巡查鱼笱时，发现那伽王的儿子被鱼笱困住。想到那迦王常常偷吃人们鱼笱中的鱼，布里珍把它带回家准备杀掉。可是那伽王子向他求饶，承诺将不忘放生恩德，将来一旦当地出现灾难，它将竭力相助。布里珍听后心生恻隐之情，于是放归了那伽王子。后来，布里珍的领地孟占巴桑索发生灾难时，果然得到了那伽王子的援救。因此，为了祭祀那伽王，人们每年举行龙舟比赛，同时祈求那伽禁雨放晴，让稻谷完全成熟，便于收割。③

在老挝，男子必须出家修行以后，才会被视为成熟的人，否则将被称为"生人"。出家仪式的第一个步骤是"那伽剃度仪式"。在这个仪式上，出家男子被装扮成那伽的模样，即在腰间挂上化缘钵，并用白色长布将钵包裹成那伽头的样子，然后接受法师的洗礼。仪式上，他们会进行以下对话：

法师：玛奴索斯，你真的是人类吗？

男子：阿玛盘地，法师啊，我是人类。

法师：布立索斯，你是守规矩之人吗？

---

① 陈有金：《老挝人的"那伽"信仰研究（一）》，《东南亚纵横》，2005（1）：24。
② 张良民：《老挝民间故事》，沈阳：辽宁少年儿童出版社，2001年，第7页。
③ 潘岳、何玉艳：《东南亚那伽信仰特点》，《广西民族大学学报》，2011，33（5）：96。

男子：阿玛盘地，法师啊，我是守规矩之人。

法师：普斯索立，你身体健康吗？

男子：阿玛盘地，法师啊，我身体健康。

法师：津那摩斯内，你叫什么名字？

男子：阿航盘地那可那玛，尊敬的大法师啊，我的名字叫"那伽"。

我们可以看出，在这个仪式中，那伽就是刚出家的男子的代称，这源于一则关于那伽出家的传说。传说中的那伽虔心向佛，于是化身成人，希望出家修行，不料在熟睡时被僧众发现它是一条那伽。佛教规定非人类的生物不能为僧，那伽无奈之际，只能恳求佛祖念其虔诚，给它留个名分，佛祖欣然应允。此后，"那伽"就成为受戒者的称呼。[1]

此外，老挝关于纺织品纹样的来源传说也与那伽有关。相传，很久很久以前，两姐妹到一个老奶奶家借织机，约定三个月后归还。当夜，两姐妹无法及时赶回家，于是借宿一户人家，主人夜里却发现两姐妹原来是两条那伽。到了第二天，那伽又变回了人形。三个月以后，姐妹俩如期归还了织机，老奶奶发现织机上遗留的布料有水波纹和那伽纹。自那以后，纺织品上就有了花纹，水波纹是最初级的纹样，那伽纹则是纺织技术高超的表现，如果能织那伽纹，就意味着掌握了所有的纹样。[2] 老挝民间常说的"织布织那伽"可能就源于这个传说。在这个短语中，"那伽"一词并没有实际意义，仅作为词尾语音，说明织那伽纹样几乎可以代表织布，足见那伽纹样在老挝纺织品图案中的重要地位。

---

[1] [老挝] 玛哈梅提·沃拉昆、坎喷·皮拉翁：《老挝的优良传统习俗与文化》，万象，1973年，第22-23页。

[2] [老挝] 坎普·蓬勒萨：布艺上的那伽纹：老挝特色之一，老挝国立大学，2010年，第34页。

（二）陆上的神兽：象狮纹

象狮纹是老挝北部的一种传统花纹。这种花纹一般由象头和狮身构成，常运用几何处理法，即将身体的各个部位概括成大小不同的几何形，这些几何形整齐排列，形成强烈的秩序感。身子很长，常常有精心修饰的加穗尾巴，模仿并夸大了自然中狮子尾巴上的一撮尾毛，显出威严的气质。象狮纹常见的样式包括：单独象狮纹、双象狮纹、驮着宝宝的象狮纹以及身上驮着祖先、身下站着宝宝的象狮纹。在神话传说中，象狮是一种混血的群居动物。人类历史上，有很多文明都在自己的肖像画中选择复合动物的模型，以此代表超自然力或神圣力来寻求保护。例如古埃及的斯芬克斯狮身人面像等。象狮纹在老挝语中叫西霍（Siho），老挝著名文学作品《信赛》中的主人公信赛的弟弟也以此命名。

在佛教和印度教传统中，大象支撑起了世界的四方，是许多主神的坐骑，尤其是印度教主神因陀罗的坐骑。在老挝，大象一直是该地区文化中不可分割的重要组成部分，不仅是运输工具和将帅坐骑，也是一些政治实体的标志。作为驮兽，大象性情温和，容易驯服，且力大无穷，能承受数倍于人可负载的重量；在平时的生产生活中，是不可多得的帮手；在重要仪式上，经盛装打扮后，大象也用来运载精心制作的神龛，神龛内供有佛像或其他圣物；在盛大的节日和庆典期间，国王骑在精美的象轿上，庄严威武，大象则被装饰以各种精美物件，用来渲染庆典气氛；在战争中，大象是将帅们不可或缺的坐骑和战友。

老挝古国名为澜沧王国，意思就是百万头大象之国。老挝的长篇史诗《陶宏陶壮》提到，当陶壮出生时，人们进献了一头叫潘卡的象，这头象以后一直陪伴陶壮左右，跟随他征战沙场，英勇杀敌。根据老挝古代史料记载，象是军队里最重要的组成之一，如：在法昂王统治时期，史籍不仅对重要将帅进行了记载，还清楚地记录了这些将帅的随身战象的名字。此外，大象中的珍稀品种白象被视为瑞兽，常被皇家作为圣物珍藏。历史上，东南亚地区曾有过多次由于争夺白象而引发的战争。据历史记载，1479 年，越南黎朝黎圣宗黎灏率兵进攻老挝，杀死澜沧王国国王等三人，"因为澜沧王国国王获得了一头白象，黎圣宗遣使奉书向他求讨一些白象毛以供观赏，后来不知何故，澜沧王国的'寻琅'（官名）芛罗对黎圣宗有宿怨，把象粪装入信袋并打上国王印信，让使臣带回。黎圣宗拆看后很生气，所以兴兵攻打老挝"。[①] 在老挝著名的佛教故事《帕维掸敦》中，邻国首领来讨要人民视为镇城之宝的白象，帕维掸敦拱手相让，从而招致百姓的驱逐。当然，无论是战事还是让位，背后的原因很多，但白象终究成为了导火索，这也足以证明其在东南亚的贵重程度。

（三）蛙人纹

筒裙中的蛙形图案常表现为蛙人纹。所谓蛙人纹，其实是人纹的一种特殊形态，其形似人，姿势却类同蛙，是将蛙的形象特征突出地表现在人形上，属于半人半动物的合体纹。东南亚纺织品上的蛙人图案常表现为双臂平展或高举，手掌呈爪状，两腿下蹲弯曲，左右对称，造型简练。蛙人纹较少独立出现，一般连续重复成排呈现。

蛙是人们日常生活中常见的动物，在生物学上属于两栖类无尾目，分布几乎遍及东南亚各地。同时，蛙也是一种世界性的文化现象，把蛙类奉为氏族的图腾，普遍存在于农耕民族中，这是有其深刻的社会根源的。远古时代，人类为了生存发展，生产劳动和自身繁衍成为最重要的工作。一方面，对于农耕民族来说，雨水非常重要。因为雨水直接影响到农业的丰歉，而农业的丰收是维系民族生存的最基本条件。在自然现象中，下雨前蛙类齐鸣，由于古代先民无法解释这种现象，于是认为是蛙带来了雨水，带来了农业的丰收。另一方面，蛙的繁殖能力很强，而祈求人丁兴旺和农作物丰收是原始社会的永恒主题。因此，以农业为主的东南亚广大地区，大多将蛙奉为氏族的图腾，加以供奉。同时，人们也相信，像蛙一样的神灵也具有蛙类的非凡力量。因此，古代先民以多种形式来表达他们对蛙的特殊情感。

[①] [老挝] 马哈西拉·维拉冯：《老挝史》，万象，1957年，第89页。

三、筒裙在老挝社会中的功能

(一) 筒裙在宗教中的运用

服装文化从产生开始就受到信仰和宗教的影响,因此,服装也就成为宗教信仰的一种外化形象,承载并反映着一个民族的宗教信仰。老挝的信仰分为几个阶段,最初的鬼神崇拜,也称为祖先崇拜、生殖崇拜,之后婆罗门教信仰,14世纪法昂王统一国家之后,引进佛教,继而开始小乘佛教信仰,这些都可以从筒裙的使用中得以体现。

1. 筒裙布包贝叶经文

老挝的寺庙中现存大量以筒裙布包裹的贝叶经文。"想要吃饭,先到岩石间种稻;想要智慧,先到庙里拆开筒裙布。"这是佬傣语族一句古老的哲言,意思是,要想有饭吃,就要勤劳,不怕累不怕苦,因为种田是件很辛苦的事情,要懂得忍耐,即使是在岩石间,也要想办法种出稻子来。想要得到佛教的智慧,就要打开庙里珍藏的贝叶经文,悉心研读,才能有所参悟。根据佛教的规定,僧侣与女人不能相互接触,而贝叶经文作为僧侣的研修经文,是严格禁止女性触碰的;筒裙是女性的服装,僧侣也一样不能触碰。因此,用筒裙包裹经文则成了颇有意思的一种现象。根据老挝人的认识,从根本意义上讲,佛教是没有性别歧视的,古时候,女性没有修习佛教经书典籍的机会,因为寺庙就是学校,而且也只有寺庙才能学习,而女性没有剃度为僧的资格,自然也就没有学习的机会。但是,佛教接纳女性以合适的方式参与修行,比如用心织出漂亮的筒裙布供奉到庙里,用来包裹贝叶经文,这就是一种积德的善行。另外,据僧侣和老人们说,之所以有筒裙包裹贝叶经文的现象,是因为以前一些人家的女儿夭折以后,父母心疼女儿,还没有机会穿上漂亮的筒裙就去世了,担心她在另一个世界里遇不到漂亮称心的东西,或者有的火葬那天没来得及做好漂亮的衣服裹尸,于是事后就用筒裙布包上经书施给女儿。他们相信,女儿收到这些东西后,来生将有机会穿上华服。

2. 穿多条筒裙挡鬼神

红傣族有一种给病人招魂而举行的极其盛大的仪式。他们认为，已逝的先人们想吃猪牛肉了，就下到凡尘来向子孙索要，从而使得被索要的那个人身患疾病。仪式的准备工作相当繁杂。因为人们相信，举行仪式的当天，将会有群鬼出动，不论善鬼恶鬼，都会来参加，所以，一定要挑选坚强勇敢的青年男女来帮忙，这些人被称为"侍男侍女"。如果仪式那天宰杀的是公牛，侍女就要穿上7件上衣7条筒裙，侍男则穿7件上衣7条裤子；如果宰杀的是母牛，侍男侍女就要穿9套衣服。尤其是侍女，每条筒裙的花纹必须各不相同，据说纷繁复杂的花纹能让恶鬼们眼花缭乱，这样就能避免参加仪式的人受到伤害。

（二）筒裙在民俗中的运用

1. 染色风俗

在染色方面，各个地方染出的颜色不尽相同，据当地人说这可能源于三个因素，即：当地的原材料、染色工人的熟练程度以及使用者的信仰。比如说，黑傣族平时喜穿黑色，但是在某位家庭成员去世后的两个月内，须着白装；白傣族和红傣族在婚礼时着藏青色，因为她们认为婚礼是大喜的日子，担心这天会有鬼怪来作乱，如果穿着鲜艳的衣服，容易被恶鬼发后摄取魂魄；普泰族则忌讳穿红色衣服过河，因为她们认为红色是那伽王的鳞片的颜色，如果穿着这样的颜色，恐怕冒犯了那伽王，给自己带来危险。

2. 布安腰筒裙

红傣语族女性到了中年，常会给自己织一种布安腰筒裙，以备自己离开人世的时候子女们给自己穿上。她们相信，女人死了以后，天帝会问到有没有穿着布安腰筒裙过来，如果穿了，就能获准在天帝的果园里摘取金银芒果，只有摘了这金银芒果之后，才能给人间的儿孙们带来荣华富贵，保佑他们世世代代兴旺发达。

3. 中断夫妻关系仪式

红傣族有一种风俗,如果夫妻某一方亡故,一定要举行中断夫妻关系仪式,不让他们继续联系,以避免去世的一方把活着的一方带走。在这个仪式上,如果主持仪式的巫师是男性,但是他师从女巫师,也必须穿上筒裙,以示对师傅的尊重。

4. 问筒裙——红傣族求婚仪式

以前,按照习俗,红傣族男女成婚必须得到父母的许可。如果男方看上了某个姑娘,就请人带着长辈一起到姑娘家求婚。根据风俗,第一次求婚叫作"问筒裙",主要试探女方的态度。当然,得事先备好"问礼"。"问礼"包括很多项,第一项就是两条筒裙,这也是最重要的一条。因为如果女方同意了,就接受这些"问礼",尤其重要的一点是姑娘的母亲还须穿上这两条筒裙,这也就意味着两个年轻人订婚了,这个姑娘从此以后不能再跟别的小伙子交往。

除了这些以外,筒裙还被视为传递情感的纽带。子孙送长辈筒裙以示尊重,丈夫送妻子筒裙以示恩爱,小伙子送姑娘筒裙以表真心。

(三) 筒裙在日常生活中的运用

在老挝著名的幼教书籍《因提娘教子》一书中,有一句教育女儿的话:"身为女孩,举止要得体,头发要顺滑,裙脚要平整。"这句谚语中的裙脚指的就是筒裙,一方面指出了筒裙是老挝女性的传统服饰,另一方面也强调了社会对女性着装整洁的要求。

老挝人认为,筒裙穿着能反映出女性的涵养和礼节。因此,母亲非常重视这方面的言传身教。日常生活中,大家会穿着棉质的筒裙,既廉价,也便于打理,但一定要熨烫整齐。每逢节庆日或参加社交活动,母亲都要精心为自己和女儿准备筒裙,尤其是重大节日,如11月的塔銮节等,母亲往往会提前几个月就开始准备,从上衣、筒裙到披肩、发饰等。到了塔銮节当天,母亲和女儿都要早早起床,蒸好第一锅糯米饭,准备糕点和水果斋僧,然后换上精美的筒裙,盘好发髻,结伴去庙里欢庆节日。这时的寺庙,从某种意义上说，也是一场筒裙的展示，是女性人品和才华的比拼。

（四）筒裙作为民族标志的运用

近年来，随着全球化趋势的日益加深，老挝也加强了民族性的宣传。其中，筒裙作为女性传统服饰，以民族象征的身份，陆续亮相各重大活动。当前的筒裙，在继承传统设计精华的基础上，推陈出新，无论款式和纹样，都融合了时代元素，继续引领时尚新潮流。在各种影响力显著的选美比赛中，筒裙展示都成为重要的组成部分。在老挝举办的重大国际会议中，筒裙也成为一道亮丽的风景线。

此外，为了保持这一传统服饰，老挝政府规定，女性公务员的工作服及学生的校服都应为筒裙，筒裙也是老挝女性出席各种活动的正装。进入主要寺庙也须着筒裙，对此，许多寺庙还专门为外国游客设置了筒裙租赁处。

总之，老挝女性服饰筒裙的制作过程和花纹设计体现出民众思维、民俗习惯、宗教信仰等多层次的文化内涵，这些文化内涵决定了筒裙的多重社会功能，无论是作为日常服饰、民俗工具、宗教用品，或是作为民族标志的运用，又进一步传承和深化了筒裙的文化内涵。

（作者单位：北京外国语大学亚非学院）

中医药在琉球的传播及与异域医药文化交流

黄晓星

摘要：琉球王国在明朝时就与中国建立了密切的友好往来关系。琉球国中本无医药，随着中国与琉球交往的增多，中医学及中药材不断传入琉球。本文通过对中医药在琉球的传播的研究，从物质文化传播的接受过程、接受动因、接受效果等，总结出其中的机制、特点、规律。中医药在琉球的传播主要通过：一、通过官方的册封和朝贡活动传播。中国册封琉球的使团中有医术精湛的医生，此外还有琉球医生随贡进入中国交流。二、通过留学生传播，琉球王府明清两代积极地派人到中国学习中医。三、经由日本传播。本文通过中医药在琉球的传播这一个案，对中琉双方的互动关系之史实的记忆进行考察和探讨，重新思考和厘清中琉文化关系。

琉球王国是位于中国东南方海域上的岛国，从明朝起就与中国建立了密切的友好往来关系，并在此后大量地接受中国文化。中医药是中华优秀文化中的瑰宝，也是中国各族人民智慧的结晶。随着中国与琉球之间交通与贸易的发展，以及双方在政治、人员、文化方面的频繁交流，中国的医药也源源不断地传到了琉球。当时琉球王国不仅经济贫困，社会落后，而且严重缺医少药。嘉靖十三年（1534）出使琉球的明朝册封使陈侃曾记录琉球"国无医药"[1]，嘉靖四十年（1561）出使琉球的郭汝霖在《（重编）使琉球录》中也记

---

[1] 黄润华、薛英编：《使琉球录》，《国家图书馆藏琉球资料汇编》上册，北京图书馆出版社，2002年，第69页。

录了琉球国人体魄强健但医疗条件极其恶劣的情形[①]。随着中国与琉球交往的增多，中医药学及中药材不断漂洋过海传入琉球，逐渐改变了琉球国中无医药的状况，并对琉球的医药卫生及社会发展进步产生了重要影响。

明清时期，中国与琉球之间的交流往来大幅度增加，既有册封朝贡等政治活动，又有贸易往来等，中医药也随之在琉球得到传播和发展。

一、经由册封使团传播

中医药文化在琉球的传播与中国与琉球间的册封朝贡体系有着极大的关系。明朝洪武五年（1372），明太祖朱元璋派遣行人杨载赴琉球，诏谕琉球国王向明朝入贡。此后，明朝就与琉球确立了册封朝贡关系。"册封"指"修外藩礼，王薨则世子嗣位，遣使请命，朝廷遣文臣两位正、副使，持节航海册封中山王"，每当琉球王国新王即位，中国朝廷就会派遣册封使团，为新国王册封。永乐二年（1404）至清同治五年（1866），明清两代共册封琉球23次，其中明朝15次，清朝8次。

册封使的使命是完成对琉球新国王的册封这一政治上的仪式，同时也在不经意间将中医药文化传到了琉球。册封使赠予琉球国王及官员的礼品中的药材，也成为向琉球介绍和传播中医药的媒介。此外，从中国派往琉球的册封船被琉球称为"冠船"，中国朝廷允许册封使节团携带一定数量的货物前往琉球进行贸易，作为对冒着生命危险渡海完成册封任务的使团成员的经济补偿，即"冠船贸易"。据史料记载，册封使团携带到琉球的药材数量相当庞大。中国册封使的册封使录中都对携带的药材有记录。例如，康熙二十一年（1682），册封使正使汪辑率领的使节团中就记载了携带中药材。嘉庆四年（1799），赵文楷、李鼎元率领的使团也携带了大量药材，给李鼎元留下了深刻的印象，因为其中不仅包括必需的药品大黄、大枫子、儿茶等，还有大量

[①]（明）郭汝霖、李际春：《（重编）使琉球录》（清抄本），载殷梦霞、贾贵荣、王冠编《国家图书馆藏琉球资料续编》上册，北京图书馆出版社，2002年，第149页。

肉桂、黄连、麝香等名贵的药材和补品。琉球国力有限，这些贵重药材既非琉球急需又超出了琉球的购买力，因此，李鼎元将这些贵重药材"尽裁去"①。道光八年（1828），林鸿年与高人鉴率的使节团携带的药材超载量就达43000斤。②据琉球国对中国册封使团的贸易活动的详细记录《琉球冠船记录》记载，同治五年（1866），清朝最后一次册封琉球时，赵新带领的使团也携带了大量中药材，不仅数量巨大，达到101569斤，而且种类丰富全面，包括了大黄、甘草、肉桂、山归来、石黄、龙脑、川厚朴、冰片、桂皮、阿胶、麝香、洋参、鹿茸、麻黄、高丽人参、硼砂等，既有普通药材又有贵重药材和滋补品。由于中医药在琉球国内得到了更广泛的重视和传播，所以使节团带到琉球的药材种类和数量也不断增多。李鼎元就曾观察到了琉球对于中药材的需求，在《使琉球录》中记载："东海所需，药材为最"③。

册封使团的到来和冠船贸易使向来无医药的琉球人认识并见识到了中医药的效果，并且作为两国间的官方活动，起到了极大的宣传和推广作用。除了携带大量药材，使节团还随带了各行业的专业技术人员，每次使节团都有内科医生和外科医生各一名。李鼎元在《使琉球记》中记载，按照惯例，册封使可自带"谙晓医术医士二名随往"④，随行的医生不仅负责册封过程中使节团人员的健康，在琉球停留期间还向琉球传播了中医药。同时，出使琉球的医生都是从江浙地区和福建等南方省份挑选出的具有高超医术的名医。例如康熙二年（1663）张学礼奉使琉球，其从客吴燕时，字羽嘉，杭州人，为太医，琉球国"求治者，无不立愈，亦有数人受其传"⑤。他除了具有高超的医术，为琉球救治了许多病患，还向琉球人传授了医术。此外，《中山诗文》中也记录过康熙二十一年（1682）册封使汪辑指派随行的医生为琉球国民治病

---

① 李鼎元：《使琉球记》，台湾文献丛刊第292种，第155页。
② 《冠船付评价方日记》卷四，引自朱德兰：《一八三八年与一八六六年的封舟贸易》，《第三届中琉历史关系国际学术会议论文集》，第135—157页。
③ 李鼎元：《使琉球记》，台湾文献丛刊第292种，第155页。
④ 李鼎元：《使琉球记》，台湾文献丛刊第292种，第124—125页。
⑤ 张学礼：《中山纪略》，台湾文献丛刊第292种，第15页。

的情形[1]。

二、经由朝贡贸易传播

中药材输入琉球的最主要途经是通过朝贡贸易。明朝实行了严格的海禁政策，在这一特殊的历史时期，琉球却能与中国保持朝贡关系。琉球充分利用了中国对琉球的优惠政策，频繁地来中国。官方规定的贡期为两年一贡，但在利益的驱动之下，琉球实际上"一岁常再贡三贡"[2]，此外还有以接贡、请贡、迎接使节、谢恩、庆贺进香、报丧、送留学生、报倭警、送漂流民等名目来中国的船只。来往于中琉之间的朝贡船只远远多于册封船，且贸易额巨大。琉球船只利用到中国朝贡的机会，大量输入中国商品。特别是到了清朝，琉球贡船回国时每次都会携带大量中药材。在《清代中琉关系档案选编》中收录的32份琉球船只回国携带的货物免税清单中，都少不了中药材。从清单中看出，中药材总重量基本都在8万到26万斤之间，多的时候达到30万到50万斤。最多的是在咸丰五年（1855），由于咸丰三年至咸丰四年琉球国内流行热病，所需药材数量巨大，朝贡使团携带回国的药材达到了58万斤。由于中琉两国之间有良好的册封和朝贡关系，中国给予恭顺的琉球以优惠的贸易政策、免税措施、经济补偿和鼓励政策等，提高了琉球的购买能力，降低了购买成本，这些都成为琉球大量输入中药材的有力保障。

琉球朝贡使团人员在中国期间，也接受中国医生的治疗，这也是琉球人接触中医药的过程。使者进贡途中旅途劳顿，琉球使团人员常患染上疾病或水土不服。当琉球的各类人员，包括使臣、随从官员、学生、役从、漂流民在中国生病时，各级地方官员和衙门都会派遣医生为其医治。琉球人接受过从地方郎中到宫廷太医的中国医生的治疗。清宫的朱批奏折、军机处副奏折

---

[1] 黄润华、薛英编：《中山诗文》，《国家图书馆藏琉球资料汇编》上册，北京：北京图书馆出版社，2002年，第1070页。

[2]（清）张廷玉：《明史》，卷323，《外国传·琉球》，北京：中华书局，1974年，第8363—8364页。

和内务府礼课题本等档案记载中，都有很多关于太医为琉球贡使和留学生医治，以及各地方的医生为琉球国各类人员治病的记录。

琉球使团也带有随团医生，当琉球医师对于所发病症束手无策时，便请中国医师治疗。例如乾隆四十五年（1780），琉球使团副使正议大夫蔡焕感染风寒，琉球随队医生治疗未愈，于是又两次请中国医生治疗[①]。在这一过程中，琉球的医生也可以与中国医生交流、切磋，两国医生的会诊也起到了医药交流的作用。

在治疗过程中，不仅琉球的患者亲身体验了中医药的疗效，使团中的其他人员也目睹了中国医生治疗的过程。在长期的交往中，琉球人了解到了中医药的效果，并逐渐学习、接受和推崇中医药。

三、经由留学生传播

中国册封使团往往几十年到琉球一次，且停留时间不长就要返程，依靠使团随行医生到琉球传授医术明显是不够的。因此，琉球积极主动地派遣人员到中国学习中医。例如，康熙二十七年（1688），琉球名医魏士哲奉琉球国王之命到福州学习医术。汀州府上杭县黄会友医生精通兔唇修补术，这一消息经前批贡使传到琉球。琉球王孙尚益（后为琉球国王尚益王）患有兔唇，影响继承王位，于是琉球王府命担任副通事的魏士哲前往福州拜黄会友为师，学习兔唇修补术。黄会友将在全身麻醉下实行手术的兔唇修补术传授给魏士哲，还指导他为一名13岁儿童做手术，数日后痊愈，此外，还传授秘传书一卷给魏士哲。一年之后魏士哲学成回国，为琉球许多病人治愈了兔唇。他先为三人实施手术，均获得成功，后又在尚纯公的亲自观察下进行了两例成功手术。此后，尚纯公请魏士哲进宫为王孙尚益缝合了兔唇，手术效果极佳，"三昼夜痊愈无痕"，此事轰动了整个琉球王国。魏士哲也因此被提拔为丰见城间高岭之地头，琉球人称其为高岭亲方德明。[②]1714年，魏士哲61岁之时

[①]《清代中琉关系档案续编》，北京：中华书局，1994年，第821页。
[②]《那霸市史》资料篇第1卷6,那霸市计划部市史编集室,昭和五十五年。

又将兔唇修补术传授给御典医元达等人。此后，治疗兔唇的方法在琉球国中传播开来。

在魏士哲的带动之下，又有许多琉球人来中国学习医术，既有官方派遣的学生，也有自费来中国留学的勤学生。他们学习了中医的内科、外科、口腔、防疫等各科的医术，将琉球的医疗水平提高到了前所未有的水平。例如琉球人晏孟德，于乾隆八年（1743）来中国学习口腔科疾病的治疗方法，并且在回国时"获妙方而归"，为大量琉球人治疗了口腔疾病。据琉球国史书《球阳》记载，"有病口舌皆赖晏孟德疗其病，故驰名国境，达于萨州"[1]。晏孟德不仅因精湛的医术驰名琉球全国，还受命前往日本萨摩藩任御医师，并向萨川医生传授医术[2]。此外，乾隆十四年（1749）衡达勇，乾隆二十八年（1763）从安次岭，乾隆四十二年（1777）松开辉，道光四年（1824）吕凤仪等人，都曾到中国学习医术。还有一批自费到中国福建学习医术的留学生（"勤学生"），官费留学生通常学习期限较短，从几个月到两年不等，而勤学生则学习期限很长。留学生长期未归，而琉球国内又急需医生，因此雍正九年（1731）时，琉球国王尚敬规定到中国学习医术的勤学生"以七年为回来限"。[3]这一系列成功例证也说明，以私人带徒的形式培养海外医学人才具有可行性。

四、通过往来信函传播

清朝道光年间，琉球御医吕凤仪曾向中国江苏医派大家曹存心（字仁伯，1767—1834）学习医术，其探讨医学问题的问答记录被曹存心整理成《琉球百问》，成为琉球人向中国学习医术的范例，该书也是中医药流传海外的重要历史见证。道光四年（1824），吕凤仪以琉球御医的身份随琉球进贡使团进京，途中经过苏州之时，听闻当地名医曹存心医术高明且善于带教弟子，有弟子数十人，便拜曹存心为师学医，并于三年后学成回国。五年之后，吕凤仪将

---

[1] 球阳研究会编：《球阳》附卷3，东京：角川书店，昭和五十七年，第605页。
[2] 球阳研究会编：《球阳》附卷3，东京：角川书店，昭和五十七年，第605—606页。
[3] 球阳研究会编：《球阳》附卷3，东京：角川书店，昭和五十七年，第300页。

中医药在琉球的传播及与异域医药文化交流

在琉球行医期间遇到的疑难杂症、死亡的病例、经穴确定、本草药性诸多疑问以信函的方式向曹存心先生请教。曹存心也一一精心作答,并且将这些问答整理成《琉球百问》《琉球问答奇病论》。其以一问一答的形式成书,全书共有 103 问,内容涉及内科、外科、妇科、儿科眼科、针灸科、本草药性等各科。[①] 此外,书中还有关于预防医学、饮食起居、死亡病例方面的讨论。根据对书中所涉及的方剂进行统计,两人提到的 129 种方剂中,包含了 264 味药,这还不包括所有该书涉及的中药。而《琉球百问》涉及的中医典籍丰富,至少在 60 种以上,包括了各门类科目的历代中医经典。《琉球百问》虽然记录的是吕凤仪向曹存心学习医术的个案情况,但是反映了丰富的关于病症、方剂、治法、药材、典籍等方面的信息,也是我们了解和探讨中医药在琉球传播的珍贵资料。这一中医药函授的范例也是中外文化交流及中医药海外传播的一段佳话。

琉球王府还曾向清朝太医院请教疾病的防治方法。由于琉球人耳闻目睹或亲身领略了中医药的功效,对中医药有了更深的了解,再加上琉球在医药方面相当落后,长期缺医少药,因此也曾经为向清朝太医院派遣留学生学习而进行过努力。嘉庆九年(1804),琉球王府恳请清政府允许增加两名学生进入太医院学习中医理论,其理由是琉球国内"虽有医生,略知小道,学浅方窄……未免时时束手"[②]。遗憾的是清政府以"与旧案不符"为由,驳回了琉球的请求。但清朝太医院与琉球的联系并未因此而终止。琉球曾多次发生天花疫情,直到中国的种痘术传入后才有了有效的预防和治疗。咸丰三年(1853)和咸丰五年(1855),琉球王府分别致信北京太医院(侍医局)的张太医和福州的王医师,询问关于牛痘是否能真正达到预防天花感染的问题。张太医和王医师都很快给出了答复,张太医在信中介绍了牛痘的起源,以及自己的临床试验效果,向琉球王府推荐这项技术,并且一再嘱咐琉球气候暑热要特别

---

① (清)曹伯仁:《琉球百问》,南京:江苏科学技术出版社,1985 年,第 2 页。
② 《历代宝案》,国立台湾大学,1972 年,第一集,卷 42,第八册,嘉庆九年八月十三日条,第 4741 页。

注意防热。^①此后，琉球医师根据张太医叮嘱，在琉球相对凉爽的屋我地岛进行了隔离接种感染试验并大获成功，牛痘有效且没有出现死亡病例。从中也可以看出琉球对于中国医生有充分的信赖，在面对疾病时立即想到学习中国先进的医术，而中国的医师也无私地向琉球传授救治经验，提高了琉球的医疗卫生水平。

五、经由日本学习中医药

琉球不仅从中国学习中医，还通过日本学习中医医术。日本受中国古代文化影响时间悠久且程度很深，早在隋唐时期，日本就已引进中国的医药知识、医药卫生设施、医学教育制度、医学典籍、药材等，日本传统医学也被称为"汉方医学"。在琉球发现的医学古籍中，就有很多是来自日本的或由日本人校注的。据琉球史书《球阳》记载，琉球的首任太医就是在日本京都寿德菴学医术，此外也有许多琉球人到萨摩藩学习医术[②]。琉球在与日本交往的过程中也接触到了中医药知识。预防天花的种痘技术在琉球的传播就是其中一个典型范例。种痘起源于中国，方法是人为地使没有感染过天花的人轻度地感染从而获得终身免疫，是对天花病毒可靠且安全的预防手段。[③]该技术于1744年由杭州人士李仁山传入日本长崎，此后在1752年又有详细介绍了我国四种种痘术的医书《医宗金鉴》传入日本，然而传入日本后却鲜有问津。乾隆三十一年（1766），琉球流行天花，琉球王府命令此时正在萨摩留学的医师上江洲伦完赴长崎学习种痘技术。上江洲伦完当年学成回到琉球后立即尝试了旱苗接种。琉球四十三年（1778），琉球再次流行天花，上江洲伦完将种痘技术传授给其他医师，并在琉球岛内大规模接种人痘，琉球使用的痘苗也多从中国或萨摩进口。[④]

---

① 金城清松：《琉球之种痘》，《东京女子医科大学杂志》第33卷第11期，1963年，第35—56页。
② 《球阳》附卷1，东京：角川书店，昭和五十七年，第592页。
③ 刘学礼：《种痘术及其中外交流》，《自然辩证法通讯》第4期，1993年，第45—56页。
④ 金城清松：《琉球之种痘》，《东京女子医科大学杂志》第33卷第11期，1963年，第35—56页。

中医药传入琉球，极大地提高了琉球的医疗卫生水平。在长期的往来中，琉球人对中医药加深了了解，特别是在与本国的医药条件进行对比后，更加认识到了中医药的功效，于是采取积极主动的态度，通过从中国大量输入药材、到中国留学、向中国医生学习医术等各种方式将中医药引入琉球。史料中显示，明清两代，输入琉球的中药材种类丰富，功能齐全，数量巨大，基本足以应付常见疾病。琉球人的医疗健康有了一定保障，逐渐缓和和改变了起初琉球国中无医药的状况。

同时，中医药在琉球的传播也为中医药的发展扩展了舞台，提供了有益的补充。中琉的文化交流不是单向的输入关系，而是相互促进的双向关系。例如，受中国的影响，琉球国学者燃起了对中医药的研究热情，逐渐形成了本国的药物学。琉球中山人吴继志于1782年所著《质问本草》，收录并描绘了琉球本土产的药用植物，其中大部分植物为《本草纲目》未收录，丰富了中药的宝库。吴继志曾携带数百种实物到中国福建、北京等地向老药工、药农请教，在经过反复鉴定后写成该书。[①]《质问本草》成为琉球药物学经典著作，推动了中医药在海外的发展。这既体现了中医药的强大功效和魅力，也说明随着中国和琉球两国交流的日益频繁，两国的文化认同感得到了进一步加强，这为中医药文化在琉球的扎根和发展提供了土壤。

在几百年间，册封使节、官员、商人、留学生、医生等各类往来于中琉之间的人员将中医药带到琉球人面前。中国医生将中医药理论和丰富的临床经验、秘方、秘诀、制药的工艺、医学经典介绍到琉球，或亲自随使节团出使琉球，或培养琉球子弟，或通过信件函授，或耐心答疑解惑。海上的波涛与巨浪从来没有能够阻挡中医药传入琉球的脚步。中医药是中国传统文化的重要组成部分，中医药在琉球的传播更是丰富了中琉文化交流的内容，增进了中琉两国人民的情谊。

（作者单位：北京外国语大学中国语言文学学院）

[①] 中国中医研究院、广州中医学院:《中医大辞典》，北京：人民卫生出版社，1995年，第929页。

10世纪前后敦煌地区的和离状况和佛教社会化

——以敦煌"放妻书"为例

王 洋

摘要：敦煌"放妻书"作为一种官方离婚契约文书既是夫妻离异的见证，也是户籍变化的证明；"放妻书"虽表面文字平等和谐，却无法证明《唐律》中和离制度的存在。同时，由于"放妻书"的出土地——敦煌处于由中原通向西域及中亚的重要交通位置，具有特殊性，因此"放妻书"体现出了敦煌一带区别于中原的、宽松的婚姻及再婚制度。同时，"放妻书"中一些佛教用词和将夫妻关系比作猫鼠的文字表达，反映着佛教在敦煌的传播过程中社会化的现象。

敦煌位于河西走廊的西段，北近大漠、南接吐蕃、东连中原、西邻西域，是丝绸之路上沟通东西文化的重要交通枢纽，多种文化在此处相遇、碰撞、融合。故出土于敦煌的"放妻书"，体现了中外文化在此地交流融合的特征。敦煌文书中被称为"放妻书"的一类文书，是10世纪前后敦煌地区夫妻离婚时写的协议书；到目前为止，共出土12件。《敦煌社会经济文献真迹释录》[①]第二辑共收录7件，属契约文书类，其中4件明确写着"放妻书样式"；另3件虽未写明，但通读内容可发现，同样为离婚契约书样本。

---

* [基金项目] 中央高校基本科研业务费专项资金资助（Supported by the Fundamental Research Furds for the Central Universities）"全日制非定向博士研究生专科研创新项目"（项目批准号：2019JX069）

① 唐耕耦、陆宏基编：《敦煌社会经济文献真迹释录》第2辑，北京：全国图书馆文献缩微复制中心，1990年，第161、175—178、183、195—197页。

10世纪前后敦煌地区的和离状况和佛教社会化

1998年由沙知录校的《敦煌契约文书辑校》[①]共收录"放妻书"11件，在《敦煌社会经济文献真迹释录》7件的基础上补充4件，进一步丰富了"放妻书"的数量。之后乜小红于2008年发表的《对俄藏敦煌放妻书的研究》[②]一文对"Дx.11038文书"进行了研究。至此，敦煌共出土的12件"放妻书"完整地构成了研究唐五代时期敦煌地区离婚契约问题的重要史料。现将其中一件p.3212号（法藏）"放妻书"录于下，方便读者了解：

1 夫妻相别书一道。盖闻人生一世，夫妻语让为先。三
2 代修因，见存眷属。夫取妻意，妻取夫言。孝敬二亲，
3 事奉郎姑叔伯，新妇便得孝名，日日即见快活。
4 今则夫妇无良，便作互逆之意。不敬翁嫁（家），不
5 敬夫主，不事六亲眷属。污辱桌门，连累兄
6 弟父母。前世修因不全，弟互各不和目（睦）。今议相
7 便分离。自别以后，愿妻再嫁，富贵得
8 女。今对两家六亲眷属，团坐亭腾商量，
9 当便相别分离。自别以后，愿妻再嫁，富贵得
10 高，夫主不再侵凌论理。一似如鱼德（得）水，壬（任）自波游；
11 马如捋纲，任山丘。愿君不信前言者，山河为誓，
12 日月证明。愿君先者，男莫逢好妇，女莫逢好
13 夫。[③]

从文书内容格式看，1—3行为理想的夫妻婚姻，4—8行为现实中造成夫妻离异的原因，9—13行是对分开后的男女的美好祝愿。

国内外对"放妻书"的研究，已有学者写文章进行总结[④]。关于这12件文书的成文年代，现有的文章有将其时段定在唐中期至北宋初期[⑤]，也有认为是十

[①] 沙知：《敦煌契约文书辑校》，南京：江苏古籍出版社，1998年，第468—491页。
[②] 乜小红：《对俄藏敦煌放妻书的研究》，《敦煌研究》2008年第3期，第68页。
[③] 沙知：《敦煌契约文书辑校》，南京：江苏古籍出版社，1998年，第489—490页。
[④] 陈得胜：《敦煌出土放妻书研究》，甘肃政法学院硕士学位论文，2015年，第2—4页。
[⑤] 刘文锁：《敦煌"放妻书"研究》，《中山大学学报》2005年第1期，第53页。

世纪前后[①]，但相重合的时间段是唐晚期至北宋初。同时，由于文书内容和格式相对固定，且研究皆以《唐律疏议·户婚律》为参考，故就此方面讨论较少。学术界对"放妻书"的讨论集中在以下几点：一、"放妻书"为何用"放"字界定夫妻关系的解除，"放"字是否仅仅表示解脱之意，抑或是兼有放归本宗、户籍变化含义以及其他意义。二、"放妻书"是否能够反映中晚唐和离制度（即签定此种契约的夫妻双方的离婚是否完全出于自愿，文书中委婉的文字是否可以体现此时敦煌地区夫妻间重视感情的特点）及其表现出的敦煌一带和离的特点。本文中笔者结合阅读到的材料，就"'放妻书'体现的和离情况"和"'放妻书'体现的敦煌佛教社会化"两点谈谈自己的看法。

一、敦煌"放妻书"体现的和离状况

（一）"放妻书"流行的原因

"放妻书"在敦煌流行并成为离婚样本的原因有三：户籍变化证明、家族规避连坐的方式和再婚证明。

首先，就文书的标题而言，笔者赞同"放"字有女子归还本宗以及表明户籍变化的观点[②]。女子嫁到夫家后户籍会发生相应的变动，由于古代户籍关系影响着一户人家授田和纳税数量，故官府对于人口籍贯变化的管理和记录相当严格。若夫妻离婚，女子不再从夫，户籍便理当回到本家即归本宗，而"放妻书"对于离婚之后户籍需要归本宗的女子来说便是一种凭证。

《唐律疏议·户婚律》有载：

> 诸里正不觉脱漏增减者，一口笞四十，三口加一等；过杖一百，十口加一等，罪止徒三年。不觉脱户者，听从漏口法。州县脱户亦准此。若

[①] 杨际平：《敦煌出土的放妻书琐议》，《厦门大学学报》1999年第4期，第34页。
[②] 杨际平：《敦煌出土的放妻书琐议》，《厦门大学学报》1999年第4期，第35页。

知情者,各同家长法。①

诸州县不觉脱漏增减者,县内十口笞三十,三十口加一等;过杖一百,五十口加一等。②

《户婚律》中对地方长官因脱漏人口受到处罚的记载,表明当时国家对于一地人口的增减非常重视。其原因即已提到的关乎经济方面的权利和义务。一地区的里正或州长不能凭言语便随意修改人口数量,而"放妻书"恰好可以提供相关的证明。在敦煌文书中还可以看到诸如"养男、养女、立嗣"等关于一家之内人口变动的文书样式,所起的作用都如"放妻书"一样。敦煌特殊地理位置决定着这个地区的人口流动大,外来人口多,人员构成也很复杂,因此"放妻书"则是对其辖区内户籍进行有效管理的手段。

其次,《唐律疏议·户婚律》也有规定"若夫妻不相安谐而和离者,不坐",《疏议》解释道:"若夫妻不相安谐,谓彼此情不相得,两愿离者,不坐。"③可见在当时,如若男女双方离婚不属于"和离"者极有可能连累家族遭受处罚,因此"放妻书"也是在夫妻离异后能够帮助两家族规避连坐风险的方式。

"放妻书"也是再婚证明。敦煌地区存在一夫多妻制的婚姻。从现存的敦煌契约文书记载中可以看到一男子有二个或三个妻子的现象。谭蝉雪先生在他的专著中指出敦煌存在多妻制并分析了出现的四个主要原因"1.人口比例的失调;2.连年征战给参战者带来了机遇;3.繁衍子嗣的需要;4.贱妾的影响"④。敦煌处于中原与西域分界之所在,每当中原王朝对西域民族作战时,免不了要征派敦煌成年男丁参与战争,因此人口的减少尤其是男丁的减少使得敦煌地区的基本生产无法得到保证,因此对再婚的管理比较宽松,即女子若离婚后再嫁较为平常,甚至政府鼓励女子离婚再嫁的现象。笔者认为这也是敦煌地区"放妻书"样式流行的原因。敦煌地区妇女生活环境的宽松以及人

---

① 长孙无忌等编,岳纯之校:《唐律疏议》卷12《户婚律》,上海:上海古籍出版社,2013年,第194页。
② 长孙无忌等编,岳纯之校:《唐律疏议》卷12《户婚律》,第152条"州县不觉脱漏",第195页。
③ 长孙无忌等编,岳纯之校:《唐律疏议》卷14《户婚律》,第190条"义绝离之",第224页。
④ 谭蝉雪:《敦煌婚姻文化》,兰州:甘肃人民出版社,1993年,第102—108页。

口的需要，为再婚证明的流行提供了生存土壤。

（二）"放妻书"反映的敦煌社会情况

有研究提到，虽然此类文书是以男子为主导所写，但"从语气特点来看，明显倾向于妻方"，并认为"女子因为各种原因而提出离婚的做法在当时可能是正常的，也可以看成是妇女的权利"①，进一步总结出当时敦煌地区较为平等的妇女地位。耿静的《敦煌放妻书浅议》②一文也赞同这样观点。也有学者认为：此文书恰恰反映出户婚律中不同于"七出"和"义绝"的和离制度③。

单看文书文字，以 s6637（1v）为例：

猫鼠同窠，安能得久。二人意隔，大小不安。更若流连，家业破散。颠铛损脚，至见宿话不残；擎鳌凿瓮，便招困弊之苦。男饥耕种，衣结百穿；女寒绩麻，怨心在内。④

文书内容的确强调夫妻分开的责任在双方，离婚的原因是夫妻感情不和睦，不属于"七出"与"义绝"的范围，同时语气也相对缓和。

但是，在古代中国，即便是开放如唐代，夫妻之间真的可以做到完全出于自我意愿的离婚吗？笔者认为这种看似平等的和离是不存在的。

《旧唐书·列女传》表彰的28位女子中，除了5位是因忠于李唐被赐封号外，其他皆是贞洁、不践二庭或为父报仇的烈女。整个传记宣扬的是父权夫权以及女子在家从父、出则从夫的宗法秩序。纵使开放如唐代，作为官方榜样加以宣传的也不会是婚姻自由女子的例子。

"婚姻缔结不仅是夫妻双方个人之间的结合，而且还是夫妻双方家族之间的联姻即结盟。男女之间婚姻的缔结并不能由夫妻个人自主决定，而是受着父母、家族的严格控制。"⑤中国古代夫妻婚姻关系的解除有着"绝二姓之好"

---

① 邵郁：《敦煌"放妻书"浅议》，《天水行政学院学报》2009年第3期，第121页。
② 耿静：《敦煌放妻书浅议》，《牡丹江大学学报》2013年第7期，第64页。
③ 杨际平：《敦煌出土的放妻书琐议》，《厦门大学学报》1999年第4期，第38页。
④ 唐耕耦、陆宏基编：《敦煌社会经济文献真迹释录》第2辑，北京：全国图书馆文献缩微复制中心，1990年，第177页。
⑤ 范依畴：《中国古代的"和离"不是完全自由的两愿离婚》，《政法论坛》2011年第1期，第54页。

之说，也就意味着男女双方家庭都会因为离异不再往来。即使唐代法律中确实有"和离制度"的相关规定，但当律令与在民间有着强大约束力的宗法相遇时，名义上的婚姻法律规定也要让步于传承了几百年的礼教。

以《旧唐书·列女传》中为父报仇的女子为例，按照律法，杀人要偿命，但传记中所载人物均得到皇帝的嘉奖，这完全可以认为是不按法律办事。但在儒家"礼"的原则下，孝行应该得到宣扬，即使强权如皇帝也不会破坏这种潜在的约定。礼与律令的不相协性伴随着古代社会的发展一直存在。以法律条文中的规定对应世俗之事，其执行力会大打折扣，依靠这样一种仅是官方样式的"放妻书"模板来证明民间和离制度的存在是不能成立的。

乜小红提到："《放妻书》则是提供这类文字契约书的通行范本，在这类范本样文中，遵循的是好合好散的原则，美言较多，语气圆滑，既不多揭示矛盾，也不伤害男女任何一方，可以为各类离婚情况所接受。以致不问离婚的真实原因及情况如何，包括七出、义绝、被迫离者，只要有需要，均可用此书去加以套用，以达到利于完成离婚手续的目的"[①]，笔者认为这是有道理的，对于此类文书单从表面文字看是否能反映真实的婚姻状况，可能还需要更多的材料加以分析证明。

虽然"放妻书"无法证明唐代法令中规定的"和离制度"的存在，以及妇女地位的提高，但至少可以反映出敦煌较为宽松的妇女婚姻状况。这与敦煌所处的地理位置是分不开的，这一地区不仅外国人众多，更是中原与边疆少数民族杂居之地，民风受到少数民族的深刻影响，因此相较之中原由唐入宋对妇女越来越严格的控制反而更加宽松。

在上述11件文书中有一件p.4525号[②]属于以放妻之名行放夫之实的"放妻书"，反映了敦煌地区出现过男女结婚后男子随女子居于母家的现象。此号文书中的"判分离别，遣夫主富盈讫"[③]，是妻子在同村人面前公开休夫的内容。

---

① 乜小红：《对俄藏敦煌放妻书的研究》，《敦煌研究》2008年第3期，第71页。
② 唐耕耦、陆宏基编：《敦煌社会经济文献真迹释录》第2辑，北京：全国图书馆文献缩微复制中心，1990年，第196页。
③ 有学者将此句断为"判分离、别遣夫主富盈讫"，本文从《敦煌社会经济文献真迹释录》中的录文。

239

可见，当日敦煌的婚姻风俗并未完全如中原律令所规定的女子出嫁必须从夫。

敦煌"放妻书"也体现了中原王朝政令在敦煌的回归与执行。

八世纪中期安史之乱（755）爆发后，河西地区长期处于吐蕃占领下，直到九世纪中后期被以张议潮为首的归义军收复后才得以再次重为唐有。虽然实质上在河西地区建立起了脱离中央的归义军政权回归，但不能否认的是被吐蕃阻碍了六十年之久的中原政令随着归义军的管辖再次回归河西地区。

二、"放妻书"体现的敦煌佛教社会化

考察"放妻书"的内容和文字，可以发现佛教思想在敦煌的深刻影响。而文书中带有佛教意味的书写方式和内容表达体现着佛教传播时世俗化的过程。下面即从两个方面加以讨论。

（一）"放"字的含义

"放"的含义，字面上看确是指妻子从不幸福的婚姻中解脱出来，但其含义并不仅限于此。

首先，"放"是佛教用语。敦煌是唐代陆上丝绸之路中段的起点，在当时已经是国际性都市，佛教从印度通过中亚传入中国，经过西域流向中原定会通过敦煌，因此佛教在敦煌发展兴盛，敦煌的百姓对佛教同样有着很高的认可度。敦煌文献中有大量的带有佛教韵味的世俗文书以及严重世俗化的佛教应用文书，说明在敦煌地区佛教神圣的宗教仪轨有着现世的大众化的趋势，佛教文化与中国传统文化深刻地杂糅在一起影响着当地人的社会生活。

佛教中有咒愿佛事，"昌法语愿求施主福利名为咒愿"[1]实际上就是对人进行祝福，而编号为 p.3909 的《论咒愿新郎文》就是结婚时祝福新郎的样文。敦煌文书中还有一类"患文"是"佛教专为解除病患所举坛法仪规中所诵的应用文书，也有一定的范文模式，经由建坛作法启请诸佛，为患者解除病

---

[1] 丁福保：《佛学大辞典》下册，上海：上海书店，1991年，第1475页。

痛"①。"患文"虽然是佛教应用文书,但在"佛教中国化"的过程中更多地服务于社会大众,民众借助佛力妄图洗涤心理或减缓病痛。由此可见,佛教文化在敦煌地区传播和影响之深。

(二)文书中的"猫鼠"意象

12件"放妻书"都表达了佛教主张的因果相续理念,目的是让感情失和的夫妻平和地接受婚姻生活破裂和即将分离的事实。

因果相续含义的表达运用的是赵朴初先生在其文章中的表述,即:因缘所生的一切法固然是生灭无常的,而又是相续不断的,如流水一般,前前逝去,后后生起,因因果果,没有间断,这是从竖的方面而言;从横的方面而言,因果关系固然错综复杂,但其间又法则井然,一丝不乱,一类的因,产生一类的果,如善意得善果,因与果相符,因与果相顺。②

其中共有5件出现了"猫鼠"意象,分别为英藏6537、6417、5578、6537以及法藏3220、4001。文中的表述为"猫鼠同窠,安能得久"③或"猫鼠为雠,参商结怨"④,将夫妻之间不和的关系用猫鼠作比喻。

其实猫鼠故事在中国古代故事中并不少见,比如十二生肖中老鼠骗猫一事体现了传统文化对老鼠奸诈形象的刻画,将猫鼠比作冤家也是稀松平常。但如敦煌出土的"放妻书"中将破裂的夫妻关系比作猫鼠是较为新颖的表现方式。笔者认为这和中、印两国古代寓言故事各自不同的特点有关。

王树英先生在《中印古代寓言故事比较》一文指出,相比起中国古代寓言故事的强政治性和针对性,印度的古代寓言更富于幻想,并且其中动物故事占的比重较大,而且在讲这些故事时善于运用拟人的手法,体现人世间的道理。⑤因为印度人的善于想象,在他们眼中,一棵树、一头牛都是有生命的,

---

① 郑志明:《敦煌写卷"患文"的宗教医疗观》,《普门学报》2003年第5期,第1页。
② 王树英主编:《中印文化交流比较》,北京:中国华侨出版社,1994年,第91页。
③ 沙知:《敦煌契约文书辑校》,南京:江苏古籍出版社,1994年,第486—487页。
④ 沙知:《敦煌契约文书辑校》,南京:江苏古籍出版社,1998年,第481页。
⑤ 王树英主编:《中印文化交流比较》,《中印古代寓言的比较》,北京:中国华侨出版社,1994年,第244页。

进而认为世界上一切都会轮回。而在印度宗教派别众多的情况下，每个宗教、每个学派都利用百姓喜欢并且容易被听懂的故事宣传自己的教义，佛教亦是如此。

敦煌特殊的地理位置使得它自汉代以来便是佛教传入中原的必经之路。经历了魏晋南北朝的敦煌保留了大量的汉文化并由当地汉姓大族相许传承。佛教传入之后，为了满足社会各阶层的需求不断向社会大众靠拢，运用百姓更能接受的方式传播其思想。通过佛教故事宣扬埋念便是其中重要方式。

其他7件虽并未直接出现"猫鼠"字眼，但结合文书内容也可以发现文书反映的因缘相许观念。"放妻书"中将夫妻能够喜结连理称为"三世之缘"，同时将夫妻不和称为上辈子种下的业障，因此劝解人们不要纠结于无法修复的感情当中，应当互相为善并且祝福对方，这样才能将业障消除，造福下一代。

"放妻书"中也出现了个别的佛教用语，如在教导男女双方离婚之后应当祝福彼此时，就主张要"遂愿"。"遂愿"是佛教用语即顺从其愿也，满足信求者的愿望。该词在唐宋传世文献中常见，如唐释道宣《续高僧传》卷20"释道昂"条："昂曰：'天道乃生死根本，由来非愿。常祈心净土，如何此诚不从遂耶？'言讫便者天乐上腾，须臾远灭。"[1]这里的"从"和"遂"都有"听从、顺从"之意。"放妻书"作为社会经济契约类文书，本是百姓处理世俗事时约定俗成的协议样本，但其文字间透漏着佛教教化的含义，说明佛教从传入敦煌一带开始到这些文书逐渐形成的几百年间与社会、百姓融合成一体，以至于在世俗文书中夹杂着佛教语言甚至包含着佛家理念。

笔者认为诸如此类的"世俗文书中夹杂着佛教语言"便是佛教社会化的体现。佛教社会化也可称为佛教的世俗化，指的是佛教逐渐与社会大众相融合，并且通过社会化而非严格的经院方式传播的发展变化。而敦煌"放妻书"即是这种社会化的体现之一。

除此之外，也有将佛教义理、经文内容以故事的形式刻画在壁画上或石

---

[1] 任继愈主编：《中华大藏经》（第61册），北京：中华书局，1993年，第832页。

头上的宣传方式。通过这种方式，更方便于众多不识字者理解佛教教义。无独有偶，造于南宋的大足宝顶山大佛湾石刻群中的《猫鼠图》就是将"猫鼠"意象与石刻宣传方式相结合的例子。《猫鼠图》中的猫与鼠都处在贪爱而不得的烦恼中，由此反映众生因纠缠于欲念而生烦恼。[①]可见，将"猫鼠"意象用于宗教宣传上时，反映的都是以"轮回转世"为核心的、没有间断的纠葛，倡导的都是"放下执念才可以解脱"的思想。

因此，"放妻书"和大足石刻上的"猫鼠"意象无疑是佛教传入我国之后其发展逐渐社会化和世俗化的体现。

结　语

综上所述，"放妻书"作为一种官方离婚契约文书，既是夫妻离婚、户籍变动的凭证，也是再婚的证明；虽然整篇文字看似平等和谐，对离婚之后的生活充满祝福，但此类文书无法切实地反映夫妻双方离婚的真实原因，也不能作为证明唐五代和离制度真正存在的依据。"放妻书"中的佛教词汇和运用的"猫鼠"意象也证明了佛教在我国古代传播过程中逐渐社会化的特点。同时，敦煌独特的地理位置以及生活在这一地区的人员构成和文化构成，也反映出与敦煌一带"人口流动大、少数民族众多、社会相对不稳定"等特点相适应的婚姻状况；不仅反映着中原政令在经过吐蕃长达几十年的占领之后的重新回归，也说明了敦煌在战乱不断、人口不稳定以及民族杂居之下的较为宽松的婚姻状况。

参考文献

[1] 长孙无忌等撰、刘俊文点校：《唐律疏议》，北京：中华书局，1953年。

---

① 郭相颖：《略谈宝顶山摩崖造像的哲学、伦理思想》，《中华文化论坛》1994年第4期，第88页。

[2] 刘昫等:《旧唐书》,北京:中华书局,1975年。

[3] 陈顾远:《中国婚姻史》,北京:商务印书馆,1936年。

[4] 唐耕耦、陆宏基编:《敦煌社会经济文献真迹释录》第2辑,北京:全国图书馆文献缩微复制中心,1990年。

[5] 谭蝉雪:《敦煌婚姻文化》,兰州:甘肃人民出版社,1993年。

[6] 任继愈主编:《中华大藏经·续高僧传》(第61册),北京:中华书局,1984—1996年。

[7] 沙知:《敦煌契约文书辑校》,南京:江苏古籍出版社,1998年。

(作者单位:北京外国语大学中国语言文学学院)

谢颂羔的基督教观

赵晓晖

摘要：谢颂羔是我国近现代基督教中国化的重要代表人物之一。本文主要介绍分析谢颂羔对于基督教与科学关系的看法、谢颂羔与时俱进的基督教思想以及他对"人格救国"观念的发展，指出了谢颂羔作为"内部的他者"对促进基督教中国化所作出的贡献。

晚清民国是我国基督教思想大发展、大变动的时期，这一时期出现了"非基"运动，同时也出现了一大批基督教本土化的杰出人物，例如赵紫宸、刘廷芳、吴雷川等，谢颂羔也是基督教中国化的杰出代表之一，对基督教思想的发展作出了很大贡献，但学术界对其所知甚少。谢颂羔（1895—1974），笔名济泽，英文名 Zong-Kao Zia，简称 Z. K. Zia，浙江宁波人，出生于杭州。他出身于基督教世家，祖父谢行栋（1825—1895），早年师从丁韪良（W. A. P. Martin），是美国北长老会在中国按立的第一位牧师；父亲谢志禧（1863—1937），曾在杭州长期传教，后来继承父志，执掌宁波府前堂。谢颂羔曾于1918—1922年留学美国奥朋神学院（Auburn Theological Seminary）、波士顿大学（Boston University），并于1921年12月被按立为牧师；回国后长期担任广学会的编辑部主任，兼任沪江大学教授，在宗教教育、文学创作、翻译、儿童及青少年教育、社会启蒙、平民教育等多方面均有不凡成就，民国时期影响极大。他一生有著译近200部，发表文章600多篇，与胡适、陈垣、张伯苓、丰子恺等近代文化名人都有交往，但1951年后退出了人们的视野，以致湮没无闻。本文拟对谢颂羔的基督教思想进行简要的介绍和分析。

一、对基督教与科学的认识

宗教在中国常被视为迷信,曾经有人以为科学是宗教的克星,随着科学的不断进步,宗教的市场将会越来越小乃至最终消失,但是事实的发展并不是这样,基督教不但没有被消灭,甚至逐步发展壮大了。其中的原因,固然是因为科学目前并不能解决人类的所有疑问,不能满足人们精神的需要,但和宗教的不断调整也不无关系。

回顾基督教的历史,不难发现有许多科学研究者被基督教的教廷判为异端甚至迫害至死,但另一方面,从哥白尼到牛顿,直至今天的很多著名科学家,都是虔诚的基督徒。科学和基督教的关系非常复杂。宗教改革后,基督教采取的一系列调整政策,较为成功地调和了科学和宗教的矛盾,使得两者并没有截然对立。例如新教中的理性主义思想使得基督教神学将自然界的规律视为上帝的律法,既然整个世界都是上帝赐予人类的,那么认识这个世界,努力发现和利用这些规律正是人对上帝应尽的"天职"。而宗教改革后的基督教中的宽容、怀疑、批判等精神都是促成宗教和科学成功调和的积极因素,新教接受了许多科学观念,正如罗伯特·默顿(Robert K. Merton)所说:"与天主教不同,它(新教)逐渐表现出对科学的宽容,它不仅容忍而且需要科学事业的存在。'赞颂上帝'是一个'有弹性的概念',天主教和新教对此的定义是如此根本不同,以至产生出完全相反的结果,因而'赞颂上帝'到了清教徒手里就成了'科学多产'。"[①]事实上,当新教徒来到中国传教时,他们继承了利玛窦(Matteo Ricci)等人以西学(包括科学)助传教的策略,而这时的西学,较之利玛窦时代早已一日千里,如李提摩太(T. Richard)在传教的过程中,为了破除中国人的迷信,更好地与中国的知识阶层交流,还购置了各种必要的仪器设备,经常向人们展示各种物理化学实验,甚至专门学习了电机工程学,引起了人们的极大兴趣。总之,传教士用科学来证明上帝力量的伟大,科学已经成为新教传教士的必要工具和有力助手。

---

① [美]罗伯特·金·默顿:《十七世纪英格兰的科学、技术与社会》,范岱年等译,北京:商务印书馆,2000年,第126页。

进入二十世纪，科学的进步日新月异，人类思想的发展也是风云激荡。谢颂羔说："宗教家必须明了现代人类思想的变迁情形，更当研究如何使宗教可以适应现代思想变迁的需要。"①他认为对宗教界来说，就是一些不同宗教或教派之间也出现了互相宽容、谅解的趋势，不像以前那样剑拔弩张，水火不容了。例如基督教与天主教、犹太教等，开始互相接近，互相了解，进而谋合作之道。换言之，就是天主教等对科学的态度也不像以前那样敌对了。

谢颂羔早年在育英书院读书的时候，便接受了很多现代西方的科学知识，后来去美国留学，又领略了现代技术文明的威力，在他看来科学和基督教是可以互相融合的。他说："要是人类能够真正认识上帝，就必须利用科学的方法，将世界上的真理，指示人类，同时也便是将上帝显示给人类看见了；因为上帝与真理原是一个，所以人类若认识了真理，也就有认识上帝的机会。"②可见，谢颂羔的观点，是典型的基督教新教对于科学的观点。基于此，他认为现代的宗教教育家，对于科学应该有透彻的了解，对于宗教与科学的关系，更是必须注意的。

首先，谢颂羔认为应该将科学和宗教分开。科学的目的在于将自然界的一切现象事实真理完全揭示明白，但其实仍然是要寻得上帝的律法而已；宗教的目的乃在寻出人生的究竟，分辨一切的真伪恶善，使人生知所适从。因此，宗教家的本分是研究人生的精神道德与行为的一方面，他们与科学家处在不同的地位，各有分工，解决的是不同领域的问题，不应越俎代庖。不仅如此，他还主张现代的宗教家，应该抱着宽大的主义，利用科学的方法，来证实宗教上的种种经验，以指导人生；对于科学家所发现的真理公例，应该表示相当的敬意，而不是一味地吹毛求疵，更不能无理反对。对于1857年，一个教会会督赖脱福提出的上帝造人的具体时间是在主前四千零四年十月二十六日早晨九点的观点，谢颂羔给予了无情的嘲笑，称这是"毫无科学常识的奇谈，真是狂妄之极了"，"他或者是拿《圣经》做根据的，但他却不知

---

① 谢颂羔：《基督化人生的研究》，上海：广学会，1928年，第2页。
② 谢颂羔：《基督化人生的研究》，第106页。

道《圣经》乃是一部宗教的经典,并不是一部讨论科学的书,所以就走错了路"。①

其次,谢颂羔认为科学和宗教还应该互相促进。他指出,历代的科学发明,不但不足以阻碍宗教的发展,反而使宗教更加进步了。例如天文学的发展,益发使人相信上帝的能力,真是奥妙无穷了。反过来说,他又指出:若不拿宗教的神圣眼光去观察,则科学上的一切发明,都要成为毫无意味的了。例如他将牛顿的地心引力之说和耶稣的话"我若从地上被举起来,就可以吸引万人来归我"联系起来,将耶稣的话"是说是,不是说不是"和科学的实事求是精神相对照,都可以说是相映成趣的。总之,"我们研究科学的时候,若没有宗教的观念,必觉索然无味;若能有宗教的观念,那就格外有生趣了。"②

无论是对于宗教,还是对于科学,谢颂羔提出了三种态度:公开的精神、明确的信仰心、知之必行。③他认为"倘使宗教家与科学家都具有这种态度,则宗教与科学间的一切冲突可以消减,而成为携手互助的好友了"。④

基督教新教虽然较好地调和了宗教和科学之间的矛盾,但是《圣经》中"上帝造人"的故事和科学界提出的"从猿到人"进化论观点仍然有针锋相对的矛盾。这是一个具有根本性的问题,很多基督徒以为动摇了这一点,就等于动摇了整个基督教大厦的根基,因此对于进化论坚决予以否认。谢颂羔在文中举了两个例子,一是近代名人勃莱氏(Mr. Bryan)的话:"尔对于'进化论'与基督教二道,只能择一研究;断不可二者同时接受相信。"二是1925年在美国泰尼西州(今译田纳西州)兑顿城的地方法庭审判了一个名叫斯科庇斯(John Scopes)的科学教员,因为他教授进化学说而被告发取缔,从而引起了舆论大哗,"后来的评论者也莫不异口同声地说科学家的理直而神学家的理曲

---

① 谢颂羔:《基督化人生的研究》,第110页。
② 谢颂羔:《基督化人生的研究》,第112页。
③ 谢颂羔:《基督化人生的研究》,第113页。
④ 谢颂羔:《基督化人生的研究》,第113页。

了"。①事实上,直到21世纪的今天,很多基督徒都对天演进化论抱有怀疑,坚持上帝创造万物的观点。那么谢颂羔是如何看待这一问题的呢? 且看他的这一段话:

> 过去的经验本可作未来的趋向;但是前者神学家的失败,非因保护纯真的宗教而见败于科学家,实因其为神学化的科学辩护,故大受阻折。那中古时代罗马教阁员与现在的勃莱氏及其同事并非为基督教和科学家争辩,乃是代千年前附近地中海各国居民所信的科学常识辩护,现在的神学家如不以发明真理为自己所应负的重大使命,而专以保守古人所信仰的科学为职,那么,他们所讲的神学终要被富于毅力的科学家所推翻,这是我敢下断语的。②

由此不难看出,谢颂羔其实是支持进化论的,他将"上帝造人"的故事归结为"千年前附近地中海各国居民所信的科学常识",从而化解了这一说法的神圣性,进而推翻了它。联系谢颂羔在《宗教教育与科学方法》一文中所提到的:

> 譬如前人大都以为是古传,便都是可信靠的,而不敢再去猜疑了。但是现代的科学家,曾用许多方法,搜寻出历代的古迹,然后再参证古传上所记载的,便立刻辨出有错谬不对的地方来了。所以我们现代的宗教家,固当尊重古传上所记载的话,但是也当利用科学的方法,将古传上的记载,重新加以考察估定,决定真伪,然后才能完全相信。③

谢颂羔这里所说,颇有王国维提出的"二重证据法"的意味,但在宗教界出此说,无异于石破天惊了,由此也可见谢颂羔对于科学坦承开放的态度。但他的这种态度,仍然是出于对基督教的爱护,正如他所说:"况打倒宗教中的旧思想、旧信条,并不是打倒宗教。我们可将新生命代旧生命,新思想代旧思想。在这里我们得到一件可喜的事,就是我们可借用今代科学上的新发明,证明许多旧有的宗教信仰及经验是无错误,使我们信奉一种合理的宗

---

① 谢颂羔:《基督教思想进步小史》,上海:广学会,1929年,第96—97页。
② 谢颂羔:《基督教思想进步小史》,第98页。
③ 谢颂羔:《基督化人生的研究》,第115—116页。

教。"① 不仅如此，谢颂羔还提出了，正如自然科学分理论与应用两个部门，神学和宗教也是可以视为理想和实用的。神学是一种理想，可以进行理论上的探讨，但理论是为实践服务的，宗教就是实践，是为人之道，是实用的，宗教家将求得的真理表现出来，恰如科学家将求得的真理实用于改良人生状况，两者都是为人类的幸福服务的。② 由此可见，谢颂羔认为宗教最重要的是要管用，是要能指导人们当时的社会生活实践，而不能与社会生活脱节，尤其不能与当时的科学发展脱节：

> 现在的神学家必须采用科学家的贡献来证明人生的价值。古时如摩西以利亚或耶稣曾采用当代（"当时"之意——笔者注）的科学智识，现今的神学家亦必须采用今代科学家所发明的学说，以作研究真理的资料和辅助。③

> 科学界之所以能够更正错误，是因为科学家不以一人或少数人所得的结果而成学说，必须集合多数科学家研究实验后所得的结果，方始定为不易的真理。今研究有形物质之科学家，尚且如此深重的探索事物的原理，那些研究灵界无形的经验与抽象学识者，岂不更宜加倍地用功追求，以免误解误信的弊病。④

这就提出了宗教的神学理论也必须"与时俱进"的道理："现代宗教哲学的进化和关于物质上的学识进化，直可并驾齐驱。"⑤ 质言之，谢颂羔可以怀疑"上帝造人"的真实性，但他并不否认一位全知全能上帝的存在，或者说他认为人类需要有这样一位上帝作为宇宙的法则来裁判人生的价值，帮助人们进行人格的提升，因为人是一种精神的动物。相比于很多宗教里创造出一个彼岸世界，将人的希望引向来世，基督教新教显得更为积极，因为它是入世的，而不是出世的。《圣经》里所宣示的最重要的一点教训，就是叫人到普天下民

---

① 谢颂羔：《基督教思想进步小史》，第102页。
② 谢颂羔：《基督教思想进步小史》，第100页。
③ 谢颂羔：《基督教思想进步小史》，第101页。
④ 谢颂羔：《基督教思想进步小史》，第103页。
⑤ 谢颂羔：《基督教思想进步小史》，第103页。

间去传道,传道的目的不光是使人死后都能上天堂,更重要的是要使人类能够相亲相爱,不断提升自己的道德修养,使美好的天国实现在地上,使神的国度实现于今日的世界。这也是谢颂羔一生为之奋斗的目标,因此他对于基督教的传教方法,也一再表示反对用"天堂""地狱"之类恐吓的方法,而应注重于精神上人格的修养。在谢颂羔的文章中引用了美国哈佛大学地质学教授梅适尔《科学中寻求上帝》中的一段话:"将来人类的最大问题,不在乎物质文明,而在乎精神文明;不在乎单求身体上的幸福,而在乎内心的修养。人类进化史的前一段已遇着了种种危机,故人类进化史后一段的种种危机,亦可预料。如我们能胜过一切的阻碍与困苦,以希望得到古圣先知所盼望的满足生活,我们必须由宗教及科学二方面采用互助的方法。"[1] 这也是谢颂羔对于科学和宗教的看法。

二、与时俱进的基督教思想

要求基督教思想能够与时俱进,换言之,就是要有能够适应时代需求的基督教,由此可见谢颂羔思想的开放性。那么,在谢颂羔的时代,基督教思想有什么新趋势呢?谢颂羔认为,有以下三种方法可以判断一个人是否足以代表当日基督教思想界的新趋势:

(一)"他是富有新思想,同时,更富于宗教灵性上的经验。"谢颂羔着重指出,这类人有新的思想,并非因为宗教生活减少,恰恰相反,是因为宗教生活增多,在灵性上有了极为丰富的生长,原有的十九世纪的神学思想——如对上帝耶稣的固有观念和解释,以及对于天堂地狱的界说等,均不足以规范他新的觉悟,即已经远远不能满足他的精神需求:"他要警醒祈求,放出宽恕和牺牲的伟大精神。"[2] 谢颂羔列举了历史上的保罗和马丁·路德等人,指出他们正是因为有了自己新的觉悟,而不被老的神学所束缚,才创造出伟大的

---

[1] 谢颂羔:《基督教思想进步小史》,第104页。
[2] 谢颂羔:《基督教思想进步小史》,第118页。

事业，开辟出崭新的道路。这种人所主张的神学，是充满着一种新的精神，而根据于宗教上灵性的生长，有了更为丰富的内心世界和精神追求，"实如内心充满，不得不溢出的趋势一样"。谢颂羔宣称，自己所极愿意代表的人，也便是这一类的人。

（二）"他的富有新思想，是具有一种建设主义，并非由于一种思潮的反动，而流为激烈的破坏者。"换言之，这些人应该是主张积极的，否认消极的。谢颂羔曾在很多场合，表达了对于建设的推崇，他认为做一个批判者和破坏者是容易的，但中国更需要的是建设者，无论在宗教上还是在文学艺术上，乃至在社会中，都需要大家拿出积极的态度和切实可行的办法，努力建设一个理想的社会，而不是一味批判。从基督教的角度来说，就是"将上帝的国建在人间"。

（三）"他的新思想，使他有实在牺牲自己去成全上帝旨意的决心，他渴望着神的国度实现于今日的世界，而自己便是实现神国的中坚工作者。"谢颂羔认为，作为基督徒，不是要在口头上得到这种称谓，而是要从他的实际行动中看出他基督徒所特具的真精神，既能说又能行，为了上帝的事工，无私奉献，勇于牺牲，把耶稣基督的精神，从自我身上完全表现出来。[①]

综上所述，谢颂羔认为当时基督教思想界的新趋势，就是创新而不是僵化，是建设而不是破坏，是实践而不是空谈。当然，当时的基督教界对于这些新趋势并不全是赞同，早在1922年谢颂羔刚刚回国在金陵神学院教书时，司徒雷登（John Leighton Stuart，1876—1962）[②]虽然已经离开了金陵神学院，但针对司徒雷登提出的现代派传教思想的争论正方兴未艾，有人认为他们的思想含有极危险的性质，他们要用这种新的思潮，把教会现有的根基完全破坏了。这可以称得上是当时基督教神学内的"新派"与"旧派"之争，谢颂羔虽然无意参与争论，但由于坚持自己的看法，于是就被视为"新派"，被迫

[①] 谢颂羔：《今日基督教思想界的新趋势》，《基督教思想进步小史》附录，第117—120页。

[②] 司徒雷登（J. L. Stuart），美国基督教长老会传教士、外交官、教育家。1876年6月，司徒雷登生于杭州，父母均为美国在华传教士。1904年开始在中国传教，曾参加建立杭州育英书院（即后来的之江大学）。1908年任南京金陵神学院希腊文教授。1919年起任燕京大学校长、校务长。1946年任美国驻华大使，1949年8月离开中国。

离开了南京。数年之后,他的看法更加成熟,对于"新派"更加认同:"我也曾仔细地研究过,知道他们的愿望,不过是要把基督教的真精神借着近代所产生的新思潮去完全地表现出来。"①当时的社会现状是,随着时代的变迁,思潮的演进,从前教会所规定的信条和要求往往有不合时宜的地方,不能使当时的人明了而遵守,来自科学的冲击即是明显的一例。很多年轻人,接受了现代科学的洗礼,又因为对教会中的信条不能明了,便将科学和宗教对立起来。对此谢颂羔指出:"我们对于《圣经》上的解释,不应该再因袭着从前的传说,当用切实的科学方法,向一班青年解释,使他们有充分的了解,而培植其坚定不拔的信仰,我们应当具有大无畏的精神,不惧怕事实的试验,不怕事实上的发现,因为我们原可借此以显明真理,以尽我们所当尽的责任。"②

既然承认基督教是真理,"真理又怕什么呢?宗教的精神和《圣经》的价值,都是欢迎着事实的试验证明的。"③谢颂羔大胆预言,即使是马丁·路德和加尔文在世,也必然会顺应时代,穷究事理,使自己的信仰由因袭而模糊步入正确而清晰。由此,针对基督教应该如何与时俱进,谢颂羔旗帜鲜明地提出了自己的主张:

> 我们最近主张,便是以为在宗教中一切的信仰,当有重要和次要的分别,不能一例地看重。我们以为在基督教的教义上,最重要的便是个人的道德和其行为,以及个人对于社会上所发生的关系,伦理范围中的一切成绩;教会中的如信条、遗传、仪式,应当被放在次要的地位。④

谢颂羔进一步说明,从历史上看,人类差不多被三件事禁锢,从而失去了原有发展的可能,这三件事即是礼节、信条、教会。他承认这三者在宗教中固然十分重要,但并不是宗教上最重要的成分。针对那些把一切礼节看作不可违背却漠视人生的态度,谢颂羔认为他们徒有宗教的外表,而无宗教的

---

① 谢颂羔:《今日基督教思想界的新趋势》,《基督教思想进步小史》附录,第121页。
② 谢颂羔:《今日基督教思想界的新趋势》,《基督教思想进步小史》附录,第122—123页。
③ 谢颂羔:《今日基督教思想界的新趋势》,《基督教思想进步小史》附录,第123页。
④ 谢颂羔:《今日基督教思想界的新趋势》,《基督教思想进步小史》附录,第124页。

精神。"吾人所相信的宗教,不但是要在礼节上把它表现出来;更是应该在人生的日常生活中将它实行出来,以提高个人的人格和社会的道德才是。"①

由谢颂羔的以上论述我们可以看出,他的宗教观已经较前期有了巨大的变化。众所周知,早期的基督教曾经将礼节仪式看得极为重要,例如"礼仪之争"的核心就在于是否能够接受中国人的祭祖跪拜仪式。就谢家来说,谢洪赉的《名牧遗徽》记载,谢颂羔的祖父谢行栋是严格恪守不跪拜偶像这一礼节的,对此谢洪赉亦是以充满赞美的语气来记载的。但是到了谢颂羔这里,他承认仪式固然重要,但更重要的,乃是宗教的实质。他曾经引用耶稣在安息日仍无所顾忌地给人治病的例子说明,耶稣看重的是人,不是礼节或信条,因为耶稣以为:"安息日是为人设立的,人不是为安息日设立的。"②"我们觉得一种礼节,若是真能提高人格和造福人生的,自当保存或促进之;若其足以妨碍人生的幸福和进步的,即须摈除消灭之。"③"宗教上最重要的,便是精神和灵性上的高尚生活,让人们实在能够因为信靠了耶稣而得救。"④由此可见谢颂羔的人本主义情怀。他实际上是劝导人们要透过现象看本质,掌握宗教的真精神,即通过宗教来提高和完善自己的人格;通过提高和完善每一个人的人格,进一步达到改变中国面貌的理想。

对于信条,谢颂羔并不是主张废弃教会中的信条,而是主张教会中的信条应该特别加增,并且每一信条,都当有详细确切的解释,好使信者得着明白的观念。至于对于基督教的组织——教会,谢颂羔也不是主张将其铲除,但却认为教会中分歧的宗派不应继续存在下去了:"我深致惜于现在的基督教会,对于最紧要的问题,每置而不问,其有和人生无关系并非急需的空闲问题,则拼命的去讨论之,辩驳之,而致引起冲突决裂的局面,这是我们所最引以为痛心的事!"⑤同时,他反对教会只将吸引人入教为唯一目标:"完全为

---

① 谢颂羔:《诸教的研究》,上海:广学会,1929年,第3页。
② 谢颂羔:《诸教的研究》,第257页。
③ 谢颂羔:《诸教的研究》,第92—93页。
④ 谢颂羔:《今日基督教思想界的新趋势》,《基督教思想进步小史》附录,第126—127页。
⑤ 谢颂羔:《今日基督教思想界的新趋势》,《基督教思想进步小史》附录,第127页。

求教会的发展,而加添些教友,并不是一心在求有良好的真基督徒"①。谢颂羔的看法,质胜于量——"因为教会乃是为基督徒而设的,基督徒却不是为教会而设的"②,同样体现的是他的人本主义思想。对于教会,他是极力主张自立的:"教会如果要自立,先要有自立的精神。"③ 他认为教会作为基督教的组织,是终不可少的,但如果不能自立,其实是违背了耶稣的精神。这既是对倪维思(J. L. Nevius)等前辈关于教会"三自原则"(自立、自传、自治)的继承④,也与后来中国基督教"三自爱国运动"(自治、自传、自养)的精神是一脉相承的。为了协助教会自立,他甚至主张牧师不拿薪水。⑤ 事实上他本人也曾长期在鸿德堂义务讲道。

概而言之,谢颂羔将基督教思想界的新趋势之目的分为两条:

1. 将基督教的真理,用新的事理和言论表现而证明之。
2. 表现基督教原有真正的精神,使于现代的人生和社会发生密切的关系。⑥

综上所述,谢颂羔的宗教思想是开放的、活泼的、不断发展的,而不是僵化的、保守的、一成不变的。他主张基督教应该与时俱进的目的,也无非是要使基督教和当时的人生与社会发生密切的联系,使宗教和社会打成一片,融为一体,由此证明基督教在现代社会中的价值,使耶稣成为上帝赐给世人的最贵重的礼物,使皈依了基督教的人们从自己的身上把耶稣的精神发挥出来,从而实现其将"天国建立在人间"的理想。同时他认为基督徒树立良好的榜样,制造出一种氛围,使未曾皈依基督教的人对基督教产生好感,远比强迫其入教或者参加宗教仪式要重要得多,这和司徒雷登(J. L. Stuart)的现

---

① 谢颂羔:《基督化人生的研究》,第42页。
② 谢颂羔:《基督化人生的研究》,第42页。
③ 谢颂羔:《我如何得有今日》,上海:广学会,1938年,第74页。
④ [韩]姜仁圭:《倪维思宣教方法对韩国教会的影响》,见陈建明、刘家峰编《中国基督教区域史研究》,成都:巴蜀书社,2008年。
⑤ 谢颂羔:《我如何得有今日》,第76页。
⑥ 谢颂羔:《今日基督教思想界的新趋势》,《基督教思想进步小史》附录,第128页。

代派传教思想是一致的。①

三、对"人格救国"观念的发展

在20世纪基督教新教的传教事业中，基督教青年会及其在华的发展，是一个极其重要的组成部分。青年会最初由英国商人乔治·威廉（George Williams 1821—1905）于1844年创立于伦敦，带有社会改良色彩。传入美国后，发展成以"德、智、体、群"四育为宗旨的新教社会活动机构，并掀起了"学生志愿国外传教运动"，从1886年到1918年，美国通过这个运动派往海外的传教士共达八千多名，其中二千五百多名被派往中国，占三分之一，许多著名的来华传教士，如司徒雷登（J. L. Stuart）、赖德烈（K. Latourette）等人都参与其中。20世纪初，美国基督教在中国力量的迅速发展和基督教青年会运动的兴起是有直接关系的。②

青年会于1885年进入中国，最初是在福州的英华书院和通州的潞河书院中的学校青年会。从1902年到1912年是青年会在中国的成长时期，他们全面地参与了中国政治社会生活中的各项变革，如出洋留学、君主立宪、建立共和等，青年会处此时代的剧变之中，努力维持生存，并寻求各种机会发展。③青年会在总结这一时期的发展与社会的关系时，指出："中国兴办新式学校，造就出具有现代眼光并得到新式训练的青年，他们的人数日有增加，……这些新式学校的毕业生中，发现有许多新的社会机关需要他们去服务，主要的如铁路、洋行、电报、学校等，都是为要联合一班新青年来组织团契和实现共同的理想。"④自1912年至1922年，是青年会的发展时期。1915

---

① 参见郝平：《无奈的结局——司徒雷登与中国》，北京大学出版社，2011年，第68—69页。
② 顾卫民：《基督教与近代中国社会》，上海人民出版社，1996年，第363—364页。
③ 参见赵晓阳：《基督教青年会在中国：本土和现代的探索》，北京：社会科学文献出版社，2008年。
④ 《中华基督教青年会五十周年纪念册》（1885—1935），上海：青年会全国协会出版社，第112页。

年始，余日章①出任"中华基督教青年会全国协会"总干事。青年会原先的宗旨，就是"发扬基督精神，团结青年同志，养成完全人格，建设完美社会"，其会训是："非以役人，乃役于人"。余日章在此基础上提出了"人格救国"的号召。他认为：

> 救中国不可不明其真原因，其原因不在政治之不良，而在国民人心之不良，欲救中国，非从解决国民问题，挽救人心不为攻；挽救人心，必须依赖耶稣基督。……我从自己的研究观察和经验，深觉我们要达到救国的目的，必须个人修养基督化的人格——一种坚贞不移的，在生活斗争的过程中能担当得起最严酷的试验的人格，把这班具有这种人格的人集结起来，才是中国民族最坚固的基础。②

中国自鸦片战争以后所进行的种种自救的努力，似乎都没有从根本上摆脱原先的窘境。因此一部分有识之士认识到先前的洋务运动、戊戌变法、义和团运动、清末新政乃至辛亥革命，都是外在的和表面的，而最重要的变革，应当是中国人本身的改变，是中华民族整个个人道德和心理上的变革。③例如孙中山《建国方略》的第一章即为"心理建设"，鲁迅弃医从文的根本原因，也是为了改造中国人的精神。"1915年开始的新文化运动，不仅是要用白话文代替文言文，更是代表了这种革新中国人心理的努力，希望对中国人本身进行变革。"④与此相呼应，教会内部的王正廷也于1915年指出，社会腐败和国家积弱的根本原因，在于"人心日益浇漓"，"德育日益堕落"，因为"一国人心向善则国强，反是则危"。⑤可见余日章提出的"人格救国"的号召既是基督教精神逻辑伸展的自然结果，也与中国当时的社会环境非常切合。

谢颂羔在赴美之前，即担任过东吴大学青年会的会长。1922年回到中国，

---

① 余日章（1882—1936），英文名 David Z. T. Yui，近代史上非常重要的基督教领袖，湖北蒲圻人，生于武昌（属武汉市）。天下第一首革命歌曲的作曲者，中国最早"红十字会"组织的创立者；"平民教育之父"晏阳初的启蒙老师，蒋介石与宋美龄的证婚人。
② 袁访赉：《余日章传》，上海：青年协会书局，1948年，第51—56页。
③ 顾卫民：《基督教与近代中国社会》，上海人民出版社，1996年，第367页。
④ 吴利明：《基督教与中国社会变迁》，香港：基督教文艺出版社，1981年，第2页。
⑤《中华基督教会年鉴》1916年第3期。

当时的青年会在余日章的领导下已经获得长足的发展，市会增至四十处，校会增至二百处，全国共有华干事五百五十人，西干事一百零三人，较之十年前增加260%，各大市会主持会务的干事，亦由西人改请华人充任。[①]谢颂羔与青年会的关系密切，对余日章的看法也深表认同。1924年，新文化运动在中国掀起的声潮尚未平息，改造中国文化的呼声震耳欲聋之际，他就尖锐地指出："现在弥漫国内的所谓'新文化'，我并不能看出有什么伟大的贡献，其唯一鲜明的成绩，不过是在文字上有些改革罢了。新文学上所用以作标识的白话文和语体诗，虽已到处风行，但今日中国所需要的，仅是这些么？这些就足以代替中国旧有文化的不足么？若说这些足以代替了中国旧有的文化，则其对于我们的民族和社会上的建设到底是些什么？若是不仅于此，则我们自当努力以探求到底用什么来应付中国改造的需求呢？"[②]应该说，谢颂羔对于新文化运动的批评虽然尖刻，但却敏锐地抓住了问题的实质，那就是新文化运动所倡导的白话文运动确实是从表面上的文体改革入手，但要改变中国积贫积弱的局面，根本之道还在建设，需要彻底改造中国文化。这也就是鲁迅提出的"改造国民性"的问题，但是鲁迅之议论，批判多于建设。如何改造国民性呢？谢颂羔认为要救中国，必须首先改变中国人；要改变中国人，中国必须走基督化的路子，这可谓与余日章一脉相承。他以改变中国人为其一生奋斗的最终指归，其目的与鲁迅的"改造国民性"异曲同工。至于如何改造中国人，谢氏同样认为，当从人格的养成入手。何谓人格？是指人的品格行为。但是谢颂羔强调："人格不但是包括行为在内，即是态度、观念等也都包括在内。……凡属真、善、美的一类，无论他是表现在行为上或是蕴蓄在精神上的，都是可以称为人格的一部分。人生之高大的理想，也是居人格的大部分。……所以一个完全的人格，乃是包括人生目的或动机以及高大的理想等都在内的。"[③]由此可见，谢氏不以成败论英雄，因为有些人虽然不能把他的理想完全实现出来，但在论及他的人格时，却不能不考虑他的理想，因为

---

① 《中华基督教青年会五十周年纪念册》(1885—1935)，第96页。
② 谢颂羔：《三大文化与今日之中国》，《青年进步》1924年第74册，第28页。
③ 谢颂羔：《基督化人生的研究》，第75—77页。

理想乃是指导行为的先锋和产生人格的源泉。由于人类是有自由意志的动物，所以一个人为善为恶，都由自己决定，因此人格各有不同。要想全面地改变中国人，提升中国人的人格，必须重视青少年时期的教育。宇宙观决定世界观，世界观决定人生观，谢颂羔的宇宙观、世界观决定了他认为中国的根本出路在于中国人养成基督化的人格。鲁迅在其《狂人日记》中发出了"救救孩子"的呼唤，但那着重于对传统制度的批判，谢颂羔一直强调建设重于批判，他对于青少年的教育倾注了大量的心血，做了许多大量而具体的工作，其根本的目的，在于培养具有基督化人格的公民。他说："今世所新发明的机械，交通以及声光化电，确实予人以格外便利；不过这些东西只是发明出来供人采用，仅是文化的工具。唯有人格的提高，智识思想的进步，这才是真正文化的表现。"[1] "我国的人民，不识字者居三万万左右；而人心道德也是日渐浇漓，这样，又岂能谈得到政治革命呢？所以我们现在当谋求治本的方法，普及教育，提高人民的伦理道德思想。若是先有精神革命，则政治革命也便不难成功了。"[2]

这样，谢颂羔就把基督教的传教与挽救中国的教育启蒙的普及结合在了一起。由此可见，谢颂羔作为一名基督徒，同时也是一位爱国主义知识分子。所谓"人格救国"，其实就是教育救国，因为人格的培养离不开教育。对于人格的养成，谢颂羔认为有以下要点：

1. 养成人格的最好时期，是在儿童和青年时代。人格的发展，固然是一生无止境的，但人到中年以后，大概的习性都已养成，学习力也不似儿童时代，因此要特别重视儿童和青年的教育。

2. 环境对于一个人人格的养成，具有十分重要的作用。家庭和师友的作用固然不可小视，一些社会名流、英雄豪杰，他们的人格，同样具有极大的潜力，足以变化和养成儿童的人格。因此，这些伟人豪杰的一言一行，都是养成高尚人格的最好工具。

---

[1] 谢颂羔：《文化的研究》，上海：广学会，1928年，第5—6页。
[2] 谢颂羔：《伦理的研究》，上海：广学会，1927年，第279页。

3. 在教导儿童的时候，不但要迎合儿童的兴趣和理想，而且要让儿童知其然更知其所以然。换言之，若要养成儿童的人格，并且可以使他保持永久，则不应勉强儿童去做，而应将所学事项的价值和必需告诉他。

4. 教师不但要给儿童理想，而且要使他们能够融会贯通，要将理想打入儿童的心中，使他们能够真正地了解，并且可以实用于日常人生当中。①

这些观点，可以说是谢颂羔融合东西方文化，并以自己的实践经验检验过的结晶，其中既有中国传统教育的精华：如前两条，很容易让人联想起中国的老话："三岁看大，七岁看老"，"一傅众咻"；也闪耀着民主的光芒：如后两条，强调教师与学生的平等，知其然并知其所以然，理论联系实际，而不是一味灌输或采取高高在上的态度。由此可见，谢颂羔在接受基督教文化的同时，对于中国的传统文化也没有完全排斥。更为难得的是，谢颂羔指出了环境对于教育的重要意义，特别是社会环境也应该担负起培养人格的重任来。

小　结

基督教与中国社会之间的互动，是不同社会文化体系之间的互动，因为双方都不是对方系统中的原生要素，它们之间实际上是互为"他者"的。一般来说，"内部的他者"是指一类进入本土文化内部的他者，例如汉唐时期通过陆路交通到达中国并在内地长期生活的西域商人、布道者等，他们对于中国来说就是一批"内部的他者"，明清时期的传教士也是如此。但这一概念之中的"他者"，并不能完全以国籍来认定，而要看他的文化价值取向。具体到谢颂羔来说，虽不尽像钟晓文所说"谢虽为中国牧师，但生于基督教家庭，

---

① 谢颂羔：《基督化人生的研究》，第77—79页。

在美接受神学教育，其阐释视角与认知范式实与西人无异"，①但如果比较谢颂羔与当时大部分中国人，我们不难发现就人生观和价值观而言，他其实与很多西方基督徒更为接近，因此笔者认为谢颂羔也可以被视为一个"内部的他者"。他将基督教文化介绍到中国，希望通过自己一点一滴的努力改变中国人这个"系统主体"，并最终在全世界实现"将天国建在人间"的基督教世界主义理想。其实，当时在中国的那一批基督徒知识分子都可以被视为"内部的他者"，他们的努力反映了他们的宗教理想和社会责任感。尽管由于历史的原因，他们的理想没有实现，但他们为促进中国文化与基督教文化的融合所做的努力是值得肯定的，对促进中国社会进步所作出的贡献不容抹煞。但是，当我们今天回顾历史，我们又必须注意进行更深入的思考。

当时的中国文化面对西方，显然是弱势文化，身处弱势文化的中国基督徒知识分子在向中国社会传播基督教时，面临与传统文化的差异和自己身份的双重困境。这也就是为什么这个特殊群体往往被西方人看作不够虔诚和彻底的基督徒，被中国人看作忘本和西化的同胞而在近代中国饱受争议。面对强势文化，如果毫无保留地接受其主流价值观，可能会危及本国文化，无法提高本国文化地位，甚至完全失去主体性；反之，如果使他者的价值观服从本国的意识形态，就容易陷入民族主义的陷阱，甚至无法正视其优秀文化，拒绝与世界文明共同进步的机会。这种"他者"的价值观与系统主体意识形态之间的张力构成了这些"内部的他者"的纠结所在。因此在"涵化"②的过程中，对于这些来自本族的"内部的他者"，正确定位自己的身份至关重要。既要选取强势文化中那些具有积极意义的因素，又要注意甄别其对本民族通过文化改造和思想改造而达到征服的行为，要注意充当沟通文化的使者，促

---

① 钟晓文：《"儒教"的跨文化认知与传播：语义变异与幻象建构》，《福建师范大学学报》（哲学社会科学版）2014年第3期，第41页。

② 王立新指出：文化涵化的现象在中国文化史上并不鲜见。佛教传入中国后，最初曾拒绝采用中国文化的特质，企图"全盘佛化"，但不久就依附于玄学，在隋唐时开始禅化，出现玄学化、中国化的佛教流派——禅学、华严宗等，成为中国文化的一部分，中国的儒家文化也吸收了佛学的教理，创造出新文化，即融合儒佛道的宋明理学，又称新儒学。（见王立新：《美国传教士与晚清中国现代化：近代基督教新教传教士在华社会、文化与教育活动研究》，天津人民出版社，2008年，第147页。）

进本民族进步的先锋,而不是"文化侵略"的帮凶。

  对于谢颂羔的研究尚属开创,期待学界在探讨基督教中国化的历史和现实进程中,可以对谢颂羔的典型案例开展进一步的深入研究,明确其在基督教新教在华传播史中的地位。同时,谢颂羔的思想十分丰富,成就也比较广泛,以后应进一步加强对其在文学史、教育史、中外文化交流史等方面的专项研究。

参考文献

[1] [美]罗伯特·金·默顿:《十七世纪英格兰的科学、技术与社会》,范岱年等译,商务印书馆,2000年。

[2] 谢颂羔:《基督化人生的研究》,上海:广学会,1928年。

[3] 谢颂羔:《基督教思想进步小史》,上海:广学会,1929年。

[4] 谢颂羔:《诸教的研究》,上海:广学会,1929年。

[5] 谢颂羔:《我如何得有今日》,上海:广学会,1938年。

[6] [韩]姜仁圭:《倪维思宣教方法对韩国教会的影响》,见陈建明、刘家峰编《中国基督教区域史研究》,成都:巴蜀书社,2008年。

[7] 郝平:《无奈的结局——司徒雷登与中国》,北京:北京大学出版社,2011年。

[8] 顾卫民:《基督教与近代中国社会》,上海:上海人民出版社,1996年。

[9] 赵晓阳:《基督教青年会在中国:本土和现代的探索》,北京:社会科学文献出版社,2008年。

[10] 袁访赉:《余日章传》,上海:青年协会书局,1948年。

[11] 吴利明:《基督教与中国社会变迁》,香港:基督教文艺出版社,1981年。

[12] 谢颂羔:《三大文化与今日之中国》,《青年进步》1924年第74册。

[13] 谢颂羔:《文化的研究》,上海:广学会,1928年。

[14] 谢颂羔:《伦理的研究》,上海:广学会,1927年。

[15] 钟晓文:《"儒教"的跨文化认知与传播：语义变异与幻象建构》,《福建师范大学学报》(哲学社会科学版)2014年第3期。
[16] 王立新:《美国传教士与晚清中国现代化：近代基督教新教传教士在华社会、文化与教育活动研究》,天津：天津人民出版社,2008年。

（作者单位：北京第二外国语学院汉语学院）

京师同文馆的生源困境及其改善

陈海燕

摘要：晚清开设京师同文馆，能否吸纳优质生源进入这个新兴的教育机构，是实现设馆培养外语人才目标的核心问题。京师同文馆在生源资格方面，最初遵从惯例，以咨取八旗子弟为主，后因质量问题而逐步扩大招生范围，最后发展为公开招考，吸纳供职翰林院的人员。这种变化及其带来的传统儒家社会的强烈抗争，体现了京师同文馆在洋务派的领导下，所实施的生源改革从遵从到突破的发展历程，展现了我国早期对外语人才知识结构与能力培养的认识与思考，其开辟异地保送渠道的做法沿用至今。

京师同文馆的设立是晚清政府在传统教育体制内寻求突破的尝试，对遵循"祖宗之法不可变"的晚清社会来说，这种突破非常之艰难。前有有识之士的极力倡导，后有洋务运动首领的坚决推动，才使京师同文馆得以设立及运转。但是设馆之后首要的挑战，便是如何解决生源问题，因为生源是保障人才培养目标得以实现的关键所在，会直接影响人才培养的最终效果。总理衙门作为京师同文馆的管理部门，经常督促检查同文馆的教与学的状况，在优化生源方面采取了调整或改革的各项举措，确立了影响至今的外语类人才招生的基本方式。

一、晚清儒家文化对京师同文馆生源的影响

晚清时期，传统社会还在按照原有的秩序与惯性运行，儒家思想依然根

深蒂固且影响广泛。洋务运动虽然进行着中国前所未有的尝试，但其出发点与发展路线还根源于传统思想。建立"中学为体，西学为用"的理论，是洋务运动之所以能够在传统社会取得发展空间的重要原因。京师同文馆的设立也是如此，需要从传统社会内部寻找合理依据，而一旦意图脱离其约束，就会遭受前所未有的压力和非议，出现优秀人才避而远之的困境。

（一）京师同文馆生源资格及其变化

京师同文馆生源是决定教育成效的关键因素。史料所载同文馆生源条件经历了多次变化与反复。设馆之初，为培养通晓外国语言文字、在对外交涉中能够沟通交流的人才，洋务派基本仿照俄罗斯文馆的做法，将学生来源限定在八旗之中，要求从年龄十三四以下中选拔天资聪慧者。[①] 从最终选拔结果来看，各旗选拔情况并不是很理想。奕訢在八旗中仅挑选出二十名学生，录取十名，备选十名，并表示等这二十名学生悉数入学后，要放宽选拔范围，"应由八旗满、蒙、汉闲散内，择其资质聪慧、现习清文、年在十五岁上下者"。[②] 时隔仅一年半，奕訢对学生的年龄做了微调，可见选拔结果并不如当初所愿。在同文馆开设的第五年，以奕訢为首的总理衙门奏请在英、法、俄三馆之外，增设天文算学馆，培养能够洞彻天文算学根源、专精务实的自强之才，他对五年来培养外语人才的情况总结为"各馆学生于洋文洋话，尚能领略；惟年幼学浅，于汉文文义，尚难贯穿。现仍督令该学生等，将洋文翻译汉文，以冀精进。只以功力分用，速效难期，若再令讲求天文、算学等事，转恐博而不专。"[③] 奕訢认识到培养外语人才并非如最初设想的那么简单，汉文是不可逾越的关口，必须具备一定的基础才能学好。西方科学技术的学习尤其如此，倘若八旗学生来学习，需要在学习清文、汉文、西文的基础上，再进行专业领域的学习，需要补充大量的基础课程，具有周期长、难度大的特点。因此，从现实的角度讲，要想尽快培养出洋务人才，需要选拔具备相当

[①] 贾桢等：《筹办夷务始末》（咸丰朝）卷71，北京：中华书局，1979年，第24—25页。
[②] 宝鋆等编：《筹办夷务始末》（同治朝）卷8，北京：中华书局，2008年，第29—35页。
[③] 宝鋆等编：《筹办夷务始末》（同治朝）卷46，第3—4页。

基础的优秀人才。因此建议"招取满汉举人及恩、拔、岁、副、优贡,汉文业已通顺,年在二十以外者,取具同乡京官印结或本旗图片,赴臣衙门考试",并要求允许正途出身五品以下满汉京外各官入馆学习,"准令前项正途出身五品以下满汉京外各官,少年聪慧,愿入馆学习者,呈明分别出具本旗图片及乡官印结,一体与考"①。次月,总理衙门进一步扩大了生源范围,"查翰林院编修、检讨、庶吉士等官,学问素优,差使较简,若令学习此项天文、算学,程功必易",认为可将供职翰林院的人员纳入招考范围,"前议专取举人,恩、拔、副、岁、优贡,及由此项出身人员。今拟推广,凡翰林院庶吉士、编修、检讨,并五品以下由进士出身之京外各官,俾充其选",并且进一步放宽年龄限定,认为京外衙门咨送人员年在三十之内即可,如果具备一定的天文、算学基础,年岁亦可不限,②这一招生条件被列入《同文馆学习天文、算学章程六条》之一。

这个生源范围突破了传统的八旗,进一步放宽年龄界限、地域界限,打破了京师同文馆在中国传统教育体制之外运行的现状,勾连了新型人才与士大夫的培养路径。正因如此,此举招致了社会上的猛烈抨击,顽固派对科甲正途之士学习天文、算学,持强烈反对态度。张盛藻在奏折中写道:"愚臣以为朝廷命官必用科甲正途者,为其读孔、孟之书,学尧、舜之道,明体达用,规模宏远也,何必令其习为机巧,专明制造轮船、洋枪之理乎?……至轮船、洋枪,则宜公布遴选精巧工匠或军营武弁之有心计者,令其专心演习,传授其法,不必用科甲正途官员肄习此时。"他认为科甲官员是国家栋梁、朝廷支柱,"四民之所瞻仰,天下之所崇奉者也",如拜洋人为师,学习天文算学,会导致"惟教是从,惟命是听"、天下之人相习成风、不法之徒结党成群等诸多不利后果。③张盛藻的奏折遭到上谕的批驳,朝廷申明"朝廷设立同文馆,取用正途学习,原以天文算学为儒者所当知,不得目为机巧。正途之人用心

---

① 宝鋆等编:《筹办夷务始末》(同治朝)卷46,第3—4页。
② 宝鋆等编:《筹办夷务始末》(同治朝)卷46,第44—48页。
③ 宝鋆等编:《筹办夷务始末》(同治朝)卷47,第15—16页。

较精,则学习自易,亦于读书学道无所偏废"①。

两周后,大学士倭仁上奏,"今复举聪明隽秀,国家所培养而储以有用者,变而从夷,正气为之不伸,邪氛因而弥炽,数年以后,不尽驱中国之众咸归于夷不止"②,认为如果允许正途之人跟随洋教习学习,社会风气将随之转向,最终将导致"以夷变夏"的严重后果。奕䜣对此回应道,"恐学习之人不加拣择,或为洋人引诱误入歧途,有如倭仁所虑者,故议定考试必须正途人员,诚以读书明理之士,存心正大,而今日之局,又学士大夫所痛心疾首,必能卧薪尝胆,共深刻励,以求自强,实际与泛泛悠悠不相关者不同"③,说明正是担心从学者被引诱误入歧途,才选择存心正大的正途出身人员,倡导士大夫在当前时局应卧薪尝胆、图谋自强,而不是摆出与己无关的姿态。对此,倭仁争辩认为,士大夫如果肯师从夷人,即可见其志向与抱负,"又安望其存心正大、尽力报国乎?"并批评奕䜣的提议"未收实效,先失人心""多此一举""于人才政体两无裨益"。④倭仁言辞激烈的奏折,引发了洋务派与顽固派历时近三个月的争辩,最终以上谕支持洋务派举措宣告结束。

光绪十一年(1885),总理衙门奕劻奏折又提及了生源条件,他提出"臣等公同商酌,现拟推广招取满汉年在十五岁以上、二十五岁以下、文理业已通顺者,取具本旗图片及同乡官印结,递呈投考,仍由臣等试以策论,择其文理可观者录取,挨次传补",奏请"拟招考满汉之举贡生监",并再次申明"如有平日讲求天文、算学、西国语言文字,不拘年岁"。⑤总体而言,京师同文馆对生源的年龄要求在逐步放宽,招录范围逐渐突破八旗限制。19世纪末,因社会风气逐渐开化,有志之士意识到西学的重要,要求进馆学习的渐渐增多,其中不乏知名之士。对此,京师同文馆采用较为开放的方式接纳,直至无地容身,才规定有缺额时采取传补方式招录进馆。

---

① 宝鋆等编:《筹办夷务始末》(同治朝)卷47,第16—17页。
② 宝鋆等编:《筹办夷务始末》(同治朝)卷47,第24—25页。
③ 宝鋆等编:《筹办夷务始末》(同治朝)卷48,第1页。
④ 宝鋆等编:《筹办夷务始末》(同治朝)卷48,第10—12页。
⑤ 中国史学会:《洋务运动》(二),上海人民出版社,2000年,第63—64页。

以上历次生源条件的变化，有的属于个别条件的微调，如对年龄、入学基础知识要求的调整；有的则属于因人才培养目标改变的根本性调整，如同治五年（1866）为培养天文算学人才而制定的招生条件；有的是主动谋求发展突破的改变，如主动要求将举贡纳入招考范围。其中，同治五年（1866）为培养天文算学人才而划定的招生范围，是同文馆生源的最大突破，这种变化的背后是京师同文馆培养外语人才观念的嬗变。从最初遵从祖宗之法、仿效俄罗斯文馆从八旗中选拔，到最后进入晚清主流教育体系及官僚体系选拔，从精通外国语言文字即可到掌握西方科学技术精髓，正是京师同文馆关于外语人才培养的设想从"西文"逐步走向"西学"的体现，培养目标的变化与提升必然对生源提出更高要求，而进入主流教育体系选拔，就如一粒石子投入平静的湖面，激起阵阵涟漪，传统卫道士会因为价值观念受到挑战而奋起反抗，维护传统的权威与原有的秩序。

（二）对传统思想的遵从与突破

从京师同文馆设立之初的缘由表述，即可窥见传统思想的影响力。咸丰十年，奕䜣在善后章程中奏请培养通晓外国语言文字的人才，从与外国交涉困难谈起，例举康熙四十七年（1708）设立俄罗斯文馆学习的深意，从而引出培养其他国家语言的必要性。他对学生来源的设想，是完全遵从俄罗斯文馆的做法。[①] 毕乃德也认为，在中国教授外国文是由来已久的主张，早有唐代的通译局，后有明代的四译馆，现有俄罗斯文馆，有了俄罗斯文馆的先例，对新设语文学堂的创办人是有好处的。[②] 他所谓的好处，可能一是指设立文馆不会有太多的争议，二是指设立文馆有章可循，包括生源。事实证明，在传统制度框架内设立同文馆，虽然学习的语言从四夷语言变化为列强语言，有着根本性的不同，但这种不同在最初并未引起太多的社会关注。

在同文馆设立初期，为了尽快培养出与外国交涉的语言人才，奕䜣对生

[①] 贾桢等编：《筹办夷务始末》（咸丰朝）卷71，第24—25页。
[②] Biggerstaff Knight, *The Earliest Modern Government Schools in China*, New York: Cornell University Press, 1961, pp.96—97.

源条件作了适当的调整,希望通过放宽年龄的限定,能够录取到优质生源,改变语言学习的现状。这个决定可能与俄罗斯文馆教学效果不理想的现实有一定的关系。在总理衙门刚成立时,内阁议奏将俄罗斯文馆归并总理各国事务衙门,获得准奏。据大学士贾桢奏报,总理衙门组织对俄罗斯文馆学生进行测试,测试结果颇为意外,应试十三人中只有一人还能称得上是"稍通文义",被送到总理衙门拟设的同文馆,其余皆被裁撤。① 这次考试,对意欲沿用俄罗斯文馆旧例设立同文馆的总理衙门来说,具有颠覆性的意义,决定了其必须重新探索如何培养可堪重任的外语人才,但俄罗斯文馆的先例对同文馆依然重要。丁韪良就曾直言不讳地讲到,"那个学校正式归并了同文馆,但是里面一无教员,二无学生,真不知道凭什么来归并。他的资产只是一些章程先例而已。章程则常被抄引,先例则常被援用,借以避免攻击,以见同文馆之创设并非自我作古而已"。②"俄文馆对于同文馆的贡献徒有虚名,但在视革新为洪水猛兽的中国,虚名又何尝没有价值呢。"③

同治五年(1866),恭亲王建议增设天文算学馆,其对于吸收科甲正途人员的建议,之所以遭到众多反对,与此类教育在传统文化中的定位有很大关系。如山东道监察御史张盛藻上奏,"天文算法宜令钦天监天文生习之,制造工作宜责成工部督匠役习之,文儒近臣不当崇尚技能",他认为天文算学是机巧之学,科甲正途人员应做朝廷命官,而不是去学习如何制造轮船、洋枪。④ 可以说,这种观点在当时社会代表了相当一批传统学者的认识。大学士倭仁虽然表明"数为六艺之一,为儒者之当知,非歧途可比",但认为天文算学为益甚微,即使学有所成,也只是术数之士。⑤ 如果说张盛藻代表的是地方儒者的观点,那么倭仁身为帝师、学问精深、德高望重,他对天文算学的态度代表了晚清儒家文化精英的观点。在中国传统儒家文化中,数是六艺之末,居

---

① 宝鋆等编:《筹办夷务始末》(同治朝)卷8,第35—36页。
② [美]丁韪良:《同文馆记》,《教育杂志》1937年第27卷,第4期。
③ [美]丁韪良:《花甲忆记:一位美国传教士眼中的晚清帝国》,桂林:广西师范大学出版社,2004年,第200页。
④ 宝鋆等编:《筹办夷务始末》(同治朝)卷47,第15—16页。
⑤ 宝鋆等编:《筹办夷务始末》(同治朝)卷47,第16—17页。

于礼、乐、射、御、书之后，术数之士是士人阶层的最低等级。直隶州知州杨廷熙则更为极端，他以天象之变请求撤销同文馆，认为中国历朝历代都未将天文算学纳入正统儒家教育范畴，是因为这门学问与天之祸福直接相关，"孔子不言天道，孟子不重天时，非故秘也，诚以天文算学，礼几祥所寓"，认为精于此道的人不会惠及世人，学之不精的人会逆理违天，损害世道人心，"伊古以来，圣神贤哲，不言天而言人，不言数而言理"。①以上缘由陈述，虽不免偏激，但也有着相当的社会思想基础。天文算学从来都不是正统儒家教育，属于工师之事，与圣贤之学分属不同领域，其招考也有着自己的途径和范围。

以上诸位的论述，虽受到清帝不同程度的批驳，但是因其从传统儒家文化立论，得到了士人阶层的拥戴，尤其是倭仁陈述的理由，对时人影响至深。在徐一士的《倭仁与总署同文馆》一文中，重点描写了世人对于这场争论的态度。李慈铭在日记中为倭仁抱不平，认为"其论亦足代表其时多数士夫之意见"。李岳瑞在《春冰室野乘》中写了张盛藻上奏后的社会反响，"疏上，都下一时传诵，以为至论。虽未邀俞允，而词馆曹郎皆自以下乔迁谷为耻，竟无一人肯入馆者。"②由此可见，总理衙门招考科甲人士学习天文算学，遭到了坚守传统儒家文化的大臣与文人的一致反对与攻击。受这种观点影响，天文算学馆虽然获准招收科甲正途人员，可惜几无人员报考，投考之人都不尽如人意，符合要求者极少。对此，奕䜣在奏折中有具体描述，奏明因社会浮言四起，使得很多人持观望态度，正途投考者寥寥，不得已只好放宽了准入门槛，但所录取学生素质较差，大多不符合学习要求，最后因留馆人数过少，只好与其他学生归为一处，天文算学馆的开设最终有名无实。③

尽管如此，设立天文算学和选拔举贡人才获得恩准，对同文馆而言是发展的最大突破。有了这次破冰，西方科学教育的种子才得以落地生根，培养新型人才的模式才有了开始。十八年后，庆亲王奕劻在回顾天文算学人才的

---

① 宝鋆等编：《筹办夷务始末》（同治朝）卷49，第13—24页。
② 徐一士：《一士类稿，一士谭荟》，北京：中华书局，2007年，第133—138页。
③ 宝鋆等编：《筹办夷务始末》（同治朝）卷49，第30—31页；卷59，第35—36页。

培养时,用"十余年来,索隐探微,穷格奥窔,于梅文鼎、江永之绝学,渐能通晓"①来形容同文馆师生孜孜不倦所取得的成就,而再次招考时,投考之人颇多,应试者计有三百九十四名,可谓风气正蔚,与第一次招考的景象有着天壤之别,这是社会风气渐开的结果,但不排除正是当年同文馆敢冒天下之大不韪,才有助于社会风气的日渐开朗。

二、京师同文馆生源状况分析

在历时四十年的办学历程中,京师同文馆为改善生源,在招生方式上做了多种尝试,既有沿袭传统的做法,也有开风气之先的探索。综合现有史料关于同文馆学生的记载,京师同文馆的生源可分为以下三种:

(一)八旗咨取缘由与质量问题

同文馆设立之初,沿用了俄罗斯文馆的旧制,《新设同文馆酌拟章程六条》对生源有明确规定,要求限定在八旗满蒙汉军闲散内。之后,因生源与培养目标之间的差距过大,条件逐渐放宽,但八旗咨取依然是同文馆学生最主要的来源。光绪九年(1883)掌广东道监察御史陈锦有感于八旗少年子弟学无所成,通晓洋文、汉文者寥寥无几,曾上奏提出让八旗少年子弟归旗读书的建议。②光绪十一年(1885),奕劻上奏称,"臣等查同文馆自同治元年设立以来,迄今二十余年,向由八旗咨取十三四岁以下幼丁"③,这些学生经面试后,记名挨次传补,送入同文馆分馆学习,认为这种生源学生在学习方面存在一定的问题,即洋文洋语还能认识理解,但汉文基本功却相对较差,以洋文翻译汉文难以短期见效,如果这批学生再去学习天文、算学,就有博而不专的问题了。据此,可以得出两个结论,一是八旗咨取在光绪十一年前一直是京师同文馆招生的主要方式,二是这种生源受汉文水平所限,在洋文翻译汉文方面

---

① 中国史学会:《洋务运动》(二),第63—64页。
② 中国史学会:《洋务运动》(二),第59—61页。
③ 中国史学会:《洋务运动》(二),第59—61页。

不理想，更不适合学习天文算学，这一问题是奕訢早在二十年前就已认识到的，但因八旗咨取方式未改变，问题也一直延续下来。从丁韪良对学生的描述，也可以印证这一点，"我们的学生都是官费生，其名额只限于一百二十人。他们又可以分为两种：一种从外语开始学习，另一种从格致学开始学起。前者都是来自北京的旗人，往往在学习语言时连本国的文字也知之甚少。后者包括汉人和旗人，他们的文学水准必须要达到能通过科举考试的程度，在他们中间获得秀才、举人和进士这三种学位的人都有。"[1]丁韪良所言的学生群体的构成，应是实行公开招考之后的情况，而八旗子弟学习外语的基础依然是如此薄弱。

京师同文馆之所以采取八旗咨取的方式，可能有多方面的原因。一是因循惯例，俄罗斯文馆生源采用的就是八旗咨取的方式，脱胎于俄罗斯文馆的京师同文馆自然也不例外，尽管这种生源对于学习外语而言有语言基础的缺陷，但总理衙门为遵从祖制，从未提出要取消这一招生方式，只是借天文算学等新科目的增加拓宽招生来源，形成对原有方式的补充；二是洋文学习事关国家大事，需找可靠之人学习，八旗是清政府的立国之本，从八旗子弟中选择合适人员学习，将与外国交涉的重要职责掌握在统治阶层手中，符合清政府的整体利益，因此一百年前的俄罗斯文馆章程就已明确招收八旗子弟，这样的制度设计考虑的就不仅是语言学习效果的问题，而更多要从涉外这种要事掌握在谁手里的角度来考虑问题，连齐如山也认为同文馆之所以招收八旗子弟，是因为"在汉人一方面，政府无法控制，招学生太费事"[2]；三是同文馆入馆学生均可享有膏火钱，"本衙门设立同文馆令诸生学习西语西文，备翻译差委之用，因事关交涉，是以于该生在馆供给一切外，仍分别等第给予膏火银两，用示优待"[3]，学生入馆即有每月膏火三两，若学有所成被选拔到前馆学习，则每月膏火六两，数年之后课业进步很大的则增至十两，之后若被聘为副教习等职位，薪水则会随之增加，而且学有所成还会被授予不同官衔，

---

[1] [美]丁韪良：《花甲记忆——一位美国传教士眼中的晚清帝国》，第211页。
[2] 齐如山：《齐如山回忆录》，沈阳：辽宁教育出版社，2005年6月，第29页。
[3] 《同文馆章程及续增条规》，清光绪铅印本，国家图书馆藏，第7—8页。

如此优厚的条件,原为八旗子弟设定,是清廷为八旗这一特殊阶层的子弟进入仕途铺就的一条特殊通道,尤其对那些科举无望的八旗子弟而言具有一定的吸引力。尽管如此,齐如山描述的最初的招生情形也不乐观,"馆是成立了,但招不到学生,因为风气未开,无人肯入,大家以为学了洋文,便是降了外国。……由八旗官学中挑选,虽然是奉官调学生,但有人情可托的学生谁也不去,所挑选者,大多数都是没有人情,或笨而不用功的学生。……这些学生入了同文馆之后,亲戚朋友对于学生们的家庭,可就大瞧不起了,说他堕落,有许多人便同他们断绝亲戚关系,断绝往来。社会的思想,对于这件事情看得这样的严重,大家子弟不但不愿入,而且不敢入,因之后来之招生就更难了。"[1]虽然齐如山的回忆有些细节与现实不完全相符,但也可反映出当时京师同文馆招生之难。

(二)公开招考的破冰与影响

同文馆学生采用招考方式,始自同治六年招考天文算学。据当年奕䜣奏折,要通过报考、资格审核、策论考试、共同阅卷、复试、录取等环节,筛选合适人选进入同文馆学习。从当年的报考人数与最终录取人数的比例看,报考九十八名、缺考二十六名、录取三十名、一年后测试留馆十人,也就是说,通过声势浩大的公开招考方式,同文馆并未录取到合适人选,最后留馆的十人,只是报考人数的十分之一,还不足以单设一馆学习。但奕劻于十八年后,肯定了这种招考方式在人才培养方面的实际效果,并重新提出要招考满汉的举贡生监,并且提出对具有天文、算学、化学、西语基础的人,不限定年龄,一律准予考试。与此同时,也不限定正途人员,年龄在十五岁到二十五岁、汉文基本功较好的满汉人员,都可以报考。从当时报考的情况看,证明此种方式确实起到了选拔的作用,报考人数三百九十四名,一百五十名进入复试,最后录取一百零八人。根据光绪二十二年(1896)八月堂谕,"据总教习呈称:按同文馆定章,学生缺额不得逾一百二十名之数"。[2]由此可见,

---

[1] 齐如山:《齐如山回忆录》,第29页。
[2]《同文馆章程及续增条规》,第42页。

1885年之后,公开招考成为京师同文馆生源的主要形式。此外,根据董恂的年谱记载,同文馆应该还有两次公开招考,分别是同治九年和光绪四年,只是具体情况不详,史料中也缺乏记载。①

(三)广方言馆、广东同文馆的备选

同文馆增设天文算学馆,因所录人员不尽如人意,并且欠缺西文、西语基础,奕䜣于同治六年九月十五日上奏,要求从上海、广东两地所设的外国语言文字学馆选拔学生,认为经过三年学习,两馆学生中具备西文西语基础的应该不乏其人,如果从中选拔学有成效的人员,与京师同文馆招录的天文算学人员共同学习,必能实现开设天文算学馆的目标。②事实证明,奕䜣的判断是对的,上海同文馆咨送的五名学生,经考试证明,学有成效,均堪造就。

据《京师同文馆学友会第一次报告书》记载,上海广方言馆共向京师同文馆咨送了5批27名学生,同治七年(1868.4)5名、同治十年(1871.9)7名、光绪五年(1879.12)2名、光绪十六年(1890.8)7名、光绪二十二年(1896)7名。其中,同治七年咨送的5名人员中,严良勋为尽孝最终回广东就职,并未留在京师同文馆学习,所以京师同文馆调取上海广方言馆的最终人数应该是27名。广东同文馆共向京师同文馆共咨送了6批40名学生,同治六年(1867.12)6名、同治十年(1871.8)11名、同治十一年(1872.10)3名、光绪十六年(1890.4)12名、光绪二十二年(1896)8名、光绪二十五年(1899)6名,其中,同治六年咨送的人员第二年全部被咨送回广东,又分别于同治十年、同治十一年咨送到京师同文馆。③

从数量上来看,两馆咨送到京师同文馆的学生总数为67名,广东同文馆咨送人员数量几乎是上海广方言馆的2倍。由于京师同文馆学生在馆人数是累计数,而且不同发展阶段,其学生规模有差异,所以,很难准确计算这67名学生所占全馆学生的比例。但依据一些史料进行推断,也可大致得知一些

---

① 苏精:《清季同文馆及其师生》,作者自办发行,台北:上海印刷厂,1985年,第52页。
② 宝鋆等编:《筹办夷务始末》(同治朝)卷50,第35—36页。
③ 马廷亮:《京师同文馆学友会报告书》,北京:京华印书局,1916年,第16—17页。

片段情况。据赫德同治十一年（1872）写给金登干的信记载，当时京师本地学生有 70 名，广东保送 12 名，上海保送 7 名。[①]以此计算，1872 年两馆保送学生占比约为 27%。据四次《同文馆题名录》记载，参加外语大考的学生人数，光绪五年（1878）为 88 人，光绪十四年（1888）为 91 人，光绪十九年（1893）为 100 人，光绪二十四年（1898）为 106 人。由于同文馆大考每三年举行一次，考试之后，总理衙门会根据学生成绩择优奏保官职，有些学生会随使出洋或升迁出馆。在没有具体名单的情况下，很难判断参加大考的学生中有多少是两馆咨送的学生。但光绪十六年两馆咨送的学生肯定会参加光绪十九年的大考，以此计算，两馆咨送的学生参加大考的比例至少应为 19%。

从质量上来讲，广方言馆和广东同文馆咨送的生源质量总体高于京师同文馆在八旗咨取的学生。广方言馆设立之初，入学条件与方式均较严格，其试办章程规定"有品望之官绅保送……赴上海道面试……择时文稍通者"[②]，此要求比京师同文馆严格规范，所以学生起点较高，加之咨送学生经过三年左右时间的学习，已经具备一定的西语或西学基础，所以与京师同文馆其他生源相较，具有明显优势。广东同文馆咨送的学生经过若干年的学习，所以基础较好，如同治六年咨送的 6 名学员，获得监生或翻译生员后，又回到广东后依然在馆学习了四至五年，才咨送到京师同文馆。依据史料统计，京师同文馆学生有 14 人成为驻外公使，其中 4 人来自京师同文馆，其余 10 人皆由两馆咨送至京师同文馆。[③]

以上三种招取方式决定了京师同文馆的整体生源状况。从设立之初至 1885 年的二十余年里，京师同文馆在馆学生以八旗咨取的年幼子弟为主，学习基础薄弱，学业任务较重，在西语学习及西方科学知识学习方面的效果不理想。从 1885 年到同文馆归并的近二十年里，京师同文馆生源以公开招考为主，通过策论、科学与外语基础的考试，侧重选拔具备一定学习基础的可造就之才，年龄界限较为宽泛。而通过上海广方言馆、广东同文馆咨送到京师

---

① J.K., Fairbank, The I. G. in Peking: letters of Robert Hart, p.73.
②《广方言馆全案》，光绪中铅字排印本，上海图书馆藏，第 6 页。
③ 苏精:《清季同文馆及其师生》，第 167 页。

同文馆的学生，虽然数量不多，但是生源质量较高，自1867年以来一直是京师同文馆生源中不容小觑的组成部分。

三、京师同文馆改善生源的举措及其效果

在一切按照惯例和传统做法行事的晚清，有俄罗斯文馆的先例，有晚清历代政府对培养语言人才的特殊性考虑，京师同文馆最初只能从八旗咨取学生，学生质量无法保障，学生志趣也与设立初衷相差太远。如何突破八旗子弟的界限、如何进入传统教育体系，在社会范围内广纳贤才，始终是京师同文馆生源需要解决的核心问题，以奕䜣为主的洋务派以开放心态采取多种措施，变相实现了京师同文馆生源的多样化。

（一）根据学习效果不断提高入馆学生条件要求

如前所述，奕䜣根据俄罗斯文馆的旧例，确定了京师同文馆的招生办法及具体规定，对学生的要求简单来说就是八旗内的年少、聪慧者，这说明他并未研究外语人才培养的基本要求，对俄罗斯文馆教学近乎失败的状况反思体察也不够。但时隔一年半，奕䜣通过对同文馆学习情况的掌握，立刻调整了入学要求，加了一个"现习清文"[①]的要求，相应地年龄也放宽到十五岁上下，从后期他对八旗学生状况的描述可知，入学学生年龄尚小，汉文、清文学习都处于基础阶段，入学后再要学习外文很有难度。1868年，同文馆为培养天文算学人才，在招生条件又增加了"汉文业已通顺"[②]的要求，年龄又进一步放宽到二十岁左右。从现实角度而言，要想尽快培养出洋务人才，需要入学者已经具备一定的语言文字基础。这是奕䜣等人在办学过程中对外语人才培养路径积极思考的结论。这一观点被事实所证明，奕劻后来掌管同文馆发展时，也极力主张选拔具有中学根基的生源，将功底扎实的正途人士作为

---

① 宝鋆等编：《筹办夷务始末》（同治朝）卷8，第32页。
② 宝鋆等编：《筹办夷务始末》（同治朝）卷46，第3页。

培养西学人才的来源，正如他所言"诚以取进之途一经推广，必有奇技异能之士出乎其中。华人之智巧聪明岂必逊于西人，倘能专精务实，洞悉根源，遇事不必外求，其利益实非浅鲜。"①奕劻的言论代表了当时朝野上下的共同心声，在洋务运动尘嚣甚上之时，事事只能虚心求学，不得不以洋人为师，使传统知识分子痛感培养西学人才的必要性。由于当时风气已开，招考方式一经公布立刻吸引了大批杰出人士投考。

（二）说服当政者采纳公开招考的方式

面对顽固派的强大攻势，奕䜣等洋务派首先是依靠政权最高统治者——慈禧太后。在举办洋务的问题上，慈禧太后与洋务派的立场是一致的——期望通过一些改革措施，增强国力，改变被动挨打的局面，找回清王朝原有的世界中心地位。但因无前例可循，改革过程中涉及与祖宗之制不符的地方，都要上奏请求批准才可执行。培养天文算学人才及其立论，动摇了中国传统教育制度最根本的理念，因此需要最高统治者权衡此事，也只有得到最高统治者的支持，改革措施才能实施。从双方历次上呈奏折所得的上谕而言，慈禧太后基本上是支持洋务派观点的。上谕对张盛藻折的回复是："朝廷设立同文馆，取用正途学习，原以天文算学为儒者当知，不得目为机巧。"②此上谕重申了洋务派的观点，驳斥了顽固派"舍圣道""有碍于人心士习"的反对理由，提出"著毋庸议"。紧接着，倭仁亦上奏反对开设天文算学馆。因倭仁德高望重，不可小觑，上谕"该衙门知道，钦此"，并让军机处将张盛藻、倭仁奏折内容抄交给总理衙门。就此，双方展开了两三个回合的充分争论，最终上谕认为增设天文算学馆已经得到"悉心计议"，认为"不可再涉游移"，并决定"即著就现在投考人员，认真考试，送馆攻习"③。最高统治者的这道谕旨，以实效为判断标准，以支持洋务派为最终态度，结束了关于培养天文算学人才的争议。

---

① 中国史学会：《洋务运动》（二），第63—64页。
② 宝鋆等编：《筹办夷务始末》（同治朝）卷17，第16—17页。
③ 宝鋆等编：《筹办夷务始末》（同治朝）卷48，第15页。

洋务派在争议中借助的另外一支力量，则是以左宗棠、曾国藩、李鸿章为首的地方大员。这些晚清重臣在各地兴办枪炮、轮船等近代军事工业，是晚清政府挽回败局、重振雄风的希望所在，他们对洋务事宜也最有发言权。同文馆培养天文算学人才一事，起于对洋务运动人才缺口的反思，奕䜣在历次上呈奏折中，多次强调增设天文算学馆是与疆臣反复商讨的结果，可见这是整个洋务派的共识。奕䜣在第一次回复倭仁奏折时上奏称："臣等复与曾国藩、李鸿章、左宗棠、英桂、郭嵩焘、蒋益澧等往返函商，佥谓制造巧法，必由算学入手。"又称："则臣等与各疆臣谋之数载者，势且隳之崇朝，所系实非浅鲜。"① 其在第二次回复倭仁奏折时称："系与各省疆臣悉心商筹，非臣等私见，是以抄录曾国藩等折件信函，请饬倭仁阅看，俾知底蕴。"不仅如此，为了使最高统治者坚定信心、力排众议，支持天文算学馆的设立，奕䜣还在奏折中列举了左宗棠创造轮船各厂、李鸿章置办机器各局前后的社会舆论。此外，左宗棠还为此事历次陈奏，并预见此事"非常之举，谤议易兴，无人执咎"，表达了对于此事是否能够施行的忧虑。②

（三）发挥总理衙门的权威开辟异地保送渠道

广方言馆与广东同文馆都建于晚清对外开放的前沿，虽然与京师同文馆的设立初衷兼为洋务之需，但长期的中外贸易使上海和广东的风气较为开放，两馆的发展环境都比较宽松，不仅其生源选拔范围比京师同文馆要广，而且两地都没有视同文馆为畏途的社会氛围。

奕䜣等人在公开招考遭到挫败后，并未就此作罢，而是积极寻找改善生源之道。在筹办洋务中，奕䜣得到了曾国藩、李鸿章等地方大员的积极支持与响应，过从甚密，广方言馆与广东同文馆皆为李鸿章提出仿京师同文馆所建，奕䜣关注知晓两馆开设情况，因此奏请从上海广方言馆和广东同文馆选拔优秀学生入京师同文馆。广方言馆于同治二年开办，李鸿章在幕僚冯桂芬等人协助下建馆，目的是为通商督抚衙门及海关监督培养读书明理的翻译官，

---

① 宝鋆等编：《筹办夷务始末》（同治朝）卷48，第1页。
② 宝鋆等编：《筹办夷务始末》（同治朝）卷48，第12—14页。

取代当时"心术卑鄙、货利声色"且把握洋务枢纽的通事,因此,他们将招考对象设定为"近郡十四岁以下、资禀颖悟、根器端静之文童",并且要求具备经史文义等基础,考试较为严格,李鸿章曾经写信给李经方:"吾儿待国学稍有成就,可来申学习西文"①,可见入馆要求之高。广东同文馆于同治三年开办,虽是李鸿章建议,但清廷采纳之后以谕令的方式要求广州将军、两广总督开设,并明确要求"于广州驻防内公同选阅,择其资质聪慧、年在十四岁内外或年二十左右、而汉清文字业能通晓、质地尚可造就者"②,从谕令可知清廷对广东同文馆的招生范围亦限定在八旗,这与广州属于军事战略要地、驻防着八旗军有关。但广东同文馆在实际开办时,经与李鸿章咨商,将生源调整为"学生总额二十名,其中八旗子弟十六名、汉人四名"③,同治十年(1970)两广总督瑞麟曾上奏:"旗籍诸生咸皆踊跃,惟民籍正学附学各生来去无常,难期一律奋勉"④,并建议今后招生一律面向旗籍。从中可知,广东同文馆学生虽然以八旗子弟为主体,但其学习主动性很强。奕䜣之所以有咨送的提议,起因也是当年开办广东同文馆的谕令中有关于"当一二年后学有成效即调京考试、授以官职,俾有上进之阶"⑤的制度设计,可作为京师同文馆的生源储备地。因此,奕䜣上奏说明,当初两馆开设时有言在先,要将精通西文西语才识出众的学生,调京考试,授以官职,现天文算学馆刚刚成立,希望能推荐学有所成者来京考试,请求下旨令上海通商大臣、两广总督、广东巡抚挑选数名学业优秀的学生来京。奕䜣从统筹推进洋务人才培养的角度出发,将三馆生源一体化考虑,将广方言馆、广东同文馆作为京师同文馆的预科学校,择优进入京师同文馆,化解了京师同文馆生源难以优化的困境。

(作者单位:北京外国语大学党委宣传部)

---

① 苏精:《清季同文馆及其师生》,第105页。
② 毛鸿宾:《毛尚书奏稿》,宣统二年(1910)刊,卷13,第1页。
③ 宝鋆等编:《筹办夷务始末》(同治朝)卷27,第7—10页。
④ 宝鋆等编:《筹办夷务始末》(同治朝)卷84,第28页。
⑤ 宝鋆等编:《筹办夷务始末》(同治朝)卷14,第5页。

蔡元培价值哲学的文化渊源

郭华伟

摘要：人类社会的变革与进步，总是伴随哲学思想的发展相始终的。19中叶至20世纪中叶，是西方价值哲学蓬勃发展的历史阶段，如火如荼的工业革命带来的社会革命和文明进步，使中华民族看到了一个崭新的、完全不同的新世界，从价值理念到生产方式，从君主政体的崩塌消亡到人本主义大旗的飘扬，以蔡元培为代表的一大批有识之士，在国家存亡与民族复兴的使命感召下，远涉重洋，引鉴西方的知识体系，尤其是哲学思想精华，将中国传统文化中的优秀遗产与之融合，涤新为民主主义中国的文化血脉。本文以时间发展为纵线、以中西文化的融合为横线，梳理了蔡元培哲学思想的文化基因与发展脉络。

以马克思在《关于费尔巴哈的提纲》[1]宣告"旧的哲学只是在于解释世界，新的哲学则在于改变世界"为分水岭，彼时新旧哲学的更新与迭代正攀上又一重波峰。自19世纪中叶以来，"一种自觉的以价值问题为主题的哲学理念的诞生"[2]标志着近代西方哲学的明确价值转向；同时，西方哲学面临的基本问题也正经历着从"思维和存在的关系"向"主体与客体的关系"的重大转换。也正在彼时，人类历史在东西方社会相继出现的社会形态的革命和历史阶段的演进，迫切需要从哲学理论上寻求存在的合理性与发展的逻辑性，滞后一

---

[1] 马克思：《关于费尔巴哈的提纲》，《马克思恩格斯选集》第1卷，北京：人民出版社，1955年，第54—61页。

[2] 冯平：《哲学的价值论转向》，《哲学动态》2002年第10期，第7页。

步的中国便是在此种背景下,在西学东渐的文化浪潮中,如玄奘求取西经一般,踏上了向先进的欧美工业大国寻求社会发展指南和答案的艰苦旅程。

蔡元培所处的特殊历史时期,恰是近现代中国"三千年未有之大变局",历时两千多年的封建社会正在走向历史的终结,新兴的资本主义和民族主义正孕育着一个崭新时代的诞生,中外文明、新旧文化的碰撞与融合,正像风云际会的海天交界,看上去似远也近,一轮挣扎着即将喷薄而出的红日让每一个迎接新时代的先锋紧张而又激动。先自中国传统文化哺育成长、经科举考试脱颖而出,成为末代士大夫一员,继而历次留洋凡十二年,接受西方先进文化洗礼,并归国而执掌国家教育机关及中国一等大学的蔡元培,无疑是站在了时代浪潮的最高潮头上,其作为中外文明、新旧文化兼具的特殊代表性身份无可替代,其学识与思想正兼具了中国传统文化和西方工业文明浸濡的双重底色。

一、中国传统伦理思想的滋养

(一)传统文化的早期养成

清同治六年(1868),蔡元培生于浙江古城绍兴,少年丧父,母慈而贤,家教淳厚,事亲恭谨。发蒙入学,聘家塾学《百家姓》《千字文》《四书》《诗经》《书经》《易经》《小戴礼记》《春秋左氏传》,学诗文、作八股;先后应童子试、乡试、会试、殿试,自17岁至26岁先后中秀才、举人、贡士、进士,被光绪帝授翰林院庶常馆庶吉士,攀抵了中国封建科举末期的高峰。几千年的中国传统文化作为本土教育过程中的供给母体,其源远与博大对蔡元培的思想根基的形成意义深远;在以儒家文化为主要内容的中国传统哲学思想的洗礼和熏陶下,蔡元培的伦理思想、学术主张均打上了华夏传统文化的深刻烙印。

蔡元培自小就在严苛的塾师教育中启蒙、入学,经过诵读、识字、习字、对句等严格的基础训练后，13岁开始习作"制艺"，踏上了修习"八股"的经院之道。蔡元培在青年时期的一位重要塾师王子庄对宋明大儒的言论和义理倍加推崇，对蔡元培早期接受传统文化的浸淫与滋养起到了重要的作用，蔡元培回忆说："先生为我等习小题文，……不可用《四书》《五经》以外的典故与辞藻，所以禁看杂书。……他因为详研制艺源流，对于制艺名家的轶事，时喜称道。……又常看宋明理学家的著作，对于朱陆异同，有折中的批判。……所以我自十四年至十七年，……所得常识亦复不少"，[①]这也正是蔡元培传统文化思想形成的早期过程。蔡元培在阅读了《说文通训定声》《章氏遗书》《日知录》《困学纪闻》《湖海诗传》《国朝骈体正宗》的同时，先后对"词章、考据、训诂、小学、经学、史学"投入了精力研习，尤其对乾嘉学派的朱骏声、章学诚、俞正燮的见解和观点钦佩有加，并提出自己的观点和议论。也正在此期间，他受到同乡前辈田春农先生的奖掖，与户部郎中徐友兰家中子弟伴读，同时参与校勘多部典籍，趁机博览群书，学识得以大进，他说："我到徐氏后，不但有读书之乐，亦且有求友的方便"。[②]他对清代思想家黄宗羲、戴震、俞正燮的思想尤为赞赏，推崇黄氏《原君》《原臣》等文章和戴氏反对宋儒存理去欲的观点。蔡元培青年求学时期，以孔孟儒家的宗旨为主，同时也非常重视其他先秦诸子。他在殿试策论对和写的文章中，认为诸家是"相生相成"的，将儒、墨并称，主张"采儒、墨之善，撮名法之要，因阴阳之大顺，因时为业，无所不宜"。[③]此时即开始蕴含了兼容并包的思想雏形。纵观蔡元培的青少年成长时期，在儒家传统教育的氛围里，有所约束但又相对自由地学习、积累，涉猎渐广，在总结自己的读书经历时说："治经，偏于故训及大义。治史，则偏于《儒林》《文苑》诸传、《艺文志》及其他关系文化风俗之记载，不能为战史、政治史及地理、官制之考据。……在词章上，是偏于散文的，对于骈文及诗词，是不大热心的。"[④]

[①] 蔡元培:《自写年谱》,《蔡元培全集》第7卷，北京：中华书局，1984年，第271页。
[②] 蔡元培:《自写年谱》,《蔡元培全集》第7卷，北京：中华书局，1984年，第276页。
[③] 蔡元培:《荀卿论》《殿试策论对》,《蔡元培全集》第1卷，北京：中华书局，1984年，第41、50页。
[④] 蔡元培:《我的读书经验》,《蔡元培全集》第6卷，北京：中华书局，1984年，第507页。

（二）对传统文化的反思与建构

1.《中国伦理学史》的撰著

若说第一次留德之前，蔡元培都是在中国传统文化的氛围中按照传统士大夫的成长途径，顺势、也是被动地学习、成长，那么在留德期间所著《中国伦理学史》(系在莱比锡大学"学课之隙"进行撰写[①])，则是蔡氏对中国传统文化，尤其是伦理学史的反观、梳理、主动思考与总结，这本书也反映了蔡氏对中国传统伦理思想的认知和观点。作为伦理学专门著作的《中国伦理学史》是中国学术史上的开山之作，可以说前无古人，虽说只是对历史上主要思想家的理论的概要性的考察、总结与梳理，仍有着不可替代、开疆拓荒性质的地位。《中国伦理学史》交付商务印书馆出版时，蔡元培在序例中所说体现了他严谨的研究态度和求真的学术思想：

> 学无涯也，而人之知有涯。积无量数之有涯者，以与彼无涯者相逐，而后此有涯者亦庶几与之为无涯，此即学术界不能不有学术史之原理也。……苟不得吾族固有之思想系以相为衡准，则益将旁皇于歧路。盖此事之亟如此。而当世宏达，似皆未遑暇及。用不自量，于学课之隙，缀述是编，以为大辂之椎轮。[②]

关于伦理学的界定及重要地位，绪论中开宗明义地说："修身书，示人以实行道德之规范者也。民族之道德，本于其特具之性质、固有之条教，而成为习惯。……伦理学则不然，以研究学理为的。各民族之特性及条教，皆为研究之资料，参伍而贯通之，以归纳于最高之观念，乃复由是而演绎之，以为种种之科条。"[③] 在中国传统意义上，伦理学是哲学领域的一个分支，是道德哲学的同义词，而且与众多人文社会科学交叉融合，涉及哲学、政治学、心理学、美学等诸多领域。对此，蔡元培在此书的绪论中特意说明："我国伦理学者之著述，多杂糅他科学说。其尤甚者为哲学及政治学。欲得一纯粹伦理

[①] 高平叔：《蔡元培年谱长编》第1卷，北京：人民教育出版社，1999年，第359页。
[②] 蔡元培：《中国伦理学史》，南京：江苏文艺出版社，2007年，第1页。
[③] 蔡元培：《中国伦理学史》，南京：江苏文艺出版社，2007年，第1页。

学之著作，殆不可得。此为述伦理学史者第一畏途矣。"①《中国伦理学史》是对中国传统伦理学的系统整理和编撰，在介绍、评价历代大家、各思想学派及比较时，着意公允、力求客观："各家学说，与作者主义有违合之点，虽可参以评判，而不可以意取去，漂没其真相。"②

从篇章结构上，《中国伦理学史》分绪论、先秦创始时代（第一期）、汉唐继承时代（第二期）、宋明理学时代（第三期）四大部分，共33章；对每一时期都有阶段性的总论（或总说）和结论；每一历史时期中涉及的人物都有其小传、思想介绍，也大都有结论或小结，前后呼应，便于历史时期（纵向）、不同代表人物之间（横向）的分析和比较。在例序编排上，没有完全按照绝对的历史时期先后顺序罗列人物，而是分列学术派别（如先秦时代）。论述中采用了对比的方法，通过比较使各派、各家的思想明白可鉴。比如对于先秦儒家、道家、墨家、法家，在介绍具体人物的思想时，都有意识地加以比较、对照。即便在介绍同一思想阵营中的不同人物的思想时，也有意识地加以对比。尤其难得的是，对于中国伦理学说与西方学说的差异、得失，蔡元培也着意进行比较和相互观照，以现优劣、短长。稍有遗憾的是，写到宋明理学时期戛然而止，对有清一代的伦理思想未着笔墨。

对中国伦理学历史的总结、梳理的过程，也是蔡元培个人思想主动思考和分析判断的过程，"墨子兼爱而法天，颇近于西方之基督。……墨子，科学家也，实利家也。其所言名数质力诸理，多合于近世科学。其论证，则多用归纳法。……墨子偏尚质实，而不知美术有陶养性情之作用，故非乐，是其蔽也。其兼爱主义，则无可非者。"③对孔子及其传人推崇的"仁、诚、孝、义、礼"均持赞赏态度，对"克己、忠恕、中庸、勤勉"等表示高度认同。在《先秦创始时代》小结中，蔡元培认为，只有儒家理论，继承周公制礼的本义与精髓，且予以发展和创新之，而且不论理论抑或实践，都力求趋于折中主义，不致偏激生邪，"惟儒家之言，……理论实践，无在而不用折中主义：推本性

---

① 蔡元培：《中国伦理学史》，南京：江苏文艺出版社，2007年，第2页。
② 蔡元培：《中国伦理学史》，南京：江苏文艺出版社，2007年，第1—2页。
③ 蔡元培：《中国伦理学史》，南京：江苏文艺出版社，2007年，第43页。

道,以励志士,先制恒产,乃教凡民,此折衷于动机论与功利论之间者也。以礼节奢,以乐易俗,此折衷于文质之间者也。……虽其哲学之闳深不及道家;法理之精核不及法家;人类平等之观念不及墨家。……然周之季世,吾族承唐虞以来二千年之进化,而凝结以为社会心理者,实以此种观念为大多数。……卒为吾族伦理界不祧之宗,以至于今日也。"① 对唐宋时期代表韩愈的评价客观而公允:"韩愈,文人也,非学者也。……其功之不可没者,在尊孟子以继孔子,而标举性情道德仁义之名,揭排斥老佛之帜,使世人知是等问题,皆有特别研究之价值。"② 足见蔡元培肯定儒家思想在中华民族两千年之伦理体系的地位,肯定其是历史选择的合理结果。

2. 编著《中学修身教科书》及《华工学校讲义》

1908年1至5月,蔡元培编撰的《中学修身教科书》(1—5册)陆续由商务印书馆出版(署名蔡振),并于1911年回国后对之进行了系统修订整理,合五册于一册,于1912年6月出版发行,商务印书馆于6月22日在《民立报》刊登广告:"本书……原本我国古圣贤道德之旨,参取东西伦理大家最新之学说……修正本分上、下二篇,上篇注重实践,下篇注重理论。"③ 这本七万余字的著作,上篇从个体伦理的规范与素质养成(第一章"修己"就占到了四分之一的篇幅,可以看到确是以中国传统伦理思想尤其是儒家思想为指导,明确认同并继承了传统士大夫的人文精神,以"修己齐家"为个体成长和发展的起点;同时也成为日后蔡氏培养健全人格、完全人格思想的内容基础)、不同层面的群体(家庭、社会、国家、职业)伦理的要求与造就,对伦理实践的目标、内容以及方法和途径进行了详细论述;下篇从良心论、理想论和本务论三个角度的伦理理论,得出消极道德(独善其身)、积极道德(增进社会福利、追求人类文明的繁荣昌盛)前后递进的两大目标,构建了完整的伦理体系,全面反映了蔡元培的伦理思想的价值指向。

在旅法期间,蔡元培亲自组织开办了华工学校,并根据教学需要撰写了

---

① 蔡元培:《中国伦理学史》,南京:江苏文艺出版社,2007年,第57—59页。
② 蔡元培:《中国伦理学史》,南京:江苏文艺出版社,2007年,第85页。
③ 高平叔:《蔡元培年谱长编》第1卷,北京:人民教育出版社,1999年,第460页。

40篇《华工学校讲义》。其中诸多主张，都出自对传统文化（包括儒家、道家等）思想的深刻理解和主动运用，讲义中多处引用了孔子及《论语》中的内容和观点，如"孔子曰：'其恕乎，己所不欲，勿施于人。'他日，子贡曰：'我不欲人之加诸我也，我亦欲无加诸人'"[①]，"责己重而责人轻。孔子曰：'躬自厚，而薄责于人，则远怨矣。'……言责人而不责己之非也"[②]，"爱物。孟子有言：'亲亲而仁民，仁民而爱物。'人苟有亲仁之心，未有不推以及物者"[③]，"庄子曰：'人者厚貌深情，故君子远使之而观其敬，烦使之而观其能，卒然问之而观其知，急与之期而观其信，委之以财而观其仁，告之以危而观其节。'皆观人之精细者也"[④]。将自己对传统文化中的理解汇入教材讲义，而且是培养新时代、新国家可能成为未来国之栋梁的新式人才，足见蔡元培对传统文化中可成为文明遗产的精华内容的认同与推崇，更主动担当了传统文化传承者的角色与责任。

二、西方文化的熏陶与育化

蔡元培接触、了解西学知识不是始自留学的一个突变，而是从甲午战争爆发的1894年甚至更早的一个漫长的渐变过程。尤其在辞官归乡、兴办新学且尚未作留学计划的几年间的读书情况来看，更是一种有意识的主观自觉行为。

蔡元培在科举之路取得令人瞩目成就的时候，也正是苦难深重的中华民族迈进百年苦难的前夜，以两次鸦片战争为开端，中国大地正经历着被西方列强瓜分的危机。1894年，以"师夷长技以制夷""自强、求富"为口号的洋务运动如火如荼，新兴资产阶级改良派主张的"西学""新学"在知识分子阶层引发了广泛的共鸣和影响。也正是在这一时期，蔡元培开始关注"新学"，

[①] 蔡元培：《华工学校讲义》，《蔡元培全集》第2卷，北京：中华书局，1984年，第424页。
[②] 蔡元培：《华工学校讲义》，《蔡元培全集》第2卷，北京：中华书局，1984年，第425页。
[③] 蔡元培：《华工学校讲义》，《蔡元培全集》第2卷，北京：中华书局，1984年，第427页。
[④] 蔡元培：《华工学校讲义》，《蔡元培全集》第2卷，北京：中华书局，1984年，第442页。

包括涉猎西方哲学思想和政治思想著作。1894年甲午战争的爆发让蔡元培震惊非常，在关注战事的同时，在翰林院与多人联名上折，[①]吁请御敌。甲午战争的失败导致不平等条约的签订，人们意识到中国若想复兴必须要像明治维新一样改革图新，这也是深具时代责任感的蔡元培关注西方、学习新知的动机和原因，也是蔡氏西学经历的肇始。

但随着"百日维新"的失败，经久的苦闷和彷徨之后，他毅然决定放弃京职、归乡从教，以切实培养变革社会需要的真正人才。自1898年至1903年间，蔡元培先后在浙江、上海等地兴办新学，邵郡中西学堂、南洋公学、爱国学社、爱国女学等都留下了他孜孜不倦的身影和汗水。由于支持和保护爱国学社的社会活动，继而办《俄事警闻》、建立光复会、加入同盟会等革命活动，引起了清政府的恐慌和仇视，甚至一度家人相信了当局要逮捕蔡元培的讹传，其兄专电召其回乡以避祸（"长兄来一电报，说'家中有事速归'。我即回沪，始知家兄并无何等特殊之事。……谓北京政府已与德使商定，电青岛德吏捕蔡某云云，故发电。此事历久始知是讹传也"[②]）。在脱离了爱国学社之后，出于对德国先进教育和国家强盛的向往，也出于政局腐败和时事艰难的失望，1907年蔡元培终于自费成行，开始了他为期四年的留德生涯；继而分别于1912年、1924年两次留德、1913年3年留法、1920年出访欧美多国。在求取真知、兴教兴国的道路上迈出了一个个坚实的脚印。

（一）"遍尝百草"式的广泛学习

自1894年至1899年的五年间，蔡元培广泛阅读了介绍西方或日本现状的书籍，包括顾厚焜的《日本新政务》、陈家麟的《东槎闻见录》、魏源的《海国图志》、李圭的《环游地球新录》、冈本监甫的《日本史略》、沈敦和的《日本师船考》、缪祐孙的《俄游汇编》十二卷、郑观应的《盛世危言》、梁启超的《西学书目表》、汤寿潜的《危言》、陈炽的《庸书》、马建忠的《适可斋记言》、

[①] 蔡元培：《与文廷式等奏请密连英德以御倭人折》，《蔡元培全集》第1卷，北京：中华书局，1984年，第47页。

[②] 高平叔：《蔡元培年谱长编》第1卷，北京：人民教育出版社，1999年，第272—273页。

宋育仁的《采风记》以及《外国史略》；或购或借阅《法文轨范》《西学启蒙》《启悟要津》《各国交涉公法论》《心灵学》等西方文法类图书，也涉猎包括数、理、化、天文、农业等各个领域的自然科学基础教程的书籍，包括欧美学者著译的《几何原本》《电学源流》《电学入门》《电学问答》《化学启蒙初阶》《化学分原》《化学鉴原》《量光力器图说》《声学》《代数难题解法》《形学备旨》《八星之一总论》《星学辨正图注》《谈天》以及《农学新法》，甚至《井矿工程》《开煤要法》等[①]，虽不作专业研究，但基本都认真做过笔记和读后观感：如阅《日本新政考》时所作笔记："分四部，曰洋务，曰财用，曰陆军，曰海军，此书不甚有条理"[②]；阅《盛世危言》5卷后记录，"香山郑观应（陶斋）著，以西制为质，而古籍及近世利病发挥之，时之言变法者，条目略回文诗矣"[③]；阅马建忠《适可斋纪言》4卷，"其人于西学极深，论铁道，论海军，论外交，皆提纲挈领，批郤导窾，异乎沾沾然芥拾陈言、毛举细故以自鸣者"[④]；阅宋育仁（芸子）所著《采风记》3册，"记事有条理，文亦渊雅。其宗旨，以西政善者，皆暗合中国古制，遂欲以古制补其未备，以附于一变主道之谊。真通人之论。……以西法比附古书，说者多矣，余尝谓周官最备，殆无一字不可附会者。得宋君此论，所谓助我张目者矣"[⑤]。诸如此类的观后札记不胜枚举，可以清楚地看出蔡元培有意识地博览群书，如海绵吸水般充分利用闲暇时间和可能的知识来源，积极积累基础知识、丰富知识结构、拓宽学术视野，这一时期也是其思想走向成熟的重要阶段。

（二）系统性地接受西学训练

因为没有新式学校的毕业文凭的缘故而不能进入柏林大学学习，蔡元培选择了前往莱比锡大学。与后来渐兴渐热的留学潮中的留学生不同，他不是以求取某一学校、学科的硕士或博士学位为目的，而是广泛涉猎、汲取知识。

[①] 高平叔：《蔡元培年谱长编》第1卷，北京：人民教育出版社，1999年，第47—48页。
[②] 高平叔：《蔡元培年谱长编》第1卷，北京：人民教育出版社，1999年，第68页。
[③] 高平叔：《蔡元培年谱长编》第1卷，北京：人民教育出版社，1999年，第83页。
[④] 高平叔：《蔡元培年谱长编》第1卷，北京：人民教育出版社，1999年，第109页。
[⑤] 高平叔：《蔡元培年谱长编》第1卷，北京：人民教育出版社，1999年，第110页。

在莱比锡大学三年期间，自1908年10月至1911年的六个学期，蔡元培选听了40门课程，对于哲学、文学、历史学、人类学、民族学、心理学、美学等学科，[①] 只要时间上不冲突，蔡元培都去听课。莱比锡大学当时汇集了一批世界著名的学者。冯特（Wilhelm Wundt）是当时最博学的学者之一，"德国大学本只有神学、医学、法学、哲学四科（近年始有增设经济学科的），而冯特先得医学博士学位，又修哲学及法学，均得博士，……他出身医学，所以对于生理的心理学有极大的贡献。……（其著作）没有一本不是元元本本，分析到最简单的分子，而后循进化的轨道，叙述到最复杂的境界，真所谓博而且精，开后人无数法门的了"；[②] 兰普莱西是一位史学革新者，他在校内创设的文明史与世界史研究所，原本只招收三四年级的学生，但当知道蔡元培是"清朝翰林"后破例招他入学。对于何以选择如此众多的新型课程，蔡元培解释道："我向来是研究哲学的，后来到德国留学，觉得哲学范围太广，想把研究范围缩小一点，乃专攻实验心理学。我看那些德国人所著美学书，也非常喜欢。因此，我就研究美学。但美学理论，人各一说，尚无定论，欲于美学得一彻底了解，还须从美学史研究下手，要研究美术史，须从未开化民族的美术考察起。"[③] 这种因旺盛求知欲所产生的"滚雪球效应"，使蔡元培在德国的求学过程涉及的学科十分广博。

从蔡元培在莱比锡大学三年共六个学期所选课程（见附表[④]）及基于此之后相关的记载和论述，可知其第一次留德期间学习的几个特点：

（1）特别重视对哲学史、心理学课程的修习。蔡元培认识到作为人文社会科学理论基础的哲学的重要性，哲学也是他的整个思想体系中的基础性重要环节，他主张在改造世界的过程中应当重视人的自由和独立精神；再辅以西方近代自然科学成果之一的心理学，可以更好地掌握理解西方文化的思维方法和研究方法，也从方法论的层面研习世界观、伦理道德和教育理论，进

[①] 高平叔：《蔡元培年谱长编》第1卷，北京：人民教育出版社，1999年，第343—380页。
[②] 高平叔：《蔡元培年谱长编》第1卷，北京：人民教育出版社，1999年，第344页。
[③] 蔡元培：《民族学之进化观》，《蔡元培全集》第6卷，北京：中华书局，1984年，第455页。
[④] 据高平叔：《蔡元培年谱长编》第1卷，北京：人民教育出版社，1999年整理。

而从更为广义的高度理解并运用教育的功能。

（2）注重对文化史和文明史的宏观观察。从蔡元培选听的课程可以看到，他利用此次留学的机会，有意识地对欧洲、对德国在历史进程中的文明、文化的过渡、进化和发展予以关注，从历史的连续性上考察西方文明的内涵和基本问题，从而回答当时中国出现的一种急于追求、模仿西方社会"文明的外形"的问题。也是基于此，才能进一步对东西方文明的形与质进行比较研究。

（3）把文学、美术、美学纳入对哲学和文明史的研究范畴之中。美学属于哲学的范围，又与心理学相关联，体现他对西方重视人的精神世界的认同；在冯特的课程上学习康德关于美的超越性与普遍性原理后，认识到以之作为改良中国当代社会、陶冶国民情操、提高国民素质，整体构建精神文明的可能性与必要性，也是其后半生倡导美育的理论基础。

蔡元培视学术研究为己任。在中西两种博大的文化海洋中畅游，他一直在比较着两种文化的联系与区别，既反思着中国文化的前世今生，也咀嚼着西方文化的真义与精粹。蔡元培在莱比锡大学选修冯特教授和兰普莱西教授等讲授的涉及哲学、伦理学、文明史等领域的课，在对这三个领域的中西异同进行体味和思索的同时，既是为生计完成与商务印书馆的合作协议，也是自觉承担起把德国文化精神与思想向国内译介的责任，先后翻译了科培尔的《哲学要领》、泡尔生的《伦理学原理》，加之后次旅欧于1915年译撰的《哲学大纲》、1924年译撰的《简易哲学纲要》等多部著作，尽自己最大所能研习、译介西方先进文明。尤其所译《伦理学原理》，是德国当代著名哲学家、伦理学家泡尔生的重要著作，以其深厚、广博的理论知识为基础，积极吸收前人一切合理的思想并立意创新，是西方传统伦理学体系化、实践化的标示，通过蔡元培的译介，不仅开阔了国人的视野，更重要的是介绍和传播了西方新康德主义伦理学的基本方法和基本原理，借鉴西方伦理学的研究方法，为中国近代伦理学的建构和发展提供了规范论证和研究的模板。国内多所学校将该译本作为伦理学教科书，毛泽东在湖南第一师范学校就读时，曾在这本约十万字的书上，写下一万二千多字的批注、笔记，直言从这本书上"得了很大的启示,真使我心向往之了"[①]。蔡氏译后出版反响及销路颇好,至1927年已发行八版。

附表:《蔡元培在莱比锡大学选课列表》

第一学期听课表(1908年冬—1909年初)	
课程名称	讲授者
自康德至现代之新哲学的历史 Geschichte der neuesgen Philosophie von Kant bis zur Begenwart	Wundt
心理学概论 Die Grundlagen und Hauptpunkte Psychologie	Lipps
德国文学之最新发展 Die jüngsten Entwicklungsstadien der deutschen Literatur	Witkowski
语言心理学:第一部分,普通心理学基础 Soracgosychologie I.Teil : Allgenmein-Psychologische Grundlegung	Dittrich
叔本华 Schopenhauer	Brahn
哥德:哲学家及自然学家 Goethe als Philosoph und Naturforscher	Brahn
第二学期听课表(1909年夏)	
课程名称	讲授者
心理学 Psychologie	Wundt
近代及现代德国文化史 Deutsche Kulturgeschichte der jüngsten Vergangenheit und Gegenwart	Lamprecht
现代自然科学之主要成就 Hauptergebnisse der modernen Naturwissenschaft	Brahn
儿童心理学及实验心理学 Kinderphychol. U.experimentelle Padagogik	Brahn

---

① 李锐:《毛泽东同志的初期革命活动》,北京:中国青年出版社,1957年,第41页。

续表

第三学期听课表（1909年冬—1910年初）	
课程名称	讲授者
哲学入门 Einführung in die Philosophie	Bichter
新哲学之历史及早期之心理学概论 Geschichte der neueren Phiosophie mit einleitender Ubersicht über die	Wundt Wirth
十八世纪德国文学史 Geschichte der deutschen Literatur des 18Jh.	Köster
哥德之戏剧 Goethes Dramen	Witkowski
自古代至现代之德国文学概论 Kursorischer überblick der deutschen Literaturgeschichte von den ältesten Zeiten bis yur Gegenwart	Witkowski
远古及中古时代德国文化史 Deutsche Kulturgeschichte in der Urzeit und im Mittelalter	Lamprecht
近代德国文化史：世界观及学术 Deutsche Kulturgechichte der jüngsten Vergangenheit;Weltanschauug und Wissenschart	Lamprecht
第四学期听课表（1910年夏）	
课程名称	讲授者
康德之后的哲学史 Geschichte der Philosophie nach Kant	Volkelt
伦理学之基本问题 Grundfragen der Ethik	Volkelt
心理学方法 Psychologische Massmethoden	Wirth
心理学实验室 Psychologisches Laboratorium	Wundt
德国戏剧及演艺艺术史章节选读并附研究资料 Ausgewählte Kapitel aus der Geschichte des Theaters und der Schauspiekunst in Deutschland mit Anschauungsmaterial	Köster

续表

关于史学方法及历史艺术 Über geschichtliche Methode und geschichtliche Kunst	Lamprecht
宗教改革及文艺复兴时代之德国文化史 Deutsche Kulturgeschichte im Zeitalter der Reformation und Renaissance	Lamprecht
第五学期听课表（1910年冬—1911年初）	
课程名称	讲授者
心理学实验室 Psychologisches Laboratorium	Wundt
希腊哲学史 Geschichte der griechischen Philosophie	Volkelt
美学 Aesthetik	Volkelt
新高地德语（即现在的德国国语）方法：心理学基础 Neuhochdeutsche Grammatik auf Psychologischer Grundlage	Dittrich
绝对论时代德国文化史 Deutsche Kulturgeschichte im Zeitalter des Absolutismus	Lamprecht
文化之启始与原始形态 Anfänge und Urformen der Kultur	Weule
第六学期听课表（1911年夏）	—
课程名称	讲授者
康德哲学 Die Philosophie Kants	Volkelt
民族心理学 Völkerpsychcloge	Wundt
心理学实验室 Psychologisches Laboratorium	Wundt
哥德《浮士德》注解：第二部分 Erklärung von Goethes Faust，Ⅱ.Teit	Köster
十五世纪至二十世纪之舞台发展 Die Entwicklung der Bühne vom 15.-20. Jhdt	Köster
古典主义时代德国文化史 Deutsche Kulturgeschichte in der Zeit des Klassizismus	Lamprecht
古代希腊雕刻艺术选读 Ausgewählte Werke der älteren griech-Plastik	Schreiber

续 表

罗马时代之建筑及雕刻 Architektur Werke der roman. Epoche	Graf Vitzthum Von Eckstädt
莱兴之 Laokoon：艺术对美学的贡献 Lessings Laokoon als Beitrag zur Aesthetik der Bildenden Künste	Schmarsow
古代荷兰名画：自 H.U.J. Van Eyck 至 Q. Metsys Altniederlandische Malerei von H.U.J. Van Eyck bis Q. Metsys	Schmarsow

（作者单位：北京外国语大学研究生院）

泰国华侨华人本头公信仰的由来

[泰] 拉姆盖·班侬

摘要：本头公是泰国华侨华人最尊崇的神明之一，关于其来历有各种不同的观点。该名称有可能是泰国华侨华人兴建本头公庙时借鉴了祖籍信仰而新起的。"本"即是"本土"或"本地"，是指华侨华人居住的地区，"头"即"头领"或"首领"，"公"既表示性别，也是其尊称。"本头公"是华侨华人所在区域的具有头领地位的地方保护神。称之为"本头公"一是为了避免与地主神、土地公、大伯公相混；二是作为地区象征性的神明。"本头公"这一名称在泰国并非只是庙名及神名，它还牵涉到华侨华人成立的秘密社团。泰国华侨华人修建的"本头公庙"以及他们成立的"本头公"秘密社团，两者的名称相同。

一、关于泰国华侨华人信仰中"本头公"的争议

本头公起初是泰国潮汕籍华侨华人最尊崇的神明之一，在泰国由该群体修建的本头公庙非常多，在泰国神庙中占了较大的比例。后来由于华侨华人社区扩大，各籍华人逐渐聚集在一起，因此出现了他们共同修建神庙的现象。经过华侨华人长时间的相处和融合，加上本头公神明功能的传播，来自其他祖籍的华侨华人也逐渐接受这一信仰，或建立属于自己的本头公庙，或供奉本头公为陪神。于是，本头公成为泰国华侨华人的大众神明。这种现象并不限于本头公一神，其他在华侨华人社区名声颇大的神明，例如观世音菩萨、关圣帝君、天后圣母、玄天上帝、水尾圣娘等也是如此。如今，本头公已成

为泰国华侨华人普遍崇拜的神明之一,甚至一部分泰国本土人也信奉该神明。大多数本头公庙是以本头公为主神,但也有个别本头公庙供奉"玄天上帝"为主神,而"大本头公"则变为陪神,如曼谷嵩越路的大本头公庙。其他神庙也常供奉本头公为陪神。

在泰国,关于本头公的来历有几种不同说法,目前尚无定论。中国学者也持有不同的看法。段立生在《泰国的中式寺庙》一书写道,中国并没有叫"本头公"的神明,估计"本头"一词是来源于"本土",后来逐渐演变为"本头","本头公"即"本土公",指潮汕本地区的保护神[1]。陈志明在《东南亚华人的土地神与圣迹崇拜》里讲述马来西亚华人信仰的"大伯公",其中写到在马来西亚的吉兰丹州,大伯公亦称"本头公"。"本头"在闽潮语是本土的意思。因此"本头公"有本区域之神明的意义。这个称呼源自泰国,那儿的华人大都是潮州人,他们称大伯公为本头公。越南和柬埔寨一带的华人亦有采用"本头公"这名称,而自那儿移民美国的华人亦将这个名称带过去。因此在旧金山福建会馆的庙就有"本头公"[2]。郑志明在《泰国华人社会与宗教》介绍了几位学者的观点,指出泰国本头公庙有一二百座以上,大约有华人聚集的地区就设有本头公庙,是泰国最为常见的华人信仰。什么是本头公呢?在实际的田野调查中,泰国的华人耆老也答不出所以然。一般学者认为潮州人将"本土公"读成"本头公",本头公即是本土公,也就是俗称的土地公。这种说法太过于简略,本土公可解为本土的守护神,但此守护神不等于土地公。

有的学者从潮州的信仰习俗分析,认为潮州人的土地公庙称为福德祠,神明称为福德正神,俗称为土地公,未有本土公的称呼,本头公应指本地的"地头公"是潮州地区对"三山国王"的通俗称呼,"三山国王庙"也被称为"地头宫"。三山国王原本是三座山的土地神,即山神,其神性不同于土地公,有着掌管人们生死大权的职责,家中有多少人口要到地头庙上灯报告,也在家中挂上相应数目的灯笼。当家中有丧事时,家人要到庙里报地头,即向神明

---

[1] [泰]段立生、Boonying Raisuksiri:《泰国的中式寺庙》,曼谷:Songsiam 公司,2000 年,第 107 页。
[2] 陈志明:《东南亚华人的土地神与圣迹崇拜》,《广西民族学院学报》2001 年第 1 期,第 19 页。

报告死亡。后者的说法比较接近于事实，本头公非土地公，应是从三山国王的地头公演化而来，不是单纯的土地神祇，是一种负责审判与掌管鬼魂的阴间司法神，类似于城隍爷。城隍爷是在地驻守的地方神，类似于阳间的县太爷，三山国王则是临时派遣的巡察神，类似阳间的巡按官。泰国的本头公在神性上介于三山国王与城隍爷之间，在造型上接近于三山国王，在神职上有在地化的趋势，也顺应泰国的行政体系的等级，发展出省府本头公、县本头公与区本头公。省府级与县级一般只有一座，可是由于分香制度，有不少神庙是从老庙分灵出来，常打着老庙的旗帜，这些老庙为维护其信仰地位，自称为"本头公古庙"。

本头公应是一种区域性管鬼与人生死的神，是鬼官或鬼王崇拜，原本是地祇类的神明，属于祇境崇拜，是土地公的上司神，但是又受到民间灵魂观念的影响，以为某些对地方有功或有德的人士，死后也能晋位为地头公，导致地头公崇拜带有鬼境色彩[1]。李天锡《华侨华人民间信仰研究》一书阐述了《世界华侨华人词典》对大伯公、土地神及福德正神的解释，"大伯公（TaoPehKong）"条云："（1）福德正神的俗称，又称土地神、土地爷、本头公等。"其"土地神"条云："即大伯公。""福德正神"条云："即大伯公"。[2]李天锡认为大伯公（本头公）是新、马、印尼及泰国等华侨华人创造的海外本土神明。他们曾把大伯公（本头公）当作土地神（福德正神）供奉。然而，大伯公（本头公）并不等于土地神（福德正神），更不能说土地神（福德正神）就是大伯公（本头公）。华侨华人的土地神信仰比大伯公信仰广泛得多，深入得多。[3]根据上文所述，中国学者对本头公来历的看法大体可分为如下三种：一、本头公即是潮汕地区的土地神、土地公、土地爷；二、本头公与大伯公、福德正神是同一个神明，只因地区不同而称呼有别而已；三、本头公跟三山国王是有关联的，本头公指地头公，地头公是对山神"三山国王"的通俗称呼，它掌管该地区人民从生到死的方方面面。

---

[1] 郑志明：《泰国华人社会与宗教》（上），《华侨大学学报》2005年第4期，第36页。
[2] 李天锡：《华侨华人民间信仰研究》，北京：中国文联出版社，2003年，第211页。
[3] 李天锡：《华侨华人民间信仰研究》，第222页。

泰国学者关于本头公由来的观点，大多根据中国学者与外国学者的著作与论文。刘丽芳（Pornpan Juntaronanont）指出本头公神明只出现在泰国、菲律宾及马来西亚槟榔屿，最早出现在范汉（J.D.Vaughan）（1879）的著作，说在亚洲的华侨华人都崇拜大伯公与本头公[1]。另外，在华侨崇圣大学泰中研究中心主编的《泰国华侨华人史（第二辑）》的刘丽芳《泰国曼谷本头公神庙研究》一文中，除了范汉，她还列出了几位学者的观点：韩槐准断言本头公就是大伯公。祂即是宋代航海家们所奉祀的都纲，又称为都公或努公。但在槟榔屿，土人都称这尊神为本头公。而在暹罗及菲律宾苏洛境内的华人都称为本头纲，这是"纲"与"公"同音之误。许云樵也认为本头公与大伯公是同一位神，而且是因时因地因人而名称各异的，祂与土地公有着相当密切的关系。许氏说：本头公似乎是由土地公转变而来，祂的性质和大伯公没有二致，所以本头公究竟是谁，也没有人知道，实在是华侨先驱的象征而已。天官赐说：大伯公系由本头公蜕变而来，潮州人称为本头，即本地，头目之意，一称地头。在生时称为本头，犹今之机关社团主席，自称本席是也。盖封建时代之社会，地方缙绅领袖最具力量。人死后为神，在一方之领袖或大兄，守一方之力量，帮助一个地方之福利，此即本地、头目，所建立之事功，因此称为本头公。本头公者，居于第一人首席地位，故死后尊称为大伯公[2]。根据刘丽芳列举的观点可总结为：有的学者以为本头公与大伯公本来是同一个神明，该神明是宋朝时期航海家所崇拜；有的以为本头公名称从土地公演化而来；有的以为潮州人把该神称为"本头"，意思是本地或本土，或称"头目"，即该地区头领，有些人就简称"地头"。当该地区头领去世后，人们为了纪念推崇其品德而把他提升为神明来崇拜，称为"大伯公"。"公"即是人们给予的尊称。

年纪较大的泰国华侨华人以为在广东、福建这一带的人民信仰"地头"或"地头公"，潮汕人称为"地头老爷"，是指该地区处于头领地位的神明。该神明主要掌管各区居民生活各方面的事务，并保佑他们平安。华侨华人移

---

[1] พรพรรณ จันทโรนานนท์.วิถีจีน.กรุงเทพฯ : สำนักพิมพ์ประพันธ์สาส์น จำกัด,๒๕๔๖,หน้า ๓๐.［泰］Pornpan Juntaronanont：《中国风》，曼谷：Prapansarn，2003 年，第 30 页。

[2] 参见［泰］华侨崇圣大学泰中研究中心主编：《泰中华侨华人史》（第二辑），第 214—215 页。

民泰国后仍然保留该信仰习惯，且制作神像来作为他们社区的"地头老爷"，其意思就是"本地的地头公"。后来，其名称逐渐简称为"本头公"。该神的性质属于地方神明，是华侨华人祖籍地区原有的神明。[1]Seawjew 在文章里写道，有的说本头公跟伯公是同一个神明，也叫土地公，土地公或伯公在中国是常见之神明，其管辖范围甚广。Seawjew 还讲述更有趣的来历，根据 Keith Steven《Three Chinese Deities: Variationson Atheme》的论述，菲律宾的本头公是潮州与福建人信仰崇拜的一位神明。据说，他是郑和下西洋时的一个船员。当他们到达菲律宾贺洛岛停泊时，曾为该岛屿抵抗西班牙军队的侵略，得胜后在此地生活，繁衍子孙。在东南亚地区，本头公同时也被尊为财神，马来西亚及新加坡称其为大伯公，泰国则称其为本头公。[2]关于本头公曾是郑和船队队员的说法，笔者在网站也找到相关的内容，据说本头公原名叫白丕显，也称白本头，福建泉州人，祖籍河南新郑，是唐朝大诗人白居易的后代。白本头原是郑和船队的船员，随郑和下西洋到菲律宾苏禄岛（笔者推测该岛的名称与以上韩槐准提到的"苏洛岛"应是同一岛屿，只是翻译有别的缘故）后，因与当地摩罗族妇女相爱而留在苏禄，成为该岛的第一位华侨。后来他应苏禄居民的请求，担任当地行政长官，被当地人称为"本头公"。而《中菲关系史》则载为"木头公"，说他是郑和下西洋船队中的一位驾驶员，当船队停泊和乐岛的海岸时，曾离船登岸，往附近的深山幽谷去探险，不幸因中瘴气或被毒蛇咬伤，跟跄逃返泊舟的海滨，未及救治而死。郑和把他的尸体葬在和乐岛，即今之木头公墓。《菲律宾华侨史》也说"本头公"白丕显后来死于和乐岛。看来"木头公"可能是"本头公"笔误。[3]对这个说法，笔者认为也许是菲律宾关于本头公来历的一个说法，跟泰国本头公不相关。

此外，还有关于本头公来自一种鸟的传说。据说，从前有一唐人到南洋，

---

[1] 参见 พรพรรณ จันทโรนานนท์.วิถีจีน.กรุงเทพฯ : สำนักพิมพ์ประพันธ์สาส์น จำกัด,๒๕๔๖,หน้า ๓๒. [泰]PornpanJuntaronanont：《中国风》，第32页。

[2] เสี่ยวจิว. "ปึงเถ่ากงเทพเจ้ายอดนิยมเป็นใคร? มาจากไหน? ทำไม? .ศิลปวัฒนธรรมปีที่ ๓๑ ฉบับที่ ๑๐ ก.ย.๒๕๕๓,หน้า ๓๘. [泰]Seawjew：《本头公是什么神？来自哪儿？为什么？》，第38页。

[3] 引自：http://www.qzntv.com/qzntv/gb/content/2004-12/21/content_1471987.htm。

初到番邦人生地不熟,历尽艰辛也难立足生存,绝望中跑到山林里,准备悬树自尽之时,忽闻本头鸟鸣出"刻苦! 刻苦!"之声。仿佛是告诉他,你不能死,只要刻苦努力就有希望。因而他挣扎起来再寻生路,可再次碰壁,他又跑到山林里重踏轻生之路。说来也怪,就在那一吊即绝之时,又听到本头鸟"刻苦! 刻苦!"之声。他想,这不是叫我不能轻生,只要刻苦,刻苦就能立足生存发展吗? 从此,他重新挣扎起来,从小生意做起,不管有多大困难,他都坚持下去。经过一段时间苦心经营,果然结出硕果,成为一位有成就有财富的企业家。这事一经传开,轰动南洋整个华侨社会,觉得这个自吊之人,能死里回生,事业有成,是因有本头鸟相救,并以刻苦之精神指引。故而,本头鸟被奉为神明,雕塑"本头公"金身,建庙设坛供奉,以发扬和鼓励坚忍不拔艰苦奋斗之精神,为生存而奋斗。[1]虽然本头公的来历与本头鸟的关系显得不切实际,但从这个传说可见,华侨华人在异国他乡的艰辛经历以及渴求生存的愿望,也是一种鼓励且体现他们的刻苦奋斗精神。对于本头公的来历,根据泰国学者的资料与上文所总结的基本相同。关于"本头公"名称之来历,Seawjew 在其文章还解释道,在潮州话里"本"是指本金,"头"是指好兆头,"公"即是尊称[2]。这个说法指"本头公"该名称是取字之美意,同时反映了华侨华人在泰国生活的愿望。

二 泰国华侨华人信仰中的本头公来历之我见

笔者于 2015 年 2 月 19 日在汕头市天后宫关帝庙考察时,曾向天后宫看管人员请教关于"本头公""本土公""老伯公""福德爷""土地爷"潮州话的读音,这些词的读音依次为"PunTaoKong(ปุนเถ่ากง)""PunTouKong

---

[1] 引自 http://www.bbrtv.com/2015/1129/235368.html。

[2] เสี่ยวจิว. "ปึงเถ่ากงเทพเจ้ายอดนิยมเป็นใคร? มาจากไหน? ทำไม? .ศิลปวัฒนธรรมปีที่ ๓๑ ฉบับที่ ๑๐ ก.ย.๒๕๕๓, หน้า ๓๗. [泰]Seawjew:《本头公是什么神? 来自哪儿? 为什么? 》,第 37 页。

（ปุนโถวกง）""LauPehKong（เหล่าแป๊ะกง）""HokTekYe（ฮกเต็กเย่）""TouTeeYe（โถวตี่เย่）","本"是自己人的意思，"头"即是领袖的意思，而"头"与"土"的潮州话读音在文字形式上有明显的差别，但若发音不正确的话，也有可能产生混淆的现象。对于其他列举的神明名称，潮汕籍华侨华人几乎沿用至今，在日常生活中已与泰语融合交汇。另外，关于本头公，也包括其他神明的名称，在泰国，还有个有趣的现象，那便是神明名称被泰语同化。有的仍保留其原名，但在名称前加上"Chaopo（เจ้าพ่อ）"或"Chaomae（เจ้าแม่）"的冠名词，前者是指男神，后者则是女神，例如"ChaopoPunTaoKong（本头公 เจ้าพ่อปุนเถ่ากง）、"ChaopoKuanU（关公 เจ้าพ่อกวนอู）"、"ChaomaeKuanYim（观世音菩萨 เจ้าแม่กวนอิม）"、"ChaomaeTianHou（天后圣母 เจ้าแม่เทียนโหว）"等。有的便是同时拥有中泰语名称，例如曼谷廊曼（DonMuang ดอนเมือง）区本头公庙的本头公被称为"ChaopoSomboon（เจ้าพ่อสมบูรณ์）"，暖武里府挽武通（BangBuaThong บางบัวทอง）区本头公妈宫的本头公被称为"ChaopoChui（เจ้าพ่อจุ้ย）"，佛统府伯公庙的伯公被称为"ChaopoNumpu（เจ้าพ่อน้ำพุ）"。泰国南部洛坤府或那空是贪玛叻（NakhonSiThammarat นครศรีธรรมราช）府海南籍华侨华人建立的位于ChianYai（เชียรใหญ่）县 Karaked（การะเกด）镇的本头公庙的本头公被称为"ChaopoKaraked（เจ้าพ่อการะเกด）"、水尾圣娘被称为"ChaomaeTubtim（เจ้าแม่ทับทิม）"等。这些现象的产生有可能是因为华侨华人社区扩大，其中也有泰国本土人居住在一起，为了方便称呼起见，便给这些神明起了泰语名称，与泰国本土人显得更亲近一些。

根据以上学者的观点以及笔者所搜集到的田野调查资料，关于本头公的来历，笔者首先谈其名称的由来。该名称有可能是泰国华侨华人兴建本头公庙时借鉴了祖籍信仰而新起的。"本"即是"本土"或"本地"，是指华侨华人居住的地区，"头"即"头领"或"首领"，"公"既表示性别，也是其尊称。但也有个别的就不用"公"这个字，而用"爷爷"代之，比如笔者于2013年2月9日在北榄坡或那空沙旺（NakhonSawan นครสวรรค์）府举办的春节活动中看到的是"本头爷爷三仙侯王"神牌位。"本头公"是华侨华人所在区域的具有头领地位的地方保护神。笔者之所以有这样的论点，原因如下：

（一）为了避免与地主神、土地公、大伯公相混

泰国华侨华人除了信仰伊斯兰教、基督教之外，大部分信仰地主爷，家家户户都摆放了地主神位，可看作华人商铺与住宅的一个特色，如同泰国本土人家家户户也都摆放的神龛一样。此外，在很多神庙殿堂里也会摆放地主神位。地主神是保护华人住宅范围内的神明，一般摆在地板上。据说，主要是因地主神地位不高，它是地主神，应摆放在与土地距离最接近的位置。另外，华人一般把地主神位朝向大门，以招徕财运及好事，抵抗各种凶邪的侵入，保障家人平安。地主神位的材质以木材和石材为主，石材中还包括大理石。大部分地主神位的高度大约一尺多，以金、红为主色。形状与装饰富有中国特色的小神坛，头上是两条金龙叼朱红球，顶头两边挂着红灯笼，横排上有的刻着或贴着"聚宝堂"或"地主爷聚宝堂"字，有些地主神位坛上两边还摆放两头一公一母的狮子。两边或是刻有对联的金柱，或是龙柱，后面的板块中间有"地主神位"或"中泰地主神位"等刻字或贴字，在"地主神位"上面有"生意兴隆""富贵平安""招财进宝"等吉祥祝词。地主神位常见的对联有"地兴财大发，主威合家安""金银从地走，福禄自天来""地兴财添福，主旺日进财""四方金银进，五路财宝来""地兴财大发，主盛合家安"等，从对联可见海外华侨华人普遍存在的心态与愿望，也是人类的共同愿望。泰国地主神位形状有普通型，也有精致型，一般有成品销售，也可以定做。地主神位坛上有的供放地主公神像，其形象大多是慈祥老人，右手持拐杖，左手握元宝，形象与福德老爷非常相似。有的神庙还置放其配偶。有的仅是贴照片，有的就只有字样。华人平时摆放供品，敬香，特别时节会增加相应供品。从功能形式来看，地主神与土地公的神性具有相同之处，都属保护神，而且形象上非常接近。笔者以为本头公与地主神、土地公、大伯公等属于同一个体系，但层次有别。然而，随着时间的推移，其名声不断扩大，管辖的范围也更加广泛，而且后期的一些本头公还带有组织性色彩，这些因素促进了本头公的地位与功能比后者更进一层。此外，本头公神明的形象与

土地公或福德老爷以及大伯公还是有差别的。关于土地公或福德老爷以及大伯公的形象，笔者在以上篇章已经论述过，至于本头公的形象将在本头公神像的特征部分进行论述，先不在此谈论。

（二）作为地区象征性的神明

早期华侨华人在泰国落地后，一般以祖籍为根而居住在一起。按照故乡的风俗习惯，他们都会建造所信仰的神明神坛，尤其最接近他们生活的土地神之类的神明，以祈求神明的保护，让他们在异国他乡谋生有果，顺利发展。这些神坛起初有些简陋，不过当他们生活颇有起色时，为了答谢神明的帮助，对故乡的怀念，延续祖籍地区的传统风俗，即集资兴建更大更好的神庙奉祀神明，以其作为该地区的保护神。然而，他们对祖籍神明的名称模糊，既然已生活在新区域，就直接起新名，从新开始，同时也不忘神明原有的形式与功能。本头公到底是华人先驱，是祖先还是被塑造出来的神明，笔者以为后者的可能性更大。在泰国本地原来也有土地公信仰的习俗。像这类神明的来历一般是因人而生。以笔者的家乡为例，当地人在自己家院内位置好的地方（一般设在住宅前面的位置）几乎都摆放土地公神龛（泰国当地人的土地公神龛与华人的地主神位的形式完全不同），每天供放供品与膜拜。此外，在村庄的中心位置，一般会选择有古老大树的地方，在树下设立本村保护神神坛（无神像的），并安排附近居住的男性负责管理。每逢佳节，居民都会到这里摆放供品、点蜡烛、敬香。当家里有孩子出生、家人去世、家人出行远方、许愿等居民都会向他报告，祈求保佑。这里每年还举办酬神活动，可见居民对该神的崇拜程度。本头公的情况也应有相同之处，根据文献记载以及田野调查显示，有的神明（不作主神的）在有的神庙只以神牌位来代替，没有神像。本头公应是自然与人鬼崇拜演化而来的产物。而且，根据笔者对本头公庙进行的田野调查发现，各个本头公庙供奉的"本头公"神像，其在造型上各有异同。因此，本头公并非指定神明，其未有固定的形象。这也许跟神庙的来历、信徒原来崇拜的神明等有一定的关系。

除此之外，"本头公"这一名称在泰国并非只是庙名及神名，它还牵涉到华侨华人成立的秘密社团。华侨华人秘密社团数量众多,对居住国产生了一定的影响,以至当时就出现了一个说法,"凡是有华侨华人移居的地方,必有秘密社团。"他们秘密社团的成立延续了普遍流行于中国东南沿海地区"三合会"①组织的形式,但其目的与理由取决于居住国国情而有别。关于泰国华侨华人秘密社团的起源与始发地,泰国官方没有明确的记载,但根据槟榔屿英国官员的相关报告指出,大约公元1799年移居槟榔屿的华侨华人已成立了秘密社团,公元1810年时槟榔屿的"义兴会"与普吉岛华侨华人已有联系与来往。在Wilatwong Phongsabut主编的《语言文学学位论文第一辑:泰国历史论文集》中Suparat Lertpanichkul的《公元1824—1910年期间的泰国洪字会》一文推测泰国华侨华人秘密社团最迟在拉玛二世皇时期(1809—1824)就已形成,但由于移民者数量还不太多,这些组织也没产生太大的影响,因此没出现相关的官方记载。泰国华侨华人秘密社团建立的最初目的主要是给同属同乡给予帮助,解除在泰国生活的种种困难。直到拉玛三世皇时期,华侨华人大量涌入泰国,促使秘密社团规模扩大,这时候,一些秘密社团的部分成员以组织的名义进行违法活动。同时各秘密社团之间也因利益冲突而产生斗争,扰乱社会秩序,且与泰国政府产生纠纷等现象,对泰国社会逐渐产生一定的影响,因此引起了泰国官方的注意,从此便开始记载相关事件。华侨华人组成和加入秘密社团的主要原因出于他们渴望在异国他乡顺利、稳定、安全生存的需要,也为了可以互相照顾、共同维护他们之间的利益。起初,泰国官方称华侨华人的秘密社团为"大兄(ตั้วเหี่ย)",直到拉玛五世皇时期便改称"洪字会(SamakomAng-Yiสมาคมอั้งยี่)"②,从此"洪字"就成了华侨华人秘密社团的统称,而且带有贬义色彩的代名词。后来,在泰国官方加以严管,落实的管制措施生效以及新成立的华人商会以及各祖籍会馆等组织协助的情

---

① "三合会(Triad)",又称"洪门三合会",反清复明秘密组织"洪门天地会"广东地区的一个分支。
② 参见 วิลาศวงศ์พงษะบุตร.อักษรศาสตร์นิพนธ์ ๑:รวมบทความทางประวัติศาสตร์ไทย.กรุงเทพฯ:คณะอักษรศาสตร์ จุฬาลงกรณ์มหาวิทยาลัย,๒๕๒๕,หน้า ๓๓๐-๓๓๔.[泰]Wilatwong Phongsabut主编:《语言文学学位论文第一辑:泰国历史论文集》,曼谷:朱拉隆功大学语言文学学院,1982年,第330—334页。

泰国华侨华人本头公信仰的由来

况下，促使"洪字会"在拉玛六世皇时期就完全被瓦解，有的自动解散。一部分组织改头换面，向官方注册成了合法组织。至今，虽然华侨华人的"洪字会"已不存在，但该名称仍用来泛指那些在泰国从事非法活动的团伙。

泰国华侨华人成立的洪字会，依据区域组织大体可分为三大类。一是东部沿海及TaChin、MaeKlong流域洪字会，简称沿海内地洪字会（อั้งยี่หัวเมืองชายทะเล）；二是中部洪字会（อั้งยี่ภาคกลาง）；三是南部洪字会（อั้งยี่ภาคใต้）。这三个组织对泰国社会秩序造成了不少危害。至于北部和东北部地区，在公元1897年之前，由于受到交通阻碍，居住于这些地区的华侨华人比较少，他们成立的秘密社团也没造成太大的影响，因此从未有泰国官方相关的记载。在以上三大洪字会中还分有诸多秘派，例如义兴会（สมาคมงี่เฮงSamakomYiHeng）、公恩会、和生会（สมาคมโฮเซงSamakomHoSeng）、明顺会、群英会等。其中，泰国文献还提到一个重要秘派"本头公"，泰国文献中有的写成"PunTaoKong（ปูนเถ้ากง）"，有的写成"BunTaoKong（บุนเท่าก๋ง）"。"大伯公（TaoPehKongตั้วแป๊ะก๋ง，另称"本头公"）"是槟榔屿五大秘密社团之一[①]，由于地理位置相近，贸易往来密切，促进了它与泰国南部洪字会的关系，尤其从拉玛四世皇末期到拉玛五世皇时期，两者关系密切，互动频繁。泰国华侨华人洪字会的一些秘派之名与槟榔屿的相同，于是华人的"本头公"秘派有可能是从槟榔屿发展来的。

泰国华侨华人修建的"本头公庙"以及他们成立的"本头公"秘密社团，两者的名称相同。笔者在谈论有关本头公名称的来历时，认为"本头公"是华侨华人所在区域的具有头领地位的地方保护神。而"本头公"秘社也作为华侨华人具有相同的头领地位的秘密组织。根据笔者在曼谷、清迈府、素可泰府以及素攀府对本头公庙进行田野调查所发现的各种不同形象的本头公神像以及本头公庙的建筑形式，可以证明一部分"本头公神庙""本头公神像"

---

① 参见 วิลาศวงศ์พงะะบุตร.อักษรศาสตร์นิพนธ์ ๑ : รวมบทความทางประวัติศาสตร์ไทย. กรุงเทพฯ : คณะอักษรศาสตร์ จุฬาลงกรณ์มหาวิทยาลัย, ๒๕๒๕, หน้า ๓๓๕-๓๔๕. [泰]Wilatwong Phongsabut 主编：《语言文学学位论文第一辑：泰国历史论文集》，第335—345页。

305

与华侨华人秘密社团有一定的关联，它不但具有宗教人文色彩，有的还隐含了政治因素在里面。至于"本头公"该名称的启用是始于神庙还是秘密社团，根据文献记载，在阿瑜陀耶王朝时期已出现本头公庙的迹象，依此可以推测"本头公"应先是神庙的名称。后来，经过发展，有一些神庙被用为华侨华人秘密组织的基地，于是他们就直接使用这个名称给秘密社团命名，与神庙同名，但也不排除他们沿用了槟榔屿"本头公"秘密社团名称的可能性。关于本头公庙与秘密社团的关系，曾经有美国学者指出，从普查中，可以看到在曼谷至少有5座庙宇在19世纪末期与秘密会社有关，它们是本头妈[庙宇名称为"新本头公"，最早铭文年代为公元1838年，由四邻（T）管理]、本头公[庙宇名称为"新本头公"，最早铭文年代为公元1829年，由四邻（T）管理]、龙尾爷[庙宇名称为"龙尾古庙"，最早铭文年代为公元1843年，由四邻（T）管理]、清水祖师（庙宇名称为"顺兴宫"，最早铭文年代为公元1804年，由福建会馆管理）、关帝庙（庙宇名称为"关帝古庙"，最早铭文年代不明确，由四邻管理）。其中仅有一座关帝庙，似乎正好说明曼谷秘密社会的保护神不止关帝（当时，在诸多神庙当中，关帝庙经常被认为与秘密社团有密切关系，例如清迈府唐人街老祖巷的武庙，有的学者就明确指出该神庙是由洪字会建立的）。① 这位学者之所以指出这五座神庙与秘密社团有一定的关联，是因为在这五座庙里可以看到秘密社会留下的标志。那就是在铭文中不用正统的满清政府年号，而改用"天运"再加上干支纪年。如此一来，似乎是拒绝承认清政府的表现。"天运"这个年号最早见于天地会文献记载的1786年台湾的天地会活动，及19世纪中期在印度尼西亚和马来西亚的天地会组织。而在曼谷，最早的"天运"代号建于1829年新本头公庙内。此外，也因为福建人是在曼谷唯一明显与天地会有直接关系的华人方言群体。② 从以上五座神庙来看，有四座神庙是由名为"四邻（也称'坊众'）"管理的，在"四

---

① [美]何翠媚：《曼谷的华人庙宇：19世纪中泰社会资料来源》，陈丽华译，《海交史研究》1996年第2期，第105页。

② [美]何翠媚：《曼谷的华人庙宇：19世纪中泰社会资料来源》，陈丽华译，第105页。

邻"后面附加"T",则表示该庙宇大多受潮州人赞助。[①] 至于"四邻"指的是什么组织,笔者因缺乏相关资料,无从考证,但从"四邻""坊众"来看,似指神庙周围的居民。根据这位学者的田野调查资料,可见一些华人神庙包括本头公庙在内的与华人秘密社团存在一定关系。但后来,在泰国政府实施的严厉管制以及同化政策之情况下,在拉玛五世皇后期,从事合法事业的大多数成员逐渐退出组织,只剩下那些不法分子,而且组织的最初目的已经淡化。这些因素导致了秘密社团内部逐步走向衰败,直到拉玛六世皇初期,华侨华人的秘密社团便逐渐解体,直到消失,对于那些管理庙宇的社团也纷纷登记注册为合法的组织,从此主要管理神庙,且在泰国神庙法令的制定下不参与任何与政治有关的活动与事务。

(作者单位:泰国皇家清迈大学汉语部)

[①] [美]何翠媚:《曼谷的华人庙宇:19世纪中泰社会资料来源》,陈丽华译,第107页。

全球化视野下的汉代外来文明清单

——评石云涛《汉代外来文明研究》

蒋爱花

摘要：石云涛教授《汉代外来文明研究》一书全面检索两汉时期的历史文献和考古成果，搜集汉代中外交通和文化交流的信息，系统地考证并探讨域外文明的传入及影响，力图提供给读者一份完整而且可靠的汉代外来文明清单，让读者看到一幅文化交流造成文明互动的生动图景。汉代是中外文化交流的第一个高潮时期，丝绸之路的开拓使汉代中国获得大量外来的文明成果，本书第一次系统深入地予以探讨。

在全球化视野下重新审视人类的历史活动，修正原有结论，开启新的思考，成为史学研究的一种趋势。"多识前古、以鉴将来"，汉代传世文献的释读已经跨越了两千余年，如今考古发现、出土资料层出不穷，如何有效地梳理已有的研究与尚存的学术争议？如何在全球化视野中衡量与展示早期的外来文明？我想，这样的工作并不是一件容易的事情，必须建立在扎扎实实的、令人心服的考证基础之上。

最近，读到北京外国语大学石云涛教授的新著《汉代外来文明研究》（中国社会科学出版社出版，2017年10月），全书75万字，分为十章，在全面搜集整理和研究汉代历史文献和考古资料的基础上，从动物、植物、器物、毛皮、纺织品、香料、药物、珠宝、宗教、艺术、文学等领域，对汉代输入的域外文明及其影响进行了深入探讨，展现出汉代社会文化、物质生活的生动画面。汉代是中外文化交流的第一个高潮时期，丝绸之路的开拓使汉代中国获得大量外来的文明成果，本书第一次系统深入地予以探讨。可以说，这本书满足了我所有的期待。

一、包罗万象的汉代外来文明

中国的疆域范围在历史上是动态变化的，相对于今日之中国，西汉和东汉统治的疆域亦有所不同。在《绪论》中，作者首先立定了"外来文明"的概念，当时活跃在今日中国版图之内，地属汉代边疆内外的诸族群，往往被汉朝人视为异族和外族。余英时先生曾将汉代周边的胡族进行"内外之分"，分为"内蛮夷"和"外蛮夷"。因此，《汉代外来文明研究》的内容也包括了汉代边疆族群的文化成果。作者全面检索两汉时期的历史文献，搜集汉代中外交通和文化交流的信息，系统地考证并探讨域外文明的传入及影响，力图提供给读者一份完整而且可靠的汉代外来文明清单，让读者看到一幅文化交流造成文明互动的生动图景。

第一章《动物篇》，该章分为十四个小节介绍了汉代外来的动物，包括马、狮子、犀牛、像、符拔（天禄）、安息雀、骆驼、沐猴、孔雀、白雉、翡翠、长颈鹿、鹦鹉等。作者并不是简单地考证这些动物的特征、出现时间与渊源，而是将更多的笔墨用在这些动物获得时人喜好以及所代表的形象意义上，这无疑属于艺术史的研究理路，也是近年来受学术界追捧的观察视角、研究路径。笔者特别赞同作者的观点：珍禽异兽传入中原后，对中国的文化艺术、宗教生活产生了巨大的影响，统治者以获得珍禽异兽作为政治清明、天下太平的象征，他们以获得域外的入贡视为荣耀，以外夷不贡而感到不安。可以说，这样的认知贯穿了中国历史上的王朝时期。

第二章《植物篇》，该章分为十五个小节，介绍了葡萄、苜蓿、安石榴、胡麻、胡桃、胡荽、胡蒜、大葱、胡豆、红蓝花、茉莉花、耶悉茗花、指甲花、黄瓜、荔枝、龙岩、柑橘、薏苡、甘蔗、胡萝卜等域外作物的传入。名果可供食用、异卉可供观赏，正是由于丝绸之路以及海上交通的开辟，使得西域、南海诸国的奇花异木、名果花卉通过各种途径传入中国。该章大大地拓展了普通读者的认知，将汉代已出现的外来植物"一网打尽"，私以为是趣味性最强的一章。

在与周边民族与域外国家交往中，汉朝人发现其他民族的器物有使用便利的特点，所以不断引入或仿制。第三篇《器物篇》分为九个小节介绍了胡床、玻璃（琉璃）器、金银器、马具铠甲、楛矢、貂弓、檀弓、浑天、日晷、续弦胶、切玉刀等。比如，现在习以为常的马扎，在当时称为"胡床"，史书记载汉灵帝"好胡床"，在这个问题上，作者的观察视角穿过了汉代延伸到隋唐。如此通达的学术观察，一定是作者长期关注、思考的体现。胡床的传入直接引起了中国人坐姿的改变和中国家具的演变，在这方面，相关的学术研究十分深厚，作者用了41页的篇幅进行了全面梳理，既有考古发现，又有中外学者的研究成果，澄清了一些混乱认识，揭示了小小的胡床在文化史上的重要意义。就笔者所见，美国斯坦福大学柯嘉豪（John Kieschnick）教授曾经写过《椅子与佛教流传的关系》一文，后来收入《佛教对中国物质文化的影响》（The Impact of Buddhism on Chinese Material Culture, Princeton University Press, 2003.）一书，其中也涉及胡床与椅子的关系，也值得参考，读者不妨对照来看，能够起到互相补充的作用。

在对外交流的方式上，东北亚地区、北方草原和西北游牧民族地区以及远至大秦的西域国家，生产各种牲畜和野兽。汉朝获得这些地区的毛皮制品、纺织品的途径，主要有贡献、战争与交易等。第四章《毛皮与纺织品》分为毛皮制品、毛制品、火浣布、棉花与棉纺品予以详细介绍。与此相关联的是中国丝绸的大批外运并由此换取了大量的域外物产，香料是最重要的一部分。香料除了熏香、调味之外，还有医药价值。第五章《香料、医药与医术》分为来自异域的香料、医药与医术的传入两部分。作者指出，世界各地流行的疾病既有共性，也有地域性、特殊型。在汉代，利用各种动植物、矿物质治疗疾病，丰富了中医药学的知识。

从汉武帝开始，统治者非常渴望得到域外的珍奇异宝，并且以外国贡献珠宝为荣耀。第六章《珠宝篇》、第七章《人工饰珠》从古代文献中所涉及的珠宝着手，不仅包括：玳瑁、象牙、犀角、珊瑚、琥珀、琉璃、水精、玉石、翡翠、金刚石、琅玕、砗磲、青金石、珍珠等天然珠宝，也包括天然和人工制作的装饰品。尤其是在讲到蚀花肉红石髓珠、蜻蜓眼式玻璃珠、印度—太平洋珠、金珠饰品、装金玻璃珠、象生造型珠、玉珠时，作者利用身处外国语大学的条件便利，查阅了大量的时间跨越整个20世纪的外国考古报告，从中外对比角度理解珠宝文化，并且参照近年来的权威学术成果，其结论更加可靠。

在汉代，佛教传入我国，佛教文化成为汉代外来文明中的重要因素。关于佛教传入的研究，历来是哲学界、佛学界、史学界等持续关注的问题。第八章《佛教的传入》作者回应了几个热点问题，包括佛教传入中国的传说与路线问题。从最初的佛教由西北陆路传入的观点，到陆路、海路之争，作者清晰地梳理了学界已有的看法，并认可陆上"丝绸之路"为最早，其实佛教传入中国应该是多途的，区域性的考古发现并不足以说明某种丝绸之路的独特性。由于考古资料的时代不甚明确，其各条道路的传播早晚难以下定论。传播路线的先后之争并不是悬而未决的问题，"多途说"反而是令人信服的答案。

第九章《艺术篇》将汉代传入中国的域外艺术进行了详细介绍，包括音乐、杂技和各种造型艺术，西域传入的不仅有乐器、乐曲还有演奏者。以乐器为例，属于汉代传入的有箜篌、琵琶、筚篥、胡笛等。在讲到羌笛时，作者用了一首陈朝诗人贺彻的《赋得长笛吐清气诗》："胡关氛雾侵，羌笛吐清音。韵切山阳曲，声悲陇上吟。"这样的写法，亦文亦史，其情其景，令人感同身受。

在汉代，文学形式主要是诗和赋，赋有骚体赋、大赋和抒情小赋等，诗则有文人五言诗、乐府民歌，进入文学作品的域外物品被赋予了新的文化内涵和情感因素。第十章《诗赋中的外来文化因子》分为三节介绍了诗赋中的外来文明意象、胡人形象以及"和抚四夷"的天下观。比如在说到胡马时，"黄鹄一远别，千里顾徘徊……胡马依北风，越鸟巢南枝"，这里的胡马代表了相思的意象。同样在画像石中常见的胡人形象，他们或行商，或成为汉人的奴仆，或成为娱乐伎艺，正是他们异于汉人的形象引起了中原人的好奇，甚至被嘲弄，这些表达意象亦在汉代画像石等其他载体得以呈现。

二、汉朝与域外的交换、交往、交流

自20世纪以来，考古发现了大批新的汉代文献资料，其中简帛文书、石刻资料、画像石（砖）、胡人俑、玻璃器皿、壁画等所体现出的史学信息可与传世文献进行相互佐证。一块小小的石头、一枚小小的钱币，一幅模糊不清的壁画，能让学术积淀深厚的专业人士透过历史的风烟，窥探到丰富的史学信息。在史学家眼中，这些器物也仿佛回到了千百年前，体现出不同地区的人们曾经风尘仆仆进行交换、交往、交流。

在汉代输入了大量的外来文明，恰是当时中外交流的辉煌战果。这既与开疆拓土有关，又是皇帝建立文治武功的反映。尽管先秦时期中外交通与文化交流已经发生，但是得到国家有效组织、有意识地提倡和大力推行并形成规模，是始自汉武帝时期。从汉武帝通西域、伐匈奴、平南越、并朝鲜，到汉灵帝"好胡服、胡帐、胡床、胡饭"，这是合乎逻辑的发展。日本学者藤田丰八认为："汉武帝于陆地辟西域之道，于海上开南海之路，在中国文化上，与以绝大之影响，是无可否认者。"汉代的统治者往往以大国天子自命，在对外交往中有心理上的优越感，比如视周边民族为四夷、其他国家来访成为"朝"，他们带来的物品为"贡"；出访其他国家和民族为"使"，带去的物品为"赐"，但是外来文明为汉代社会带来了新气象，汉代人的知识信仰、家常日用带有了更多的"洋味"。从西汉到东汉，追求异域特色的珍奇物品和生活方式成为上层贵族生活的一部分。

《汉代外来文明研究》依据的资料有传世文献、出土文物、图像资料等，从中爬梳剔抉，汇总分析，进而探讨相关的学术问题，可谓筚路蓝缕、用力颇勤。目前，突破某个单一学科的限制，用多学科的相互渗透的方法去解释早期中国的文明，似乎已经成为探寻古史相貌的学术通则。《汉代外来文明研究》一书的最大特色在于作者对传世文献十分熟稔的基础上，充分吸收了与汉代外来文明相关的考古资料，并努力与文献资料相互印证。读完《汉代外来文明研究》，我感觉作者是一位地道的博物学家，从动物、植物、器物、医药、香料、珠宝、毛皮、纺织品、佛教的传入等各个话题的探讨，涉及动物学、植物学、矿物学、地理学、传播学、医药学、宗教学、民族学、民俗学、语言学、图像学、文学艺术等各个领域。由此可以推算作者为了完成这项课题研究进行了多么广泛的学术涉猎，所下功夫之深，令人肃然起敬！

正如作者所言，在中外交流中，不仅有器物产品，还有精神文化方面的交流，这种物质和精神文化的互相传播促进了世界不同国家和民族间的相互接触和认知，加速了人类文明的进步。在全球化趋势日益明显的今天，人类面临的最大问题是什么？简言之，是各人类群体如何自处（即身份认同）和如何处理彼此关系（即文明对话）的问题。而中国学者也在开始关注世界历史的"横向发展"，即世界各地之间联系的加强。全球史观的传播，标志着全球史研究热正在成为一种全球现象。现在地球已经成了地球村，全世界的人民都是地球村的居民，各种交通条件和通信技术已经把地球上各个角落的人连为一体。

东方的小虫吐出的蚕丝，由蚕丝织成的绢帛成为古代欧亚大陆国际贸易的杠杆，撬动了古代各个国家和民族间的交流和交往，撬动了世界文明的不断跃升。始自汉代的丝绸之路（丝绸之路的概念，最早由19世纪德国的地理学家李希霍芬提出）作为文化交流的模式被继承、扩大，直至最近几年，我国政府提倡"一带一路"，早期的文化交流路线延展成经济发展带的理念。《汉代外来文明研究》还讨论了汉朝对周边和西域的战争，与周边民族和域外国家之间的贸易、使节往来、佛教传播以及民间交往如何推动了中外文化交流的开展和域外文明的输入，论证了文化交流对于人类文明进步的重要推动作用。

三、饶有兴味的学术表达

《汉代外来文明研究》的对象包罗万象，必然涉及大量佶屈聱牙的专业词汇，但作者的行文却非常流畅，读来绝不晦涩难懂，反而充满了乐趣。我想，这也是行文的最高境界："高处着眼、低处着手"，绘声绘色的语言描述与言简意赅的意思总结相得益彰。

石云涛教授的求学背景跨越文学和历史，对于古诗词的熟稔到了信手拈来的程度，这在他的这部著作中亦有充分的体现。比如在讲到植物篇、动物篇，几乎每一个小节在开头用到了汉赋、诗词或史书原文。在讲到玻璃、琉璃时，首先用昭明太子的评价作为引子："淮南承月之杯，岂均符彩；西国浮云之椀，非谓瑰奇"（该书，第191页）。这既能让读者感受到当时玻璃器皿的华彩又能让人体会到时人的追捧之意，简洁明了。作者通过大量的诗词巧妙地表达出了足够丰富的史学信息。

美籍华裔学者朱学渊先生说过："面对西方学者的大胆宏论，国人往往只有小心求证的本分。如果说西方学术有海洋民族勇敢的精神，中国传统学术则表现为农业民族的勤奋和执着。"本书的责任编辑宋燕鹏编审告诉我，他花了整整三周时间来审读《汉代的外来文明研究》共计75万字的书稿，读来感到酣畅淋漓、如饮美酒，这在他十余年的编辑生涯中并不多见。确实如责任编辑所言，每一章节读来饶有兴致，虽然是严谨的学术文章，虽然关注的对象是不会说话的动植物与器物，却能让读者有一种发现的快感，而这背后，除了丰厚的学术积淀，一定还有作者横跨东西、纵观古今的现实关怀使然。

作者坦言该书的写作受到两位美国东方学家劳费尔（Berthold Laufer）和薛爱华（Edward H.Schafe）的著作的影响。尤其是薛爱华所著的《撒马尔罕的金桃——唐代舶来品研究》（*The Golden Peaches of Samarkand :A Study of Tang Exotics*），在吴玉贵先生的翻译下，中译本亦收获了大量的赞誉，堪称经典。《汉代外来文明研究》充分模仿了这种非常讨巧的写作思路，甚至在知识深度上超过了薛著。有趣的描述建立在严谨的学术考证基础上，可见作者学术积累之深厚以及高超的表达技巧。

综上所述,《汉代外来文明研究》是石云涛先生在汉唐丝绸之路与中外交流史研究中的最新成果,考证扎实,值得一读。掩卷沉思,在当今的学术传播环境下,有的学者少年成名,有的学者厚积薄发。什么时候是史学工作者的学术井喷期呢? 石云涛先生凭借深厚的学术积淀、宏观的学术视野,屡屡给我以启迪与启发。2003 年,作者出版了《唐代幕府制度研究》,成为学术界绕不过去的有关唐代幕府制度的研究专著;而近年来,他又完成了几部颇有影响的学术著作。石先生性格恬淡寡然,却时时给我们以作品上的惊喜,我们有充分的理由期待作者学术新著出版。

(作者:蒋爱花,中央民族大学历史文化学院)